笠間書院

王朝和歌研究の方法

A Method for Studying Waka from the Dynastic Period

近藤みゆき
Kondo Miyuki

王朝和歌研究の方法

目次

第Ⅳ部●古代後期和歌の諸問題 253

第9章 『拾遺和歌集』の成立——勅撰和歌集における王権・政権と和歌の問題として——……254

第10章 『古今集』「哀傷歌論」——新たな死生観の表出——……276

第11章 平安中期和歌における聖徳太子伝受容——流布本『相模集』天王寺題和歌を中心に——……294

第Ⅴ部●言語研究としての展開　313

第Ⅰ部

●

王朝和歌研究の方法

第1章

総論　王朝和歌研究の方法

本書は王朝和歌文学の実証的研究を目指すものである。ただし、その実証の方法とは、従来的な表現研究、伝記研究、書誌研究の枠組みだけを指すのではない。言語学・歴史学・社会学といった人文科学の隣接分野、ならびに理系の情報処理研究と結び合うものとして、研究を展開するものである。

数ある研究方法の中で、本書で試みる方法は、主に以下の四つを柱としている。

一、言語研究としては、語形分析―古典語における複合語やアスペクト（相）を表す語形の抽出など―ならびに言語リソース論の提案。

二、歴史学・文化史の問題としては、平安朝の歴史と文化の中に生きた歌人・作者、その中から新たな文化を形成していく文学のあり方の具体的な検討。

三、社会学としては、主に構築主義とジェンダー分析の視点による和歌研究。
四、情報処理学としては、N-gramによる文字列分析の手法を用いた和歌の「ことば」の解明。

このような様々な分野の観点と手法を、個別にではなく、相関的・総合的に関わらせながら考察することで、王朝、特に平安前・中期の和歌文学における様々な事象について、新しい知見を得ていくことを目指している。あわせて、これらの研究の結果が、各分野に対しても何らかの提言となるように進めていきたい。

さて本書の全体は、5部14章から成る。第Ⅰ部「王朝和歌研究の方法」、第Ⅱ部「初期定数歌論―N-gram分析から見た古典和歌」、第Ⅲ部「源氏物語論―言語と和歌史の観点から」、第Ⅳ部「古代後期和歌研究の諸問題」、第Ⅴ部「言語研究としての展開」となっている。以下、各部各章の内容を概観していこう。

＊　＊　＊

この第Ⅰ部第1章では、各章の概要、ならびにその視点・方法・立証したことについて述べていく。あわせて、論文「和歌とジェンダー―ジェンダーからみた和歌の「ことば」の表象―」を付節として載せる。この付節は、本書での和歌研究の分析方法の一つの柱である、N-gram分析による文字列総比較と、そこから見えてくる「ことば」とは何かという問題、ならびに理論の柱の一つである、言語表象としての和歌とジェンダーという観点からの研究の出発点となったものを、簡略に述べた内容となっている。第Ⅲ部「源氏物語論」の第6章「男と女の「ことば」の行方」・第7章「『源氏物語』の「ことば」／浮舟の「ことば」」、ならびに第Ⅴ部「言語研究としての展開」（12～14章）は、ここでの問題意識と手法を継承し、展開したものとなっている。したがって付節としてここにあげる。

なおジェンダーやジェンダーイデオロギーについての定義等は各章において述べていくが、分析方法であるN-gram分析による文字列総比較がどのような手法であるのか、また和歌研究にとってどのように有効であるのかについては、稿者の前著▼注(1)で詳しく述べているので、参照されたい。

＊　＊　＊

第Ⅱ部では、「初期定数歌」がいかにして発生し、展開したかについて考察している。「初期定数歌」とは、一〇世紀後半に誕生した新しい詠歌形式である。天徳四年（九六〇）に詠出された曾禰好忠の「ももちの歌」をはじめとして、これに源順、恵慶、源重之、藤原師氏、賀茂保憲女、重之女、和泉式部、相模らが続いた。形式、手法、ことばなど様々な点において従来の和歌には無い特徴があり、古今的表現と一線を画する新風和歌と評されることが多い。「初期定数歌」に関する研究は、作者の人間像、用語の特殊性に関する議論が多くなされてきたものの、各定数歌の成立の前後関係も不明なものが多く、用語についても万葉語や俗語などの目立った語に注目することにとどまっていた。それに対して、ここでは、各種の定数歌のすべてにN-gram分析を用いた文字列の総比較を行い、文字列レベルで比較考察することによって、形式の影響関係の実態、各定数歌の前後関係、作者認定、独自表現からみた定数歌の主題などについて新見を示した。

従来の用語研究と文字列総比較による手法とは、大きく二つの点において異なっている。第一点

（1）近藤みゆき『古代後期和歌文学の研究』（風間書房、二〇〇五）。

目は、前者がいわゆる動詞・名詞のような単語を捉えるのに対して、後者では単純な語形だけではなく、たとえば

ゆらのとをわたるふなびとかぢをたえゆくへ**もしらぬこひの**みちかな（好忠百首・四一〇）
かやりびのしたにもえつつあやめぐさあやめ**もしらぬこひの**かなしき（順百首・五三八）

の、「もしらぬこひの」のように、動詞・名詞・助詞・助動詞が連接・複合した、語形一致をすべて網羅できることである。また第二点目は、他の定数歌には用いられていない、その定数歌のみの独自表現もすべて網羅できることである。共通文字列と独自文字列の両方を取り出すことができると言い換えてもよい。その結果として得られる「ことば」の情報がいかに膨大であるかは、容易に想像されるところであろう。こうして得られた「ことば」を検討することで、各章において次のような成果を示している。

第2章では「好忠百首」・「源順百首」・「重之百首」・好忠の「三百六十首歌」という最初期の四つの定数歌を取り上げている。この四種を比較検討することにより、初期百首の独自の詠歌方法である「返し」の手法とは、具体的には「ことば」の共有と反発によって展開するものであること、そしてそれが独特な韻律、新しい語形、さらには、題詠世界の中に、斬新な風景を立ち上げていく原動力となっていることを明かにしている。

第3章では好忠の「三百六十首歌」について考察している。この作品は、初期定数歌中、「ことば」と詠歌内容が最も脱規範的、反古今的とされている。ここでは文字列総比較によって得られる二つの側面—共通文字列と独自文字列—のうち、独自文字列に注目した。独自な表現としては、万葉語・

俗語など従来から指摘されてきた新出語彙の傾向も確認できたが、それ以上に、同作品に突出して多く用いられている「ことば」には、「時間をあらわすことば」があることを新たに見出した点に、この論の特に大きな意義がある。

この試みにおいて取り出された「時間をあらわすことば」とは、「き」「けり」「つ」「ぬ」「たり」「り」のようないわゆる過去・完了の助詞・助動詞のみを指しているのではない。名詞・動詞・形容詞や、助詞・助動詞の複合した様々な語形をいうのである。詳細は第3章の4「「三百六十首歌」の時間表現を一覧する」に譲るが、自立語を中心に構成される語形として80、付属語を中心に構成される語形として105、異なり数で計185を提示している。この「三百六十首歌」は、一首に一語形以上といってよいほどの、おびただしい時間と時間経過をあらわす「ことば」で構成されているのである。とりわけ多様であるのが時間の経過・継続をあらわす「ことば」である。いくつかをあげておきたい。

〜にしあしたより・〜にしその日より・を今日見れば・秋果てて・日ぞなき・夜ごとに・あさなゆふなに・いつしかも・するほどに・よなよな・いとまなみ・日数をかぞへ・年つもり・長引く・をりくらし・ひまもなく

時間の経過・継続が一語一語に込められたものが多いのだが、こうした特徴は、後世の題詠百首はもとより、他の初期定数歌にも全く認められない。好忠自身の「百首歌」にさえ見い出せないのである。

本章ではさらに、この特殊な時間表現のあり方を集約する語形として動詞「いそぐ」について指摘している。それは古今的美意識の集約といわれる「うつろふ」（ゆるやかに流れる時間）の対極にある時間表現であることを指摘し、「三百六十首歌」とは、俗語・万葉語に加えて、急ぎ過ぎゆく、せわしない時間という反古今的な「時間」までをも、三百六十首の構成を通して創り上げた作品であることを論証している。

またこの第3章は、以上のような「三百六十首歌」の文学としての創造のあり方を明かにする過程で、「時間」を主題とした連作であればこそ浮上する様々な「時間に関する語・語形」を提示したことをもって、日本語学への提言としている。前述のように、この作品には、時の経過・継続する相をあらわす語・語形が多く、抽出された様々な語形を日本語学で称するところのアスペクト(相)と認定できるのではないかとの試論を呈した。従来認定されているアスペクト語形は古典語においては極めて限られている。しかし実態言語に即するならば、アスペクトをあらわす語・語形はより多様に存在するのではないだろうか。概念的に認定するのではなく、古典語テキスト（この場合は「三百六十首歌」）に具体的に即して、文字列総比較で語形ごと抽出した点に、本論の意義があると考えている。今後のアスペクト論への試案としたい。

さて、こうした検討を重ねて、初期定数歌には、それぞれが目指す「ことば」・手法・世界観があることを明かにしてきた訳であるが、第4章では、「恵慶百首」を取り上げている。恵慶法師の「恵慶百首」は、成立年次について、これまで明確な根拠が無く、漠然とした推定年次が示されてきた。また作品としての手法や世界観についての踏み込んだ考察もなされてこなかった。本論では、文字列総比較によって、他の初期定数歌との共通文字列、独自文字列を徹底検証することによって、より遊戯性の高い「複数句取り」の手法を指摘するとともに、抽出された独自文字列を、恵慶の詠歌年次の判明する他の和歌と照らし合わせることによって、その成立は、従来説より二十年ほど下る寛和元年（九八五）前後と推定されることを示している。

この第4章は、文字列総比較を用いなければ取り出すことのできなかった語形に注目することで、成立年次を推定した訳であるが、それは情報処理の観点からすれば、計量分析によって文学作品の前後関係や成立年次を特定した試みともなっている。それに対して、同じ手法で、作者認定を行ったともいえるのが、第5章である。第5章で取り上げる『流布本相模集』所載「走湯権現百首」とは、相模が走湯権現に奉納した百首に対して、権現が返歌した百首、さらにその権現百首に相模が返歌した百首という、総計三百首の贈答歌形式をもつ百首歌として、規模・形式ともに特殊性の高いことで注目されてきた作品である。しかし、かんじんの「権現返歌百首」の詠者は確定されていない。自作自演説、夫・公資作説があるが、いずれも具体的根拠を欠くものであった。本章では、その「権現返歌百首」を、比較対象を大幅に広げ、男女を問わず、相模と交友のある同時代の歌人、和泉式部や能因という人々の家集、また「相模集」において相模作であることが確実な他の詠作、集成し得た限りでの公資の和歌のすべてと文字列総比較を行い検討し、その結果、特徴的な用語法や、長文字列一致などにおいて、群を抜いて共通度の高い人物である藤原定頼が、「権現返歌百首」の真の詠み手であるとする見解を示している。

この論は、前述のように情報処理による作者認定としての成果ともなっている。ただし文学研究として目指すのはその結果からの考察である。相模が地方の受領の妻となった身の上の不遇を訴え、百首もの歌で贈答をした相手が、夫・公資ではなく、都の上流貴族歌人である定頼であるとすると、創作意図、各和歌の解釈は全く異なってくる。夫との貞淑な贈答ではなく、そうした一受領の妻としてのあり方に背を向け、都の貴公子に歌人相模として働きかけて、前代未聞の百首歌贈答を成し遂げる―それがこの文学行為の意味するところだったのであり、相模はそこに歌人としてのアイデンティティを求めたと結論づけている。

以上が第Ⅱ部の概要である。一首三十一文字の連作だけで構成された初期定数歌作品群のおいては、N-gram 分析による文字列総比較の有効性は特に高い。これまで見ることのできなかった文字列レベルで「ことば」の分析を徹底することは、作品の本質につながる道でもある訳である。「ことば」の分析を、成立年次、詠作者、歌人の伝記、主題、作品論へと展開し、各々において新見を示した点にこの章の成果がある。

＊　＊　＊

第Ⅲ部は、『源氏物語』論である。王朝和歌と物語はとても深く関わっている。中でも『源氏物語』においては、和歌は、作中人物たちの心情や人間関係の発露となっており、詠歌の総数は七九五首にのぼる。また、会話・地の文における引き歌、古今的美意識に彩られた風景など、和歌の表象性からも論ずべき問題が多い。さらに作品の環境ともいうべく、作者紫式部が、政治・文化でいえば道長時代、和歌史でいえば三代集の頂点である『拾遺集』の時代という、歴史・文化史・和歌史の中で生まれ育った主体であることは、視野に入れるべき問題である。

第6章・第7章では、その「ことば」について、古今的ジェンダーイデオロギーとの関連から、第8章では、作者と作品の背景にある歴史・文化史・和歌史の交錯とその上に描かれていく物語世界について論じている。

第6章は、『源氏物語』の男女の和歌をジェンダーの観点から考察したものである。第Ⅰ部付節での着眼を物語和歌の考察に発展させたものであり、『古今集』が構築した言語表象におけるジェンダー規範を、『源氏物語』はどのように継承あるいは脱規範して、和歌を詠む様々な男女を造型しているのかについて論じたものである。『源氏物語』の人物造型については多くの先行研究があるが、ここでは、各人物の詠歌の「ことば」を古今的ジェンダー規範を切り口に検証する点に特色がある。

『古今集』が提示した言語表象におけるジェンダー規範は、勅撰和歌集の有する強力な政治性・文化性によって、成立後、『源氏物語』が執筆された寛弘期までの約百年の間に貴族社会に浸透し、その言語生活の基盤を成すに至っていた。▼注(2) その点については第V部第13章でさらに詳しく意義付けをしていくが、ここではそうした、男性の歌の「ことば」はこうあるべき、女性はこうあるべきという時代の言語感覚の上に立ち、作者がその感覚をあるいは味方につけ、あるいは逆手にとって、いかに作中人物を造型しているかを確認するところからはじめている。

まず、古今集歌を男女別に文字列総比較して抽出した男性歌に偏りのある「ことば」のうち、特に顕著である19個の語形を取り上げ、それらが『源氏物語』の作中人物においてどのように用いられているかを調査一覧した。その結果から、光源氏をはじめ大半の人物は古今的ジェンダー規範を踏まえた和歌を詠じており、作者は時代の言語感覚を意のままに用いて、作中人物たちの男らしさ、女らしさを詠歌上にも表していることを指摘している。

その上で本論で行っているのは、意図的に規範を外れる造型がなされている人物についての考察である。この観点から各人物を追っていくと、和歌において男性性を失ってしまう薫、それとは反対に終盤になるにつれその和歌が男性性を帯びてくる浮舟という、宇治十帖における主役男女の「ことば」の逆転の様相が明かになるのである。薫と浮舟のあり方、また特に浮舟の和歌の変化について、性差の観点から考察を行い、「手習」巻の出家後の三首独詠の意味について私見を述べている。

(2) 時枝誠記「平安時代の生活の一環としての和歌生活―『源氏物語』を中心として―」(時枝誠記博士論文集『言語生活論』岩波書店、一九七六、初出「国語科通信」2号、一九六六・九)。

この第6章で提示した私見は、「手習」巻、特に出家後の浮舟に、ジェンダーを含む、社会規範から解放されていくあり方を見た点に特色があるのだが、第7章・第8章では、その点について異なる側面から検討し、考察を深めている。

第7章では、出家後の浮舟が、男性たちとの苦悩に彩られた世の中を、一方では「飽きにたり」、また一方では「飽かざりし」と一見相反するする「ことば」で捉えている問題に着目する。この「飽く」「飽かず」は、前著（注1参照）ならびに第6章で述べたように、『古今集』では、男性の用例がほとんどを占め、女性の使用は極めて限られるというジェンダー的規範を伴う特殊な語である。そのことを念頭に、『源氏物語』全体における、「飽く・飽かず」に関する語形全一七三例（散文一五七・和歌一六）を網羅検討し、▼注(3)様々な人間模様について論じている。特に「飽かず」はジェンダー規範の強い語であり、それはこの物語の奥に潜む、人物造型や人間関係の種々相を露呈する「ことば」となっている。そこから葵・紫の上・明石という三人の、源氏の妻としての序列化、柏木・薫・匂宮のそれぞれの女性への愛情の向け方の違い、中将君（浮舟母）をはじめとする浮舟周辺人物たちの規範を攪乱するようなあり方や、紫の上と藤壺の人生観の相違について論じ、また特にこの語の用法が突出しており、かつ方向性を同じくするのが、晩年の光源氏と浮舟その人であることを明かにしている。

「飽きにたり」「飽かざりし」の語形を用いているのは、『源氏物語』中、光源氏と浮舟以外にはいない。すなわちそれは晩年の源氏の自己認識を総括する「ことば」を引き継ぐ者こそが浮舟であるということであり、源氏から浮舟へ、正編の男主人公から続編最後の女性へと継承される主題の一つを解く鍵が、この「ことば」には込められていることが読めてくる訳である。

ではその浮舟が最後に行き着いた「飽かざりし」とはどのような心境であるのか。本章後半では

(3) 本書では『源氏物語』の用例検索については、国立国語研究所の「日本語歴史コーパス平安時代篇」(「中納言」による検索)を用いた。

そのことに論を進めている。『源氏物語』だけではなく当時の他の散文・和歌での用例も検証し、「飽かざりし」とは死者を哀傷する際に用いられる「ことば」であるという意味用法を明かにした上で、出家後の浮舟の思いとは、生者の死者回想同様に、分かたれた世界＝かつての世の中への回想と懐旧の念であるとする考察を述べている。浮舟はかつて自分が存在し、生きた世界を、もはや分かたれた世界と認識していると解釈される訳である。

以上のように、この第7章では、一つの「ことば」から、個々の人物像や関係性を明かにし、あわせて物語の主題に及んだ考察を行っているのであるが、それは同時に『源氏物語』における「ことば」の重み、一語一語の密度の高さを実感させるところでもあろう。

「ねやのつま近き紅梅」の色と香によせて「飽かざりし匂ひのしみけるにや」と綴られる出家後の初春のこの場面は、浮舟の心境と決意を考える上で非常に重要であり、先行研究においても、多くの異なる見解が示されている。第7章では、その「ことば」の一つである「飽かざりし」の意味用法の認定から、もと生きた世の中を分かたれた世界と捉え訣別し、新たな道を選ぶ、意思ある浮舟像を提示したのであるが、この場面の「ことば」には、実はもう一つ鍵となる「ことば」がある。「ねやのつま近き紅梅」である。「飽かざりし」が心情を表すものであるのに対し、この場面の風景の中心となっているのが「ねやのつま近き紅梅」なのである。

第8章では、その風景に注目し場面の考察を進めている。「ねやのつま近き紅梅」については、紅梅の色香をどう捉えるかという問題に論点が集中しており、それと酷似した風景が、紫式部の曾祖父・藤原兼輔邸を彩っていたということに着目した先行研究は無い。本章では、『後撰集』春歌上巻軸を飾るのが、兼輔家の「ねや」近き紅梅を賞美した和歌であること、さらに『兼輔集』によれば、兼輔は紅梅を家の木として鍾愛し、一家繁栄の祈念を寄せていたことを明かにし、考察の端緒としている。

よく知られるように、内裏では、仁明朝期に紫宸殿の庭前にあった梅木が枯れ、これにかわって桜が植えられたという経緯から、平安貴族の愛好する樹木としては、もっぱら桜が論じられることが多い。その一方で、梅木については等閑に付されてきた感がある。しかし、白梅はともかく、生育の難しい紅梅は、実は外来種の植物として、天皇や貴顕に珍重されていた。兼輔の紅梅趣味もそのあらわれの一つと位置付けられるのであるが、本論では『兼輔集』以外の私家集、勅撰集、また『禁秘抄』『小右記』などの記録類から紅梅関係の記事を集成し、内裏の紅梅の植樹された場所や、紅梅を庭園に植えた貴顕・受領たちを確定している。

このように、複数の史料から、これまで言及の無かった平安前・中期にかけての紅梅の庭園史の実態を明かにし、紫式部の生きた寛弘・長和の頃にひときわ貴顕における紅梅ブームが高まっていたこと、そうした時代背景のもと、紫式部には、我が家こそが兼輔以来の由緒ある紅梅の家であることに誇りと自負をもっていたことがうかがえること、また『紫式部集』に記載されている中宮彰子への紅梅献上は、そのような「紅梅の家」として自他ともに認める意識に裏打ちされるものであったと考えられることを述べている。そこから、出家後の初春の浮舟の情景に、作者自身の家の繁栄の記憶とつながる「ねやの紅梅」を描いた意図を、浮舟の現在に予祝と祈りを込めたものと論じて、第6章、第7章での結論とあい補う読みを提示している。第7章・第8章のように心情「飽かざりし」と風景「ねやのつま近き紅梅」を捉えるならば、そこには危ういながらも世の中を断ち切る一歩を踏み出した女とその前途に祈りを込める作者の思いを読み取ることが出来る。『源氏物語』の終盤を以上のように解釈する。

以上が第Ⅲ部の概要である。「ことば」と文化史の双方から、『源氏物語』を論じている訳である。

和歌の「ことば」、散文の「ことば」について、ジェンダーイデオロギーや、文化史・和歌史の中の作者など、多角的な視点を構え、従来見過ごされてきた事柄の指摘や、いくつかの新しい解釈を示すことができた点に第Ⅲ部の意義がある。

＊＊＊

第Ⅳ部では、平安時代の前期から中期における和歌の諸問題を取り上げている。同時期は、歴史学では古代後期に区分される時代である。この時期には、古代前期の天皇による律令制をかろうじて継承しながらも、人臣摂政の誕生、摂関家の台頭など政治体制においても大幅な変化が起き、また文化や信仰においても次々と新たな側面が登場してくる。ここで取り上げるのはその一部に過ぎないが、第9章では、天皇制と関わりの深い勅撰和歌集の問題を、第10・11章では和歌と仏教の問題を論じている。和歌そのものの問題と、そこから浮かび上がる政治・文化の問題を、連動する相の中で捉えることを目指している点に特徴がある。

第9章は、勅撰和歌集論として、『拾遺和歌集』の成立について論じたものである。『拾遺和歌集』は、古代後期の勅撰集としては最後を飾るものであるが、『古今集』『後撰集』とは異なり、帝が勅命を下した撰集ではない。撰集下命の記録も無く、藤原公任撰の秀歌撰的性格の強い『拾遺抄』を、退位後の花山院が増補・完成させたとするのが通説であるが、院政期以前、政治的実権の無かった院の下命による歌集がなぜ勅撰集として扱われたのか、また下命者が花山院であるとしても、その撰集作業の実務を担当したのは誰であるのかなど、成立とその背景の重要な問題については不明のままとなっている。

本章では、こうした特別な状況を、藤原道長による摂関政治が頂点を極めた時期という、政治的背景と表裏一体のものであると考える立場から考察を進めている。すなわち、従来の『拾遺集』研究とは異なり、その成立を道長の文化的戦略の延長と位置付け、道長と花山院、とりわけ道長に焦点を絞って成立への道筋を具体的に追っている。『御堂関白記』『小右記』『権記』の記述を追っていくと、道長が最も積極的に自ら花山院に接近するのは長保末~寛弘三年に絞られてくるのだが、特に大堰川御幸和歌、歌会開催など和歌を介しての両者のつながりが深くなる長保末・寛弘元年の間を『拾遺集』編纂の直前の時期と想定し、また、道長がいかにしてこの変則的な歌集に「勅撰和歌集」という権威を与えていったかを『拾遺集』内外の資料から論じている。

第10章は、『古今和歌集』の巻第十六「哀傷歌」について、一〇世紀初頭の死生観との関わりの中で論じたものである。「哀傷歌」とは死を悼む歌や辞世歌で構成されているが、『万葉集』においては、それは「挽歌」と称されるものであった。『古今集』においては、「挽歌」から「哀傷歌」へ名称が変わったというだけでなく、表現や詠歌内容も全く異なるものとなっている。背景にあるのは死生観の変化であると考えられる。

古代前期から古代後期にかけて、「死」をめぐる社会的・文化的環境は大きく変化した。特記すべきは、葬送儀礼にまで及ぶ仏教の浸透である。『古今集』「哀傷歌」が、撰者たちの時代の死生観を反映するものであるとするならば、それはどのようなものであったのか。ここでは、『古今集』成立の延喜五年までの背景として、講説・法会という仏教的文化装置の皇室・上級貴族への浸透と、「願文」などの仏教文学に表象された死生観に注目した。特に『性霊集』巻八の「講演佛經報四恩徳表白〈佛經を講演して四恩の徳を報ずる表白〉」(七十七番)と、哀傷歌に撰歌された和歌、中でも紀貫之ら撰者の和歌との表現ならびに死生観の一致度の高さを指摘している。同表白との関係についてはこれまでに言及されたことは無い。出典と和歌の表現の一致を具体的に指摘するとともに、同表白の文言が哀傷歌群の一部の配列にも反映されていること、また、女性の哀傷歌が一首も入集していない点も仏教と女性の関係から把握できることといった試論を示している。

仏教の浸透が貴族の生活・文化に与えた影響は、時代が下るにつれ、さらに拡大していく。第11章は、一〇世紀末から一一世紀にかけて　特に顕著となる聖徳太子信仰ならびに『聖徳太子伝暦』の受容の実態を表すものとして、『流布本相模集』所載の「天王寺」和歌九題九首を取り上げたものである。

同題詠は、寛弘年間に詠出されたものであり、同じ寛弘期には、『四天王寺御手印縁起』の出現（寛弘四年〈一〇〇四〉八月一日）という出来事があるにも関わらず、聖徳太子伝承の受容の問題としても、またそれが「天王寺」和歌という、四天王寺と関連するものである問題としても、深く考察されることは無かった。本章では、九つの題ならびに九首の和歌が典拠とするものを可能な限り明らかにしている。

結果として、近い時期に成立したとされる『三宝絵』『日本往生極楽記』『聖徳太子伝暦』のうち、『聖徳太子伝暦』にしか認められない記述を典拠としている和歌があることを明かにし、同和歌題を女性における『聖徳太子伝暦』の受容を確実に示す、最も早い時期の作品と意義づけている。

題や一首一首の和歌を、典拠を明かにしながら正確に読解する作業は、同時にそこから時代の思想や文化を明かにすることにもつながる。何が「和歌」に流れ込んでいるのか、「和歌」から明かになる時代・思想・文化とはどのようなものであるのか、以上第Ⅳ部では、一貫してこの姿勢から、和歌とそれに関わる事象について考察した。

＊　＊　＊

第Ⅴ部は、とりわけ言語研究的側面の強い論を集成したものとなっている。はじめに述べたように、本書においては、N-gramによる文字列分析ならびにジェンダー論によった成果が大きい。第Ⅴ部に先立つ第3章では古典語におけるアスペクトについて、第7章では日本語学的にも問題の大きい「飽く・飽かず」について述べ、また第6章では『源氏物語』の和歌をジェンダーの観点から分析したのであるが、それらに加えてこの第Ⅴ部では、主に複合語論、言語リソース論について論を展開している。

まず、第12章では、文字列分析という手法によって抽出される語形を検討することから、複合語の認定について、新たな提案を行っている。具体的には、抽出された語形の中に、特定の意味性を伴ったひとまとまりの語連続があり（たとえば、契る対象としての女性の比喩の「春の山辺」）、その語連続が一〇〇年以上に渡って和歌作品の中に用いられていることを指摘した。これを「意味論的複合語」と名付けて、分析を行った。いわゆるイディオム（慣用句）と類似したものであるが、異なる部分も大きい。複合語として位置付けることで新たな研究の発展が望めると考えている。

第13章は、Ⅰ部付節ならびにⅡ部第6章を発展させたものである。第6章とは論旨の重なる部分もあり、かつ講演録という形式を取るものだが、「言語リソース」論という全く新規の理論を展開した論考であり、これを第6章の発展と位置付けるものである。

論考の要となっているのは「言語リソース」という観点である。その定義付けを確認しておきたい。それは欧米のジェンダー言語学で近時用いられるようになってきている「linguistic resources（リングイスティック・リソーシーズ）」▼注(4)を翻訳した概念・用語であり、日本の人文学ではまだあまり適

(4) Eckert, Penelope. and McConnell-Ginet, Sally., *Language and Gender*, 2003, Cambridge University Press. pp60-61など参照。

切な訳語も無い。中村桃子は「言語資源」と訳しているが、[注(5)]学術用語としては、日本では「言語資源」といえば、はやくから情報処理研究、自然言語処理の分野で処理対象の意味で用いられることが定着している。ジェンダー言語学などでいうところの「linguistic resources」の概念は、そうした自然言語処理での「言語資源」とは全く意味を異にしているので、これを区別するため、まず本論では「言語リソース」という用語を提案している。その定義は、ある言語使用の集団の中において、特定のアイデンティティと結びついた言語要素の供給源の意である。具体的にいえば、たとえば「女ことば」とは、「女」というアイデンティティと結びついた言語要素の供給源すなわち、「言語リソース」であるということになる。近年のジェンダー言語学では、男・女というものを、この言語リソースの「成立」「再生産」「利用」「変革」といった観点から考察する研究方法が注目されているのであるが、第13章では、勅撰和歌集という極めて男性性の高い言語文化として創られた『古今和歌集』に、一つの言語リソースの「成立」を見、それが以後どのように「再生産」「利用」「変革」されていったか、『源氏物語』に至るまでの過程を追って明かにしている。あわせて『古今和歌集』を「再生産」「利用」「変革」し、作品世界を形成した『源氏物語』もまた、絶大な支持を得、貴族社会に広まっていくことで、それ自体が新たな言語リソースとなっていくという点を指摘している。

以上、本論では『古今和歌集』『源氏物語』という二つの大きな古典文学の言語を、ジェンダーの観点から「言語リソース」として捉えるという見解を提示したのであるが、このように見てくると、両作品が、ジェンダーの問題だけでなく、花鳥風月という感性や、無常観・人生観など様々な点において、日本的思考・感性の言語母体たることが思われてくる。言語リソース論はまだ緒に就いたばかりの研究方法であり、稿者としても、今後具体的に分析を続けていく予定である。[注(6)]本章をその出発点と位置付けておく。

(5) 中村桃子『「女ことば」はつくられる』(ひつじ書房、二〇〇七)、『〈性〉と日本語 ことばがつくる女と男』(NHKブックス、二〇〇七)など。

(6) 『古今和歌集』を言語リソースという側面から分析する場合、今回のようなジェンダーの構築ということ以外に、一つ大きな課題として、日本的感性の構築ということがある。この問題を分析するには、たとえば各和歌における景物と継起する心情・感覚を網羅するデータベースなどを用いることが有効であろう。それらの課題について、現在、基礎データベースの作成などを行い、研究を進めている(科学研究費基盤研究B「平安時代における言語リソースの構築に関する研究」二〇一三～現在に至る)、研究代表者・近藤泰弘、連携研究者・近藤みゆき)。なお、『古今和歌集』の規範性からの逸脱を用いて古典語のテンス・アスペクトを論じたものとしては近藤泰弘「電子化コーパスを用いた古典語のテンス・アスペクト研究」(『日本語学』特集 これからの古典語文法研究 32・12 二〇一三・一〇)がある。

また、言語リソースという概念そのものについても、より詳細な区分を立てることが必要であろ最後に第14章として、N-gram分析による古典研究の現在と展望について述べ、また「古今和歌集男性特集表現一覧（改訂版）」を掲げて、旧稿[注(7)]を補うものとした。

＊　＊　＊

以上、各部各章の概要とその意義を述べた。このように多様な視点と研究方法を構えることで、王朝和歌について、これまでの方法では解明することができなかった様々な新しい知見を得ることができるのである。本書で述べる各種の方法論は、決して目新しさを目的として導入したものではない。文系の研究と理系の研究の境界を取りはらい、社会科学における新しい概念を取り込み、また、グローバルな視点で日本の古典文学研究を行うとはどういうことかについての筆者なりの提案である。

＊本書で引用した本文は、和歌（除『万葉集』）は『新編国歌大観』（角川書店）、『万葉集』は『新編日本古典文学全集』①〜⑤（小学館）、『源氏物語』は『新編日本古典文学全集』（小学館）によった。和歌・『万葉集』については巻数・歌番号、『源氏物語』については、巻数・頁数もそれぞれによって示している。ただし、N-gram分析の関係から、全文を平仮名に開いている場合もあれば、書式統一のため、適宜漢字をあてた場合もある。その他の引用本文については、当該章において注記している。

う。言語の供給源には、社会的規範性に照らしてまず「正（プラスイメージ）」と「負（マイナスイメージ）」の別がある。本章で論じた『古今和歌集』や『源氏物語』などは、「正」の言語リソースと称することができる。それに対して、反社会的な語彙の集合体—現代に一例をもとめるならば2ちゃん用語など—は「負」の言語リソースと位置づけられよう。心理学での用語にならい、前者をポジティブリソース、後者をネガティブリソースと命名しておきたい。こうした区分を立て、把握しなおすことにより、言語、社会、文化の関係を改めて理論化・体系化できるものと考える。

(7) 近藤みゆき「nグラム統計処理を用いた文字列分析による日本古典文学の研究—『古今和歌集』の「ことば」の型と性差」（千葉大学『人文研究』29号二〇〇〇・三）。

付節

和歌とジェンダー――ジェンダーからみた和歌の「ことば」の表象――

1 ジェンダー批評と和歌研究――一九九〇年代の動向

一九八〇年代後半から九〇年代にかけて、日本においても、性差をめぐる歴史・社会・文化の分析方法は、フェミニズム批評からジェンダー批評へと、一つの変化と拡大を遂げたが、その流れを承け、特に九〇年代以降、古典和歌と相互関連する研究領域において、ジェンダー研究の視点によっためざましい成果が相い次いできた。主立った論集や著作を見ても、日本史研究の分野では、一九九四年に『ジェンダーの日本史』上・下（脇田晴子・S・B・ハンレー編、東京大学出版会）の刊行があり、物語研究では一九九五年に『物語〈女と男〉』（新 物語研究3、物語研究会編）の企画が組まれ、また、一九九八年には源氏研究を中心としたジェンダー論の最先鋒である河添房江の論集『性と文化の源氏物語』（筑摩書房）が上梓され、話題を呼んだことは記憶に新しい。一方、同じ平安時代の、記号性の高い文化的テキストとしての絵画を分析対象とし、充実した展開を見せているのが、日本美術史をフィールドとする千野香織、池田忍の研究であろう。千野や池田の論考を収める『美術とジェンダー　非対称の視線』（ブリュッケ）が刊行されたのが一九九七年。「ジェンダー」は、まさに九〇年代の文化批評のキーワードであった訳で、それは様々な分野で既存の概念を脱構築する批評として、ほぼ定着した感がある。

この中にあって、和歌研究はどうであったろうか。同じ時期、和歌の分野で活発化したのが「女歌」論である。シンポジウムや講演において、「女歌」はたびたびテーマとなり、[注(1)]当然のことながら関連する論考も続いたが、折口以来の第二展開期ともいうべき、この九〇年代における議論の再燃は、直接には一九九〇年に公刊された鈴木日出男の『古代和歌史論』[注(2)]に収められた一連の女歌論による所が大きい。すなわち新しい文化批評の導入としてというより、「女歌」論という本来的な和歌の課題が深められる過程で、「ジェンダー」という概念にも関心がもたれるようになったというのが、この時期の和歌研究での、独自な展開であった訳である。

この間の論で、鈴木と並ぶ新たな提案となったのが、後藤祥子の「女流による男歌」[注(3)]である。鈴木と後藤の論には、前者が万葉から平安前期に比重を置き、後者が平安前期から新古今時代までを対象とするというように異なる時期を扱いながらも、共通する視点がある。それは、鈴木が男性の女歌を、後藤が女性の男歌をとりわけ問題として、またその点に多くの反響が集まったように、和歌における性差の越境を、同性間の贈答歌や、題詠といった、文芸の根本に横たわるものとして問う視点であり、さらにその問いを、個別和歌の表現に密着して解明しようとする姿勢である。九〇年代女歌論の新しさとは、まさにここにあったと言えるだろう。[注(4)]特に後藤の論は、「女歌」の対に

(1) 日本大学のシンポジウム「いま、なぜ女歌か」（講師は中川幸廣、篠塚純子、田村柳壱。『語文』第八二輯（一九九二・四）に掲載）。上代文学のシンポジウム「女歌の現在」（講師は阿蘇瑞枝、東茂美、佐々木幸綱。『上代文学』七六号（一九九六・四）に掲載）。また、全国大学国語国文学会、青木生子講演「女歌の意味するもの」（『文学・語学』一五五号、一九九七・五）。

(2) 鈴木日出男『古代和歌史論』（東京大学出版会、一九九〇）。

(3) 後藤祥子「女流による男歌―式子内親王歌への一視点」（関根慶子博士頌賀会編『平安文学論集』風間書房、一九九二）。

(4) これを承けるものに小嶋菜温子「恋歌とジェンダー―業平・小町・遍照」（『国文学　恋歌―古典世界の』一九九〇・一〇）がある。

なる概念の「男歌」という着眼を鮮明にし、和歌の発想や表現に潜む「男性性」という問題を、具体的に浮かび上がらせることになった点でも、今後の展開への道を拓くことになったのである。それは、前述のような、他領域のジェンダー批評が、女性と女性性の問題に終始するものではなく、男性性・女性性の双方向の検討から、時代・社会制度の構造を解明しようとする点と軌を一にすると言えるだろう。

この方向を進めて、概念としてではなく、王朝和歌の表現の実態としての男性性・女性性を具体的に明かにしていくこと、あわせて、前述のような新たな批評の枠組みを、柔軟に取り入れていくことが、次の課題として重要であると思われる。「女歌」論は、いなし・反発・切り返し・待つ・媚態など、女の歌の特質の中でも、歌の構える所作とも言うべき側面を常に議論の中心としてきた。そのことと、補い合う意味でも、今後必要なのは、男性性の観点もあわせて、美的・文化的言語テキストとしての和歌の、「ことば」それ自体を検討することであろう。本節ではこの点について問題を提起してみたい。

2 歌の「ことば」の男性性・女性性

個別の歌ことばを扱う際、それが男性の歌、女性の歌のどちらに多いのか、という詠歌主体の性を問題とすることや、あるいはまた、その歌ことば自体が男性性・女性性のいずれかの属性・象徴性を付与されているのか、いないのか、ということは、これまでの研究でほとんど言及されることがなかった。その前提として、現代の我々には、何か、歌ことばを、男女差の無いニュートラルなものとする共通理解が働いているように思われる。しかし、歌ことばは、王朝時代の言語感覚においても、果たして本当にニュートラルなものだったのだろうか。王朝歌人たちの、歌の「ことば」における性差の意識について考える時、注目したいのが、『能因歌枕』の次の一文である。

夏虫（ナツムシ）とは　女によりて身をいたづらになす物にたとふ　（『能因歌枕』）

周知のように「夏虫」と言えば、『古今集』の注釈史や現在の歌語辞典等がまず言及するのは、その実体が飛蛾なのか、蛍なのか、蝉なのかという点である。それに対して、『能因歌枕』では、実体はさておき、比喩の意味性をこそ問題としている。そして、特に男が女によって身を破滅させることの比喩、という性別を限定した認識を示しているのである。平安期の用例の実態は、この認識とみごとに呼応しており、女性で夏虫詠を残すのは、全体でもわずかに、伊勢・和泉式部と、『永久百首』「夏虫」題での常陸・大進にすぎない。▼注(5)

夏虫を何かいひけむ心から我も思ひにもえぬべらなり　（古今・恋二・六〇〇・躬恒）

に代表されるように、男性が、男性自身の恋をたとえるのが「夏虫」の比喩の本義であった。すなわちそれは、詠歌主体の点でも、比喩の属性の点でも性差意識を厳密に備えていた訳で、性差の観点を抜きにしては、この歌ことばの本質を理解したことにはならないであろう。

当然のことながら、実はこうした現象は、「夏虫」一語にとどまるものではない。ジェンダー――社会的・歴史的・文化的に形成された男らしさ、女らしさ――は、人事の核を成す概念であり、人事と自然の融合を特色とする『古今集』にはじまる王朝和歌の「ことば」は、現代の我々の認識

(5)　夏虫・女郎花の詠み手のジェンダーから見た用例・内容の検討は、近藤みゆき「nグラム統計処理を用いた文字列分析による日本古典文学の研究―『古今和歌集』の「ことば」の型と性差―」（千葉大学『人文研究』第二九号、二〇〇〇、近藤みゆき『古代後期和歌文学の研究』〈風間書房、二〇〇五〉に一部改稿して収録）で詳細に行っているので参照されたい。

をはるかに超えて、性差の意味性に満ちたものだったとも考えられるのである。たとえば、男性性に対し女性性を属性とする比喩として容易に思い浮かぶのが「女郎花」であろう。艶で誘惑的な花と詠まれる女郎花が女性を属性とすることは言うまでもないが、重要なのは、この比喩の詠み手があくまで男性であり、平安期を通して、女性は特別の場合以外これを詠まない点であろう。すなわちそれは女性、というより男性の視点が捉えた女性性の反映と理解するのが正確である訳である。古今的表現のおもな担い手であった男性たちは、夏虫＝身を滅ぼす恋＝男性性、女郎花＝艶で誘惑的なもの＝女性性というように、個々の比喩に性差の役割を付与していったと言ってよい。それでは同様の事は、その他の多数の景物や比喩においては、認められるのだろうか。歌ことばの使用には、どの程度、男女の棲み分けがあるのだろうか。また、どのような表現に男性性・女性性という役割が付与されているのだろうか。

稿者は、これら王朝和歌の「ことば」と性差の関係を知るための基礎作業として、『古今集』和歌のテキストデータを統計処理して、男性特有表現、女性特有表現を総比較する事を試みている。▼注(6)それは、品詞分解ではなく文字列分析という特殊な分析法によって、名詞だけではなく、動詞・形容詞やその活用形、連語など、あらゆる語形を網羅し、男女の比重を計る方法をとっており、その結果によると、「ことば」と性差の関係は、景物や比喩に関する語はもちろんのこと、感情・行為行動をあらわす「ことば」にも内在していることがわかる。次にその例を取り上げてみよう。

(6) 近藤みゆき「平安時代和歌資料における特殊語彙抽出についての計量的研究と利用ツールの公開」（特定領域研究「人文科学とコンピュータ」一九九八年度研究成果報告書、一九九九・三）、近藤みゆき注（5）論文。

3 「恋する」「かれゆく」「言はましものを」

『古今集』において、詠歌主体が極端に男性中心となることばに、感情・行為行動の基本ともいうべき「恋・恋す・恋し」がある。恋・恋しかり・恋しきものを・恋つつ・恋死・恋もするかな・恋わたる、など「恋」の付く語句はバリエーションも多く、『古今集』では総計一一四にのぼるのだが、うち、女性歌は、実に四首にすぎない。わずか3％である。その四首をあげてみよう。

うたたねに恋しき人を見てしより夢てふ物は頼みそめてき（恋二・五五三・小野小町）

いとせめて恋しき時はむばたまの夜の衣を返してぞ着る（恋二・五五四・小野小町）

思ふどちひとりひとりが恋ひ死なば誰によそへて藤衣きむ

（恋三・六五四・読人しらず、ただし、詞書から「橘清樹が忍びにあひ知れりける女」）

山科の音羽の滝の音にだに人の知るべくわが恋ひめやも

（恋三・六六四・読人しらず、ただし、左注から「近江采女」、墨滅歌・一一〇九に重出）

恋二巻頭の小野小町の歌二首、ならびに恋三の橘清樹の恋人の歌は、前掲の後藤論が「忍ぶ恋」という主題を詠む点で女の恋歌では例外的としてあげるまさにその歌となっており、残る一首は近江采女が天皇に応え奉った歌として伝承されるものと、これらは同時に何らかの意味で特殊性の指摘される歌ばかりなのである。男性の作例が、

山ざくら霞の間よりほのかにも見てし人こそ恋しかりけれ（恋一・四七九・貫之）

大空は恋しき人のかたみかは物思ふごとにながめらるらむ（恋四・七四三・酒井人真）

逢ふことを長柄の橋のながらへて恋ひわたるまに年ぞ経にける（恋五・八二六・是則）

など、恋一から恋五までのほぼ全般においてに散見され、その内容としては「恋する」という感情の歌境を自由に展開していくのに比べ、「恋する」女たちは、あまりにも限定されている。『古今集』においては、「恋する」のは、まず男性という定式が、「ことば」の型としてあったことがうかがえよう。

しかしながら、この定式は、『万葉集』においては全く見られない。万葉では、

君待つと我が恋ひ居れば我が屋戸の簾動かし秋の風吹く　（巻四・四八八・額田王）

我のみそ君には恋ふる我が背子が恋ふといふことは言のなぐさそ　（同・六五六・大伴坂上郎女）

直に逢ひて見てばのみこそたまきはる命に向かふ我が恋止まめ　（同・六七八・中臣女郎）

など、文字通り「恋する」女性の名歌に事欠かない。ところがこうした額田王や坂上郎女のように、恋する自己を自由に歌いあげる女性歌は、小野小町を例外として、『古今集』では影を潜めてしまうのである。

そしてこの傾向は、『後撰集』『拾遺集』でもあまり変化することがない。『後撰集』では、「恋」の付く語句を持つ一〇〇首のうち女性歌はわずかに七首、『拾遺集』では一三八首のうち女性歌はさらに少なく五首（うち四首は坂上郎女）にとどまっているのだが、対照的に、恋することを歌った男性の秀歌は

あさぢふの小野の篠原忍ぶれどあまりてなどか人の恋しき　（後撰・五七七・源等）

恋すてふ我が名はまだき立ちにけり人しれずこそ思ひそめしか　（拾遺・六二一・忠見）

などと、続々と詠まれていくのである。読人しらず歌をどう扱うのか、そうした問題ももちろんあるが、一見して明かな量的偏りは、やはりこれが当時の「ことばの感覚」の標準を成していたことを推測させよう。『万葉集』では、男・女いずれもが成り得た恋する主体、その役割は、『古今集』の「ことば」では男性に特化され、かつ、それが以後の歌の「ことばの感覚」の基準となっていったのであった。

言い換えるならば、平安和歌の女性は、「ことば」上で、通常、恋の主体に立たない、ないしは立ち得ないことになる。では、一方女性が主体になる「ことば」には、どのようなものがあるのだろうか。計量結果として抽出されてくる、女性中心のことばとして注目されるものとして、「かれゆく」「言はましものを」などの語句を指摘することが出来る。

時すぎてかれゆく小野の浅茅には今は思ひぞたえず燃えける　（古今・恋五・七九〇・小町姉）

住む人のかれゆく宿は時わかず草木も秋の色にぞありける　（後拾遺・雑二・九一七・藤原兼平母）

人知れず絶えなましかばわびつつもなき名ぞとだに言はましものを　（古今・恋五・八一〇・伊勢）

待つ人のなき夜なりせば聞かずとも雨降るめりと言はましものを　（和泉式部続集・一六）

これらはいずれも『古今集』初出の語句であるが、平安時代全体を通じて、女性に用例が目立ち、逆に男性の用例は百首歌などに限定されている。「離る」という語であれば、

今ぞ知る苦しきものと人またむ里をば離れずとふべかりけり　（古今・九六九・業平）

のように男性も用いるのだが、「離れて行く」あの人をとどめようもない立場を、植物が枯れる自然現象と重ねて言い表す「かれゆく」は、女性の使用に特化されたことばとなっている。直叙を避けた反実仮想の自己表現「言はましものを」(せめて〜と言おうものを)も同様だが、これら女性が主体になる歌の「ことば」が、いずれも極めつけに受動的・内向的である点は注目に値するだろう。

なお『後拾遺集』の「住む人の」の歌について言えば、作者・藤原兼平母は藤原定頼の女で、『定頼集』によれば同歌は定頼の歌で、婿・信長が疎遠になったことを嘆き、女と交わした父親の歌であることがわかるのだが、女性性の強いこの「かれゆく」という語句を用いることで、歌の趣は、慰める父親の歌というより、捨てられた女の立場と限りなく一体化したものとなっている。もとより撰集資料の問題もあろうが、後拾遺撰者は、この歌の語感を、父の立場の歌としてではなく、女本人の歌として受け取って抵抗なかったのではなかろうか。先にあげた『能因歌枕』の一節ともあいまって、頼通時代から院政期の歌人たちにとって、歌の「ことば」の語感が、性差と深い結びつきを持っていたことをうかがわせる一例と言えよう。

「恋し」「恋す」など恋の感情・行為の主体を男性性の属性に限定していく一方で、「かれゆく」「言はましものを」のような受動的・内向的な「ことば」を、女性性の属性を持つ語句として新たに発生・定着させていく。「古今的表現」には、一面、このような機序も働いていたのであった。

4　新たな読みを拓く

以上のように、王朝和歌の「ことば」とは、性差を意味として不可分に持つと言ってよく、またそれは男性性・女性性の役割の別を集約していくものでもあった。そしてその方向性をほぼ決定した点でも、『古今集』は一つの転換点となっていることがうかがえる。男女の社会的あり方においても、古今的表現が形成されていく八、九世紀とは、貴族社会における家父長制の浸透により、家族・婚姻の形態が変貌を遂げ、それに伴なって男と女の関係そのものが大きくゆらぐ時期に他ならない。▼注(7) 服藤早苗が、この時期について指摘する「かつては貴族層においても女性からのプロポーズもあり得たし、女から男への積極的な対応関係もあり得たものが、男女関係において女性からの行動が一歩制限される、そういうような社会になっていく」▼注(8) という動向は、そのまま、ここで見た『古今集』の「ことば」と性差の関係に重なってこよう。その意味において、『古今集』以下の王朝和歌を、美の枠組みとしてだけではなく、社会・制度を反映したテキストとして分析批評することは、今後の一つの課題であると考えるのである。美の枠組みや美意識が、ジェンダーという見地から見ていかに制度的なものであるかは、前掲、ジェンダー美術史の諸論によって、すでに明かであろう。

また、このような作業を通して、王朝期における歌の「ことば」の性差感覚の標準・基準の線引きが出来るならば、あわせてその規矩を外れるあり方を、新たな問題として論ずることが可能となると考えられる。女性が男性的な「ことば」を詠む場合、またその逆の場合なども、議論して行くことが出来る訳である。

たとえば前述のような「恋す」「恋し」の標準を踏まえた上で、『後拾遺集』を代表する二大女流、和泉式部と相模の家集を見ると、相模では、歌合・百首歌・男性から依頼された恋歌の代作に、この語の使用は限られており、実際の贈答では男性から贈られた歌ばかりが目立ち、男性に贈った歌は一首もないことに気づかれる。いわば相模が題詠と贈答歌を区別し、日常贈答での「ことば」の性差感覚は三代集的標準に徹しているのである。それに対して和泉式部は、題詠はもちろん、贈答

(7) 関口裕子『日本古代婚姻史の研究』上・下(塙書房、一九九三)、服藤早苗『平安朝の女と男』(中公新書、一九九五)、三浦佑之『万葉びとの「家族」誌』(講談社選書メチエ、一九九六)

(8) 新物語研究3『物語〈女と男〉』(物語研究会編、有精堂、一九九五)の「座談会　物語〈女と男〉」での服藤早苗の発言。

歌でも、かなり多くこの「ことば」を詠んでいるのである。その他の例からも和泉式部は、男性中心の「ことば」を自在によみこなす点でも、突出した女流であることがわかるのだが、歌人の特性をこのような観点から捉えていくことも有効であろう。

一方、女性性の強い「ことば」としてあげた「言はましものを」を、題詠の隆盛以前に男性が用いた唯一の例として

悔しくぞ後に会はむと契りける今日をかぎりと言はましものを

（『大和物語』一〇一段、新古今・哀傷・八五四・藤原季縄にも）

をあげることが出来る。臨終の床にある季縄が、再会の約を果たせなくなり、友人公忠に贈った歌だが、男から男への贈答でこの「ことば」が使われる時、実体はさておき、表現の型として、まるで女から男への恋歌のような、ホモセクシュアリティのニュアンスが立ち現れてくる。臨終の歌としても特異な雰囲気をもつ歌として、同歌を捉え直すことが出来よう。

このようにジェンダーから、歌の「ことば」を総点検することは、王朝和歌世界についての、新たな理解や新たな読みを拓くものであると考えるのである。

第Ⅱ部

●

初期定数歌論——N-gram 分析から見た古典和歌

第2章

古今風の継承と革新
——初期定数歌論——

1　はじめに——革新の温床としての初期定数歌

『古今集』の成立から半世紀、二番目の勅撰集『後撰集』(天暦七年・九五三)の撰進された村上天皇時代の後半、新しい詠歌形式が誕生した。「百首歌」である。天徳四年(九六〇)に詠出された曾禰好忠の「ももちの歌」を発端として、これに源順、恵慶、源重之、藤原師氏、賀茂保憲女、重之女、和泉式部、相模らが続き、確認出来る最後の作・相模の「走湯百首」が詠作された万寿元年(一〇二四)まで、それは約六十年にわたり、時代の先端的な歌人によって展開された。好忠には「三百六十首歌」、和泉式部には「五十首歌」があるなど百首を一応の目途としながら個々の創意を反映した自由な変化形も試みられたこの間の作品群は、「堀河百首」以下の本格的な題詠百首

(1)　藤岡作太郎『国文学全史平安朝篇』(初出、一九〇五)の本文の引用は東洋文庫二四七『国文学全史　平安朝編二』(秋山虔・篠原昭二・小町谷照彦校注、平凡社、一九七四・二)による。なお、好忠についての評価は、藤岡のように評価するにせよ、あるいは「何時の世にもある一人二人のすねものや不平家」で「思想の上に何等の新しさがあるのでは無かった」(津田左右吉『文学に現はれたる我が国民思想の研究』、初出は一九一六)、「語句の珍奇は、いまだ別箇の様式の創造ではない。その意味で好忠は革新的ではなく、むしろ平凡である。」(風巻景次郎「曾禰好忠論」(『全集』5、桜楓社、初出は『短歌研究』一九三三・一〇)などのように評価しないにせよ、一九三〇年代頃までは、その個の営為としての和歌が考察対象とされる事が多かった。

(2)　これを社会的地位や歌人圏を同じくする歌人たちの生活と文学の連帯の中から生まれたものと捉える研究は池田亀鑑「曾禰好忠についての疑問」(『文学』二・八、一九三四・八、のち『中古文学叢考』第三分冊〈目黒書店、一九四七〉)を経て、一九五〇年代の藤岡忠美の一連の研究で確か

と区別して初期定数歌と称されている。一人の歌人が一定のまとまりある数の歌を題詠する定数歌の形式と手法をこの間を通じて確立した点、また万葉語や俗語、新奇なことば続きなど、古今的規範を外れる特有の歌風を形成した点において、和歌史にもたらしたものは非常に大きい。初期定数歌群をもって後撰・拾遺時代の新風の温床として評価することは、ほぼ一致した見解であろう。

その特異な用語と詠風についての議論は、はじめ、伝と歌風の際だって特徴的な好忠に集中していた。好忠の史的意義を最初に評価した藤岡作太郎『国文学全史　平安朝篇』[注(1)]が「……好忠ひとりこの俗習を憤り、奮うて新意を詠ぜんと欲す、その面目は時流に反するにあり。時流に逆い、別に機軸を出さんと欲して、かれは好んで人の言わざる語句を用いたり。」と、時流に逆らう個の営為としてこそ、その詠風を称揚したことが長く大きな影響を与えたとも考えられるが、戦後、特に、歌壇史研究が進展するに従って、初期定数歌歌人たちとこの期のもう一つの新風の場であった河原院文化圏との関連が明かになるにつれ、[注(2)]それは初期定数歌全体の問題として、歌人群、歌人圏の論として捉え直され、論じられることとなったのであった。初期定数歌歌人同士、あるいは河原院歌人との影響関係や、用語の源泉等についての研究は詳細を極め、万葉語はもちろんのこと、漢詩文・漢語の受容、屏風歌素材の摂取、天徳四年内裏歌合はじめ村上朝期のおもだった歌合歌の目新しい表現の転用、歌学書、神楽歌、祝詞、『古今六帖』の特異語彙の受容と、[注(3)]およそ思いつく限りの当代の諸要素が貪欲に取り込まれている実態とあわせて、各定数歌の成立の順についても一定の結論を得るに至っている。金子英世[注(4)]の緻密な読み込みによって、『好忠集』所載の「順百首」を順以外の偽作とする余地はなくなり、また「三百六十首歌」の成立の上限を、冷泉天皇大嘗会屏風歌の表現の摂取という点から安和元（九六八）年十一月に絞り込んだ松本真奈美の指摘[注(5)]により、「重之百首」が「三百六十首歌」に先行する事も動かぬ見解となったと言えよう。

なものとなった。（藤岡忠美『平安和歌史論―三代集時代の基調―』（桜楓社、一九六六、「Ⅱ　曾禰好忠ら受領歌人の論」）、『平安朝和歌　読解と試論』（風間書房、二〇〇三、「後編　第二章　四、曽禰好忠の特異性について」）。うち好忠・百首歌論の初出は以下の通り。「後撰時代歌人群の展望（上）」（一九五一・一『日本文学史研究』九号）、「毎月集の日記性について」（『日本文学』七・七、一九五八・七）、「曾禰好忠の文体についての序論」（『国語国文研究』一八・一九、一九六一・三）、「沈淪のうた―曾祢好忠を中心とする「生活派歌人」の動向について―」（『日本文学』一〇・一〇、一九六一・一一）。一方、当期和歌の新風形成の場として安法法師の河原院に注目した犬養廉「河原院の歌人達―安法法師を軸として―」（『国語と国文学』四四・一〇、一九六七・一〇、のち『平安　和歌と日記』〈笠間書院、二〇〇四〉所収）に端を発する歌壇史理解が支持されて行く中で、この河原院に百首歌歌人たちの多くが関わったこと、河原院が百首歌の享受と伝播の場でもあったことなどが、具体的に論じられてきた（久保木寿子「和泉式部の詠歌環境―そのこれらの一連の研究によって、初期定数歌群全体を個の営為と言うよりも、集団の中の個の営為として理解する見方や、各定数歌の前後関係や表現の質、相互関連性について見通しが立てられてきたところで、いま試みたいのが、初期定数歌群を一つの運動体という観点から捉え直すことである。その際、特に注目したいのが初期定数歌群特有の「返し」という詠歌行為である。初期定数歌群は、周知のように「返し」という詠歌行為によって展開した点を特色としている。▼注(6) そのことは「源順これをみて返ししたりとなむ」(「順百首」詞書)、「これは、世の中に曽祢の好忠といふ人のよめるももちの歌の返し」(「恵慶百首」詞書)と繰り返し言及されているのであり、初期定数歌群のある種の本質に関わる事柄であろう。最初期の「好忠百首」から相模までは実に六十年、順・重之らの百首を経て、再び好忠によって「三百六十首歌」が詠出されるまでの間だけでも数年から十数年の時間の経過があった。同じように集団性をもった詠歌行為でありながら、初期定数歌の集団性とは後の「堀河百首」のように短期間で競い合い成立したものとは決して同じではない。また歌人が参集する確たる場が存在した訳でもない。この作品群は先行の定数歌というテキストだけを媒介に、「返し」という文芸行為によって長期間をかけて集団性を保ったのであり、いわゆる「影響関係」という従来的視点からだけでは捉えきれないものがあると考えられる。言語テキストをすべてとするこの運動体の実態を捉えるには、その言語テキスト間の徹底した比較分析がまずは有効であるに違いない。

このような観点から、本章では初期定数歌のうち、最初のまとまりをなす「好忠百首」、「順百首」、「重之百首」、好忠「三百六十首歌」の四定数歌を取り上げ、テキストを徹底比較し、「返し」という文芸行為の実態とそのもたらしたものを明らかにしたい。特に、新しさの頂点でもある「三百六十首歌」に到るまでを明らかにして、この期の革新的表現がいかにして獲得されていったかを追って

始発期―」(『国文学研究』七一集、一九八〇・六)、川村晃生『摂関期和歌史の研究』(三弥井書店、一九九一・四)、近藤みゆき「平安中期河原院文化圏に関する一考察―曾禰好忠・恵慶・源道済の漢詩文受容を中心に―」(『千葉大学教養部研究報告』A・22、一九九〇・三、のち『古代後期和歌文学の研究』〈風間書房、二〇〇五〉所収)、西山秀人「源順歌の表現―好忠および河原院周辺歌人詠との関連」(『和歌文学研究』六四号、一九九二・一一)など。

(3) 漢詩文・漢語の受容については、川村晃生注(2)著書、近藤みゆき注(2)論文、屏風歌素材の摂取については、西山秀人「源順の歌風について―源高明大饗屏風歌を中心に」(『古典論叢』二二、一九九〇・八)、松本真奈美「曾禰好忠「毎月集」について―屏風歌受容を中心に」(『国語と国文学』六八・九、一九九一・九)、村上朝期歌合との関連については金子英世「天徳四年内裏歌合と初期百首の成立」(『三田国文』一四、一九九一・六)、歌学書との関連については金子英世「『千穎集』の位置―初期百首との関係を中心に」(『和歌文学研究』六四、一九九二・一一)、神楽歌や祝詞の受容について

みたいと考える。

なお、定数歌テキスト相互の比較には、N-gram 統計によった文字列総比較を用いることとする。N-gram 統計によった文字列総比較のツール、方法、文学研究における有効性についてはすでに述べたことがあるので繰り返さないが、[注(7)] この分析方法によると語形の枠をこえる自由さで、複数のテキスト間の共通表現、独自表現をすべて網羅することが出来る。たとえば、「好忠百首」と「順百首」を比較し何が重なり何がそれぞれの独自の表現として展開されているのか、あるいは「好忠百首」「順百首」「重之百首」「三百六十首歌」の四者を比較し四つの定数歌すべてに共通する表現が何であるのか、「三百六十首歌」だけの独自表現はどのようなものであるのかを網羅的に取り出し、分析・研究することが出来るのである。この手法を有効に用いることにより、表現への部分的なアプローチでは捉えることに限界のある定数歌世界の全容——一つの定数歌が次の定数歌を呼び込み、発動させて行くような動態としての全容をうかがい知ることが出来ると考える。

2　詠歌方法としての「返し」——定数歌の骨格をなすもの

「好忠百首」「順百首」「重之百首」「三百六十首歌」の成立順は次のように推定されている。[注(8)]

好忠百首　　天徳四年（九六〇）
順百首　　天徳四年（九六〇）か
重之百首　　応和元年（九六一）～康保四年（九六七）
三百六十首歌　　安和元年（九六八）～天禄三年（九七二）

は、久保木寿子「初期百首の神祇意識—好忠百首を起点に—」（『白梅学園短期大学紀要』三〇、一九・三五、一九九四）、西山秀人「源順歌と延喜式祝詞—祝詞の和歌受容について」（『上田女子短期大学紀要』二〇、一九九七・三）、『古今六帖』特異語彙との関連については、近藤みゆき「古今和歌六帖の歌語—データベース化によって見た歌語の位相」（『歌ことばの歴史』笠間書院、一九九八・五）など。

(4)　金子英世「「源順百首」の特質と初期百首の展開」（『三田国文』一九、一九九三・一二）。

(5)　松本真奈美「重之百首と毎月集」（『国語と国文学』六九・一〇、一九九二・一〇）。

(6)　なおこの連作同士の関係を「応和」と称することもあるが、「応和」は当時の歌人たちの用いた術語ではないこともあり、ここでは「返し」という語に即してその実態を考えていきたい。

(7)　近藤みゆき「ｎグラム統計処理を用いた文字列分析による日本古典文学の研究—『古今和歌集』の「ことば」の型と性差—」（千葉大学『人文研究』二九号、二〇〇〇・三、近藤みゆき『古代後期和歌文学の研究』〈風間書房、二〇〇五〉に一部改稿して収録）、「n-gram 統計による語形の抽出

「好忠百首」から「三百六十首歌」まで最短で八年、最長で十二年である。この四種以外に、藤原師氏の百首歌『海人手古良集』や、「恵慶百首」も近い時期の成立かと言われているが、確定出来るのは『海人手古良集』の成立下限が師氏の没した天禄元年（九七〇）という点だけであり、「恵慶百首」の成立年も結局の所は未詳とするよりない。「返し」の具体相を捉えたい本章では前後関係の明白な「好忠百首」から「三百六十首歌」までを、考察範囲とすることとした。

「好忠百首」が詠まれてのち、「順百首」が「源順これをみて返ししたりとなむ」という動機で詠出されたことは先にも述べたが、この連作に連作をもって「返す」手法が、源順が藤原有忠の連作への「返し」として詠んだ「あめつちの歌」「双六盤歌」などでも用いられている、当期下級知識人の遊技歌の作法であることはよく知られる通りである。「好忠百首」自体が、北村杏子の述べる▼注(9)ようにこれら後撰集時代の遊技歌の流れで創作されたものである訳だが、ではこの「返し」という詠歌法の表現上の特徴は、具体的にはどのようなものなのであろうか。有忠の連作は残されておらず、「あめつちの歌」「双六盤歌」に関しては確認の手だてがないのだが、「好忠百首」と「順百首」をN-gram分析を用いた文字列総比較によって比較し、両百首に共通する表現を網羅すると、その表現上に非常に特徴的な関係があることが明らかになるのである。

すなわち、単語的な、いわゆる歌ことばだけではなく、用言に語の連接したようなある種の言い回し——複合的な語形（語の連鎖、語列）——の一致する次のような例が、多数見出されるのである。一部をあげてみよう。なお、相互の歌中での位置の一致にまで及ぶ特定文字列の一致の様相を示すため、以下、比較のために掲出する用例はすべて平仮名とし、共通する語形部をゴチックで示すこととする。

と複合語―平安時代語の分析から―」（本書第V部12章、初出は『日本語学』二〇、二〇〇一・八）、「N-gramの手法による言語テキストの分析方法」（近藤泰弘と共著、『漢字文献情報処理研究』第二号、二〇〇一・一〇）、「古今集の「ことば」の型―言語表象とジェンダー―」（国文学研究資料館編『ジェンダーの生成』臨川書店、二〇〇二・三、近藤みゆき『古代後期和歌文学の研究』〈風間書房、二〇〇五〉に一部改稿して収録）。なお、今回の研究では、文字列総比較の方法として、前掲論文まで用いていたツールを改良したngmerge（近藤泰弘作成）を用いている。これは三種以上のテキスト間の和差を抽出出来る石井公成・師茂樹の手法（NGSM）に適したものとして作成されたものである。石井・師の研究やツールに関しては「XMLとNGSMによるテキスト内部の比較分析実験―『守護国界章』研究の一環として―」（『漢字文献情報処理研究』第二号、二〇〇一・一〇、好文出版）を参照されたい。文字列総比較ツールの改良に多くのご教唆を得た石井氏、師氏に記してお礼申し上げる。

（8）松本真奈美注（5）論文に詳しい。

(1) あふせありやと

をしからぬいのちこころにかなはずはありへばひとに**あふせありやと**　（好忠百首・四四三）

つらくともわすれずこひんかしまなるあぶくまがはの**あふせありやと**　（順百首・五七六）

(2) やいづこなるらん

さだめなくひとひめぐりにめぐるてふかみのやしろ**やいづこなるらん**　（好忠百首・四六一）

こひわびてへじとぞおもふよのなかにあらぬところ**やいづこなるらん**　（順百首・五三二）

(3) きのふまでふゆこもれりし

きのふまでふゆこもれりしくらぶやまけふははるべとみねもさやけみ　（好忠百首・三六九）

きのふまでふゆこもれりしがまふのにわらびのとくもおひにけるかな　（順百首・五六七）

(4) こほりとけ〜るかな

かがみかと**こほりとけ**たるみなぞこにふかくなりゆくふゆにもある**かな**　（好忠百首・四〇四）

はるたたば**こほりとけ**なんぬまみづのしたこひしくもおもほゆ**るかな**　（順百首・五二一）

(5) しるらめや

やしほぢのなみのたかきをかきわけてふかくおもふと**しるらめや**そも　（好忠百首・四一四）

をしどりのみなるるおとはつれなきをしたくるしとは**しるらめや**ひと　（順百首・五五六）

(6) ちぢにくだくる・こころ

きみこふる**こころ**は**ちぢにくだくる**をなどかずならぬわがみなるらん　（好忠百首・四一六）

はなゆゑにみをやすててしくさまくら**ちぢにくだくる**わが**こころ**かな　（順百首・四九〇）

(7) かみまつる〜になりにけり

かみまつるふゆはなかばに**なりにけり**あねこがねやにさかきおりしき　（好忠百首・四〇五）

(9)　北村杏子「初期百首の形成とその性格」（『平安文学研究』六五輯、一九八一・六）、同「曽丹集中の「三百六十首」の特質について」（『国語と国文学』五八・八、一九八一・八）がある。

かみまつるさかきはさす**になりにけり**ゆふづくよにぞおほぬさにみし　（順百首・五一七）

（8）ばかりにのはなりにけり

よそにみしおもあらのこまもくさなれてなつく**ばかりにのはなりにけり**　（好忠百首・三八五）

ねのびすとみしほどもなくくさまくらむすぶ**ばかりにのはなりにけり**　（順百首・四八九）

（9）もしらぬこひの

ゆらのとをわたるふなびとかちをたえゆくへ**もしらぬこひの**みちかな　（好忠百首・四一〇）

かやりびのしたにもえつつあやめくさあやめ**もしらぬこひの**かなしき　（順百首・五三八）

（10）ものをこそおもへ

とぶとりのこころはそらにあくがれてゆくへもしらぬ**ものをこそおもへ**　（好忠百首・四四二）

かつまたのいけのうらなみうちはへてたちてもゐても**ものをこそおもへ**　（順百首・五二五）

なくしかのこゑきくからにあきはぎのしたばこがれて**ものをこそおもへ**　（重之百首・二七〇）

文字列総比較の結果としては、これら用言を中心とした複合的な語形の一致するものとあわせて

さはだがはながれてひとのみえこずはたれにみせましせぜのしらたま　（好忠百首・四三八）

さはだがはゐでなるあしのはわかれてかげさすなへにはるふけにけり　（順百首・四九一）

のような、名詞を中心とした単語、いわゆる歌ことばの一致する場合も多く取り出されてくる。そうした歌ことばの一致にも注目すべき点があるが、ここではまず従来ほとんど指摘されることがなかったこの複合的な語形の一致に着目してみたい。文字列総比較分析によると、「ばかりにのは

なりにけり」「もしらぬこひの」「やいづこなるらん」のような、単語に分割された索引を用いたのでは決して捉えることの出来ない、こまやかな言葉続きの一致を取り出すことが出来るのだが、それら言語続きの一致は、「返し」という作法の特徴をより際だたせるものとなっているのである。

そもそも、これらの共通する言葉続きは、決してありふれた語法ではない。『新編国歌大観』による限りでは、平安和歌では（1）「あふせありやと」は好忠・順の当該歌が初出例であり、（6）「ちぢにくだくる」は先行例は一首（元真集）、（2）「やいづこなるらん」は二首（古今六帖・一条摂政御集）、そして（3）「きのふまでふゆこもれりし」・（7）「かみまつる」〜「になりにけり」・（8）「ばかりにのはなりにけり」・（9）「もしらぬこひの」の四組については当該歌二首だけの用例しかない単独の一致例で、また（5）の「しるらめや○○」で末句七音を構成する語法も他に用例を認めることが出来ない。これらは好忠が百首を詠むにあたって創意を凝らした特殊な言葉続きと考えられるのである。そして順は「返し」百首を詠むにあたり、「好忠百首」のこうした語法を意識的に引用し、共有しているのである。「好忠百首」と「順百首」の間には、このような複合的な語形の一致が実に四十三組にもわたって見出される。しかも（1）〜（10）のうち（6）以外はみな該当語句の一首内での位置までが同じという一致度の高さを示しているが、ここまでの一致を見せるものも四十三組中二十七組にのぼる。これらは順自身によって意識的に一致させたという作為と見る以外にあるまい。以上から推測するに「順百首」の「返し」とは、特定の言い回しを、あたかも軸のように意図的に引用・共有して自分の一首を付けて行くという詠作方法を言ったのではないか。

比較のために『古今集』のような閉じたテキストにおいてこのような複合的な語形の一致がどの程度認められるのかを確認しておこう。『古今集』ではこのような語法の一致は千百十一首中二十

組にとどまっている。かつその内容は、読人しらず歌同士で繰り返される類句的な語句、

おもひいづるときはのやまのほととぎすからくれなゐのふりいでてぞなく　（夏歌・一四八・読人しらず）
おもひいづるときはのやまのいはつつじいはねばこそあれこひしきものを　（恋歌一・四九五・読人しらず）

や、あるいは、

なきとむるはな**しなければうぐひすも**はてはものうくなりぬべらなり　（春歌下・一二八・紀貫之）
いまいくかはる**しなければうぐひすも**ものはながめて思ふべらなり　（物名・四二八・紀貫之）

のように、個々の歌人の詠みぐせや詠風のあらわれであるようなものとなっている。これらと比較しても、「順百首」が「好忠百首」と四十三組の語法を共有することは、極めて意識的な手法であることが裏付けられよう。

では、複合的な語形を引用・共有しながら、「順百首」はどのような付け合いを展開しているのであろうか。前掲の用例に戻ってみよう。（1）では、「不逢恋」の主題はそのままに、「あふ瀬ありやと」の「あふ瀬」の「あふ」の音の繋がりで「あぶくま川」という用例の少ない歌枕を詠み込んでみせる。（3）では

きのふまでふゆこもれりしくらぶやまけふははるべとみねもさやけみ　（好忠百首・三六九）

きのふまでふゆこもれりしがまふのにわらびのとくもおひにけるかな　（順百首・五六七）

と、「くらぶ山」に対して「がまふ野」（蒲生野：『拾遺集』初出、光孝天皇大嘗会屏風）と、別の耳新しい歌枕を取り入れ、舞台を「山」から「野」に転換する。それに伴い春立つ峰を遠望する「好忠百首」の風景に対し、「順百首」では蕨の萌え出る早春の野という異なる風景が展開することになるのである。前掲の用例のうち（4）では、「深くなり行く冬」を「春立たば氷とけなん」と春の来訪を希求する季節に時間を進め、かつ歌の主題は季節歌から恋歌に転じている。（5）では、順歌は第五句を「しるらめや○○」で括るという語法の一致というだけでなく、人に知られぬ恋の主題を「水」をテーマに詠む点までを好忠歌と同じくしてる。ただし好忠歌が「八潮路の波の高き」と動きのある潮流を物象として「深く思うと」とするのに対し、物象を同じ「水」でも、海ではなく鴛鴦の浮かぶ静的な水面――おそらくは池水などを連想すべきであろう――に転じて、「つれなく」「下苦しい」思いを詠む。また（9）では、恋を比喩する物象を海（水）から火へと転じている。

特定の語法を軸とし共有しながら、それ以外の部分において季節の転換、山→野、海→池のような舞台の転換、水→火のような物象の属性の転換、四季歌→恋歌のような主題の転換、そして新奇な用語の取り込みと、異なることばをパズルのようにはめ込み、別の歌を作り上げていく試みがなされているのである。まさしく知的趣向の極と言ってよい。

ところで、このような二首の詠歌が一部の語句・語形を共有するあり方といえば、まずは贈答歌の「返し」が想起されるところであろう。しかし贈答歌の「返し」といま見た「順百首」の「返し」は、言語的な構成・対応の様式において異なるものと言わねばならない。三代集時代の贈答歌の構成や様式、特にその言語的構成の特質については増田繁夫に卓論があり[注(10)]、そこで取り上げられている様々な例と比較するとその相違は歴然とする。比較のために増田が『後撰集』贈答歌の中でも特に「用語の対応がみごとに行われた例」とする一組をあげてみよう。

あしたづの沢辺に年はへぬれども心は雲の上にのみこそ
あしたづの雲居にかかる心あらば世をへて沢にすまずぞあらまし
（後撰集・七五三と七五四の贈答）

a・b・c・d・eは増田論に従って付した。このa〜eの語はすべて同じ語が呼応し合う関係にあるのであり、一部を共有しながら別の箇所を別の新しい語や語句へと変更・転換してしまうものではない。ほぼすべての語を受けて贈歌の文脈に対応し、その上で贈歌の内容・主張に対して、「すまずぞあらまし」と、いなし、反発する、あるいは場合によっては同調もするのが贈答歌であると言えよう。それに対して順の「返し」は、いなしも反発も同調もしない。語形の一部を共有しながら、新しい語をつけていくことで、別の景物、別の季節、別の風景、別の心情など、別の「提案」を示していくのである。共有される語形が骨格を形成し、その他の箇所は言葉の連想で自在に入れ替わり別の歌世界が展開していく、それが「順百首」における「返し」の詠歌方法なのであった。

3　「順百首」の位置——「返し」の手法の確立と「韻律」の形成

この詠歌方法は「順百首」が最初だった訳ではなく、また当該作品だけの試みに終わったのでは

(10)　増田繁夫「贈答歌のからくり」（『論集　和歌とレトリック』笠間書院、一九八六）。

ない。定数歌各々の間で、同様の語句・語形の引用と共有がどの程度認められるのかを調べると、その数はおよそ次のようになる。

双六盤歌と好忠百首	語句・語形の一致（共有）0組	うち位置も一致：0組
あめつちの歌と好忠百首	語句・語形の一致（共有）9組	うち位置も一致：3組
好忠百首と順百首	語句・語形の一致（共有）43組	うち位置も一致：27組
好忠百首と重之百首	語句・語形の一致（共有）27組	うち位置も一致：20組
順百首と重之百首	語句・語形の一致（共有）20組	うち位置も一致：12組
順百首と三百六十首歌	語句・語形の一致（共有）39組	うち位置も一致：27組
重之百首と三百六十首歌	語句・語形の一致（共有）65組	うち位置も一致：33組

「順百首」以後、それぞれの定数歌間には、通常の詠歌のあり方とは格段の違いをもって、語形の引用・共有のあとが認められる。特に「重之百首」と「三百六十首歌」の間にはその関係が濃厚であるのだが、これらについてはひとまず置いて、まず「順百首」の「返し」の手法の萌芽が見えるものとして「好忠百首」と順の「双六盤歌」「あめつちの歌」との関係に注目しておきたい。▼注(11)

「好忠百首」が先行する順の二つの遊技歌に触発されたものであろうことは以前から推測されているが、そのどちらがより近いものであるのか、またどの程度の直接的関連があるのかは明かではなかった。決定出来るだけの論拠がなかったともいえるが、この複合的な語形の共有という点においては、「好忠百首」は「双六盤歌」とは全く重ならない（ゼロ組）のに対し、「あめつちの歌」との間にはわずかながらも（九組）「順百首」の「返し」と同様の詠み方が散見するのである。いく

(11) 順の遊技歌としては他に『碁盤歌』があるが、『碁盤歌』については宮沢俊雅によって他作説も提起されており（宮沢俊雅「源順集諸本考」（『国語国文研究』88、一九九一・三））、用語関係などについては慎重に検討する必要があると考えている。よって今回の比較対象からはひとまず外してある。なおこの通称『碁盤歌』という作品を宮澤はその形態・内容から『条里歌』（田の条理）とすべきであると称しており、稿者もこの説に従いたい。

つかをあげてみよう。

(11) いつのまに

きのふこそゆきてみぬほど**いつのまに**うつろひぬらんのべのあきはぎ（あめつち・二一）

はるがすみたちしはきのふ**いつのまに**けふはやまべのすぐろかるらん（好忠百首・三八〇）

(12) もおもほゆるかな

わすれず**もおもほゆるかな**あさなあさなしがくろかみのねくたれのたわ（あめつち・三七）

のどかに**もおもほゆるかな**とこなつのひさしくにほふやまとなでしこ（好忠百首・四三四）

(13) かれにけ

にはみればやほたでおひて**かれにけ**りからくしてだにきみがとはぬに（あめつち・一九）

もくづやくうらにはあまや**かれにけ**んけぶりたつともみえずなりゆく（好忠百首・四四五）

語の対応関係がわかりやすいように、二首間で軸となる共通文字列をゴチックとし、それ以外でも共通する語には傍線、転換されている語には波線を付してみた。(11)を例にとってみる。二首ともに「きのふ」「いつのま」と時間の推移をあらわす言葉の枠組みの中で季節の変化を景物に寄せて詠んだものだが、「あめつちの歌」では季節が秋、場面が野辺、景物が秋萩であるものが、「好忠百首」では季節が春、場面が山辺、景物がすぐろとなっている。骨組みとなる語法を共有しながら季節・場面・景物を転換する「順百首」の「返し」と、全く同じ発想法が取られていると言ってよい。順の「あめつちの歌」と「好忠百首」の関係については稿者は以前、「好忠百首」の「ももちの歌」という命名の由来を順の「あめつちの歌」の対になるものと推測し、「「あめつち詞」が初学書『千字文』冒頭「天地玄黄　宇宙洪荒」に拠るという説を踏まえれば、好忠のそれは、同様に知識人に膾炙した初学書『李嶠百詠』などから着想されたのではないか」としたことがある。[注(12)]「ももちの歌」を単純に「たくさんの歌」の意ととる説もあるが、[注(13)]それでは好忠の創作意図を見誤ることになるのであろう。「ももちの歌」とは「百詠」の和語化であり、すなわち「百首歌」とは当初から「百」という「数」を強く意識した連作と考えるのだが、「好忠百首」は実は詠歌方法においても、「あめつちの歌」との間にこのような特徴的な関係を有していたのである。両者は対関係にある作品として理解すべきであろう。

その「ももちの歌」を「あめつちの歌」に対して詠む際、好忠が「返し」の手法を試みたのは、さらに先行する順と有忠の間で交わされていた「返し」の手法の模倣であった可能性が高いのではないだろうか。前述のように有忠の詠作が伝存しないため確認の手だてがないのだが、ある語形を共有し、別の言葉や別の詩想を付けあっていく手法とは、あるいは順と有忠の間でかわされた遊技歌まで遡りうるものなのかもしれない。用言の述語部分を固定する詠み方は、韻を揃えるなど何らかの漢詩の詩作法などを連想させるところでもある。その手法を、多数の歌にわたって試みてみせた点にこそ、「順百首」の功績があったのではないだろうか。あるいは、それは新しい手法を示すというより、百という数を短期間で詠みこなす困難を解消するための策であったのかもしれない。院政期以降とは異なり、この期の歌人にとって、百首もの歌を一定のわずかな期間で詠むことは未知の体験である。その際、特定の語形を共有しながらこれに「返し」て詠んでいく手法は、百首を一から詠むことに比べ、創作をはるかに手近で容易なものとしてくれたに違いない。

そしてそれは、歌人たちに方法を与えると同時に、詠まれた歌に一つの効果を与えることともなった。韻律という効果である。複合的語形を共有することは、結果的に歌の韻律を大きく左右するこ

(12) 近藤みゆき「和歌の展開―一〇世紀」（『岩波講座　日本文学史　九・一〇世紀の文学』〈岩波書店、一九九六・七〉、のち近藤みゆき『古代後期和歌文学の研究』〈風間書房、二〇〇五〉所収）。

(13) 北村杏子注（9）論文。「しかし一般には「百」という数そのものよりもむしろ多数という概念を示すものであろう」「「ももちの歌」を詠み続けただけであって「百首」を作ったというのは余り正しいうけ取り方ではないかもしれないのである。」とする。

とになる。語形によっては

(14) になりにけり

かみまつるふゆはなかば**になりにけり**あねこがねやにさかきおりしき（好忠百首・四〇五）
かみまつるさかきはさす**になりにけり**ゆふづくよにぞおほぬさにみし（順百首・五一七）
なつくさはむすぶばかり**になりにけり**のがひのこまやあくがれにけむ（重之百首・二四二）

(15) おいにけり

あらたまのとしくれゆけば**おいにけり**こころぼそくもみゆるくものい（順百首・五五〇）
はるまきしやまだのなへは**おいにけり**もろてにひとはひきもうえなむ（重之百首・二四八）
つばなぬくあさぢがはらも**おいにけり**しろわたひけるのべとみるまで（三百六十首・八九）
としふればうばのたまも**おいにけり**からすのかみにゆきつもりつつ（三百六十首・三五九）

のように、三種以上の定数歌で繰り返し継承されるものもあるのだが、このように特定語句の引用・共有が繰り返される時、たとえば、これらに見る「〜にけり」三句切れのように、そこには自ずと固有の口調や韻律が形成されていくことになる。初期定数歌群が用語の斬新さだけでなく独特の韻律を持つことは以前からも指摘されてきたが、その韻律の形成と継承には「返し」の手法も一つの役割を果たしたと考えられよう。詠歌方法においても、そして韻律においても、「好忠百首」に「順百首」が「返し」の手法で応じた時、初期定数歌の世界は真の意味で開始されたと言っても過言ではあるまい。運動体としての初期定数歌の手法を定めた点において「順百首」の最大の意義があったと言えよう。

4 「好忠百首」「順百首」から「重之百首」へ

それでは、「好忠百首」、「順百首」に続いて成立した「重之百首」は、二つの先行百首とどのような関係にあるのであろうか。「帯刀の長、源の重之、卅日のひをたまはりて歌百よみて奉らん」の命のもとに詠作された応制百首である「重之百首」が、先行作品とはいえ、内輪の遊技歌にすぎない「好忠百首」「順百首」を内容においてどこまで意識しているのかは、従来検証が不十分のままにおかれてきたように思われる。好忠の「三百六十首歌」が、東宮の召しによる応制百首である「重之百首」をいかに意識しその創意に影響を受けたかの指摘はあっても、詠作時点としては先行するにも関わらず「好忠百首」「順百首」から「重之百首」へという相互の関係が詳細に論じられることはなかった。しかし「返し」という詠歌方法から見た時、「重之百首」には明らかにこの方法を継承する姿勢が見受けられる。「好忠百首」と「重之百首」の間には前掲のように、語句・語形の一致が二七組（うち位置も一致二〇組）、「順百首」と「重之百首」の間には二〇組（うち位置も一致一二組）があるが、その内容も「順百首」の「返し」の詠歌法と同様となっている。一例ずつあげてみよう。

好忠百首―重之百首

(16) をうちすぎて

あふみなるみつのとまり**をうちすぎて**ふなでていなんことをしぞおもふ　（好忠百首・四六〇）
やましろのとばのあたり**をうちすぎて**いなばのかぜにおもひこそやれ　（重之百首・二八〇）

順百首―重之百首

(17) むすぶばかりに

ねのびすとみしほどもなくくさまくら**むすぶばかりに**のはなりにけり　(順百首・四八九)

うちとくるよこそなからめひとしれず**むすぶばかりに**あらぬよぞなき　(重之百首・三〇四)

なつくさは**むすぶばかりに**なりにけりのがひのこまやあくがれにけむ　(重之百首・二四二)

好忠百首―順百首―重之百首

(18) しとぞおもふ

をやまだのひつぢのえしもほにいでねば**こころ**ひとつにこひ**しとぞおもふ**　(好忠百首・四五五)

こころにもう**しとぞおもふ**わがこひのえらばぬやなぞよきもあしきも　(順百首・五六六)

しものうへにけさふるゆきのさむければひとをかさねてつら**しとぞおもふ**　(重之百首・二八六)

(16)では重之は「をうちすぎて」を「好忠百首」と共有しながら、上句では、歌枕「近江なるみつ」を「山城の鳥羽」に、「とまり」を「あたり」に変え、同じ叙景歌でも好忠歌が近江の水上の風景を描写するのに対して重之歌は山城の秋の野へと、全くその景を変えてしまっている。どこを「うちすぎる」のか、その場所を転換するだけで、下句は「船出」から「稲葉が風にそよぐ秋景」へと変貌を遂げる。(17)では、重之は「順百首」の「むすぶばかりに」の語形を二首で試みている。語形の位置を第四句で同じくする「うちとくる」と、語形の位置を変えた「なつくさは」である。第四句で共有する「うちとくる」では、草枕を「結ぶ」から恋人との関係を「結ぶ」へ、何を結ぶのかを植物から人へと大きく変更して、主題を「順百首」の夏歌から恋歌に転換する。それに対して語形の位置を第二句にずらした「なつくさは」では、春歌である順歌の季節を一つ進めて夏草の繁茂する野の景色とし、新たに「野飼いの駒」という景物が配される。この「夏草は結ぶばかりに」の歌は、夏歌の新表現が模索されたこの時代を代表するような斬新さがあり、『古今六帖』に入集、また『後拾遺集』にもとられるなど重之歌の中でも評価の高い歌であるが、それは実は、独創とは言い難い、しかし単純な用語の影響関係でもない、初期定数歌間におけるこの動態的関係の試行錯誤の中で獲得されたものだったのであった。

また複合的な語形の共有は二作品間にとどまらず、好忠、順、重之と三作品にわたる場合もある。(18)がそれである。いずれも恋歌で、順歌においては好忠歌と「こころ」の語も同じくしているが、「しとぞおもふ」という語形一致をおこすのは、「形容詞語幹+しとぞおもふ」の活用語尾以下が一致するためである。形容詞語幹部がそれぞれの百首で、「恋し」(「好忠百首」)、「憂し」(「順百首」)、「つらし」(「重之百首」)と入れ替わっていくのである。いずれも恋の心情・感情をあらわす語であるが、特に「憂し」と「つらし」は、「「憂し」が自分自身に向かう傾向の強い心情であるのに対して、「辛し」は相手に向かう傾向の強い心情である」(『歌ことば歌枕大辞典』「辛し」の項、佐藤和喜執筆)と指摘されるように恋の感情において対になる語であり、かつ『古今集』では恋三以降にしか出現しないなど、恋の終わりにかけて用いられる語でもある。重之歌は句の位置は好忠歌と共有し心情語は順歌の対語を詠むという、いうなれば「好忠百首」にも「順百首」にも「返し」た歌となっているのである。この(18)において重之歌が好忠歌・順歌に対してどう「返し」ているかを整理すると次のようになろう。

1、好忠歌と語形「しとぞ思ふを」第五句で共有する。
2、好忠歌の「恋し」、順歌の「憂し」に対し、重之では「つらし」とする。

3、対自的な心情語「恋し」「憂し」から対他的な心情語「つらし」に転換することで、好忠歌の「心一つに〜思ふ」順歌の「心にも〜と思ふ我が恋」を、重之歌では「人を重ねて〜思ふ」と心情の対象を明示する方向に転換する。

4、3によって、好忠歌・順歌の忍ぶ恋（恋の初期）から、恨む恋（恋の終盤）へと段階を進める。

5、好忠歌の季節が「秋」であるのを、重之歌では「冬」に進める。

重之が好忠・順の両百首を座右に、詳細に読み比べながら作歌しているような姿さえ浮かぶ。重之は期限として下された三十日の間、両百首をかなり読み込みながら作歌していたのではないだろうか。▼注(14) 先行の百首歌テキストを徹底分析し、咀嚼することが「重之百首」詠出のための第一歩であったに相違あるまい。

5 「重之百首」の目指したもの——遊技技巧歌の世界と古今的美意識の融合

以上見たように、「重之百首」は、定数歌の詠歌方法として順が大規模に試みた「返し」の手法を積極的に活用し、軸となる複合的語句を共有することを通して「好忠百首」・「順百首」の定数歌的なるものを継承展開したものであった訳であるが、この「重之百首」の返し方を検討する時、重之が自らの百首歌をどのような方向でまとめようとしたのか、詠作時の指針が一つ見えてくるように思われる。それは、新奇な用語を押さえて、古今的美意識の範疇におさめていくという方向性である。次のような例がある。

(14) なお「重之百首」に関しては、伝本間の異同が激しくその異同が草稿本から定稿本への移行過程を反映していることが川村晃生によって指摘されている（『摂関期和歌史の研究』（三弥井書店、一九九一・四、第二章第一節の一「「重之百首」の成立」）。今回文字列比較を行ったのは西本願寺本（川村の推定では定稿本）のみであるが、他系統の本文もそれぞれ「好忠百首」「順百首」順の遊技歌と徹底比較するならば、重之の先行作品への「返し」の実態、創作過程についてよりこまやかに辿りうるかもしれない。

(19) ものをこそおもへ

とぶとりのこころはそらにあくがれてゆくへもしらぬ**ものをこそおもへ**　（好忠百首・四四二）

かつまたのいけのうらなみうちはへてたちてもゐても**ものをこそおもへ**　（順百首・五二五）

なくしかのこゑきくからにあきはぎのしたはこがれて**ものをこそおもへ**　（重之百首・二七〇）

状態をあらわす連用修飾が「あくがれて（rete）」「うちはへて（fete）」「こがれて（rete）」と韻を踏んで変化していき、あわせて物象関係の用語が「飛ぶ鳥」「勝間田の池」「秋萩の下葉」と入れ替わっていくのだが、この中で先行する用例の最も多いのが重之歌の「秋萩の下葉（「下は」を掛ける）」である。「萩（秋萩）の下葉」は三代集でも、またその時代の私家集でも一貫して詠まれている古今的な景物であり、かつ、萩と鹿の組み合わせはまさに古今美の典型と言ってよい。それに対して好忠の「飛ぶ鳥の」は、万葉に用例が多いものの三代集では古今の「飛ぶ鳥の声も聞こえぬ奥山の深き心を人は知らなむ」（恋一・五三五）の一首にとどまり、私家集でも好忠に先行する例は三例（元良集・檜垣嫗集・一条摂政御集）しか認められない。順の「勝間田の池」に至っては、同時代の『古今六帖』初出の歌枕で（勅撰集では『後拾遺集』初出）、順は最新の歌枕を詠んで好忠歌に返したのだと言えよう。耳慣れない用語を競い合うような二つの百首に対し、「重之百首」は「物を思ふ」ことの物象として鹿・秋萩の下葉という、いとも古今的な言葉と景を付けてみせる。しかし重之の歌に新味がない訳では決してない。萩の下葉を「こがる」とするのは、信明集の「人知れぬ思ひをすれば秋萩の下葉こがるる物にぞありける」（一三〇）を唯一の先行例とするのであり、古今的美意識の範疇を守りつつ、何らかの用語の新しさを模索した跡をうかがわせる。応制百首として、重之が最も心を砕いたのは、この古今的規範の遵守と趣向の新しさのかねあいをいかに成り立たせるかであったに違いない。同様の例をさらにあげておこう。

(20) **あしのほど**

のちおひのつのぐむ**あしのほど**もなきうきよのなかはすみうかりけり （好忠百首・四三六）

なにはえにおひいづる**あしのほど**みればかずしらぬよぞおもひやらるる （重之百首・二一二）

(21) **いでにけり**

とほやまだとなみうちすぎ**いでにけり**いまはみもりもながめすらしも （好忠百首・三九六）

しらつゆのおくてのいねも**いでにけり**かりくるかぜはむべもふきけり （重之百首・二七四）

(22) **きえざらば**

ふけるとてひとにもみせむ**きえざらば**あばらのやどにふれるしらたま （好忠百首・四〇六）

わがやどにけふふるゆきの**きえざらば**いつしかはるをまたれましやは （重之百首・二八八）

(23) **ひとのくるかとぞ**

やへむぐらしげれるやどにふくかぜをむかしの**ひとのくるかとぞ**おもふ （好忠百首・四三二）

をぎのはにふくあきかぜをわすれつつこひしき**ひとのくるかとぞ**みる （重之百首・二六八）

(24) **なにはめのあし**

へつくりにしらせずもがな**なにはめのあし**まをわけてあそべつるのこ （順百首・五四一）

あきかぜにしほみちくれば**なにはめのあし**のはよりやふねはゆきかふ （重之百首・二七六）

おもひやるわがこころもでは**なにはめのあし**のうらはのかはくよぞなき （重之百首・三〇二）

(20)では「のちおひの角ぐむ葦」という極めて珍しい用語に対し「難波江に生え出づる葦」と

いう宮廷和歌の規範に沿った用語を、(21)では「遠山田」(順・六帖のみ)、「水守」(好忠初出)に対し、貫之の「朝露のおくての稲は稲妻をこふとぬれてやかわかざるらん」(貫之集・五二三、内裏屏風)に学んだ「白露のおくての稲」という用語を用いている。(22)では貧賤の象徴である「あばらの宿」とそれを唯一飾る「白玉」(霰の見立て)を、貴族的な「我が宿」とそこに降る「雪」に、(23)では恋人の来訪の途絶えた秋風の吹く宿の象徴を、荒廃を象徴する生い茂る「八重葎」から古今的な秋の庭草の「荻の葉」に転換している。

もとの順の歌がとりわけ奇抜な着想であるのが(24)であろう。「へつくり」とは「ニヘツクリ」の略で料理人の意と考えられてる。▼注(15) ようするにここでの鶴の子は食材なのである。新奇な歌語を用い「ニヘ」とならぬうちに遊べ鶴の子よと呼びかけた印象の強烈な歌で、好忠は「三百六十首歌」でこの奇抜な歌語を取り入れ「へつくりか垣ねの雪をよそ人はつるの上毛と思ふらんやそ」(好忠集・三五四)▼注(16)の一首を詠じている。それに対して重之は新奇な歌語も奇抜な着想も退け、あるいは潮満ち葦の葉のそよぐ中を船の行き交う難波の秋景を、あるいは「難波女の葦」を完全にレトリックとして用いた恋歌を詠じていくのである。「好忠百首」「順百首」の過度に新しい用語や卑俗な点を削ぎ、なだらかな古今的景情への軌道修正が丹念に目指されていると言えよう。これらの例に顕著であるように、「重之百首」では、特に用語に関して古今・後撰の範囲にとどまることに意が払われている。「重之百首」は、「好忠百首」「順百首」には認められなかった、貫之・躬恒の古今時代屏風歌からの素材摂取に積極的であることが指摘されている。▼注(17) それは、先行するこれら二つの百首歌とは異なる歌のことば、宮廷和歌としての品格ある歌のことばを、重之なりに探求した結果でもあったに違いあるまい。

「重之百首」が百首歌としては表現がおだやかで、古今的類型を発展的に継承するものであると

(15) 「へつくり」の語考証については蔵中スミ「「へつくり」(曽祢好忠集語彙考証 その一)—へつくりか垣ねの雪をよそ人はつるの上けと思ふらんやそ(毎月集)—」(『島田勇雄先生退官記念 ことばの論集』前田書店、一九七三・三)に詳しい。

(16) 『好忠集』の本文は「へつわか」となっているが、「へつわか」では歌意が通じない。「鶴」をよむこと、また順百首との関連などから「へつくりか」とあるのが本来的と判断される。

(17) 松本真奈美注(3)論文。

いうことはすでにこれまでにも説かれてきたが、▼注(18)もとよりそれはただ古今的美意識の流れに乗って詠歌しただけのものではない。後撰時代遊技歌が培った世界と古今的美意識の融合をいかに実現するかという点こそが、初の応制百首の拝命にあたり重之が自らに与えた課題であったのであり、重之はそれを「返し」の詠歌方法に拠りつつ実現したと言えるであろう。そしてこの詠歌方法に着目する事から、重之が何を目指しどう歌ったのか、その試行錯誤の過程を、より克明にうかがい知ることが出来るのであった。

「好忠百首」「順百首」と一部の語形を共有しながら、「重之百首」は異なる詠風を提示した。その流れを受け、好忠は再び定数歌に挑戦する。一年間の日次の歌という、前例ない趣向の、そして歌数においても飛躍的に多い「三百六十首歌」というさらに新しい世界が創出されるのだが、その際、好忠は先行百首以上におびただしい共有と展開を試みていく。

6 ふたたび好忠へ——新表現誕生の背景

「三百六十首歌」が「重之百首」の成立からどれくらいの時を経て詠出されたのか、正確にはわからない。松本真奈美の推定に従えば早くとも二年後ということになるが、「三百六十首歌」は先にあげたように「順百首」とは三九組（うち位置も一致が二七組）の語形を共有し、「重之百首」とは実に六五組（うち位置も一致が三三組）が一致する。「好忠百首」の際にはごく限られた範囲にしか見られなかった「返し」の詠歌法であったが、あたかも「順百首」「重之百首」の流れに刺激されたかのように、「三百六十首歌」ではそれを存分に駆使していくのである。その詠み方を示してみよう。

(18)　小町谷照彦『古今和歌集と歌ことば表現』（岩波書店、一九九四・一〇、第四章第二節「地名表現の開拓—源重之」）。

(25) 季節・色彩を転換（季節未詳→冬、暗→白）

共有語句＝ばゆるぎのもりの、新語＝鷺

かぜふけば**ゆるぎのもり**のひとつまつまつちのとりのとぐらなりけり　（順百首・五六九）

ゆきふれば**ゆるぎのもり**のえだわかずよるひるさぎのゐるかとぞおもふ　（三百六十首・三五二）

(26) 季節を転換（冬（順）・夏（重）→春、＊重之百首は老→生に）

共有語句＝おいにけり、新語＝茅花ぬく・白綿、鳥羽の玉藻・鳥の髪

あらたまの**としくれゆけばおいにけり**こころぼそくもみゆるくものい　（順百首・五五〇）

はるまきしやまだのなへは**おいにけり**もろてにひとはひきもうえなむ　（重之百首・二四八）

つばなぬくあさぢがはらも**おいにけり**しろわたひけるのべとみるまで　（三百六十首・八九）

としふればうばのたまもおいにけりからすのかみにゆきつもりつつ　（三百六十首・三五九）

(27) 季節・舞台を転換（春→秋、淀野→田・武蔵野のをがはの原）

共有語句＝にけらしも、新語＝中手の稲・のぎ・むらむら・穂先、武蔵野のをがはの原

みわたせばよどのわかごもからなくにねながらはるをしり**にけらしも**　（順百首・四八八）

わがまもるなかてのいねものぎはおちてむらむらほさきいで**にけらしも**　（三百六十首・一九七）

むさしののをがはのはらのあきはぎもはなさきがたになり**にけらしも**　（三百六十首・二〇二）

(28) 季節を転換（夏→春）

共有語句＝ををしみおきて、新語＝ひやり

おほかたにくれゆくかた**ををしみおきて**こころのうちはあきをしぞおもふ　（順百首・五〇三）

はなちりしはるのあらし**ををしみおきて**なつのひやりにふかせてしかな　（三百六十首・一四九）

(29) 季節・景物の属性を転換（秋→冬、月→日（火）、玉（露）→雪）

共有語句＝たまらざりけり、新語＝竈山、火（「日」を掛ける）のけ

あきのよのありあけのつきにひろへどもくさばのたまは**たまらざりけり**　（重之百首・二七一）

かまどやまゆきはひまなくふりしけどひのけをちかみ**たまらざりけり**　（三百六十首・三二五）

(30) 季節の転換（冬→夏）

共有語句＝あしのはにかくれてす・〜のこや、新語＝難波女

あしのはにかくれてすみしわがやど**のこや**もあらはにふゆぞきにける　（重之百首・二八七）

あしのはにかくれてすめばなにはめ**のこや**はなつこそすずしかりけれ　（三百六十首・一一三）

(31) 比較する景物の転換（蛍と鳴く虫→夏の荻風と秋の荻風）

共有語句＝もあはれなりけ、新語＝そよめく

おともせでおもひにもゆるほたるこそなくむしより**もあはれなりけ**れ　（重之百首・二六四）

をぎのはにかぜのそよめくなつしもぞあきならねど**もあはれなりけ**る　（三百六十首・一七一）

季節の転換とそれに伴う景物・物象の転換、そして目新しい用語を活発に詠み込むことが「三百六十首歌」の「返し」の特徴である。季節の転換は「順百首」「重之百首」以上に数多くの歌でなされており、また和歌用語としては耳慣れない語が、挑戦的なまでに取り入れられている。(25)の「鷺」（古今六帖、当該好忠歌が初出）、(26)の「茅花ぬく」（万葉語、平安和歌では当該歌初出）、「白綿」（当該歌単独の用例）・「烏羽の玉藻」（当該歌単独の用例）・「烏の髪」（当該歌単独の用例）、(27)の「中手の稲」「芒（のぎ）」「穂先」「武蔵野のをがはの原」（当該歌単独の用例）、(28)の「ひやり」（意味未詳語）、(29)の「竈山」（古今六帖・源順集・重之集）・「火（日）の気」

（当該歌単独の用例）など初出語あるいはこの「三百六十首歌」での用例しか確認出来ない語など、奇抜な用語がちりばめられていくのであるが、それは先に確認した「重之百首」の、古今的美意識の範疇に用語をとどめ、調和させていくような「返し」の創作姿勢の、およそ対極に立つものと言えよう。軸となる用語を共有しながら、反発し跳躍する――それが「三百六十首歌」の「返し」なのであった。その反発力が、三百六十首という空前の歌数をこなし、一定の世界を構築する原動力であったのではないか。そこから、あるいはゆるぎの森の鷺かと見まごう雪（25）、浅茅が原に一面に白綿を引いたかのように咲く茅花（26）、芒（のぎ）が落ちて「むらむら」と生い出づる中手の稲の穂先（27）など新しい言葉に彩られた新しい風景が描出され、あるいは難波の児屋は夏こそ快適に涼しい（30）、荻の葉風は秋でなくとも情緒深い（31）など新しい美意識と情緒が提案されていくのである。「三百六十首歌」が「好忠百首」に比べて格段に歌ことばや用語法が特殊であることは従来も注目されてきたが、▼注(19)そうした「好忠百首」から「三百六十首歌」への変化の過程には、自らの百首に「返し」た後続の二作品「順百首」「重之百首」に対し再度「返」すという意図と方法が介在したのであった。共有と反発という「返し」の手法を自覚的に引き継ぎ、拡大し、実践した結果として「三百六十首歌」という一つの異色な詠歌世界が実現したと言えよう。▼注(20)

7　おわりに――形式・方法と表現

以上本章では、初期定数歌間における「返し」という特有の手法に着目し、それにもとづく詠歌の実態を初発の四つの定数歌から考察した。初期定数歌世界は、韻律を形成し新しい表現を呼び込むような詠歌方法を同時に兼ね備えていたのであり、そのことによって革新の装置たり得たと言え

(19) 滝澤貞夫「曾禰好忠試論」（『言語と文芸』五九、一九六八・七）。

(20) なお、本章では共有される語形という側面に注目したが、各百首の独自語―他の三つの百首との差分、たとえば三百六十首歌の独自語など―を検討することによって、各定数歌が目指した歌の世界や主題が明確になるものと考えている。この点をめぐっては次章以下で述べることとする。

よう。この詠歌方法が内在させた共有・展開・反発の力学は時に新しい歌境を生む。初期定数歌世界の代表歌には、この形式と方法によってこそ詠まれたものも少なくない。好忠の著名歌からその例をあげてみる。

(32) うちすぎて・やましろのとば

あふみなるみつのとまりを**うちすぎて**ふなでていなんことをしぞおもふ　(好忠百首・四六〇)

やましろのとばのあたりを**うちすぎて**いなばのかぜにおもひこそやれ　(重之百首・二八〇)

やましろのとばたのおもをみわたせばほのかにけさはあきかぜぞふく　(三百六十首・一八七、詞花集・八二)

「三百六十首歌」の「山城の鳥羽田の面を見渡せばほのかに今朝は秋風ぞ吹く」は当代の叙景歌として新しさを見せる好忠の代表歌の一つである。同歌については重之の二八〇番歌との影響関係が指摘されているが、[注(21)]その関係は単純ではなく、重之歌の背後に、さらに「好忠百首」の「近江なる」を置いてみる必要があるのである。第四項で述べたように重之二八〇番とはそもそも好忠四六〇番と「うちすぎて」の語を共有し、近江の御津→山城の鳥羽、水上の景→秋野の景と用語を入れ替え、「返」すことによって詠まれたものなのである。そうした「返し」の関係をおそらくは承知の上で、好忠は重之二八〇番歌の「山城の鳥羽」の語ならびに秋野の風という着想を引用し、叙景歌として徹底させていく。田園の立秋の景を印象的に詠じたこの一首とは、好忠百首の「近江なる」に端を発する言葉の連鎖上に詠出されたものなのであった。

(21) 松本真奈美注(5)論文。

(33) ばかりに〜にけり

よそにみしおもあらのこまもくさなれてなつく**ばかりに**のはなり**にけり**　(好忠百首・三八五)

ねのびすとみしほどもなくくさまくらむすぶ**ばかりに**のはなり**にけり**　(順百首・四八九)

なつくさはむすぶ**ばかりに**なりにけりのがひのこまやあくがれ**にけむ**　(重之百首・二四二)

みしまえにつのぐみわたるあしのねのひとよ**ばかりに**はるめき**にけり**

(三百六十首・三、後拾遺集・四二)

にも同様の関係が看取される。「好忠百首」から「三百六十首歌」まで、軸となる語形は「ばかりに」〜「にけり」である。植物の成長の程度によって季節の変化に気づくということが「ばかりに」〜「にけり」という語形がもたらす発想の枠組みであり、そうした語形・発想を共有しながら、部分を入れ替え各々の詩想が展開されていく。季節は「夏→春→夏」、場面は「野→野→野」、景物は「草→草→草」と「好忠百首」の最初の一首が提示した景物・情景は「重之百首」まで引き継がれるのだが、その展開を好忠自らが「三百六十首歌」において「立春」の頃の「三島江」の「葦の根」の「つのぐむ」風景へと思うざま転換する。好忠が意識したのは百首歌での自詠「よそに見し」だけではあるまい。自らの示した「ばかりに」〜「にけり」の語形と発想が順・重之の支持を得て着々と共有された流れは、好忠を触発し、挑み競う心をかきたてたに違いない。語形はそのままに、さらに新しい場面と言葉が模索され獲得された時、「野」と「草」と「駒」の情景は一転し、そこには見渡す限りに葦の芽吹く三島江の春景が立ち現れるのである。先行百首の趣向や風景を鮮やかに裏切ってみた時の爽快さが歌人たちにとって定数歌を詠む醍醐味であり、新風を生み出す力でもあったのかもしれない。

この期の古今的規範からの逸脱と新しい風景の獲得には、歌人の内発的動機や詠歌の場の問題、田園・鄙への関心など背後に控えるものはさらに大きく、慎重に考察されねばなるまい。だがしかし、初期定数歌の歌人たちが、新しい形式の枠組みのもとで、動的な相互関係を結びつつ、言葉と格闘する事を通して新しい風景、歌境を探り当てていったこともまた、以上に見た通り、詠歌の実際だったのである。

それにしても歌の言語・表現というものがいかに詠歌形式と密接な関係にあるかものであるか、また集団的で動的な影響関係というものがいかに表現を揺り動かす力となるかがあらためて思われる。形式の革新、集団的・動的影響関係と表現の革新は表裏一体のものなのである。

詠歌形式としての「百首歌」は院政期の「堀河百首」を経て、和歌の表現形式として確固たるものとなっていくが、その中で「返し」の詠歌方法がどこまで継承されるのか、院政期以後の「百首歌」にはまた異なる詠歌方法が発生するのか、比較考察を進めることで、定数歌という新形式が和歌史にもたらした革新の過程を従来とは別の角度から明らかにすることが出来るであろう。

第3章

曾禰好忠「三百六十首歌」試論——反古今的詠歌主体の創出——

1 はじめに

規範の構築と脱構築が史を生成する原動力であることは、古典和歌の世界においてもしかりである。『古今集』の成立以後、王朝和歌はそのことばと美意識を貴族文化にふさわしい規範として継承し強化していくが、一方でこれを脱構築する試みが時に形をなし、既成の和歌世界を活性化して、ことばや韻律、美意識における領域の拡大をもたらしていった道筋を、われわれは長い和歌史の上に幾多の事例に即して見ることが出来るであろう。『古今集』の成立から約半世紀の後、村上・円融朝期の歌人曾禰好忠が詠作した二つの定数歌、「百首歌」と「三百六十首歌」もその一つである。好忠に対する評価は、近代以後、「革新の暁星」（藤岡作太郎）[注(1)]と称揚される一方で、「思想の上に

（1） 藤岡作太郎『国文学全史 平安朝篇』（初出、一九〇五）、本文の引用は、東洋文庫二四七『国文学全史 平安朝篇二』（秋山虔・篠原昭二・小町谷照彦校注、平凡社、一九七四）による。
（2） 津田左右吉『文学に現はれたる我が国民思想の研究』（『津田左右吉全集』第四巻、岩波書店、一九六四、初版は一九二二）。
（3） 風巻景次郎「曾禰好忠論」（『風巻景次郎全集』第五巻、桜楓社、一九七〇、初出は『短歌研究』一九三三・一〇）。
（4） 川村晃生『摂関期和歌史の研究』（三弥井書店、一九九一）、松本真奈美「曾禰好忠「毎月集」について—屏風歌受容を中心に」（『国語と国文

何等の新しさがあるのでは無かった」（津田左右吉[注(2)]）、「語句の珍奇は、いまだ別箇の様式の創造ではない。その意味で好忠は革新的ではなく、むしろ平凡である。」（風巻景次郎[注(3)]）と批判されるなど様々であった。好忠の身分の低さ、それを象徴する逸話の数々が、特異な詠歌内容とあいまって評価の揺れを生んできたのであるが、それに対して、近年では同時代歌人との影響関係[注(4)]や院政期以降における好忠受容に関する研究[注(5)]が進展し、そのことは、同時に好忠の史的意義を正しく照らし出すこととなった。すなわち個々の表現や語に則した出典研究、影響史の研究の積み重ねは、万葉語・俗語・歌謡の用語などを詠みこなし、特異な見立てや過剰なまでの心情表現を展開したその世界が、同時代とどう連帯するものであり、また後代にいかに少なからぬ影響を与え、百首歌・定数歌というかつてない題詠の形式を拓いたこととあわせて、古今的規範を脱構築する契機となったかを、ゆるぎない実態として示すことに繋がったと言ってよいであろう。

好忠の二つの定数歌はやや歌境を異にするが、表現の脱規範性においても、周辺・後代への影響力においてもいっそう進んだものとなっているのが、「百首歌」よりも後年に詠作され、規模的にも大きな「三百六十首歌」（「毎月集」とも）である。

小鯛釣る刈る藻のあまも春来ればうらうらごとにながめをぞする　（好忠集・四六）
荒小田のこぞの古あとふる蓬いまは春べとひこばえにけり　（同・五一）
御田屋守今日は五月になりにけりいそげや早苗おいもこそすれ　（同・一二五）
うとまねど誰も汗こき夏なれば間遠にぬとや心へだてん　（同・一六六）
山城の鳥羽田の面を見渡せばほのかにけさは秋風ぞ吹く　（同・一八七）
鳴けや鳴け蓬が杣のきりぎりす過ぎ行く秋はげにぞ悲しき　（同・二四二）

学』六九・九、一九九一・九）、金子英世「天徳四年内裏歌合と初期百首の成立」（『三田国文』一四、一九九一・六）、同「初期百首の季節詠―その趣向と性格について―」（『国語と国文学』七〇・八、一九九三・八）、久保木寿子「初期定数歌の歌ことば―その生成と展開―」（『講座　平安文学論究』第一七輯、風間書房、二〇〇三）、近藤みゆき『古代後期和歌文学の研究』（風間書房、二〇〇五）第一章など。

(5)　家永香織「『堀河百首』と屏風歌・初期定数歌」（『国語と国文学』七五・四、一九九八・八）、柏木由夫『平安時代後期和歌論』（風間書房、二〇〇〇）第二篇第二章「源俊頼の和歌について―好忠の和歌との関連を中心に―」、初出は『日本古典文学の諸相』〈勉誠社〉一九九七）、竹下豊『堀河院御時百首の研究』（風間書房、二〇〇四）、小町谷照彦「歌ことばをめぐって「蓬が杣」」（小町谷照彦・三角洋一責任編集『歌ことばの歴史』笠間書院、一九九八）など。また中世における好忠評価について端的な展望を述べたものに小林一彦「好忠ぎらい―俊成における「雅」と「俗」序説」（『日本古典文学会々報』129号、一九九七・七）がある。

深山木を朝な夕なにこりつみて寒さを願ふ小野の炭焼き　（同・三六四）

海浜（四六番）や農事（五一・一二五・一八七番）、山人・樵（三六四番）の生活と風景、あるいは「誰も汗こき夏」（一六六番）、「鳴けや鳴け」（二四二番）のような大仰な身体表現や心情表現が、勅撰集外の語・語法によって一年の時の流れを軸に長短歌織り交ぜ、三百六十八首にわたって展開する世界は圧巻である。そしてそれが必ずしも、貧しく孤独で奇矯な個性やその実生活の反映ではないこともまた、近年の研究により明かとなったことであった。海人・農民・山人の景を詠むことやその視点は古今・後撰時代の屏風歌に学ぶところが大きく、また三六四番「深山木を朝な夕なにこりつむ」という小野炭焼の歌は『白氏文集』の「売炭翁」を典拠とするなど、好忠が題材を求めたのは屏風歌や漢詩文に及ぶ。梨壺での訓読作業を経たばかりの『万葉集』の表現や最新の類書『古今六帖』の歌語を詠みこなすこととあわせて、それは十世紀知識人としての創意の所産と評すべきものなのである。

こうした好忠の詠歌の源泉を明かにした点で近年の典拠論・素材論・影響論の功績は大きく、今後もそうした方面での解明も続けられるべきと思うが、しかし一方でなおこの作品には別の観点からの考察の余地があると思われる。ことばだけで構築されたその時空のことばの質を総体において吟味すること、である。贈答歌でもなく、歌合でも屏風歌でもなく、三十一文字三百六十首で一つの世界を詠み出すとは、それ自体がまず空前の試みに他ならない。そもそも好忠の「百首歌」（以下「好忠百首」と称する）にはじまり「順百首」「重之百首」「三百六十首歌」と展開した初期百首の流れからして、それは和歌という言語テキストの複数歌人にわたる運動体という点でかつてないものであった。

（6）N-gram 統計を用いた文字列分析の手法ならびにそれによっていかに網羅的に、かつ様々な側面の「ことば」が得られるかについては、近藤みゆき『古代後期和歌文学の研究』（風間書房、二〇〇五）第四章ならびに「n-gram 統計による語形の抽出と複合語—平安時代語の分析前章でも述べた通り、稿者はこれら定数歌群のことばにおける動態的な相互関係を明かにするために、初期定数歌群のテキストをN-gram統計ソフトを用いた文字列総比較の手法[注(6)]によって分析し、各定数歌同士が共有する表現やそれぞれが独自に展開した表現を網羅的に検討することを行った。特に前章では、定数歌同士を繋ぐ「返し」という手法に注目し、「好忠百首」「順百首」「重之百首」「三百六十首歌」の成立の順を追って共通表現を抽出し検討したが、その結果見えてきたのは、先行する定数歌が次の定数歌を呼び込み発動させるようなあり方、定数歌同士が次々と一定の語形を共有しながら部分を入れ替えて詩想を展開していくあり方であった。本章では、「三百六十首歌」をその動態の極をなすものと捉え、網羅抽出した独自表現を手がかりとして、その言語世界の特質を考察してみたい。そのことを通して、平安中期に発生した定数歌という新たな形式の背後にあった共同性や、その共同性を足がかりとしながら好忠が展開した「三百六十首歌」の「ことば」が、いかに固有の「ふるまい」[注(7)]を構築するものであったか、その一端を明かにしていきたい。

2 競作としての初期定数歌

さて今、「三百六十首歌」を動態の極と言った。それは初期定数歌同士のことばの関係から言ったものであるが、まずその点から追っていこう。「三百六十首歌」が詠作されたのは冷泉朝期となってからの安和元年（九六八）～天禄三年（九七二）の間と推定され、[注(8)]それは天徳四年（九六〇）に詠作された「好忠百首」から、少なくとも八年の歳月をおいてのことであった。この間、「好忠百首」に対する「返し」として詠まれた「順百首」や、東宮憲平（のちの冷泉天皇）に奉献された「重之百首」が続いたのであり、好忠が再度定数歌に挑戦し、しかも定数の範囲を百首から三百六十首に

から―」（本書第12章、初出は『日本語学』二〇、二〇〇一・八）、「N-gramの手法による言語テキストの分析方法」（近藤泰弘と共著、『漢字文献情報処理研究』第二号、二〇〇一・一〇）、「古今集の「ことば」の型―言語表象とジェンダー―」（国文学研究資料館編『ジェンダーの生成』臨川書店、二〇〇二、近藤みゆき『古代後期和歌文学の研究』〈風間書房、二〇〇五〉に一部改稿して収録）などを参照されたい。

(7) 和歌の「ことば」と「ふるまい」の関係、またそのことをめぐる実作と批評の問題については、渡部泰明『中世和歌の生成』（若草書房、一九九九）第二章第二節「「ふるまふ」・「ふるまひ」考」が問題提起を行っている。渡部の論は院政期以降の和歌を対象とするものだが、さらに遡って、古今的規範から大きく逸脱していく好忠の歌の「ことば」を考える上でもそれは重要な視点であり、本章での「ふるまい」の語は、渡部の定義する概念とほぼ同義である。

(8) 松本真奈美「重之百首と毎月集」（『国語と国文学』六九・一〇、一九九二・一〇）

一挙に拡大した作品を試みたのはこれら一連の後続作品に刺激されたために他ならず、かつ内容的にも四つの定数歌はある種特別な競作関係を有していた。単語の枠を超えた文字列総比較によって明かとなる四定数歌の競作関係とは、次のようなものである。

よそにみしおもあらの駒も草なれてなつく**ばかりに**野はなり**にけり**（好忠百首・三八五・夏）

子の日すと見しほどもなく草まくら結ぶ**ばかりに**野はなり**にけり**（順百首・四八九・春）

夏草は結ぶ**ばかりに**なり**にけり**野がひの駒やあくがれにけむ（重之百首・二四二・夏）

三島江につのぐみわたる葦の根のひとよ**ばかりに**春めき**にけり**（三百六十首・三・春）

好忠・順・重之の四種の定数歌には、単純な名詞・動詞などではなく、この「ばかりに〜にけり」のように一首の骨組に相当するような独特の語形・句法が共有・継承されているのである。

しかもここでの語形は発想を伴っている。たとえばこの「ばかりに〜にけり」を、最初の「好忠百首」は〝植物の成長により季節の変化に気づく〟という発想のもとに用いたのであるが、その発想は語形とともに順・重之の「百首歌」を経て、「三百六十首歌」まで継承されており、順以下の百首は、実はその他のことばをパズルのように入れ替え各々の景を立ち上げているという作歌の過程が明かとなろう。好忠が「おもあら（好忠初出語）の駒」と言うような全く耳慣れない新語によって駒が草間に遊ぶ夏野の情景を詠んだのに対し、順は子日からいくばくも経たないうちに草結ぶほどとなった春の野の風景にこれを転じるが、重之は再び舞台を夏野の駒に戻し、かつ「夏草」「野飼ひの駒」という好忠とは異なることばでその景を描き出していく。ただし、ことばこそ変われ、重之の百首までは場面としては「野」、景物は「草」である点に大きな変更はなく、そのため野と駒を基調とする風景という点では変化がなかった。それを好忠の「三百六十首歌」は、思うざま異なるものに転換する。すなわち好忠は語形はそのままに、その他の語を「三島江」(万葉語)・「葦の根」・「つのぐむ」(好忠初出語)・「はるめく」(貫之・古今六帖)と総入れ替えする。こうした先行の百首とは別の、かつそれまでの平安和歌ではまれであったようなことばが選ばれた時、「野」と「草」と「駒」の情景は一転し、見渡す限りに葦の芽吹く三島江の立春の景が立ち現れるのである。語形・句法を共有・継承・展開するこのあり方が、初期百首間に特徴的に見られる「返し」の手法であることを前章では指摘したのであるが、その手法は「三百六十首歌」では特に大胆に歌境を展開する契機として機能していると言えよう。そして、新たなことばの選択が新たな景に直結する点において、ここでの歌のことばはいっそう役割が重いのであった。

前章では初期定数歌におけるこうした「ばかりに〜にけり」のような語形・句法として継承される「共有語句」に着目したのに対し、本章で論の対象とするのは、主に「独自語句」である。すなわち「好忠百首」にも「順百首」・「重之百首」にも全く詠まれておらず、この「三百六十首歌」でのみ、新たに詠まれていることばを問題の中心に置きたい。先の「三島江の」歌の「三島江」「葦の根」「春めき」もそれにあたるが、そうした「三百六十首歌」だけに用いられたことばを、N-gram統計によって作品中の文字列を総比較する手法を使って網羅的に抽出してみる。今回は三種以上のテキスト間の和差を抽出比較するツールngmerge▼注(9)を用い、「好忠百首」「三百六十首歌」「順百首」「重之百首」の四種の和歌データを文字列総比較し、「三百六十首歌」以外での出現頻度が0である文字列だけを抽出することにより、純粋に「三百六十首歌」だけに出現する文字列とその出現頻度を得ている。なお、抽出する文字列の文字数はいくつまででも設定することが可能であるが、今回は三十一文字の和歌の表現を比較する上での有効性と標準性を勘案し五文字を上限として分析した結

(9) ngmerge(近藤泰弘作成)については、http://www.japanese.gr.jp/tools/ngmerge/を参照されたい。なお、今回は三十一文字の和歌の表現を比較する上で有効性が高いことから5nすなわち五文字を上限として分析した結果を中心に論を進めるが、抽出比較のための文字列数はさらに大きくすることも可能である。

果を中心に論を進めることとする。得られた独自表現を頻度別に集計したものの、各冒頭部を例示してみよう。

〈「三百六十首歌」に単独で出現する頻度1の文字列〉

あかしつつ・あかすころ・あかすと・あかで・あかねさし・あきかな・あききたり・あきぎりぞ・あきだにも・あきとたち・あきならね・あきのくる・あきのたの……

〈「三百六十首歌」に単独で出現する頻度2の文字列〉

あかすべき・あきぎりの・あきくれば・あきのつき・あきのはつ・あきのやま・あきはてて・あさぢが・あさみどり・あせ・あつめ・あはぬ・あふち・あへず・あまのかは・あやめぐさ・あらき……

〈「三百六十首歌」に単独で出現する頻度5の文字列〉

かたよる・くさばを・こる・さして・さむし・しぐれ・すずしき・たはれ・ともなき・なげき・なしに・にしひ・にゆき・ぬひぞなき……

右は抽出される文字列のごく一部である。これらの掲出例に即して再度述べておくと、五文字までを上限とした時の「三百六十首歌」テキストから抽出される様々なことばのうち、あかしつつ・あかすころ・あかすと・あかで・あかねさしなどの語は、「好忠百首」「順百首」「重之百首」には用例がなく、それに対して「三百六十首歌」では出現頻度1、すなわち一例の用例があることになる。同様にあかすべき・あきぎりの・あきくればは二例、かたよる・くさばを・こる・さして・さむし・しぐれ・すずしきなどは各五例が「三百六十首歌」だけに用例があることになる。

この分析方法で得られる「ことば」において最も特徴的であるのが、これらわずかに示した用例からもうかがわれるように、名詞だけでなく、動詞・形容詞の活用語形、副詞、また種々の連語・複合語（上記例で言えばあかしつつ・あききたり・にしひ（日）・ぬひ（日）ぞなき、など）と、様々な語形として独自表現が取り出されてくる点であろう。和歌において独特の動詞の用い方や強くアクセントづけられた付属語などの「ことば」ないしは「ことばづかい」が歌の「身体」と「ふるまい」を躍動的に構築するものであることを鮮やかに論じたのは渡部泰明[注(10)]であったが、品詞分解してしまっては見えにくくなる、それ自体がふるまいを持つような語形を、この手法によるならば網羅して、検討することが出来ると言えよう。以下の論ではこうして得られた「三百六十首歌」独自の「ことば」を対象として、これを独自表現と称して考察を行っていくこととする。

(10) 渡部泰明注（7）論文。

3　「三百六十首歌」の独自表現──「重之百首」から「三百六十首歌」へ

上記のような意味での独自表現とは「好忠百首」「順百首」「重之百首」のいずれにおいても求めることが出来る。それは各定数歌の個別の創意を最もよく反映することばの集合体に他なるまい。では「三百六十首歌」の独自表現とはどのような内容となっているのであろうか。独自表現はその性質・役割から、名詞・副詞・連語などの非活用語と、動詞・形容詞・連語などの活用語に分けて扱うことが適当と考えられ、また出現頻度も勘案する必要がある。ここではまず非活用語で、かつ出現頻度1回のものを、五十音順上位から例示してみよう。五十音順で1～30までとなっている。また比較のために「重之百首」の独自語もあげておく。

〈三百六十首歌独自表現〉

番号	表現	初出
1	あかねさし	
2	あさがほ	後
3	あさぢべ	
4	あさなぎ	
5	あさなゆふな	古
6	あさのをがら	
7	あさぼらけ	古
8	あしがもの	古
9	あしのねの	後
10	あしひきの	古
11	あたごやま	
12	あだびと	古
13	あづさゆみ	古
14	あづまやま	
15	あどのかはら	
16	あなかま	
17	あなしがは	古
18	あふちのいけ	
19	あふちのは	
20	あふよ	古
21	あまた	古
22	あまのしわざ	
23	あまのと	古
24	あまのはごろも	後
25	あまのはしだて	
26	あまよ	
27	あゆつる	
28	あらかねの	
29	あられ	古
30	あらをだ	古

〈重之百首独自表現〉

番号	表現	初出	三百六十首歌
1	あかつきおき	後	
2	あきのきり		
3	あきのよ	古	360
4	あきはぎ	古	360
5	あさまのやま	古	
6	あした	古	360
7	あしのうらは		
8	あす	古	360
9	あたり	古	360
10	あふぎ		360
11	あまのがは	古	360
12	あまのそで		
13	あみ		
14	あらいそ		360
15	あらし	古	360
16	あらなみ		360
17	ありあけ	古	360
18	あをやぎ	古	360
19	いけのこほり		
20	いしま	古	360
21	いしやま		
22	いそな	古	
23	いつしか	古	360
24	いずれをか		360
25	いなば	古	360
26	いにしへ	古	
27	いね	古	360
28	いはうつなみ		
29	いりえ	古	360
30	いを		

※古今・後撰の既出語については、「古」・「後」としてその初出を示した。
※「重百」独自語のうち「三百六十首歌」が継承している語には「360」と注記した。

「三百六十首歌」では、この非活用語の独自語は四百語を超える。すなわち、好忠は自身が最初に詠じた「好忠百首」にもそれに続いた「順百首」「重之百首」にも全くない新規の語を、非活用で出現頻度1のものだけでも四百以上詠みこなしていることになる。うち、古今・後撰既出語の占める割合は例示した三十語の範囲では十四語、全体では三割ほどとなるが、これは「重之百首」では三十語中十八語、全体では五割強となるのと比べてるとかなり低いことがうかがえる。勅撰集外にことばを求める志向が強いことが数の上にも明白にあらわれているであろう。さらに留意すべきが、古今・後撰未出の、まさに「三百六十首歌」の独自語と言えるものは、非常に個性の強い語である点である。

2　浅茅辺（好忠孤例）
4　朝凪（好忠初出、万葉語）
6　麻の苧がら（好忠孤例）
11　愛宕山（好忠初出）
15　安曇の河原（好忠初出）
18・19　楝（古今六帖初出、万葉語）
27　鮎釣る（古今六帖初出、万葉語）

と、「三百六十首歌」での用例が初出であったり、孤例であったり、万葉語であったりと、特異な語、個性的な語がひたすら目指されているのである。「三百六十首歌」のこうした傾向、すなわちそれが「好忠百首」に比べて万葉語をはじめ特徴的な語彙をより多く詠んでいることはすでに多くの研究で指摘されてきたが、[注(11)]ここではその姿勢が、「重之百首」と逆の方向を目指すものである点に注目したい。

「重之百首」の独自語非活用頻度1の語として例示した三十語を見てみよう。うち十八語は古今・後撰、それも大半が「古今集」初出の語である上に、それ以外の十二語も、2秋の霧、7葦の裏葉、12海人の袖、19池の氷、28岩うつ波のように古今・後撰の範囲内のことばを組み合わせた語、10扇のような貴族ならではの装身具、13網、30いを（魚）のように歌語ではないまでも耳慣れた語など、貴族の言語感覚から大きく逸脱することのない、いわばおだやかな語が中心となっている。「重之百首」の独自表現を通覧してやや突出しているのは「園原や」「鳥羽野あたり」「野洲の入り江」「象潟」「衣川」などの地名であるが、たとえば「野洲の入り江」を詠む「近江なる野洲の入り江にさす網の氷をいをとけさぞ見えける」（重之集・二九五・冬）には、同時に独自語の13網・30いを、も詠み込まれているなど、「重之百首」では独自語は特定の何首か、特に重之が力を入れた地名歌[注(12)]に集中する傾向が認められる。作品としての百首歌を構築する際、重之のとった基本姿勢は、特徴的な語をポイント的に配置して新しさを印象づける反面、全体としては「好忠百首」「順百首」よりも勅撰集の範囲内のことば、貴族の生活圏のことばを心がけ、おだやかな基調を目指すといった方向であったことがうかがえよう。こうしたことば選びの方針は、好忠・順のような下級貴族の創作の競い合いではなく、初の奉献百首として、宮廷和歌としての格調、その中での新しさ、百首歌らしさを模索したことの反映であるに違いない。それに対して好忠は「三百六十首歌」で、いわばその逆を行こうとしているのである。

確認のために言えば好忠が「重之百首」を念頭に置いていなかったのでは決してない。「三百六十首歌」が屏風歌素材の摂取などにおいて「重之百首」から影響を受けているという指摘が松本真

（11）滝澤貞夫「曽禰好忠試論」（『言語と文芸』五九号、一九六八・七、のち『王朝和歌と歌語』笠間書院、二〇〇〇・一、所収）、北村杏子「初期百首の形成とその性格」（『平安文学研究』六五輯、一九八一・六）、北村京子「曽丹集中の「三百六十首」の特質について」（『国語と国文学』五八・八、一九八一・八）、小町谷照彦『古今和歌集と歌ことば表現』（岩波書店、一九九四・一〇）第四章第一節「歌語の革新―曾禰好忠」（初出は『日本文学』一九八五・七）、金子英世「曽禰好忠『毎月集』の特質について（一）―漁業関係の歌を中心に―」（『三田国文』二八号、一九九八・九）。

（12）重之の地名表見の特質については、小町谷照彦注（11）著書第四章第二節「地名表現の開拓―源重之―」（初出は『東京学芸大学紀要』Ⅱ・25、一九七四・一）。

奈美にあるが、▼注(13)ことばのレベルにおいても両者は非常に密接な関係にある。はじめに見た「ばかりに～にけり」のような語形一致を中心とした共通表現は「三百六十首歌」では、「順百首」とは三十九組であるのに対し「重之百首」とはそれより大幅に多い六十五組にも及んで認められ、その点でも好忠は「重之百首」を「順百首」以上に強く意識していたことが確認される。また前掲表「重之百首」独自表現一覧からうかがわれるように（「360」の注記参照）、「三百六十首歌」は「重之百首」独自語の相当数を取り込んでいる。好忠は従来指摘されてきた以上に、「重之百首」のことばを丹念に検討し、むしろ知り尽くしていたと理解すべきであろう。それは「重之百首」が好忠にとって、初期定数歌という共同体において最も意識した競作の対象だったからに他なるまい。そしてそうであるとすれば、好忠は重之のとった応制百首としての宮廷和歌志向を了解した上で、「三百六十首歌」ではそれと対極のことばをもって構成する世界を意図的に目指したことになるであろう。次の二首の間などにはその意図が顕著にうかがえる。

秋の夜の有明の月にひろへ**ども**草葉の玉は**たまらざりけり**　（重之百首・二七一・秋）
かまど山雪はひまなく降りしけ**ど**火の気を近み**たまらざりけり**　（三百六十首歌・三二五・十一月中）

ここで好忠「三百六十首歌」は、「ども（ど＝逆接）～たまらざりけり」という「重之百首」の特徴的な語形を引用・踏襲している。しかし両者は、歌のことばも歌境も、全く異なったものとなっている。重之歌は「秋の夜」の「有明の月」に浮かぶ「草葉の玉」という、ことばもおだやかな古今的な見立ての歌である、対する好忠歌は、溜まらずに消える物を「露」から「雪」に変え、その雪が竈山の火で消えて溜まることがないという、王朝和歌の発想を全く逸脱する歌境を詠じている

(13)　松本真奈美注（8）論文。

のである。用いられていることばも「かまど山」（古今六帖初出）・「火の気」（好忠孤例）と言った前例の無い語を多用している。このようにして、「三百六十首歌」では特異で耳新しい姿の歌が詠出されていく訳である。

「をぎのはに〜かぜ」を共有語句とする次の二首も同様である。

荻の葉に吹く秋**風**を忘れつつ恋ひしき人の来るかとぞ見る　（重之百首・二六八・秋）
荻の葉に風のそよめく夏しもぞ秋ならねどもあはれなりける　（三百六十首歌・一七一・六月中）

荻と言えば秋の景物、そして「いとどしく物思ふ宿の荻の葉に秋とつげつる風のわびしさ」（後撰集・秋上・二二〇・読人しらず）のようにその葉を揺らす風は秋の孤閨や物思いを誘うものとする勅撰集的伝統を「重之百首」はそのまま踏襲する。しかし「三百六十首歌」は「夏の荻風」という伝統の枠外の景物を提示し、かつそれが「あはれ」なのであると歌い上げていく。「重之百首」に対する反発力が、「三百六十首歌」において多数の独自語を詠み込む試みや古今的美意識を反転する姿勢にいかに直結しているかがうかがえよう。

「三百六十首歌」の個性的で反古今的なことばや発想は、単純な独創として得られたものではなかった。前章で見たように「返し」の作法によって展開した初期定数歌という共同体において、東宮への奉献百首ゆえに王朝的・古今的なことばと着想に傾斜した「重之百首」への反発力を梃子にして、好忠は一つの時空を持つ「三百六十首歌」の世界を立ち上げていったのである。そうした意味での〈反古今的世界〉の創出という構想がこの作品の中心にまずあったのではないか。

そして〈反古今的世界〉の創出という観点からこの定数歌を捉える時、特に注目されるのが、

「三百六十首歌」の時間表現、時間に関することばである。実は「三百六十首歌」の独自表現において、万葉語・俗語などと並ぶほど目立って多いのが、時間に関することばとなっているのである。

4 「三百六十首歌」の時間表現を一覧する

恋部を設けず、一年四季の歌々を、「春のはじめ」「正月中」「正月をはり」「中の春、二月のはじめ」……「十二月をはり」の区分のもとに構成した「三百六十首歌」において「時間」とはこの定数歌作品の枠組みでもあり、その本質に関わる主要な問題であることは従来からも論じられてきたが、その理解と評価には、大きく二つの立場の違いがある。日次性からこの作品を考える藤岡忠美▼注(14)と、月次という枠組みを重視する松本真奈美▼注(15)の見解で、それは、各々の作品理解と深く関わって発せられたものであった。

すなわち藤岡はじめそれに続く多くの研究が日次としての時間に注目したのは、そこに好忠の日々の現実や日常の反映があるとの理解に立つのであり、かつ日々の歌を記しまとめる行為を女流日記文学の背景をなすものとして捉えようとするものであるのに対し、松本が月次性を重視するのは、和歌的時間とも称すべく、その配列・構成を月次屛風を模したものと想定することと関連しており、その屛風歌受容論と一続きの視点となっている。特に松本の論は、定数歌と屛風歌の詠歌方法・構成方法にまで及ぶ影響関係を想定する点でも、近年の定数歌研究に示唆を与えきたものでもあるのだが、各歌を構成することばに密着し、特に「三百六十首歌」での独自表現に注目すると、両者が指摘するのとはやや別の側面、この作品の特殊な時間表現のあり方が浮かび上がってくる。それは、〈反古今的時間〉とでも称すべきものである。ここで言う〈反古今的〉とは〈反王朝的〉と言

(14) 藤岡忠美「II 曾禰好忠ら受領歌人の論」(『平安和歌史論—三代集時代の基調—』桜楓社、一九六六・一二)、『平安朝和歌 読解と試論』(風間書房、二〇〇三・六、「後編 第二章 四、曾禰好忠の特異性について」)。
(15) 松本真奈美注(4)論文。同「曾禰好忠「毎月集」の成立」(『尚絅女学院短期大学研究報告』四三集、一九九六・一二)。

い換えてもよい。

N-gram 分析をもとにした文字列総比較によると、前述のように名詞、活用語尾まで含めた動詞・形容詞、それらが各種の助詞・助動詞を伴う場合など、様々に複合した語形そのものが取り出されてくるのだが、そうした語形としての時間に関する独自表現は、異なり数で実に一九一にのぼる。その一九一の語形を、意味用法に注目して試みに分類したものを、以下に示してみよう。なお各語に付した数字は用例数をあらわしており、数字を付していないものはすべて用例数が1であることを意味している。

I　自立語を中心に構成される語形

●時の時点をあらわすことば

夕べ2・の夕暮4・ひよりに3・昼寝・昼間2・うづき・ながつき3・やよひ／時ぞ知る

●時の起点をあらわすことば

あしたより2・を今日見れば2・あきのはつかぜ・いまさらに・いまぞ・そのかみ・たえしより・はつあき・はつね・ふくからに・ふくなへに

「にし」＋日時（他百首にはなし）＋「より」：

にしあしたより2・にし夕べより2・にし日より2・にしその日より

●時の終点をあらわすことば

あきはてて2・はるのくれ2・なつのくれ2・なつのくるる・おはり

●時間経過をあらわす名詞・副詞・複合語

日ぞなき4・まだき3・につけてぞ3・につけて2・につけても・としつき2・夜ごとに2・あさなゆふなに・いつしかな・いつしかも・いはぬ日・すぎがて・するほど（長歌）・長き夜・夏ごとに・日ごとに・まだしき・よなよな

●**時間経過をあらわす動詞**

いそぎ3・いそぐ3・いそげ1・いとまなみ2・うすらぎ2・年ふれば2・年をつみ2・なりぬれば2・にすぐし2・にてあかす2・をかぞへ2（cf.年の日数をかぞへ、いくそ月日をかぞへ）・あけがたき・いくよ経ぬ・がてにする・きえせぬ・さなへおい・すぎぬらん・つくりおき・つもるらん・つもるを・年つもり・長びく・ながむる・ぬるばみ（長歌）・もえ残る・やすらふ・をりくらし

●**時間経過をあらわす形容詞**

長き6（うち長歌1）・長し2・長く・まどほ3・ひまなき・ひまもなく

Ⅱ　付属語を中心に構成される語形

●**助詞**

つつ：

しぐれつつ2・つもりつつ2（ちりつもりつつ／ゆきつもりつつ）・ふりつつ2・おきつつ・おもかくしつつ・おりつつ・くゆりつつ・たとへつつ（長歌）・年をつみつつ・なげきつつ・なつけつつ（みとせおひのこま）・なづけつつ（よしただと〜・長歌）・みだれつつ・ゆきつつ・よきつつ・よそへつつ・わけつつ・をりくらしつつ

て
さして5・ふみわけて4・とけて2・あきはてて2・うすれて2・うちむれて2・おりたちて2・なみたちて2・まちかねて2・をさして2・あけおきて・あつれて・うすらぎて・うちとけて・うづもれて・かけさげて・こりつみて・さそはれて・しのびて・せきとめて・てにとりて・とぢられて・なづけて・のこしをきて・ひぢて・ひもうちとけて・まどほにて・まかせをきて1・みだれて・みなれて・やなさして・はるやまかけて・よをへて・をきて

●助動詞

にけり（含にけり・にける・にけれ）：
いろづきにけり2、うすらぎにけり、うたがひにけり、かたぶきにけり、かれはてにけり、きえにけり、しげりあひにけり、たちにけり、はるきにけり、ひこばえにけり、みみなれにけり
つ：てへだつる
ぬ：さそはれぬ・さめぬ・ちかづきぬ
たり：つくりたる・むれゐたる
り：かかれり・さほせり・さらせる・ぬるめる・のこせる・むすべり
にし：かれにし・くれにし

●接尾語

〜ゆく：おきてゆく・さえゆく・さしてゆく・とりにゆく・よはりゆく
〜くる：夏くれば2・春来に・みえくる・わけ来れば・cf.ゆく・くるの複合語：来る人3・来たらば・くれ行く秋2・行く道2・なり行くさま
〜わたる：とわたる2・あをみわたる・おきわたり・かすみわたりし・ききわたれども・くも

りわたれば・こがれわたれど
〜ほどに：おもひしほどに・さほすほどにぞ・すずしきほどに・するほどに・とせしほどに・
ながびくほどに・ながめしほどに・みしほどに・みぬほどに
〜はつ：あきはてて2・からしはててけり
〜ばむ：ぬるばみ（長歌）
〜のこる：燃えのこる

「三百六十首歌」と言えば、従来、身体表現や、暑さ・寒さなどの体感表現、身分や労働に関する表現の特徴に注目が集まることが多かった。確かに、独自表現にはそれらに関連する語形も抽出されてくるのだが、右にあげたように多様を極め、それらを凌駕するほどの数と質に富んだものとなっているのが、時間に関する独自の語形なのである。「三百六十首歌」が時間のあり方、それも「ことば」のレベルでの時間のあり方において突出した作品であることをこの結果からまず確認しておきたいが、あわせて注目されるのが、これら「三百六十首歌」独自の語形として抽出された時間表現に、ある種の型と傾向がある点であろう。

すなわち時間の中でも特に、時の経過・継続する相をあらわす語形が圧倒多数を占めているという点である。自立語に限っても、単純な「時点」をあらわすことばよりも、時の「経過」を属性とする語形が、「日ぞなき」「まだき」「につけてぞ」「につけて」「につけても」「としつき」「夜ごとに」「あさなゆふなに」「日ごとに」「まだしき」「よなよな」、「いそぎ」「いそぐ」「いそげ」「いとまなみ」「年ふれば」「年をつみ」「すぎぬらん」「年つもり」「長びく」、「ながき」「まどほ」「ひまなき」など、実にバリエーション豊かに、そして数多く用いられていることがうかがえる。さらに、そうした自立語を繋ぐ付属語もまた、「三百六十首歌」の独自表現としては、存続・完了をあらわす語形が極端に増加していることがわかる。反対に、過去・回想のき・けりは、独自表現の中に単独語形としては抽出されず、完了の「ぬ」と結びついた「にけり」「にける」の語形としてしか抽出されない。こうした「付属語を中心に構成される語形」の中でも、とりわけ「三百六十首歌」において急増し、注目されるのは「～つつ」と「～ほどに」であろう。独自表現として抽出されるのは「～つつ」が21パターン、「～ほどに」が9パターンの複合語となっているが、そもそも接続語句「つつ」「ほどに」の各定数歌での用例数を全調査してみると

つつ：好忠百首6例、順百首3例、重之百首5例／三百六十首歌43例（うち21例が独自表現）
ほどに：好忠百首1例、順百首1例、重之百首0例／三百六十首歌9例（9例とも独自表現）

となっており、どちらも「三百六十首歌」での用例が突出して多いことがわかる。
これらの時間表現を用いた詠歌における時間の構成方法を具体的に見てみよう。

八穂蓼も河原をみればおいにけりからしやわれも年をつみつつ　（一〇七・四月中）
露霜と夜半におきゐて冬の夜の月見しほどに袖はこほりぬ　（三二二・十一月中）

などのように、詠歌主体の動作・思考の反復や継続のうちに経過し堆積する時間をあらわす表現として機能している。前者は倒置法であるが、「年をつみつつ」―「おいにけり」、後者では「見しほどに」―「こほりぬ」と、一首の中で時間の「経過」があり、「完了」するのである。

こうした時間表現は、近年の文法用語におけるアスペクト――「〈他の出来事との外的時間関係の中で、運動内部の時間的展開の姿を捉える〉もの」（工藤真由美）[注16]――という概念で捉えることが、より適切な語形と言えるのではないかとも考える。すなわち「三百六十首歌」の時間とは、先行する三つの百首歌と異なり、継続し経過する時間、また継続し完了する時間を意味することばを随所にちりばめた、アスペクト的なふるまいを持つ世界とも言うべく、作品内部の時間展開がことばによって構築されているのであった。

(16) 工藤真由美『アスペクト・テンス体系とテクスト―現代日本語の時間の表現―』（ひつじ書房、一九九五・一一）。

5 「いそぐ」世界――反古今的時間の形成

以上のようなことばが呼応し、形成する時間とは、ただ静かに流れゆくものではない。

①根芹摘む春の沢田におりたちて衣の裾のぬれぬ日ぞなき　（一〇・正月中）
②朝な朝な庭草とるとせしほどに妹が垣根はうすらぎにけり　（六七・三月上）
③御田屋守今日は五月になりにけりいそげや早苗おいもこそすれ　（一二五・五月初）
④おきて見んと思ひしほどに枯れにけり露よりけなる朝顔の花　（一九一・七月）
⑤かこはねど蓬のまがき夏来ればあばらの宿をおもかくしつつ　（一五八・六月初）
⑥三室山木の葉散りにしあしたよりあらはに見ゆるよもの玉垣　（二九三・十月中）
⑦久木おふるあどの河原の浅茅辺に残らず霜に枯れ果てにけり　（三一四・十一月上）
⑧魂まつる年のをはりになりにけり今日にはまたやあはむとすらん　（三六八・十二月終）

時間経過をあらわす語には傍線を付した。季節・時間は、根芹摘み（①）、庭草取り（②）など、労働に毎日（①）、毎朝（②）たずさわるうちに、刻々と過ぎて行く。季の推移の節目である「折」も、③のように農事の「折」、田植えをいそぐ「今日」としてあるのであって、「我が宿の池の藤波咲きにけり山郭公いつか来鳴かむ」（古今集・一三五、夏歌巻頭歌）のような藤の花や郭公などの優美な景物であらわされるのではない。そうした日々の忙しない経過が「日ぞなき」（①）「朝な朝な」（②）「今日」（③・⑧）「にし朝より」（⑥）「年のをはり」（⑧）と繰り返し提示され、強調されていくのだが、このような時の流れの中では、風景もまた、見る間もなく枯れる朝顔（④）、夏の訪れとともに急速に生育する蓬（⑤）、木の葉の散った翌朝から隠すものもなくあらわとなる神垣（⑥）、霜に残りなく枯れ果ててしまった浅茅（⑦）など、変化が急で激しいものとなっている。それは我々が周知しているところの古今的な「うつろひ」としての時間・風景とはいささか質を異にするものと言えよう。

こうした、一日一日を刻み、時がひたすら経過していくこの詠歌世界の時間感覚を集約したことばこそ、「時間経過をあらわす動詞」の出現頻度上位に抽出される「いそぐ」（いそぎ・いそげ）に他なるまい。「好忠百首」「順百首」「重之百首」ではあらわされることのなかった時間感覚「いそぐ」を、「三百六十首歌」では⑨～⑮のように春・夏・秋・冬それぞれの季節で、七首にわたり用いている。

⑨わさ苗を宿もる人にまかせおきてわれは花見るいそぎをぞする（五八・二月終）
⑩桜花見るに心のゆきぬれば春はいそぎし名をぞ立ちぬる（七二・三月上）
⑪御田屋守今日は五月になりにけりいそげや早苗おいもこそすれ（前出③・五月初）
⑫いづこべに夜な夜な露は置けとてか稲葉を人のいそぎかるらん（一九九・七月中）

⑬風により打てば衣を手もたゆみ寒さにいそぐ秋の夜な夜な　（二四〇・八月終）
⑭沖中にこがれわたれど冬なれば波路を寒みいそぐ舟人　（三二六・十一月中）
⑮いとまなみかひなき身さへいそぐかな（為相本）み魂の冬とむべもいひけり　（三六七・十二月終）

「いそぐ」は『古今集』には用例がなく、勅撰集での初出は『後撰集』の二首となる。

うちはへて春はさばかりのどけきを花の心や何いそぐらん　（春下・九二・清原深養父）
人しれぬ身はいそげども年を経てなどこえがたき逢坂の関　（恋三・七三一・藤原伊尹）

逢瀬をねがい、心いそぐ恋歌の「いそぐ」はみやびの範疇にあるものと容認されるのであろう。それに対して四季歌での「いそぐ」は、深養父歌でのいそぎ散る花が「何〜らん」と疑問形で捉えられているように、負の価値観を伴う時間認識である。それは、「いそぐ」の語こそないものの、深養父歌が踏まえる『古今集』紀友則の「久方の光のどけき春の日にしづ心なく花の散るらん」（春下・八四）にすでにあらわされているものでもある。元来『古今集』によって形成され、その後継承された和歌的な美的時間とは、ゆるやかに「うつろふ」ものであり、決して「いそぐ」ものではなかった。▼注(17) それに対して「三百六十首歌」では、⑨〜⑮と農事や漁にいそしむ非貴族的な詠歌主体の「いそぐ」時間が四季の風景とともに描出されていくのである。

そして、こうした「三百六十首歌」の最後に配列されているのは⑮を含む次の三首であった。

数ふればここら経にける年月の雪つもるらんかたやいづれぞ　（三六六・十二月終）

(17) なお「いそぐ」の語は、好忠歌を含め『後拾遺集』で七例と急増、出家、望郷、葬送の歌などでも詠まれるようになる。

いとまなみかひなき身さへいそぐかなみ魂の冬とむべもいひけり　（三六七、前掲⑮）
魂まつる年のをはりになりにけり今日にはまたやあはむとすらん　（三六八・十二月終）

そこでは「かひなき身」が、「いとまなく」「いそ」ぎ、日々を数え、年月を重ねるという、詠歌主体と時間のあり方が、作品を総括するかのように印象強く提示されている。この「いとまなく」「いそぐ」時間とは、『古今集』の配列に代表される優美な時間としての「うつろひ」の対極にある反古今的時間、非貴族的時間とでも称すべきものであろう。　いとまなくいそがしい非貴族的な時間にあっては、「恋」もまた特立されるものではない。

来たりとてぬるまもあらじ夏の夜の有明の月もかたぶきにけり　（一四二・五月中）
我妹子がひまなく思ふ閨なれど夏の昼間はなほぞふし憂き　（一六八・六月中）

と、忙しない日常の時の流れに埋没し、展開されるものとなる。

「三百六十首歌」が従来の定数歌と異なり恋部をあえて設けず、恋歌を季節歌の中に分散配置した意図も反古今的時間軸を形成する目論見の一環だったのではないだろうか。「三百六十首歌」とは、このように、詠歌主体の内的な（アスペクト的）な時間経過をあらわす付属語・複合語の語形の多用を含む様々な「ことば」、また和歌の配置の全体に及んで、周到に反古今的時間軸を組み立てていくことを企図した作品でもあったと言えよう。

いそぎ進み行く「時間」は、古今的美意識を外れる多彩な「ことば」とあいまって、反古今的な詠歌主体の息づく世界を構築する不可欠の仕組みなのであった。

6　男絵の世界としての「三百六十首歌」

　以上、「ことば」の分析を通して、「三百六十首歌」が、その創意の背景に奉献百首である「重之百首」に対する「返し」と言うような意識を含み持ち、あえて反古今的世界を構築することを主題とした作品であること、それがこの定数歌の独自の時間表現にも及ぶものであることを述べてきた。「三百六十首歌」の主題と方法、特に時間のあり方をこのように分析するならば、月次性を重視し月次屏風の時間と関連づける従来の理解には、疑問がもたれることとなる。繰り返し述べるが、前項で見た和歌の表現、ことばの上に一日一日の時を刻む、忙しなく時間を重ねる感覚の表出は、日次性をこそ強く意識して実現されているものである。「三百六十首歌」の月ごとの区分「春の初」「正月中」「正月終」……は、構成上必要なものであったに違いないが、あくまで好忠の創意は、より下位の単位である日次の時間感覚に向けられていた点はこれまでに見た通りである。江戸期以降一般的となる「毎月集」の名称ではなく、成立当時の「三百六十首」という呼称（『拾遺集』詞書などで用いられている呼称）が、やはり当作品の本質を言い当てている。

　そもそも月次屏風の「時間」とは、四季絵屏風にしても、年中行事屏風にしても、それは古今的・貴族的時間に属するものである。個々の歌材や表現を摂取しながらも、作品の時空としては好忠が目指したのは、より独創的なものだったのではないか。ちなみに藤原高遠は「三百六十首歌」の影響下に定数歌「月次歌」（大弐高遠集三二五～三七三番）を詠出するが、用語や発想の随所に「三百六十首歌」を摂取しているにもかかわらず、その時間を特徴づけていた「いそぐ」「いそぎ」「いそげ」「いとまなみ」「日ぞなき」はもとより、「にし～より」「～つつ」「～ほどに」といったアスペクト的な語形は、全く用いていない。「月次」の歌を流れる時間の質と「三百六十首歌」のそれとは明かに違うものなのである。[注(18)]高遠の創意に関して言えば、「三百六十首歌」の構える非貴族的、反古今的な日次の時間への反措定として、自らの定数歌では貴族的時間をむねとする「月次」の名称をあえて前面に出してみせたと理解することも可能であろう。「三百六十首歌」の「時間」が、このように反古今的な日次をこそ単位とするということは、しかし「三百六十首歌」の一部において試されている絵画的視点や絵画的手法を否定する謂いではない。渡部泰明[注(19)]が指摘するように、作品の詠歌主体と視点の問題など「三百六十首歌」には画中人物とそれをながめる視点のように絵画的作法を強く感じさせる側面が確かに見え隠れしている。

ただし、絵画性=屏風歌とは限らないであろう。「三百六十首歌」の絵画性とは、古今的・貴族的大和絵屏風といったものではなく、その動的な時間と表情豊かな下級階層の生活世界の活写という点において、喩えるならば、庶民の生活や風俗表現を基本とする躍動的な男絵の世界――『信貴山縁起絵巻』や『伴大納言絵詞』に代表されるそれ――であったと理解すべきものと思われるのである。好忠は、貫之・順など前代や同時代の屏風歌の個々の素材・表現を摂取しつつ、この作品の統一的基調としては調和的な屏風絵の時空を逸脱する方向、和歌的美意識とは異なる男絵的世界を展開することを目指したのではないか。

時間、視点・絵画性など多様な側面において反古今的世界の創出を目指し、そこにおいてふるまう様々な反古今的・非貴族的詠歌主体を描出し尽くそうとした点で、この作品は統一的主題を持つ前例のない実験的時空であった。かつそれは、初期定数歌という新たな表現形式が、歌人同士の相互影響の中で動態的に展開した中でこそ実現した、好忠にとっても一回的な挑戦であり創造であっ

(18) 同様に、三百六十首の構成を持つことから関連の指摘される貫之の『新撰和歌集』も、歌数の上で好忠に示唆を与えるものであった可能性は否定出来ないが、作品を流れる時間の意味、ひいては「三百六十」という数の持つ意味は異なっている考える。

(19) 渡部泰明「曾禰好忠の和歌表現」(『文学』二〇〇二年三・四月号 二〇〇二・三)。

たと言えよう。個々の詠歌や表現もまたこの反古今的時空内ならでは詠まれ得たものだったのであり、この時空外での好忠の歌、たとえば貴顕の歌会や歌合での好忠の作風に「三百六十首歌」的な要素が見出し難いのも、無理からぬことであろう。

院政期以後の百首歌、特に「堀河百首」などでは、この「三百六十首歌」の作品としての統一的時空は解体され、もっぱら個別の用語・表現の分析と受容に関心が向けられていった。ただし、百首歌の中に、詠者本人と表裏する詠歌主体を創出し、時間と舞台を構築する作品群も、院政期以後のスタイルとして定着していく。そうしたスタイルの先蹤ともなった点でも、和歌史的意義ある作品として、「三百六十首歌」を再評価すべきと考える。

第4章

『恵慶百首』論――N-gram 分析によって見た「返し」の特徴と成立時期の推定――

1　「恵慶百首」の成立をめぐる諸説

初期定数歌とは、村上天皇時代も後半にさしかかる天徳の末頃、曾禰好忠によって詠出された「もちの歌」を出発点とし、その流れに属するものとしての最後の作品となった後一条天皇時代の女流歌人相模の「走湯百首」に至るまで、天皇にして七代、六十年以上にわたり継承・展開された、平安中期和歌を考察する上で注目すべき文学事象である。好忠の百首への「返し」として詠まれた源順の「順百首」や、当代の春宮、憲平親王（のちの冷泉天皇）の下命により献詠された源重之の「重之百首」、歌数や詠歌世界を大幅に拡大した好忠の二作目の定数歌「三百六十首歌」、藤原氏の貴顕たちによる試みである「海人手古良集」（藤原師氏）や「月次歌」（藤原高遠）といった、男性歌人の定数歌の流れを受け、女性歌人たちによっては、父の試みを継承したかのような「重之女百首」、特異な家集形態を取る「賀茂保憲女集」、「百首歌」にとどまらず「五十首歌」や主題性のある連作歌群を様々に試みた和泉式部、三つの百首歌の贈答歌形式を取る相模の「走湯百首」など、そこでは、数という枠組みや一定の題の継承などある種の制約のある中で、先行する定数歌を強く意識し多くを受容する反面、歌ことばや、手法、主題、ことばが構築する時空や世界観において、歌人各々が個性を競い合うという特異な作品群が展開されている。前章の好忠の「三百六十首歌」論ですでに述べ、また本章の「恵慶百首論」、次章の「走湯百首」論で論じていくように、各作品の個性とは、それぞれの歌人の人生に根ざし、各人の世界観を映し出すところも多い。その点、設題や用語において与えた影響は大きいものの、院政期以後に成立する晴儀の組題百首などとは一線を画するものとされる由縁である。

このような性格を持つ初期定数歌の作品研究においては、各作品が、先行する定数歌とどのような関係にあるのかを具体的に明かにし、その上で、各々の歌人がその力量をどのような面で発揮しているのかを検討することが、単純ながらも一つ重要な視点となってくると言えよう。全十六作品ほどにのぼる初期定数歌群の中で、成立時期や他の定数歌との影響関係などの点で、その位置づけが意外に不確かであるのが「恵慶百首」である。よく知られるように、恵慶はその百首歌の序文で自作が好忠の「ももちの歌」への「返し」であることを明記している。近年紹介され、『恵慶集』の最善本とされている冷泉家蔵時雨亭文庫『資経本 恵慶集』[注(1)]によって、適宜句読点を付し抜粋掲出してみよう。

Ⅰ　これはよの中に曽祢の好忠といふ人のよめるもゝちの哥のかへし

(1)　冷泉家時雨亭叢書第六七巻『資経本私家集 三』(朝日新聞社、二〇〇三・一二、解題は樋口芳麻呂)。

Ⅱ　我すへらきや、天徳のすゑのころをい、あさな好忠曽丹といふ人、もゝちの哥をさへにいたし（越桐喜代子氏蔵〈前田家旧蔵〉本[注(2)]では「さくりいたし」）、いはし水のいはまほしきことゝも、そのありさまは、春の花のおりくにつけ、…（中略）…いひあつめたることゝも、春の花秋のもみちよりも、よの中にちりはてにけり。

Ⅲ　…（中略）…あはれよの中は、さゝかにのいやしきたうときも、はるのたのすくもすかぬも、いひせめてはおなしみやまのくもかすみとのほりぬるをや、といへる事ともを、又、あるふんやわらはあさな聖寂といふ人、おなしもゝちの哥をおなし心によみつゝけ、おほみかきのゑしつのをたまきまてなん、あはれにおもはせたりける。

Ⅳ　これを又、ある山ふし、こけの衣に身をやつし、松のもとにおいをおくる心にも、さすかに物ゝあはれわすれかたく、よの中のはかなきありさまもこれにつけていはまほしけれは、むかしうち山の喜撰、か（越桐本「み」）たのゝ沙弥いふ山ふし世をすてなから、かゝるすちの事なくはこそあらめとて、…（中略）…みやま木にこつたふさゝるにゝ、いひあつめたる事とも、にのまひになんなりにける、をかしきことにはあらねと、みん人わらひもしてんかし。

百首歌の創始者が曾禰好忠であり、時期は村上朝期の天徳末頃にあたること（Ⅱ）、卑位の官人の作品であるにもかかわらずそれは同時代人に多くの感動をもたらし同様の詠作を試みるものが続いたこと（Ⅲ）、出家者で老境の身の上の自らもこれに心動かされ、歌を詠む思いを押さえがたく、彼らに続く試みを行うこと（Ⅳ）が綴られ、序の前文には、好忠の「もゝちの哥のかへし」と記されている。この前文は、『恵慶集』のもう一つの有力な伝本である越桐喜代子氏蔵本（前田家旧蔵本『恵慶集』）においても「ももちのうたのたい、これは世中にそねのよした、といふ人のよめる

（2）　越桐喜代子氏蔵（前田家旧蔵）本は、もと冷泉家が所持した定家本で、現在も冷泉家に所蔵される冷泉家時雨亭文庫蔵定家本『恵慶集』（歌数百三十六首、冷泉家時雨亭叢書第一七巻『平安私家集 四』〈朝日新聞社、一九九六、解題は田中登〉所収）が上巻、越桐喜代子氏蔵本（歌数一五六首）が下巻という関係にある。『恵慶集』の伝本については熊本守雄『恵慶集 校本と研究』（桜楓社、一九七八）に詳細な研究があるが、そこでは注（1）の資経本は第一類（古本系）、時雨亭文庫蔵本と越桐喜代子氏蔵本で上・下巻をなす定家本は、第二類本（流布本系）に分類されている。古本系ということもあり資経本が現在最善本とされているが、本論第二節ならびに注（10）で述べているように、百首歌部においては越桐本の本文が優位と考えられるものも多く、以下適宜、越桐本も参照していくこととする。なお越桐本は複製本に尊経閣叢書『恵慶集』（育徳財団、一九三五）があり、また前掲熊本守雄の著書に影印版が収められている。

うたの返し」とあり、記述内容はほぼ同じである。古来『和歌現在書目録』が百首歌の創始を重之と相模とすることから、昭和初期までは、初期定数歌の成立順については、研究者の見解も一定でなかった。それに対して「恵慶百首」序文は「好忠百首」こそが「百首歌」という詠歌形式の初発であること、そしてそれがいかに当時の人々の関心を集めたものであったかを記した唯一同時代の証言となった。初期定数歌の成立の前後関係をめぐる議論に決着を付けたのは他ならぬこの「恵慶百首」序文なのである。▼注(3)その後の研究によって相互に関連の強い初期の四定数歌の成立順は、

好忠百首　天徳四年（九六〇）
順百首　天徳四年（九六〇）か
重之百首　応和元年（九六一）～康保四年（九六七）
三百六十首歌　安和元年（九六八）～天禄三年（九七二）

であることが確認されてきた。▼注(4)ところが、当の「恵慶百首」は、どこに位置づけられるかと言うと、確定が難しいのである。前半五十首は四季と恋の歌だが後半の五十余首は沓冠歌や干支・方位の物名題となっているなど遊技技巧歌に重点を置く趣向と構成が「好忠百首」「順百首」とほぼ等しく、遊技歌を設けない「重之百首」（四季・恋・恨・祝）、「三百六十首歌」（四季各九十首）とは異なること、そして何より、好忠の「ももちの歌」への「返し」と自ら銘打った姿勢から、同じく「好忠百首」への「返し」として詠作された「順百首」とさほど変わらない時期に詠まれたものであろうとの認識が漠然ともたれてきた。しかし、その認識には具体的な根拠がある訳ではない。

　そもそも順百首との前後関係でさえごく最近まで確定されていなかった。近時、「恵慶百首」の

（3）池田亀鑑「曾禰好忠についての疑問」（『文学』二・八、一九三四・八のち『中古文学叢考』第三分冊〈目黒書店、一九四七〉）。

（4）松本真奈美「重之百首と毎月集」（『国語と国文学』六九・一〇、一九九二・一〇）。

注釈研究を行った二つの成果、川村晃生・松本真奈美『恵慶集注釈』[注(5)]、ならびに田坂憲二・南里一郎・今井明・黒木香・竹田正幸・西原一江・福田智子の一連の試注[注(6)]において、ようやく「序文」の検討[注(7)]や、表現そのものの影響関係から、「順百首」が先行、「恵慶百首」はそれに続くものとする推定が示されるに至ったところである。両研究の指摘の中でも、特に、松本真奈美が[注(8)]、「恵慶百首」と「好忠百首」・「順百首」の各和歌を丹念に比較し、歌の主題やことばの影響関係から、「恵慶百首」が、「返し」と明記する「好忠百首」以上に、実は序文では全く触れていない「順百首」の詠歌から「はるかに緊密な」影響を受けていることを明かにしたことは重要であろう。「これはよの中に曽祢の好忠といふ人のよめるも、ちの哥のかへし」とは、恵慶の「百首歌に挑戦する」姿勢を象徴的に提示したものなのであって、「好忠百首」だけを念頭に置く、限定した「返し」の謂いではないことになる。

では同様に、序文に言及のない「重之百首」や「三百六十首歌」との関係はどうなのであろうか。前掲序文のⅢ、恵慶が同作品を詠むに至るまでに、百首歌というものが世に広く知られるようになっていたという記述には少なからぬ歳月の経過が感じられ、またⅣでは自身が老境にあることが強調されている。その出生年を天暦三年（九四〇）頃とする川村・松本の推定に従えば、「好忠百首」が詠まれた天徳末頃（九六〇）、恵慶は二十歳そこそこということになる。実際、恵慶の歌歴のうち年時の最も早いものは、応和二年（九六二）九月五日庚申河原院歌合（『平安朝歌合大成』二巻―六一番）であり、やはり天徳末から応和のにかけてが、恵慶が歌人としてのスタートを切った二十代の頃であったと考えられるであろう。ちなみに恵慶の残す最後の歌歴は、その約三十年後の正暦元年（九九〇）「藤原道兼粟田山荘障子絵和歌」となっている。

初期定数歌序文では身分・身の上などについて殊更誇張した言辞を用いることが多いのは事実で

(5) 川村晃生・松本真奈美『恵慶集注釈』（貴重本刊行会、二〇〇六）。

(6) 南里一郎・今井明・黒木香・竹田正幸・田坂憲二・西原一江・福田智子『〈恵慶百首〉春部試注』（『純真紀要』四四、二〇〇四・三）以下、同メンバーによる『試注』は、二〇〇七年三月の『研究ノート〈恵慶百首〉物名十干部試注』（『文化情報学』二・一、二〇〇七・三）において完結。

(7) 福田智子・今井明・黒木香・竹田正幸・田坂憲二・西原一江「〈恵慶百首〉序文試注」（『同志社国文学』第六五号、二〇〇六・一二）では、「〈恵慶百首〉序文の執筆時には、〈順百首〉序文が念頭にあったと考えるのが自然であろう。そうなると、〈順百首〉そのものの成立も、〈恵慶百首〉に先行すると見て、まず大過あるまい。」とする。

(8) 松本真奈美「恵慶百首について―好忠百首・順百首との関連―」（『尚絅学院大学紀要』第五一集、二〇〇五・一）。

ある。また川村・松本両氏の年齢推定にいくばくかの修正の余地も考えられないでもないが、それを考慮したとしても、「松のもとにおいをおくる心」と自称し、かつその詠歌行為を「喜撰法師」や「三方沙弥」（越桐本本文をとる）に準えるには、天徳末から応和初頃の恵慶では、いまだ年若く、経験不足の感が否めない。「恵慶百首」の成立は、「好忠百首」の直後ではなくある程度年月を経て後、場合によっては「三百六十首歌」よりさらに後ということもあり得るのではないだろうか。

稿者は第2章から第3章までに初期定数歌論として、まず成立の前後関係の確かな「好忠百首」「順百首」「重之百首」「三百六十首歌」の四つの定数歌をN-gram統計によった文字列総比較を用いて分析し、相互の共通表現、独自表現、あるいは四作品の共通表現などを網羅検討し、次の二点を明かにしてきた。

一、初発期の定数歌間における「返し」が、いわゆる贈答歌の返しなどとは全く異なる手法であること

二、それは対象とする和歌の特異な語句・語法を捉え、引用し、自身の和歌ではより新しい語句・語法の開拓や趣向・季節の転換を行って全く別の歌境を拓くという、前例ない詠歌方法であること

その上で好忠・順・重之の独自性を述べた。本章では、「恵慶百首」と四定数歌、さらに近接する時代に成立した定数歌等と文字列レベルでの総比較を行い、この作品で恵慶が目指した「返し」の特徴を明かにしたい。その上で、およその成立時期をについて私見を述べたい。

2　「恵慶百首」は四定数歌と共通する語句・語形を何組有するか

N-gram分析というツールによって、和歌を文字列単位で分析総比較し、作品同士の共通のことば続きや独自のことば続きを網羅的に求める手法とその有効性については、繰り返さない。[注(9)] 今回その手法によって得られた「恵慶百首」と四つの定数歌それぞれとの共通する文字列から、影響関係などにおいて有意と想定される語句・語形を求めると次のような結果となる。

恵慶百首と好忠百首　　語句・語形の一致22組（うち位置も一致：10組）
恵慶百首と順百首　　語句・語形の一致34組（うち位置も一致：19組）
恵慶百首と重之百首　　語句・語形の一致18組（うち位置も一致：9組）
恵慶百首と三百六十首歌　　語句・語形の一致82組（うち位置も一致：29組）

ここで影響関係などにおいて有意と想定した語句・語形の一致とは、具体的には以下のようなものを指している。なお共通する語形部をゴチックで示すこととする。

(1)　～かぜのうら（感情形容詞語幹）しかるあき

あさぢはらたままくくずのうら**かぜのうら**がな**しかるあき**はきにけり（恵慶百首・二一六・226、秋）

まつ**かぜのうら**さび**しかるあき**すらだわれをばひとのしのぶらんやぞ（好忠百首・三九九、秋）

(2)　のもやまも

のもやまもこひしきままにわけくれどみえやはしけるわがおもふひとの

(9)　本書第2章・第3章、ならびに近藤みゆき「nグラム統計処理を用いた文字列分析による日本古典文学の研究―『古今和歌集』の「ことば」の型と性差―」（千葉大学『人文研究』二九号、二〇〇〇・三）、近藤みゆき『古代後期和歌文学の研究』〈風間書房、二〇〇五〉参照。

(10)　一例をあげれば二七五・二八九番「ひのえ」題の歌は、資経本では「はしたかのとかへるやまのしゐのはのときはにかれぬなかとた

（恵慶百首・二七〇・284、沓冠・恋）

のもやまもいろかはりゆくかぜさむみいかでたづねんわすれにしせ**こ**（順百首・五四八、沓冠・恋）

(3) **あしのうらば**

つくまがはいりえにをしのさわがぬは**あしのうらば**にこほりしぬらし（恵慶百首・二二五・239、冬）

おもひやるわがころもではなにはめの**あしのうらば**のかはくよぞなき（重之百首・三〇二・恋）

(4) **ひかずへぬれば**

こひしさの**ひかずへぬれば**そでにいづるなみだのたきのみかさまされる（恵慶百首・二三四・248、恋）

わがせなはつまごひすらしとほやまだもるになづけて**ひかずへぬれば**（三百六十首歌・二〇七）

(5) **〜くさしげりあひ**

をぐらやましかのかよひぢみえぬまでいまはした**くさしげりあひ**ぬらん（恵慶百首・二〇七・221、夏）

のなかにはゆきかふひともみえぬまでなべてなつ**くさしげりあひ**にけり（三百六十首歌・一二三）

＊なお、先に序文の掲出にあたっては、近年公刊され最善本として注目されている『資経本 恵慶集』を用いたが、ここでN-gramを取る際に作成した「恵慶百首」のデータ本文用には、越桐喜代子氏蔵本（前田家旧蔵本）（以下越桐本と略称す）を用いている。理由は、データ作成にあたり実際に百首歌部分についての本文を検討したところ、資経本本文には、この百首歌の部分に関しては、物名題の和歌において肝心の物名が落ちているなど、「ことば」を他定数歌と比較していく上で看過出来ない問題箇所がいくつか存したからである。▼注(10) 概して「百首歌」は家集に収載されている場合でもその箇所だけの異同が際だって多い場合もあり、▼注(11) その扱いには注意を要する。家集全体の本文の優劣については、軽々には判断出来ないが、百首歌部分に限って言えば、越桐本本文が、や

のまん」とあるが、これでは「ひのえ」はどこにも詠み込まれていないことになる。それに対して「はしたかのとかへるやまのしひのえのときはにかれぬなかとたのまむ」とある越桐本の本文の方が干支を詠み込んだ本文となっている。その他にもいくつかの用語・語形、てにをはの用法などにおいて越桐本の方が原型に近いのではないかと思われる点が散見される。稿者としては、少なくとも百首歌部分に関しては越桐氏蔵本の方が優位と考えるがこの問題については、稿をあらためたい。

(11) 『重之百首』がそうした本文上の問題を持つことについては、目崎徳衛『平安文化史論』（桜楓社、一九六八、「重之集の成立とその資料的価値」）、川村晃生『摂関期和歌史の研究』（三弥井書店、一九九一、第二章第一節—一「重之百首」の成立）などの研究がある。「重之百首」は『重之集』のその他の部分と全く異なり極めて多の本文異同を有している。この現象を目崎論は百首歌箇所のみ独立して多く享受された結果と見、川村は詠作時の推敲・改編の跡と見るが、同様の事態が、この「恵慶百首」や相模集末尾の「初事歌群」など家集末尾に付された「百首歌」には想定し得るであろう。

や優位な点が多いと判断し、データ用本文には越桐本を用いた。よって『恵慶集』の本文の引用に関しては越桐本での通し番号を漢数字で、新編国歌大観での歌番号を洋数字で示している。
＊＊「順百首」は『好忠集』に収載されているので、本章で「順百首」に付した歌番号は『好忠集』のそれとなっている。
＊＊＊N-gram 分析の関係から和歌の掲出本文はすべて平仮名、歴史的仮名遣いにあらためている。

一致する文字列の中から、先行する用例が稀少な語句・語形（「あしのうらば」「のもやまも」「〜くさしげりあひ」など）、好忠・恵慶の用例がほぼ初出となっている言葉続き（「かぜのうら〈感情形容詞語幹〉しかるあき」「ひかずへぬれば」）など、特徴的な語句・語形と判断出来たものに限り、ここでは認定したのだが、「好忠百首」とは二二組、「順百首」とは三四組、「重之百首」とは一八組、そして、「三百六十首歌」とは実に八二組に及ぶ一致が認められるのである。

前掲松本論文では「好忠百首」からの影響として三例、「順百首」からの影響として一七例を指摘しているが、文字列分析によって得られる語句・語形の一致においては、それをかなり上回る影響関係が想定出来ることになろう。結果、確かに「好忠百首」以上に「順百首」と重なるものが多いことが再確認されるのだが、それ以上に注目されるのは、その「順百首」をはるかに凌ぐ八二組にわたる語句・語形上の関連が「三百六十首歌」との間に認められるということである。あわせて、それらよりは少ないものの、「重之百首」との間にも一八組の語句・語形の一致があることも見過ごせない。

参考として、同様の分析によって得た「恵慶百首」以外の四つの定数歌間の語句・語形の一致を示しておく。▼注(12)

(12) 本書第2章・第3章参照。

好忠百首と順百首　語句・語形の一致43組（うち位置も一致：27組）
好忠百首と重之百首　語句・語形の一致27組（うち位置も一致：20組）
順百首と重之百首　語句・語形の一致20組（うち位置も一致：12組）
順百首と三百六十首歌　語句・語形の一致39組（うち位置も一致：27組）
重之百首と三百六十首歌　語句・語形の一致65組（うち位置も一致：33組）

「恵慶百首」の「三百六十首歌」との一致数八二組とは、「順百首」の三九組、「重之百首」との六五組を大きく上回る数になるのである。

果たしてこの結果をどう理解したらよいのであろうか。前述のようにこの四つの定数歌の成立順は、好忠百首―順百首―重之百首―三百六十首歌であるから、この「順百首」との三九組、「重之百首」との六五組は、「三百六十首歌」がそれらの語句・語法を受容した関係にあるのであるが、「恵慶百首」の右記の結果も、通説通り「恵慶百首」が「順百首」に近接する時期に若干遅れて詠ぜられたものであるとすると、重之や好忠は「恵慶百首」に影響を受け、特に好忠は、「三百六十首歌」において、「重之百首」以上に「恵慶百首」を強く意識して、そのことばを取り入れたことになる。「恵慶百首」から「重之百首」「三百六十首歌」へ――そうした関係も当然想定出来る訳であるが、今回N-gram分析の結果として得られた恵慶百首―好忠百首二二組、恵慶百首―順百首三四組、恵慶百首―重之百首一八組、恵慶百首―三百六十首歌八二組、総計一五六組の「ことば」の関係を詳細に検討すると、結論から言って、関係はむしろ逆であると判断される。すなわち、「恵慶百首」が「重之百首」「三百六十首歌」を受容しているとする方が妥当性が高いと思われるのである。

そのように推定する根拠は、まず一つ、「恵慶百首」が、他の四つの定数歌とは「ことば」の受容の仕方において、ひいては「返し」の手法において、明かに異なる姿勢を取っている点にある。以下、具体的に「恵慶百首」における恵慶の作歌方法を追ってみよう。

3 「恵慶百首」における先行定数歌の受容と作歌方法

さて、「恵慶百首」について見る前に、前章までで検討した好忠・順・重之の定数歌における「ことば」の受容と「返し」の手法がどのようなものであったかを確認しておこう。一例をあげてみる。

とぶとりのこころはそらにあくがれてゆくへもしらぬ**ものをこそおもへ**（好忠百首・四四二、沓冠）
かつまたのいけのうらなみうちはへてたちてもゐても**ものをこそおもへ**（順百首・五二五、恋）
なくしかのこゑきくからにあきはぎのしたばこがれて**ものをこそおもへ**（重之百首・二七〇、秋）

「好忠百首」に端を発する末句「ものをこそおもへ」という語句が「順百首」「重之百首」と受け継がれていくのだが、順も重之もその語を単に受容しているというのではない。対応する連用修飾語には、「好忠百首」の「あくがれて（rete）」とは意味を違え、しかし韻は揃えるかのように「うちはへて（fete）」「こがれて（rete）」ということばを選択し、物象をあらわす用語も、順は新出の歌枕「勝間田の池」、重之は古今以来の伝統的な「秋萩の下葉」と各々の嗜好を反映した語を用いていく。結果として「ものを思」ふ心情を表象する心象風景としては、行方なく空を飛ぶ鳥（好忠）、池に立つ波（順）、鹿の声と秋萩（重之）と、三者三様に全く異なる風景世界を描いているのである。

この「ものをこそおもへ」のように、一見際だって特異という訳ではないある語形を軸としながら、歌人ごとに新奇な歌語・歌枕の導入や縁語・掛詞の工夫、主題や趣向を凝らし、全く別の新たな詠歌を提示していくのが、好忠・順・重之の間に見られる「返し」の手法なのであった。したがって、「好忠百首」「順百首」「重之百首」「三百六十首歌」の「返し」においては、右に掲げたように「返す」側にとって対象の歌は「ある一首」ないしは「その一首に返しとして詠まれた一首」に限定される、ということが、基本の形式となっていると言ってよい。

「恵慶百首」でも第2節にあげた(1)~(5)のうち、「好忠百首」「順百首」とそれぞれ語句・語法の重なりを持ち、明かに「恵慶百首」の方が後に詠作された(1)・(2)でも、好忠・順・重之らの「返し」と同様の詠み方が取られている。すなわち(1)では、「~かぜの(感情形容詞)しかるあき」という句を共有しながら、「好忠百首」の「松風」を「葛のうら風」に詠み換え、「浅茅原玉まく葛の」という全く新しい秋の情景を立ち上げるとともに、その感情も「(うら)寂し」から「(うら)悲し」へと転換し、「悲秋」の風情を打ち出した立秋の風景と情感を歌に仕立て上げ、もとの好忠歌をみごとに越える「返し」となっている。

また(2)では、もとの順歌五四八番歌が夫(背子)に忘れられた、待つ女性の立場の詠であるのに対し、恵慶歌は逢えなくとも「我がおもふ人」を尋ね行く男性の立場の詠と、詠歌主体の「性」、そしてその行動様式を逆転している。「性」の逆転も他の四定数歌間にしばしば見られるものである。そうした「返し」の基本的な手法を、恵慶は十分に心得ており、応用していると言えるだろう。(3)・(4)・(5)については、成立の前後関係を慎重に検討する必要があるのでいまは措くが、やはり同様の「返し」の手法を見ることが出来る点、留意しておきたい。

しかし「恵慶百首」には、そうした従来的な詠法だけではなく、それとは異なる詠み方がみとめられる。すなわち一対一の「返し」の関係ではなく、「順百首」と「好忠百首」、そして「三百六十首歌」、あるいは「重之百首」と「三百六十首歌」と、複数の定数歌作品にわたって、その特徴的語句・語法を複合的に取り合わせたような歌が偶然とは思われないほど多数散見されるのである。

以下、まずは、「恵慶百首」に先行して成立したことが確実な「好忠百首」「順百首」を組み合わせて詠んだと推定されるものを取り上げ、語句・語法に即して分析してみよう。

(6) やまざとのしばのいほり**もふゆくれば**しらたまふ**けるここちかもする**　（恵慶百首・二四二・238・冬）

a　ひさぎおふるひさののはら**もふゆくれば**ひばりのとこぞあらはれにける（好忠百首・四〇二・冬）

b　ふけるとてひとにもみせむきえざらばあばらのやどにふれるしらたま（好忠百首・四〇六・冬）

c　うねびやまほのかにかすみたつからにはるめきに**けるここちかもする**（順百首・四八六、春）

ここでの「白玉」は「霰」の比喩であると同時に「真珠」意もあわせ持つ。山里の冬の到来を詠んだ新味のある叙景歌だが、「白玉」（真珠）がそれに不似合いな家屋に降るという着想の基本形はbの好忠歌によるものであり、四句の「しらたまふける」はその「好忠百首」の「ふける〜しらたま」を複合して一続きの文字列にしたかのような用語である。そればかりでなく二句目最後の一文字以降は、aの好忠百首歌（「もふゆくれば」）、cの順百首歌の語句・用語（「けるここちかもする」）を組み合わせたような構成となっている。

句の要である第三句に「（も）ふゆくれば」の語形を配置し、上の句と下の句の景物の変化によって時の変化——ここでは冬の到来——を提示するのは、もっぱら好忠の好んだ表現方法である。

「三百六十首歌」においても

おほはらやまきのすみがま**ふゆくれば**いとどなげきのかずやつもらむ
（三百六十首歌・三三五・十一月終）

あわなりしたきのしらいと**ふゆくれば**とくべくもあらずこほりむすべり
（三百六十首歌・三四〇・十二月初）

と、好忠はこれを愛用している。それは貫之の屏風歌

花にのみみえしやまのを**冬くれば**さりげだになく霜がれにけり
（貫之集・一一一、延喜十八年四月東宮屏風）

などに学んだ和歌の構成と語法であるかもしれないが、

あしたづのあそぶ洲崎も**冬くれば**けさしも冬の心ちみえけれ
（海人手古良集・三三、冬）

かげみえてながれしあしも**冬くれば**まれにくらしな人やすさめぬ
（保憲女集・一二〇、冬）

など、以後の定数歌で第三句「（も）ふゆくれば」の構成を踏襲するものも少なくない。

一方の四句から五句にかけての「けるここちかもする」だが、特に末句に「ここちかもする」を据えるのは、『新編国歌大観』CD-ROMなどで調査の及ぶ限りでは、「順百首」を初出とする特異

句であり、ここでの順・恵慶以外の同時代での用例は、「三百六十首歌」の、

わぎもこがころもきさらぎ風さむみありしにまさる**心地かもする**　（三三、中春、二月初）

に、限られている。「もふゆくれば」、「けるここちかもする」は、いずれも「好忠百首」「順百首」それぞれの印象的な語形であり配置であったと言ってよい。どちらか一つの語形と配置を受け、それをもとに独自の世界を立ち上げるといった前述のような好忠・順・重之らの手法とは異なり、先行百首の特異な句を二つとも配置ごと取り入れ、さらに全体の着想まで「好忠百首」から得て成立しているのが恵慶の二四二番歌なのであった。このように複数の定数歌からことばを得て、その上で、冬歌としての着想のもととなったbの好忠四〇六番歌の「あばらの宿」に対し、「苔の衣に身をやつ」した「山伏」（序文）という詠歌主体にふさわしく、その風景を「山里の柴の庵」のものとしてまとめてみた点が、唯一、恵慶の展開した表現ということになるであろう。

次にあげる詠歌でも、ほぼ同様の作歌方法が取られている。

(7)　**ひるまなくなみだのかはにしづむ**かなこころかろしと**おもひしるしる**

（恵慶百首・二六三・277、安積山難波津沓冠・恋）

a　**ひるまなく**よるはすがらにたえずのみいしくのはらのしげきわがこひ　（順百首・五二五、恋）

b　ひとこふる**なみだのうみにしづみ**つつみづのあはとぞ**おもひ**きえぬる

（好忠百首・四四一、沓冠・恋）

c　ともすればかへるはるをもをしむかなめづらしげなきこととと**しるしる**　（順百首・四九四、春）

当該歌(7)は、「恵慶百首」後半、沓冠歌群の恋の部に位置する歌である。「沓冠歌群」とは、「安積山かげさへ見ゆる山の井の浅くは人を思ふものかは」（古今集・仮名序）を各歌の歌頭に、「難波津に咲くやこの花ふゆごもり今は春べと咲くやこの花」（同）を歌末に置いた三十一首の歌群で、「好忠百首」にはじまるものであるが、「恵慶百首」ではさらに内部に春夏秋冬恋題が設けられている。その二十二番目の歌――歌頭は「ひ」、歌末は「る」、そして題は「恋」という規制のもとに詠まれた一首で、実はbの好忠歌四四一番も百首歌の同じ箇所に位置し、同じ条件のもとでの詠歌である。好忠歌は二・三句「なみだのうみにしづみつつ」と五句の「おもひ」の対比が歌の主軸となっており、「おもひ」に「重」と「火」を掛け、「沈む」「消ゆ」の文脈を形成し、「水」「泡」といくつもの縁語となることばを配置して、おのれの涙に深く沈潜しおぼれ死ぬ恋心が詠まれている。

この「なみだ」「しづむ」「おもひ」の縁語と文脈にはさらに先行例がある。『村上御集』の、

ながれいづるなみだの川にしづみなば身のうき事はおもひやみなん

（四三、斎宮女御集一〇六番にも）

が、それである。同歌は、斎宮女御徽子との間に交わされた「手習文」贈答歌における帝の返歌で、村上天皇の兄朱雀院の服喪が明けた天暦七年（九五三）年明けに詠ぜられたものである。この「手習文」贈答は単独で時人に伝播した可能性があるのだが、▼注(13) 好忠も天徳末（九六〇）頃の百首歌詠出の際、この帝の歌に着想を得たに違いない。

恵慶は好忠百首の同じ位置にある沓冠歌の主軸をほぼそのまま継承した上に、「ひ」ではじまる

(13) 近藤みゆき「「手習」考――斎宮女御・和泉式部から源氏物語へ――」（『むらさき』第四二輯、二〇〇五・一二、紫式部学会）。

特異な句として「順百首」恋のa歌の「ひるまなく」を、「る」で終わる特異な語形として同じく「順百首」の四季歌・春から「しるしる」を選び出し、一首を組み立てているのである。「しづむ」「おもひ」の対語として「かろし」と詠み、相手の思いは軽いのにとした点にひねりがあるが、全体としては独創とは異なる方向を目指すもの、先行定数歌をテキストとしてその様々な語句をパズルのように組み立てていく詠じ方と言えよう。このように、二種以上の先行百首から特徴的なことばを取り出し、一首の中で組み合わせていくような受容の方法は、好忠・順・重之間の「返し」の手法とは異質であり、より遊戯性が高いとも言えよう。いまここで、「恵慶百首」におけるこうした詠み方を、「複数句取り」と称しておきたい。

この「複数句取り」は、(6)のような季の歌にも散見されるのではあるが、特に数多く、集中して認められるのはなんと言っても(7)も含め沓冠・物名歌という後半の遊技技巧歌部となっている。そしてそれらにおいては、成立が先行することの明かな「順百首」「好忠百首」だけでなく、「重之百首」「三百六十首歌」まで範囲を広げても、質的にも全く等しい複数句取りの作歌姿勢を見ることが出来るのである。

4 「恵慶百首」遊技技巧歌部における複数句取りと四定数歌との前後関係

沓冠歌・物名歌での複数句取りを具体的にあげてみる。

(8) **重之百首＋三百六十首歌**

あけがたきふゆのよなよなこひすればねられざりけりやまざとのいほ

a　こひしさをなぐさみがてらすがはらやふしみにきてもねられざりけり

（恵慶百首・二五九・273、沓冠・冬）

b　いはたやまよに**あけがたきふゆのよ**のあまのせきもりたれかすゑけん

（重之百首・三〇一、冬）

c　きみまつとねやのいたどをあけおきてさむさもしらず**ふゆのよなよな**

（三百六十首歌・二九七、初の冬・十月中）

（三百六十首歌三四一、暮の冬・十二月初）

(9)　好忠百首＋順百首＋三百六十首歌

かどたわせ**きのふ**かりそむとおもひしをひつちの**とくもおひにけるかな**

（恵慶百首・二七八・292、物名・つちのと）

a　をやまだのひつちのえしもほにいでねばこころひとつにこひしとぞおもふ

（好忠百首・四五五、物名・つちのえ）

b　**きのふ**までふゆこもれりしがまふのにわらびの**とくもおひにけるかな**

（順百首・五六八、物名・ひのと）

c　わがやどのかどたのわせのひつちほをみるにつけてぞおやはこひしき

（三百六十首歌・二〇一、初の秋・七月中）

(10)　順百首＋三百六十首歌

かすみたつみねやいづれぞたづねみむ**はな**のとほめをまぎらはすかな

（恵慶百首・二八六・300、物名・たつみ）

a　**かすみたつみ**むろのやまにさく**はな**はひとしれずこそちりぬべらなれ

（順百首・五七八、物名・たつみ）

b　みわたせばこしのたかねをゆきつもりいさしらやまのほどやいづれぞ
（三百六十首歌・三一六、中の冬・十一月上）

c　おほひえやをひえのやまもあきくればとほめもみえずきりのまがきに
（三百六十首歌・二一五、初の秋・七月終）

(11)　**好忠百首＋三百六十首歌＋順百首**

いでたてば**うしろめた**なきあだびとよめぐりにすゑてはなたずもがな
（恵慶百首・二八四・298、物名・ひとよめぐり）

a　ふるさとの**うしろめた**さにうちしのびむかしこひしきねをもなくかな
（好忠百首・四六三、物名・ひんがし）

b　なつはぎのあさのをがらとあだびとのこころかろさといづれまされり
（三百六十首歌・一六一、六月初）

c　へつくりにしらせずもがななにはめのあしまをわけてあそべつるのこ
（順百首・五四二、沓冠・夏）

(12)　**順百首＋三百六十首歌＋好忠百首**

かをとめてわれはむつぶるあやめぐさよそめにこまのみるがあやしさ
（恵慶百首・二四七・261、沓冠・夏）

a　**かをとめて**うぐひすはきぬたなびきてかくすかひなしはるのかすみは
（順百首・五三六、沓冠・春）

b　さぎたてるさつきのさはのあやめぐさよそめはひとのひくかとぞみる
（三百六十首歌・一二七、五月初）

c　おもひやるこころづかひはいとなきをゆめにみえずときくがあやしさ
(好忠百首・四四四、沓冠)

その手法が一見して特徴的なものに絞って掲出した。(8)〜(12)のいずれもが、複数にわたる定数歌から目立って特徴的な語句・語法を取り込み、組み立てている手法が取られていることが確認出来る。

(8)は「重之百首」「三百六十首歌」という、外部徴証からは「恵慶百首」との前後関係の決定出来ない二首の百首との重なりであるが、恵慶二五九番歌には、まるで組み重ねたかのように「重之百首」「三百六十首歌」での特殊な語形三種が詠まれているのである。「あけがたきふゆのよ」は「三百六十首歌」と「恵慶百首」のこの二首にしか用例が確認出来ず、「ふゆのよなよな」も当該二首が初例で、『千穎集』・『相模集』の「初事歌群」と後続の初期手数歌にわずかに用例のあるのみの、極めて稀少な言い回しである。また「ねられざりけり」も、勅撰集では『拾遺集』初出、『古今六帖』『大和物語』に一首などの用例を得るにとどまり、決して簡単に口の端にのぼる和歌の常套句ではない。

特にこの(8)の歌は、沓冠で歌頭「あ」、歌末「ほ」で「冬歌」という規制下にある歌となっている。恵慶の作歌手順を推測するならば、恵慶はまずその条件を満たす「ことば」や発想を求めて「重之百首」「三百六十首歌」の冬の部を熟読し、冬の独り寝の恋の主題を得ると同時に、「あ」ではじまる印象的な用語「あけがたきふゆのよ」と、さらにそれを強めるような「ふゆのよなよな」、「ねられざりけり」を選び、そこに前掲(6)「山里の柴の庵も冬くれば」の場合と同様に、「山伏」という自己規定に見合った「やまざとのいほ」の語を以てまとめてみせたのではないだろうか。二種の定数歌テキストから特徴的語形・語法を組み合わせ、そこに歌僧としての詠歌主体を加えて一首を完成させるあり方は、前掲(6)とほとんど同一の志向である。「恵慶百首」において、確実に先行する「好忠百首」「順百首」の受容姿勢と、いま前後関係を問題にしている「重之百首」「三百六十首歌」に対する姿勢は、何ら違いがないと言えるであろう。

以上、いくつかの例を見てきたが、こうした一首内における四種の定数歌との複数句の一致は、恵慶がそれらを傍らに置いて自らの百首歌を詠じた結果と捉えるのが自然ではないだろうか。先行する定数歌からのこの「複数句取り」が、恵慶が自らの百首歌詠出の際にとった詠歌方法なのであった。

5 「遠目」の「山桜」

さて、この恵慶の複数句取りの手順をよくうかがわせ、また詠作時期をもう一歩絞り込む目途となるものとして注目したいのが(10)の用例である。

(10)は、物名「たつみ」題、初二句「かすみたつみね」の箇所に題が詠み込まれているが、その手法は、用語・語法ごと、順が「たつみ」題で詠んだaの「かすみたつみ」までを踏襲している。その先を順歌は「みむろのやま（三室の山）」と特定の歌枕に続けていくのだが、恵慶は歌枕などで地名を限定せず、ただ「みね（峰）」とし、そこに「三百六十首歌」bからの特異な語法「やいづれぞ」を続け、また「三百六十首歌」cからやはり特異な語である「とほめ（遠目）」をあわせて詠むことで、特定の山に限定されず、遠方に広がるより奥行きのある視点――それはb歌と同様の視点でもあるのだが――で風景を捉えた歌へと歌柄そのものを変化させている。さらに、その霞の向こうにある「花」を「たづねみむ」と詠んで、霞が立ち隠し人知れず散る桜花を詠んだ静的な順歌aとは全く異なる、動的な「尋花」の主題の歌を詠むことに成功しているのである。

(10)歌において恵慶が独創性をねらったのは、まさにこの峰の桜花を遠方までも尋ね行こうという「尋花」の主題であった。物名「たつみ」題を詠むにあたり、まず「順百首」のa歌から着想を得、「三百六十首歌」b・cから語や語形を取り入れながら、独創的展開も実現していると評価出来るであろう。

しかも、その主題は、実は段階を経て得られたものであるらしい。当該歌から二十四首遡った沓冠歌・春・二四四・258番には

かすみわけ**とほめ**にみえしやまざくらそらににほひしはなはいづらは

と、類想の一首がある。それは「とほめ」の語を介して前掲「三百六十首歌」のc歌

おほひえやをひえのやまもあきくれば**とほめ**もみえずきりのまがきに

の、「返し」として着想されたと思しい。すなわち好忠歌の「見えず」を「見えし」に、「霧」を「霞」に詠み換え、季節を「秋」から「春」に転換する。このような転換はすでに述べたように、▼注(14)「好忠百首」「順百首」「重之百首」「三百六十首歌」間での「返し」の中でも基礎レベルの常套的手法である。恵慶は沓冠・春部の歌を詠む際、「三百六十首歌」の秋の部に題材を求めたのであろう。その際、この好忠詠以外の唯一の「とほめ」の用例「はるたてばさとにたなびくしらくもはさける桜のとほめなりけり」(古今六帖・四一七七・第六帖・桜)も、念頭に置かれたのかもしれないが、沓冠・春部

(14) 本書第2章・第3章参照。

では遠目に見るにとどまり、散って後「いづらは」とその面影を求めた桜花への志向をさらに進め、物名・たつみ題、二八六番歌では「尋花」詠としたと言えるだろう。

ところで、この「遠目」の「山桜」を求め尋ねるという用語と発想の歌を、恵慶は、百首歌とは異なる場で、もう一首詠じている。『恵慶集』一六七・177番、恵慶自身が長文の序を記す河原院歌会での第一首目である。

6 「恵慶百首」の成立時期試論

この歌会はいくつかの河原院歌会の中でも、恵慶の長文の序を付し、元輔、兼盛、能宣、兼澄ら有数の歌人たちが参集したものとして著名である。序文ならびに最初の二首は恵慶の作である。

くれの春、はるかに山のさくらをみる、かねては、あれたるやと、むかしのあるしこふる心はへの哥、よみ人は、元輔、兼盛、能宣、のふまさ、兼澄なり

…（中略）…

はるかに山のさくらをみる

とほめにはなをそわかれぬ山さくらいさやとかりてゆきてをしまん　（一六七・177）▼注(15)

同歌が、「恵慶百首」の(10)と「尋花」という発想、「遠目」の「山桜」という用語を同じくすることは留意されてよい。あわせて注目されるのが、この河原院歌会序の後半部、である。参会者についてと自らについて述べたその文言が

(15) 同序・ならびに和歌は上巻にあたるので、資経本、本書注（1）に拠った。

今日の人く、かきのもとのまうちきみにもおとらす、はなのまへのまらうとゝするにたへたるかきりなり、これかなかに、松のもとにこけのころもにやつれたる山ぶしあり、はなの山のちりにもつかす、うちやまのかせにもあふかぬ身なれと　…（以下略）…

と、第一節、「恵慶百首」序文のⅣに掲出した文言と非常に類似しているのである。前述のように「恵慶百首」が「重之百首」「三百六十首歌」以後の成立であることが確定するとなると、その下限は恵慶生存中であればいつでもあり得ることになる。当該河原院歌会は参会者の官職や生存年から寛和元年（九八五）年と想定されている。▼注(16)「好忠百首」から実に二十五年後になるが、案外、この寛和元年に近い頃が、「恵慶百首」の詠まれた時期だったのではないだろうか。そうであるとすれば、同様に「恵慶百首」序文のⅣ「松のもとにおいをおくる…」の言葉に見た、「老い」の意識とも整合することになろう。

従来説を二十年近く引き下げることになるが、むしろこの頃こそ、卑位の田舎官人であった曾禰好忠が、ようやく中央でも評価され浮上してくる時期と重なるのである。すなわち貞元二年八月十六日（九七七）の三条左大臣頼忠前栽歌合では、当日の歌人としてこそ召されなかったものの、後日あらためて歌を召され、和歌ならびに序文を頼忠に献じている。また天元四年（九八一）故小野宮右衛門督斉敏（頼忠弟）君達謎合にも歌を求められるなどと、小野宮一族からの引き立てがこの頃から目立ちはじめる。行き違いによって閉め出しの辱めを受けた曰く付きの会ではあるが永観三年（九八五）二月一三日の円融院子日の御遊、次いで寛和二年内裏歌合（九八六）出詠、次いで長保五年（一〇〇三）左大臣道長歌合出詠が、好忠が後半生に至ってようやく勝ち得た詠歌の場で

(16) 増淵勝一「源兼澄伝の再検討」（『平安朝文学成立の研究　韻文編』国研出版、一九九一）、ならびに注（5）川村晃生・松本真奈美著書、一六七番歌注釈【補説】。

あった。

一方の恵慶は、荒廃の途にあったといえども早い時期から河原院に出入りを許されて源融の末裔安法法師と親しく交友関係を持ち、貴顕からの屏風歌の依頼も多いなど、中央歌壇での評価は好忠より格段に上であった。恵慶とは懇意であり、河原院でも詠歌を残している順や重之と異なり、好忠と恵慶の接点はこの「恵慶百首」に限られる。「好忠百首」を詠じた天徳末年の頃、好忠の身分やそれまでの無名ぶりを思えば、田舎役人のすさびごとと捉えられたのがせいぜいで、即座に大きな関心が寄せられたとは思えない。その連作に順が応和し、東宮が重之に「百首歌」の献詠を求めたことでその詠歌形式に権威付けもなされ、さらに好忠が「三百六十首歌」によって圧巻の詠歌力を示してみせた中、恵慶もこの詠歌形式やその特有の技法とことばに関心を抱くようになったのではないだろうか。

中流受領階層との交流が増えたとはいえ、当時の家集に垣間見える好忠の姿には、ある種の異端性が常につきまとっている。

曾禰好忠が、但馬にて、いづしの宮にて、なのりそといふものをよめといへば
ちはやぶるいつしのみやの神のこまゆめなのりそよたたりもぞする
あか月のまがきにみゆるあさがほはなのりそせまし我にかはりて　（重之集・二〇三・二〇四）
春の日、客あまた知、不知まできあつまりて酒のみ侍るに、紅梅をもてあそぶとて、丹後掾曾禰好忠がかはらけとりてさし侍るとて
我が背子が袖白妙の花の色をこれなむ梅と今日ぞ知りぬる
かへし

浅き濃き色はきらはずここはただ梅は梅なるにほひとぞみる
紅梅を白くよめる、不とくいの人のあまたまじれるによりてなるべし
（能宣集〈西本願寺蔵三十六人集本〉四一二・四一三）

前者は重之との、稿者は大中臣能宣との交流を記した一場面である。前者では、好忠は重之に当座の物名歌を求めたものであり、後者では能宣邸の新春の宴で紅梅を詠むにあたりあえて好忠は「白梅」に詠みなし、これを主人の能宣がフォローしたというのである。[注(17)] 歌の個性そのままに、遊技技巧歌を好み、新奇な発想と振る舞いをアイデンティティとし、周囲もそう認識している好忠の姿がある。それが同時代人が捉えていた生身の好忠である。恵慶もまた、好忠のアイデンティティをそう認識した上で、天元から寛和の頃、歌壇において無視出来ない存在となりつつあった好忠への「返し」として、応制百首である「重之百首」の流れに立つ百首歌ではなく、遊技技巧性を重視した構成をあえて選び、かつ、四定数歌間で試行されていた「返し」の手法だけでなく、先行定数歌の特異な語句・語形を複数同時に、あたかも物名歌を詠み込むかのように取り入れてみせる複数句取りを展開してみせたのではなかったか。

「恵慶百首」が無常・不遇を慨嘆する姿勢を序文では取りながらも、「新しい形式技巧の面は受け継がれながら、内容的にはむしろ不遇訴嘆の性格を閉め出す傾向になるとさえ言えるのである」とする藤岡忠美の指摘[注(18)]は作品としての「恵慶百首」の本質を突いていよう。総計一五六組、特に「三百六十首歌」とは八二組にものぼるあからさまな先行定数歌の受容を、恵慶の技量の限界というより、あくまで一つの遊戯的な挑戦と位置づけておきたい。先行定数歌にテキストとして徹底的に対峙し、読み込んでいなければ多数の特殊語句・語形をすくい上げ、組み立てることは困難であ

(17) 能宣邸の庭の紅梅とこの場面の問題については、本書第8章（初出は「紅梅の庭園史—手習巻「ねやのつま近き紅梅の背景」」〈永井和子編『源氏物語へ 源氏物語から 中古文学研究 24の証言』笠間書院、二〇〇七〉）参照。

(18) 藤岡忠美『平安朝和歌 読解と試論』（風間書房、二〇〇三）後編 第二章第四節「曾禰好忠の特異性について」、初出は「曽禰好忠と遊技技巧歌」（『藤女子大国文学雑誌』三、一九六七・一一）、ならびに「曽禰好忠の特異性について」（『中古文学』2、一九六八・三）。

ろう。「恵慶百首」が詠ぜられた、おそらくは天元から寛和頃、「好忠百首」から「三百六十首歌」までの定数歌がテキストとして河原院世界にも浸透していた可能性を予想させる点でも、この「恵慶百首」の先行定数歌受容、とりわけ「三百六十首歌」に寄せる多大な関心の示すところは大きいと考える。

以上、本章では、N-gram 分析で得た語句・語法を検討することから、「恵慶百首」の成立は、「重之百首」「三百六十首歌」よりさらに後年の作と判断し、従来説より二十年ほど下り得る可能性を提示した。そのこととあわせて、「恵慶百首」における独自の手法として、遊技技巧の延長であるような複数句取りを指摘し、その詠作意図と史的意義について考察した。

第5章

相模集所載「走湯権現奉納百首」論——誰が「権現返歌百首」を詠じたか——

1　はじめに

ももちの歌は、帯刀長、春の宮に言葉の花を尽くし、乙侍従、箱根の山に身の愁を開きてより出できたりて、今に跡となれり。(『和歌現在書目録』仮名序)

「堀河百首」以降、「百首歌」という題詠形式が広く一般的なものとなった仁安年間(一一六六～六八)成立の『和歌現在書目録』の序は、「百首歌」という詠歌形式の始まりをこのように記述している。前半の「帯刀長」は源重之、そして春の宮こと東宮は憲平親王(後の冷泉天皇)であり、重之が東宮の下命を受けて献上した「重之百首」を指す。また後半の「乙侍従(おつのじじゅう)」は、女流歌人相模の若い時期の女房名であり、その相模が夫大江公資にしたがって相模国在国中に、伊豆山走湯権現に参詣し、奉納した「走湯百首」を指している。「重之百首」は応和元年（九六一）〜康保四年（九六七）、「走湯百首」は治安三年（一〇二三）正月〜万寿二年（一〇二五）春の成立。初期定数歌各作品の成立年次について著しく研究が進んだ現在では、「重之百首」は、天徳四年（九六〇）の「好忠百首」、同年の「源順百首」に次いで成立したものであり、また、一方の「走湯百首」は、女流の定数歌としても重之女・和泉式部のそれに遅れ、村上朝末から後一条期まで断続的に続いた初期定数歌というジャンルの最後に位置するものと見るのが定説となっている。▼注(1)

『和歌現在書目録』の著者には清輔・顕昭たちが想定されている。六条藤家として様々な家集を蒐集していたであろう彼らは、詳細な前後関係はともかく、それぞれの家集に残された内容から、重之のそれより「好忠百首」「源順百首」が先行すること、女流の百首歌としては重之女や和泉式部の作品の方がそれぞれの活躍期からしても相模の「走湯百首」より早いであろう程度のことには思い及んでいたはずである。そうでありながら、彼らにとってあるべき「百首歌」のルーツと称し得るものとして、この二つの作品を提示したのである。

清輔ら院政期歌人にとって、あるべき「百首歌」とはどのようなものであったのだろうか。それは、一つには「堀河百首」にはじまる皇権の下命に応じた応制百首であり、もう一つには、伊勢・賀茂・春日・日吉・住吉の五社に奉納した藤原俊成の「五社百首」に代表されるような神仏への奉納を目的とした奉納百首である。その先蹤となり、「今に跡とな」ったその「出できた」った作品として、東宮への応制百首である「重之百首」ならびに走湯権現への奉納百首である相模のこの百首歌を認めた文言と解することが出来るであろう。

本章で考察する「走湯百首」は、女性ならではの不遇意識——夫への不満・子宝に恵まれないあ

(1) 初期百首の成立は、「好忠百首」天徳四年（九六〇）、「順百首」天徳四年（九六〇）頃、「重之百首」応和元年（九六一）〜康保四年（九六七）、好忠「三百六十首歌」安和元年（九六八）〜天禄三年（九七二）、「恵慶百首」天元期頃（九七八〜九八二）。なお「恵慶百首」の成立時期の推定については、本書第4章を参照されたい。

せり・遠ざかる華やかな都と宮廷生活——を綴り、権現に利益を祈念した点、まさに奉納百首の端緒と呼ぶにふさわしい。加えて、近年では、特にそれが前後に例を見ない特殊な形態である点に注目が集まっている。すなわち初度の奉納百首に、権現の返歌百首が届き、その権現返歌百首に相模が再度の奉納百首を納めるという成立の契機を記した、総計三百首にのぼる走湯権現との「百首歌」贈答という壮大かつ稀有な作品群であることへの注目である。特にいまだ結論が出たと言い切れないのが、権現返歌百首の詠み手についてである。権現詠をそれとして疑いを持たなかった時代には問題とはならなかったのかもしれないが、現在の研究でこれを走湯権現の返歌と認める説は、もちろんのこと無い。主要な説は、犬養廉の、権現返歌百首は夫の公資が権現に成り代わり詠じたとする説▼注(2)、森本真奈美の、権現返歌百首も相模の詠作で、それは自作自演の三百首であるとする説▼注(3)の二説である。現時点では犬養説を支持するものが多く、注釈や贈答百首に込められた主題の考察も、権現返歌百首の詠者は夫・公資という前提でなされている▼注(4)。

しかし、このことに疑問がもたれるのである。なぜならこの二つの説には、確たる根拠や裏付けとなる資料がある訳ではないからである。果たして、権現返歌百首の作者には、夫の公資、相模自身の二つに一つの選択肢しか想定し得ないのであろうか。後述のように、公資説、相模自作自演説、いずれにも複数の疑問点がある。

本章では、N-gram分析の手法を用いて作品間の表現を比較対照し、権現返歌百首の用語を徹底調査することによって、その作者として第三の人物を想定し得る可能性が高いことを示したい。そしてそのことを通じて、この作品群についての理解を新たにしたいと考える。なお以下、記述を簡略にするために、初度の奉納百首を「初度百首」、権現の返歌百首を「権現返歌百首」、相模が再度奉納した百首を「再度百首」と称し、論を進めることとする。

(2) 犬養廉『平安和歌と日記』（笠間書院、二〇〇四）、初出は「相模に関する考察―いわゆる走湯百首を巡って」（『論叢王朝文学』笠間書院、一九七八）、「走湯百首論―権現詠の作者をめぐって―」『古典和歌論叢』明治書院、一九八八）。

(3) 森本真奈美「相模百首について」（『相模国文』8号、一九八一・三）。

(4) 武内はる恵・林マリヤ・吉田ミスズ共著『相模集全釈』（風間書房、一九九一）。

2　寺社奉納詠としての「初度百首」——奉納の幣に和歌を書き付けるということ

相模が伊豆山権現に参詣をし、初度の百首歌を奉納したのは、治安三年（一〇二三）正月のことであった。その間の事情を自撰本の流布本相模集では、次のように記している。

つねよりも思ふ事ある折、心にもあらで東路へ下りしに、かかるついでにゆかしき所、見むとて、三とせといふ年の正月、走湯に詣でて、何ごともえ申し尽くすまじうおぼえしかば、道に宿りて、雨つれづれなりし折、心のうちに思ふことを、やがて手向けの幣を小さきさうしに作りて書き付けし。百ながらみな古めかしけれども、やがてさしはへてけしきばかりかすむべきならねば、まことにさかしう心づきなきこと多かれど、にはかなりしかば、社（やしろ）の下にうづませてき。（以下略）

「乙侍従」の召し名で三条天皇皇太后妍子のもとに女房として仕えていたキャリアを退き、夫・大江公資の相模守任官にともない、受領の妻として同地に下向してから三年目の正月、霊験あらたかなことで知られる伊豆山走湯権現への参詣を思い立ったというのである。下向以前から人知れず心に抱え込んでいた悩みと、意に反する東国での生活を送っての、その時点での相模の心情が、走湯権現への祈念とあいまって赤裸々に吐露されている。「好忠百首」以降のいずれの定数歌とも異なり、恋部に代えて「幸ひ」「命を申す」「子を願ふ」「憂へを述ぶ」「思ひ」「心のうちをあらはす」「夢」という題を設けた工夫は、いかにも社頭祈念という場にふさわしい。

このように、神社参詣の折に、「願」を和歌にあらわし奉納することでその利益を祈願する行為自体は、実はすでに以前からあった。しかもその「願」をあらわした和歌を、奉納する「幣」に書き付けることもある程度行われていたようで、特に文学作品に記された先蹤として注目されるのが、『蜻蛉日記』上巻・康保三年九月の、稲荷詣、賀茂詣の場面である。▼注(5)

九月になりて、世の中をかしからむ、ものへ詣でせばや、かうものはかなき身の上も申さむ、などさだめて、いと忍び、あるところにものしたり。(A)ひとはさみの御幣に、かう書きつけたりけり。まづ、下の御社に、

　いちしるき山口ならばここながらかみのけしきを見せよとぞ思ふ

中のに

　稲荷山おほくの年ぞ越えにける祈るしるしの杉を頼みて

果てのに、

　かみがみと上り下りはわぶれどもまださかゆかぬここちこそすれ

またおなじつごもりに、あるところにおなじやうにて詣でけり。(B)ふたはさみづつ、

下のに

　かみやせくしもにや水屑（みくづ）つもるらむ思ふ心のゆかぬみたらし

……（以下略）……

夫の不実に心満たされない時期の道綱母の寺社参詣であるが、前半の稲荷詣ではAのように「ひとはさみの御幣に」、後半の賀茂詣ではBのように「ふたはさみづつ」にして、何首かの和歌を書き付けている。「かうものはかなき身の上も（神に）申し上げよう」という動機、そしてそれを晴

(5)『蜻蛉日記』の本文は、『新編日本古典文学全集　土佐日記　蜻蛉日記』(小学館、一九九五。『蜻蛉日記』は木村正中、伊牟田経久校注・訳）による。

らすべく、神への現世利益の祈念を幣に書き付け奉っていることなど、「走湯百首」の背景にあったであろう、女流の寺社参詣詠のひとつの様式をうかがわせよう。

表現においても一首目の「いちしるし」、二首目の「さかゆく」などは

庭火たく神楽の庭のいちしるくわが榊葉のさしはやさなむ　（再度百首・四七七）

深山路の音に聞きつるさかゆけば願ひ満ちぬる心地こそすれ　（初度百首・三一七）

と、「走湯百首」、それも「初度百首」「再度百首」という、確実に相模が詠じた百首にあって、特に後者は、参詣の山道の厳しい「坂行く」に「栄ゆ」を掛けるという修辞法も共通している。これは奉納詠の定型表現とも言えるものであったのかもしれない。

こうした先行作品でのあり方に対して、新鋭歌人としての自負も強い相模が、自身の寺社参詣歌に、意欲的に趣向を凝らしたであろうことは想像に難くない。結果として、道綱母のように幣に和歌を書き付けるということにとどまるのではなく、幣を小さな「冊子」に仕立てて、しかも「百首歌」を書き付け納めるというかつて無い創意に繋がったものと思われる。相模は、「走湯百首」以前にも、定数歌創作の経験がある。▼注(6)好忠以来の初期定数歌が本来的に兼ね備える初期定数歌群の精神性、すなわち沈倫の身の上を嘆き、陳情する性格を強く持つという意味を正しく理解していたからこそ、奉納百首という領域に初めて踏み出すことが出来たのであろう。その点、寺社奉納詠の文学史の中で、この行為は一つ評価されるべきものと思われる。

さて、実際にはこれだけの文学的背景の上に詠出されたものであることを念頭に置くと「雨宿り中の思いつきの行為」という言葉を鵜呑みにしてよいのかどうか、疑問を禁じ得ない。院政期以降

（6）　流布本相模集五二五～五九二番の、「これはまことにいはけなかりしうゐ（ママ）事に書き付けて人に見せむこそあさましけれ」の識語を有する六十五首の歌群で、通称「初事歌群」。同歌群の表現には、先行する初期定数歌との重なりが多く、相模初期における定数歌の習作と想定される。（近藤みゆき『古代後期和歌文学の研究』〈風間書房、二〇〇五〉第三章第三節の一）。

と異なり、この時代、百にのぼる歌を詠ずるのは決して容易なことではなかった。重之でさえ、東宮からは三十日の日数を与えられている（『重之集』重之百首詞書）。この時の相模も、伊豆山参詣出立時には、事前におおよその心づもりや用意があったと考える方が適切ではないだろうか。奉納和歌を記した小型の冊子は、『相模集全釈』が指摘するように、経筒に入れ社頭に埋められたのであろう。『全釈』では、さらに『令義解』（三・神祇）にある「凡供祭祀幣帛、飲食及菓子之属、諸司長官親自検校必令精細勿使穢雑。」の条を引用して、「奉納物については厳しい検校が規定されていた。」とする。そしてその検校の結果、相模の奉納した幣が見つけ出されたと推定するのであるが、同条はあくまで奉納の際の手順を指すにとどまると解釈すべきであろう。すでに四ヶ月前に奉納を許され社頭に埋めた「願」を掘り起こすというような措置、しかも国司夫人の執り行った奉納の幣を掘り起こすようなことは、通常なされ得る行為ではないと推定される。また寡聞にしてそうした例を知らない。このように、『令義解』の条を当て、「返歌百首」は掘り出された「初度百首」を入手した上で出詠されたとする犬養説ならびに『相模集全釈』の解釈は、首肯出来ないのである。

それでは、どのような状況であれば、他者が「初度百首」を見ることが出来るであろうか。「初度百首」の内容を見、返歌出来る状況としては、次の三つの場合が考えられるであろう。第一には自作自演、第二には隠し持っていた複本を誰かが見つけしかるべき人物に知らせた場合、そして第三には、相模自身が「初度百首」の複本を特定の誰かに送った場合である。後年、自身の家集編纂の際に「走湯百首」を入れている訳であるから、相模が当初から「初度百首」の複本を作成していたことは間違いない。かつその複本は一本とは限らないかもしれない。これまでの説は第一か第二のようなあり方を前提としており、第三の可能性については、いずれの先行研究も言及してこなかった。しかし客観的に見れば第三の可能性、すなわち相模自ら「初度百首」を、走湯権現に奉納した事情もあわせて、とある人物に伝え、贈ったという可能性も十分にあり得るのではないだろうか。相模は積極的に自作をアピールする女房歌人であることを忘れてはなるまい。第三の可能性、そのことを念頭に置き、「権現返歌百首」の詠作者を再検討していこう。

3 「権現返歌百首」作者の定説への疑問

初めに述べたように、「権現返歌百首」については、夫・公資の行為とする説、自作自演説の二説がある。自作自演説はすでに犬養廉が批判したように、「確かに「相模集」には日記的性格が濃い。しかしこの百首のこうした虚構は何のために、いかにしつらえられたものなのか。……（中略）……作者の意図が、いささか判然としない。」とするのと同様の疑問を抱かずにおれない。しかもこの「権現返歌百首」とそれへの「再度百首」によって、霊験が得られたのであればまだしも、「権現返歌百首」が届いた年、国司の公邸が火事となるという逆の結果を招いてしまったのであった。

……またこれより、ただならむやはとて、さて、その年、館の焼けにしかば、かかることの冊子して、必ずかかる事なむある、穢らはしきほどにおのづからと、人の言ひしかば、あやしく、本意なくて……

（「再度百首」詞書）

このような不幸の種となり、叱責を受けてしまった所行を、自作自演し家集に書きとどめるであろうか。

同時に、この一文は、「権現返歌百首」が夫・公資の詠作かどうかも疑わせるものでもある。この詞書で、「あのような詠歌奉納などをすると、必ずこのような難事が起きるのだ。不浄で厭わしいくらい、めったに起きないことが起きてしまって」と、手厳しい非難をした「人」とは、他ならぬ公資その人なのである。『相模集全釈』は、これを「公資が多少の皮肉をこめてこのように言ったものか。」とするが、この一文を先入観抜きで読むならば、「穢らはしきほどにおのづから」の文言には、多少の皮肉どころではない、あからさまな揶揄と非難を感じるであろう。公資自身が「返歌百首」を詠じていたのであれば、ここまで冷淡な言葉を放つとは思われないのである。

関連して想起されるのが、『相模集』に記されている、妻・相模の文学好きに公資が業を煮やした時の一文である。

はかなき事にむつかりし人、あやにくに、物語、歌など、ありける限りあさり出でて、みな焼きてしを、せむ方なくて嘆く頃、近くて聞く人のいかにぞと言ひたりしかば
あき果ててあとのけぶりは見えねども思ひさまさむ方のなきかな　（相模集・一九〇）

些細なことが気に入らず気分を害して、相模の所持していた物語や和歌をすべて焼いてしまった「人」は、夫である公資の他に考え難い。結婚当初、大外記を希望していた公資の拝任が決まりかけた時、議定において、小野宮実資が「而シテ小野ノ宮ノ右大臣ノ云ク、相模ヲ懐抱シテ秀歌ヲ案ズル之間、公事闕如歟ト云々。」と発言し、座の諸卿たちの大笑いするところとなって大外記拝任が沙汰止みとなった――『袋草紙』雑談に載るあまりにも著名な逸話で、公資と言えば、相模のために和歌にも精進する理解ある愛妻家の印象があまりにも強く持たれているが、実際には、妻の歌才や文学好きは、次第に公資を苛立たせ、諍いの原因ともなっていったのであった。館の火事の原

因が、あたかも走湯権現への奉納百首（「初度百首」）という行為にあったかのように非難がましく当てこすった発言は、相模の和歌・物語を焼き捨ててしまう衝動と同様の雰囲気を漂わせている。加えて、公資に百首歌が詠めたかという疑問がある。すなわち、歌人としての公資の力量への疑問である。公資は能因の知友であり大江嘉言とは血縁関係にあるなど、和歌に関心の高い人物であったことは確かである。しかし、家集は伝わらず、また当時の私家集、勅撰集（後拾遺・金葉・千載）、私撰集（玄々集）などから集成出来る和歌は、重複を省くとわずか十二首にすぎない。

その内容は、たとえば朋友、能因が『玄々集』に撰した

事ありて、あふみぢにこもり侍りけるころ
ことしげき世の中よりはあし引の山のうへこそ月は澄みけれ　（玄々集・一一九）

のように、蟄居時代を想定させる特殊な事情下で詠まれたものや、

相摸守にて上り侍りけるに、老曾（おいそ）の杜（もり）のもとにてほととぎすを聞きてよめる
東路の思ひ出でにせんほととぎす老曾の杜の夜半の一声　（後拾遺集・夏・一九五）

鈴虫の声を聞きてよめる
とやかへりわが手ならししはしたかのくると聞こゆる鈴虫の声　（同・秋上・二六七）
五月闇（さつきやみ）あまつ星だに出でぬ夜はともしのみこそ山に見えけれ　（賀陽院水閣歌合・「照射」題・勝歌）

のように、新奇な歌枕や歌ことば――「老曾の杜」「とやかへり」「はし鷹」「あまつ星」など

——を眼目として直裁に詠み下したものが多く、複雑な縁語掛詞で構成した歌はほとんど無い。

それに対して、「権現返歌百首」の詠歌は、

埋み火も君にもあらぬあまぶねも冬はうきよにこがれてぞ行く　（二七四）

＊「埋み火」と「焦がる」「夜」、「舟」「浮き」「漕がる」は縁語、「浮き」と「憂き」、「焦がる」と「漕がる」、「(うき) 世」」と「夜」は掛詞。

と、縁語・掛詞を駆使して複雑な文体を形成している詠歌がかなり多い。同歌は、「初度百首」の「埋み火にあらぬ我が身も冬の夜におきながらこそ下にこがるれ」（二七五）を受けるもので、主題「埋み火」の二七五番歌も縁語・掛詞を多用しているが、その歌の「おき（「起き」と「熾」を掛ける）」から、「沖」を連想し海に流れ出る「舟」へ発想を転換し、また「下」に対し「浮き」を対応させるというように、もと歌を踏まえた上での難易度の高いレトリックが用いられている。このような例は「権現返歌百首」に多く散見され、いかにも歌を詠み慣れた者の詠作の風がある。それらは、すなわち公資の持ち味とは、趣を異にしているのである。

前述のように、この時代、百首という数を詠みこなすことは、世に知られた歌人でも至難の技であった。「初度百首」を土台にした返歌百首とはいえ、公資にレトリックを駆使し、かつ「権現」という仮面をかぶり、百首もの歌数を詠みおおせるだけの力量があったかは、やはり極めて疑わしい。では、歌人・相模の奉納百首に、「権現」を演じ、返歌百首を詠じる力量のある歌人は果たしているのであろうか。

そもそもが、企図して贈ったのであれば、相手は男性の可能性もあれば女性の可能性もある。定

数歌に精通している親しい女流歌人という意味では、たとえば和泉式部などもあり得るであろうし、[注(7)]男性であれば、夫婦ぐるみで交友のある能因法師なども該当する[注(8)]のかもしれない。相模が「奉納初度百首」を一つの文学行為として贈った相手は誰であるのか。「権現返歌百首」の用語、読み癖など徹底分析するならば、自作自演であるのかどうかもあわせて検証することが可能であろう。そのために今回「権現返歌百首」の和歌を、男女を問わず、相模と交友のある同時代の歌人、和泉式部や能因らの家集、また相模が詠作したことが確実な三つの定数歌（「初度百首」「再度百首」「初事歌群」[注(9)]、『相模集』所載の定数歌以外の歌、そして集成し得た限りでの公資歌まで広げて、「権現返歌百首」との文字列総比較を行って検討してみた。その結果、用語法などにおいて、突出した共通点のある同時代の人物として浮かんできたのが、藤原定頼である。

4 「権現返歌百首」に見る「藤原定頼らしさ」

それでは、「権現返歌百首」と「定頼集」（『四条中納言定頼集』[注(10)]）をN-gram分析の手法で文字列比較することによって、「権現返歌百首」と定頼の詠歌の近さ――端的に言えば、「権現返歌百首」の詠作者は定頼ではないかと推測させる具体例をあげてみよう。N-gramを用いた文字列総比較では「あきかぜ」のようなごく短い文字列から「おもひこそやれ」のように七文字を越えるような長文字列までをすべて捉えることが出来るが、やはり特に歌人の個性を反映しやすいのは長文字列一致であろう。この長文字列一致の抽出こそN-gram分析による文字列総比較の手法が最も得意とするところである、抽出された「権現返歌百首」と「定頼集」の共通文字列のうち、他には用例がほとんど無く、かつ単語より、「言い回し」に近い長い文字数の一致する歌を具体的にあげてみよう。

（7） 相模と和泉式部の交友関係また文学上の影響関係については、久保木寿子『実存を見つめる 和泉式部』（新典社、二〇〇〇）、近藤みゆき注（6）書、第三章第三節「和泉式部から相模へ」。

（8） 大江氏一族、相模、能因の伝記上の問題については、犬養廉注（2）書、第二篇第五・六章「能因法師研究（一）・（二）」、川村晃生『摂関期和歌史の研究』（三弥井書店、一九九九）第一章第一節「能因法師研究」、近藤みゆき注（6）書、第三章第一節「相模とその生涯」。

（9） 注（6）参照。

（10） 定頼の家集は、二種あって、その成立・内容・歌数が大きく異なっている。ここでは、歌数が四四一首とより多くの和歌を収める二類本・明王院旧蔵本系統の前田家本を主とし、同本に収載されていない一類本の独自歌六五首を補う形で比較を行った。定頼集をめぐる諸問題については、森本元子『私家集の研究』（明治書院、一九六六）。

※以下、家集については歌人名、勅撰集等については書名を歌頭に提示し、歌番号を末尾の（　）に記した。

（1）いそがるるかな《7文字一致》

重之：白河の関よりうちはのどけくて今はこがたのいそがるるかな（二〇九）
定頼：住吉のながゐの浦も忘すられて都へとのみいそがるるかな（三六二〈四〇〉）
権現返歌：よき事にあらぬ事をば夢ばかり見せじとのみもいそがるるかな（四一五）
再度百首：埋もれ木の中には春も知られねば花の都へいそがるるかな（四二七）

＊他、『源氏物語』『成尋阿闍梨母集』に各一首。

（2）いやまさりなる《7文字一致》

後撰：河とのみ渡るを見るになぐさまで苦しき事ぞいやまさりなる（九九二）
拾遺集：わが恋はなほあひ見てもなぐさまずいやまさりなる心地のみして（七一三）
定頼：物思ひのいやまさりなる花盛りいかなる人のこころ行くらん（五）
権現返歌：いとうれしよにいとはれし今よりはいやまさりなる身とを知らせむ（四〇〇）

＊他、資隆・俊成の家集に各一首。

（3）おもふことなきみ《8文字一致》

長能：つねよりは思ふ事なき身にしあれば七日ふるともなにかとぞ思ふ（一一二）
坊城歌合：思ふ事なき身ながらも秋といへばおほかたにこそあはれなりけれ（二一）
定頼：思ふ事なき身ともがな冬の夜の月の光をさやかにも見ん（一九〇）
権現返歌：やそしまの松のちとせをかぞへつつ思ふ事なき身とはしらずや（四〇五）
上東門院菊合〈長元五年〉：菊の花うつろふ色を見てのみぞ思ふ事なき身とはなりぬる（一六・弁乳母）

＊他、「別雷社歌合」「千載集」に各一首

(4) おもふことなると《8文字一致》

村上天皇：思ふ事なるといふなる鈴鹿山こえてうれしきさかひとぞ聞く

（一一六、拾遺抄・拾遺集に入集）

義孝：思ふ事なるとか聞きしかひもなくなどうちとけぬ夜半の白波（二四）

定頼：山寺のあかつき方の鐘の音をわが思ふ事なるときかばや（定：一八三）

権現返歌：思ふ事なるとの浦に拾ひつつかひありけりと知らせてしかな（三八〇）

＊他、藤原頼実の家集、『更級日記』に各一例、『狭衣物語』に二例

(5) かげをならべてみる《9文字一致》

定頼：ます鏡とげど涙に曇るらん影をならべてみるはうれしや（四〇三）

権現返歌：年を経て影をならべてみる人と老いせぬものは菊の白露（三六一）

＊他、『高陽院七番合』（信濃）一首

(6) こちくのこゑ《6文字一致》

蜻蛉日記：雲居よりこちくの声を聞くなへにさしくむばかり見ゆる月影（中巻・道綱母）

高遠：今やとて月みる顔に待つ我をここにこちくの声ぞうれしき

（九一、媓子中宮の女房「むまこそ」の詠歌）

公任：月影にこちくの声ぞ聞ゆなるふりにし妹は待ちやかぬらん（五一一）

定頼：思ひきやこちくの声もはるかにて風の便りに聞かんものとは（一七三）

権現返歌：呉竹のこちくの声を聞きしよりよにながらへむふしは添えてき（三八五）

再度百首：呉竹にうれしきふしをそへたらばまたもこちくの声を聞かせむ（四九〇）

＊他、『古今六帖』二首、『大和物語』（一二二段）一首、「永久百首」一首。

（7）しるしばかりは《7文字一致》

定頼：かくれたるしるしばかりはあひ見てき寝るまでことはたがへはてなむ（三〇七）

権現返歌：箱根山あけくれいそぎ来し道のしるしばかりはありと知らせむ（四一七）

＊他、『四条宮下野集』、「為忠初度百首」に各一首

（8）たひらかに《5文字一致》

古今六帖：ふるさとをわかれてさける菊の花たひらかにこそにほふべらなれ（三七三四）

定頼：吉野山さかしき峰をたひらかに行きかへるべき祈りをぞする（二九四）

権現返歌：たひらかにあらまくほしきものならば都のかたをながむばかりぞ（三八七）

再度百首：たひらかにおくられたらば都より神の心を思ひおこせむ（四九二）

＊他、『散木奇歌集』に一首。

（9）としをへてわが《7文字一致》

伊勢物語：梓弓ま弓槻弓年を経てわがせしがごとうるはしみせよ（二四段）

拾遺抄：年を経てわがよりかくる言の葉を君が千代までかへじとぞ思う（五九六、抄異本歌、集に無し）

公任：たづね来る人もあらねば年を経てわがふるさとの鈴虫の声（一〇〇）

定頼：立ち返りたれならすらん年を経てわがくり返し行きしふる道（三七四）

権現返歌：いたづらに過す月日は年を経てわが身につもるものとしらなむ（三七九）

＊他、『後拾遺集』『久安百首』に各一首。

（10）みやこのかたをながむ《10文字一致》

定頼：思ひかね都のかたをながむればさびしき月ぞ水にうつれる（八六）
権現返歌：たひらかにあらまくほしきものならば都のかたをながむばかりぞ（三八七）
＊他、用例無し。

確認のために言えば、これら十例のことば・言い回しはすべて「初度百首」には無い。また権現詠を「再度百首」が受けて同じことば・言い回しを用いているのは（1）・（6）・（8）三例のみとなる。

「権現返歌百首」の詠歌年次は治安四年（一〇二四）一月～四月十五日。また『定頼集』の所収歌は、寛弘期にはじまり、長元期（一〇二八～）・長暦・長久（一〇四〇～一〇四三）までの詠歌が順不同に集成されているので[注(11)]「権現返歌百首」での用例との前後関係は厳密には不明だが、用例の掲出では「定頼」を先にあげた。（1）～（10）はいずれも定頼と「権現返歌百首」以前の用例が一～二例ほどにとどまり、かつ、後続の用例もごく少ない。当時から後代にかけての流行語というより、ごく個人の詠み方の反映を思わせるものである。そのように他の歌人の用例が数少ない中で、定頼父の公任の用語と重なるものが二例（6）・（9）ある点も留意される所である。

しかしなんと言っても注目すべきは、（5）・（7）・（10）――「かげをならべてみる」「しるしばかりは」「みやこのかたをながむ」という、大変長い文字列で、定頼と権現返歌百首にしか認められない用例がある点であろう。ちなみに公資歌と「権現返歌百首」についても同じ文字列総比較を行っている。公資は前述のように歌数があまりに少ないので、こうした比較の判断の根拠とすることは難しいが、判断材料の一つとして結果を指摘しておくならば、公資の和歌と「権現返歌百首」にはこうした長文字列一致は一首も無い。

（11）森本元子注（10）書ならびに同『定頼集全釈』（風間書房、一九八九）解説。

また、新鋭の歌人としても相模とは立場が近く、かつ夫婦ともに交友のあった能因はどうであろうか。『能因集』との文字列比較の結果によると、10文字に及ぶような長文字列一致は無い。長いものでも、「おもひそめてき」「わがやどの」「おひたるみれば」「つきのひかり」「としらなむ」「なかりせば」など、平安和歌全体を通じて用例の多い単純な言い回し、また「はなのみやこ」のように能因の前後の時代に急速に用例の増える流行表現のような歌ことばしか求めることが出来ないのである。

やはり上記の、定頼と「権現返歌百首」間に認められるような長文字列一致は、突出したものであり、偶然の一致とはみなし難いと言えよう。

そして、用例の内容を検討すると、さらに一歩踏み込んだ事柄が浮かび上がってくることば遣いがある。(5)の「かげをならべてみる」である。同歌は、『四条中納言定頼集』では、次のような贈答歌となっている。

遠き所の、名ありける人の、形見とて、ものこひたりける、やるとて※

君が影みえもやするとます鏡とげど涙になほくもりつつ（四〇二）

※定家本では「やりたまひけるに」

といひたりし人の、なほ、同じ心なるをみたま(う)て

真寸鏡とげど涙にくもるらん影をならべてみるはうれしや（四〇三）

遠方にあって逢えないため、せめてもの形見を求める人物に「真寸鏡」を贈る。当然その相手とは浅からぬ関係にあった女性であろう。四〇二番歌詞書「やるとて」は定家本では「やりたまひけ

るに」となっており、森本元子が指摘するように▼注(12)、この贈答は、定頼が形見に真寸鏡を送り、それに対して女が四〇二番で、「いただいた鏡にあなたの姿が映るかと、懸命に磨ぐけれど、私の涙で曇るばかり」という歌を返してきたので、定頼は「差し上げた真寸鏡が磨いでも涙にくもるようですが、その鏡に私とあなたの面影を並べて見るのは嬉しいでしいことでしょう」と返した、そのようなやりとりである。定頼は、相手の女性が自分と「同じ心」であること嬉しく思っている。そして「影をならべてみる」という表現は、同歌の要となる発想となっている。「影をならべてみる」とは、いわばその女性との密かな符牒なのであるが、そのようなことばが「権現返歌百首」で用いられていることになるのである。贈答相手が「遠方にいる女性▼注(13)」となると、その人こそ、実は相模である可能性が、限りなく高くなる。

定頼は長和三年（一〇一四）十月から、中宮権亮となり、当時三条天皇の中宮であった妍子に仕えている。相模が妍子家の女房であったことは前述した通りだが、特に寛仁元年（一〇一七）六月から八月にかけて妍子は定頼の舅、源済政の邸に移り住んでおり▼注(14)、定頼はいっそう妍子の側近く仕えていたものと思われる。稿者は公資と相模の結婚を長和三・四年（一〇一四・一〇一五）年頃に想定しているが▼注(15)、妍子家女房としての相模が、宮権亮・定頼と全く交流が無かったとするのも、またむしろ不自然であろう。定頼は多くの女性と浮き名を流しており、両者がこの段階でどの程度の関係だったのかは判断が難しいが、女房と貴公子官人にありがちな関係が無かった訳ではないのかもしれない。特に歌壇の大御所公任の嫡男の定頼は、歌人・相模にとって和歌や文事を介した交流に最も手応えを感じる、憧憬する存在であったに違いない。

地方色豊かな伊豆山走湯権現への参詣奉納詠、それも「百首歌」という凝った趣向の詠草を、帰るべき場所として望んで止まない都へと贈る。それは、その内容を理解し評価出来る、贈るに足る

(12) 森本元子『定頼集全釈』、当該歌解説。

(13) 一類本では「とほきほどなる人のもとよりかがみとぐものこひたまひける、やりたまひけるに」とある。「名のある」は二類本のみの文言だが、一類本にも「とほき」とある。

(14) 柏木由夫『平安時代後期和歌論』（風間書房、二〇〇〇）第二編第二章「藤原定頼年譜考」。

(15) 近藤みゆき注（6）書、第三章第一節「相模とその生涯」。

相手であってこそ成り立つ文学行為であろう。当時の相模にとって、宮廷文化の象徴のような定頼は、その対象として誰よりふさわしい人物だったのではないだろうか。好忠の初めての「百首歌」も、地方に住む好忠が身を憂う思いを、都にある友人・源順に贈ったものであった。地方から都へ、沈倫の身上を嘆き送る。それもまた初期定数歌の一つの作法なのでもあり、相模はそうした初期定数歌の性格をよく理解し、踏まえているとも言えよう。

以上、文字列分析による比較を踏まえた結果から、「権現返歌百首」の詠み手として、本章では藤原定頼説を提起することとする。

このように定頼を百首歌贈答の相手とした時、「走湯百首」贈答総計三〇〇首についての理解は従来説と大きく変わることになる。それは、どのように解釈されるものとなるのであろうか。

5　女流歌人にとって書き記すに足るもの

当初、相模が定頼に「初度百首」を贈った時、返歌までは期待していなかったのかもしれない。「初度百首」では、

思ふ事ひらくる方を頼むには伊豆のみ山の花をこそ見め　（二二四）
東屋の軒の垂氷を見渡せばただ白銀を葺けるなりけり　（二七七）

のように、都人にとっては珍しいであろう、伊豆山参詣ならではの詠や鄙の風情を詠じたもの、あるいは、犬養廉が指摘するように、

年多く返しきぬれど荒れぬるはわが中山の古田なりけり　（二二八）
若草を込めてしめたる春の野に我よりほかのすみれつますな　（二三〇）

のような、夫の不実を嘆く歌も多い。しかし、「心のうちをあらはす」題の五首では

しのぶれど心のうちに動かれてなほ言の葉にあらはれぬべし　（三〇五）
手に取らむと思ふ心はなけれどもほの見し月の影ぞこひしき　（三〇六）
みつも星あまつ星をもやどしつつのどけからせよ谷川の底　（三〇七）
賤（しづ）の男（を）になびきながらも身にぞしむくらゐの山の峰の松風　（三〇八）
あはれびの広き誓ひをまねくまで言はぬ事なく知らせつるかな　（三〇九）

と、忍び慕う人（三〇五）、遠い存在と知っていても恋しい「ほの見し影」（三〇六）、天空に輝く星（三〇七）、身にしむ「位の山の松風」（三〇八）と次々と比喩を変化させながら、「心のうち」に秘めた貴人を形象化していく。定頼はこのような比喩であらわされるに遜色ない貴人である。そしてその止め難い思いを「言はぬ事なく知らせつるかな」と詠じて締めくくっているのである。権現への奉納詠を装い、これほど大胆に定頼への思いを「あらはす」ことを行っているのである。そこでは夫の公資を「賤の男」と言い切ってもいる。豊かな富や子宝に恵まれることを願い、氏の繁栄を祈念する歌々とあわせて、秘めた思いを告白する――「初度百首」を、東国からの発信として都の定頼に贈ることは、相模にとって高度な遊戯、知的挑戦であったのかもしれない。そして、歌

人・定頼はその挑戦をやり過ごしはしなかった。「権現」の立場で返歌百首を創作した訳である。相模の走湯参詣は正月の出来事であったので、一月末頃には、それは意匠を凝らして都に届いたであろうか。受け取った定頼の心境は、好忠から百首歌を受け取った源順の「このごろをかしきことあむなり。与謝の海の天橋立わたりより、中絶えてほど経にけるといひおこし、知るも知らぬも、耳にも目にも、をかしきと聞かせ、おもしろしと見せて、心のうちに思ひける言の葉をあらはし……」（順百首序文）の所感と重なるものであったに違いない。

定頼の力量を以てすれば、一・二ヶ月で、その百首全体の意図を読み解き、「権現」という一定の視点から、一首一首に返しを付けることは歌人としての遊び心をもって楽しめる試みであったろう。一月の権現参詣からから三ヶ月後、伊豆山神社の大祭が催行される四月十五日にあわせ、おそらく伊豆山の僧侶に言い含め、ことさらめいた形で返歌百首を届けたのである。この創造的手応えこそが、相模の求めたものであった。先に見た国司の公邸が焼亡した際の、公資の冷淡な皮肉も、この奉納百首は都人に向けられたもの、そして百首贈答の真の相手は定頼と知っていたからこそのものではなかったろうか。相模の和歌や風雅への傾倒は、宮中への思いや強烈な上昇志向と背中合わせのものとしてである。相模国での国守の妻としての生活が三年に及んでなお、創造的和歌への意欲の衰えない妻とは、むしろ夫の苛立ちを駆り立てるのであったろう。

中流階級の女流にとって、書き記すに足るものとはなにか。後藤祥子は、『更級日記』論の中でその意識を、伊勢大輔・赤染衛門・大弐三位らを実例に取り上げながら、女房たちの実生活上の夫と宮中での貴公子との束の間の恋のあり方、そして夫との現実より、身分高き男性とのそうした束の間の恋をこそ「語るに足る生きた証」として家集に書き記した彼女たちの心高さについて論じている。▼[注16] 相模の「走湯百首」三種贈答にも、その心性を見るべきであると思うのである。

(16) 後藤祥子「平安女歌人の結婚観―私家集を切り口に―」（論集平安文学第三号『平安文学の視角―女性―』勉誠社、一九九五）。

「走湯百首」の三種贈答が、自作自演でも、夫・公資との営為でもなく、都にある定頼を相手としたものだとすると、この三種の百首歌各々の詠歌の意味や、贈―答―贈と展開する掛け合いの解釈も、大幅に違う意味や色合いを持つことになるであろう。ここではまず、第一歩として藤原定頼説を提示した。そうした視点から、「走湯百首」の個々の解釈を進めたいと考える。またそれは同時に、歌人定頼を考える上でも大きな問題を提示することになるであろう。定頼の歌歴に、従来知られていなかった百首歌詠作が加わることになるからである。「走湯百首」また藤原定頼の和歌についても引き続き考察していきたい。

第Ⅲ部

●

源氏物語論——言語と和歌史の観点から

第6章

男と女の「ことば」の行方——ジェンダーから見た『源氏物語』の和歌——

1　勅撰和歌集の「ことば」と物語の「ことば」

第一番目の勅撰和歌集『古今集』は、歌ことばや配列などその美的言語表象の中に明確にジェンダーイデオロギーを構築する点で『万葉集』などと一線を画する集であったのだが、[注(1)]当代の女性たちは、勅撰集のジェンダーイデオロギー的側面をどのように受けとめていたのであろうか。深刻な批判意識とまではいかないまでも、それが男性の占有する領域であるという認識と、そのことへの不満を女性たちが抱かなかった訳では決してなかったらしい。彼女たちの憤懣が『無名草子』に書き留められている。著名なくだりであるが、勅撰和歌集と女性について言及している段から三箇所をあげてみよう。

(1)　近藤みゆき「nグラム統計処理を用いた文字列分析による日本古典文学の研究—『古今和歌集』の「ことば」の型と性差—」(千葉大学『人文研究』二九号、二〇〇〇・三) ならびに「古今集の「ことば」の型—言語表象とジェンダー—」(国文学研究資料館編『ジェンダーの生成』、臨川書店、二〇〇二、二編とも近藤みゆ

Ⅰ　あはれ、折につけて、三位入道のやうなる身にて、集を撰びはべらばや。……

Ⅱ―a　いでや、いみじけれども、女ばかり口惜しきものなし。昔より色を好み、道を習ふ輩多かれども、女の、いまだ集など撰ぶことなきこそ、いと口惜しけれ」と言へば、

Ⅱ―b　「必ず、集を撰ぶことのいみじかるべきにもあらず。紫式部が『源氏』を作り、清少納言が『枕草子』を書き集めたるより、さきに申しつる物語ども、多くは女のしわざにはべらずや。されば、なほ捨てがたきものにて我ながらはべり」と言へば、……

Ⅲ　昔より、いかばかりのことかは多かめれど、あやしの腰折れ一つ詠みて、集に入ることなどだに女はかたかめり。まして、世の末まで名をとどむばかりの言葉、言ひ出で、し出でたるたぐいは少なくこそ聞こえはべれ。いとありがたきわざなんめり」……

（小学館『新編日本古典文学全集　松浦宮物語　無名草子』による）

才能を自負する女の夢として、藤原俊成のように単独撰者として撰集を編んでみたいという願いがまず語られるが（Ⅰ）、それはたちどころに反転し、過去に女性の勅撰撰者の例はなく、また今後も決してあり得ないであろうという確信（Ⅱ―a）と、撰者となることはおろか歌人として一首を入集することさえ女性には至難であるという現実が深く慨嘆されることになる（Ⅲ）。女性も勅撰集の撰者になりたい。この『無名草子』の女の願いは、近現代の研究者が見過ごしがちであった、勅撰集とは男性の言語文化領域であるという本質を浮かび上がらせる。『古今集』を「たをやめぶり」と称したのは賀茂真淵であったが、これは絶妙に「やまと歌」の内包する男権（男性的権力構造）を女装させた評言であって、真淵の評言の受容過程においていつのまにか隠蔽されていった問

き『古代後期和歌文学の研究』〈風間書房、二〇〇五〉に一部改稿して収録）、同「和歌とジェンダー」（本書、序論・付節）。ここで用いている「ことば」「語形」「〜を核とした語形」の概念や定義、ジェンダーを反映した語の抽出方法などについてもこれらの論を参照されたい。

題――すなわち、王朝貴族の言語生活の基調を形成する和語の枠である勅撰集言語の構築者とは男性に他ならない現実を、中世初頭の女性たちはむしろおぼろけながらにも承知していたと言えよう。

だからこそいっそうに、女性には「女のしわざ」としての物語が重要であろうとの発言（Ⅱ―b）がなされるのであるが、この発言も物語は女性の言語文化領域であるという単純な理解とは異なり、それが対勅撰集という観点から発せられている点が注目されよう。男性が独占する言語文化領域としての勅撰和歌集と、それに対してせり上がる女性の言語文化領域としての源氏以後の物語群という捉え方は、すなわち漢文＝男性、和文＝女性の図式ではなく、和文の領域内にこそ厳然としてあった勅撰集＝男性、物語＝女性というジェンダー的な棲み分けを、見据えて的確である。

平安中期に日記や物語の書き手となった女性たちは、勅撰集のジェンダーイデオロギー的側面をどの程度感得していたのであろうか。あるいは『無名草子』の女性以上にその根の深さを見通している者もあったかもしれないが、たとえそうであってもなおそれは、彼女たちにとって、文化・生活に渉る教養として、また王朝の「ことば」の規範として、尊重し、学び、自らの文化的な言語感覚をそれによって構築する原典であった。

みやびな貴族生活の基本であるからということはもとより、さらにそこには、教育という側面が関わってくる。十世紀後半から十一世紀にかけて、勅撰集、とりわけ『古今集』が、女性たちに教育として与えられるテキストの一つであったことをうかがわせる資料は少なくない。村上天皇に寵愛された宣耀殿女御芳子が、父師尹の「御学問にはせさせ給へ」との教えに従い教養として誇ったのは『古今集』全二十巻の暗誦、それも詞書・作者までをも含む暗誦であった逸話は著名であり、▼注(2) また中宮彰子が敦成親王出産後の寛弘五（一〇〇八）年十一月に土御門殿から内裏に還御した際、父の道長から贈られた手箱には、「古今集、後撰集、拾遺抄」が懸子の上段にうやうやしく収めら

(2) 『枕草子』には「村上の御時に、宣耀殿の女御と聞こえけるは、小一条の左の大臣殿の御むすめにおはしけると、誰かは知りたてまつらざらん。まだ姫君と聞こえける時、父大臣の教へ聞え給ひけることは、『一つには御手を習

れていたという（『紫式部日記』）。勅撰集とは父から后妃となる（あるいはなった）娘に与えるにふさわしいテキストでもあったのである。『古今集』暗誦で村上天皇の寵愛を揺るぎないものとした芳子への賞賛は『枕草子』『栄花物語』と繰り返し記されるが、それは『古今集』の「ことば」に精通することが、「愛される女性」にとっていかに肝要であるかを印象づけるものでもある。后妃を頂点とする後宮の志向は当然その周辺を構成する受領層子女階級まで波及しよう。「愛される女の古今集」「教養ある女の古今集」、そのような言説を、多くの女性たちはおそらくは心地よく受け入れて、景物や比喩に付与された男性性・女性性というジェンダー的意味性、男と女の恋の発想方法とその「ことば」の違い、男らしさ女らしさとは何かなど、四季・恋の歌にわたって精緻に構築された『古今集』の「ことば」と発想の「型」[注(3)]を繰り返し学習し、そこに体現された男権的規範を自らの「ことば」と発想の「型」として習得していったのであろう。

『源氏物語』の作者紫式部もまた、そうした言説形成のただ中で成長し、規範としての歌の「ことば」に誰より精通していたと思われるのだが[注(4)]、作中和歌の「ことば」を生み出す時に、紫式部はこうした歌の「ことば」のジェンダーイデオロギーとどのように向き合ったのであろうか。歌の「ことば」の男性性・女性性は、当然のことながら虚構の世界の男女を書き分け、立ち上げていくのに有効であったはずである。実際、『源氏物語』の和歌において、歌の「ことば」の男女の描き分けが、古今的ジェンダー規範に沿ってなされている例を、稿者は別著で歌ことば「我が身」をめぐって指摘したが[注(5)]、『源氏物語』の和歌には、そのように厳格に勅撰集的ジェンダー規範を遵守する一方で、男女差の規範を継承し再現するだけには終わらない作中での必然や、登場人物を立ち上げていく際の創意、あえて脱規範していく挑戦などが、時に構えられているように思われる。本章ではそうした脱規範的側面、勅撰集的ジェンダーイデオロギーと対峙するあり方を視野に入れ、勅撰集的ジェ

ひ給へ。次には、琴の御琴を、人よりことに弾きまさらんとおぼせ、さては、古今の歌廿巻を皆うかべさせ給ふを、御学問にはせさせ給へ』となん聞え給ひける……」とある。『古今集』全二十巻の暗誦を女御の「御学問」と位置づけているのは、『古今集』と后妃教育という観点からも注目される。この事については、第13章で詳しく述べているので、参照されたい。

(3)　「ことば」の型という用語と概念については注（1）の論文による。

(4)　たとえば『紫式部日記』における歌人評の赤染尊重、和泉式部批判などにも和歌の伝統と規範を尊崇する紫式部の強固な規範意識がよくあらわれている。また『紫式部集』の歌においてもジェンダー規範を遵守する姿勢が強い。

(5)　近藤みゆき「「我が身」の歌考―和歌表現と性差についての一断章―」（『平安朝文学表現の位相』、新典社、二〇〇二、近藤みゆき『古代後期和歌文学の研究』〈風間書房、二〇〇五〉に一部改稿して収録）。

ンダー規範と『源氏物語』の和歌の問題について考察を試みたい。

2　源氏和歌の男・女を『古今集』の「ことば」で検証する

『源氏物語』の男・女の歌を、まず古今的ジェンダー規範と照らし合わせてみよう。『古今集』で男性歌に偏りの見られる「ことば」は、『源氏物語』では作中人物においてどのような分布を取っているのか、『古今集』を文字列総比較して得た男性歌に出現率の高い「ことば」のうち、試みに『源氏物語』での用例数が五以上のものに限定し、結果得られた19の「ことば」について作中人物の用例別に示したのが次の一覧である。

［古今集男性語の源氏物語での用例数］

1　女郎花　用例数11
男性5：薫2・源氏1・匂宮1・中将1
女性6：玉鬘1（源氏への贈歌）・一条1（夕霧への贈歌）・落葉1（匂宮への代作贈歌）・
妹尼1（返歌）／女房2（中お1（返歌）・弁お1（返歌））

2　梅の花　用例数8（含「梅」）
男性7：源氏2・薫2・冷泉1・紅梅1・宰相1
女性1：女房1（返歌）（竹河巻）

3　雲居　用例数16
男性15：源氏10・頭中1・明石入道1・薫1・匂宮1・紅梅1

女性1：大宮1（離別、須磨・源氏への返歌）

4 **形見** 用例数10

男性7：源氏4（哀傷歌1：葵、恋歌3：空蝉と明石）・柏木1（若菜下・猫）・薫2（哀傷歌2：大君）

女性3：落葉1（哀傷歌：母）・中の君1（哀傷歌：大君）・浮舟1（哀傷歌：自身の法衣）

5 **匂ひ・匂ふ** 用例数16

男性13：源氏1・薫3・匂宮3・紅梅2・頭中将1・冷泉1・夕霧1・今上1

女性3：玉鬘1（冷泉への返歌）・浮舟1（独詠）／女房1＝女房1

6 **昔** 用例数18

男性12：源氏7・薫2・良清1・冷泉1・中将1

女性6：秋好2（冷泉との贈答）・明石尼1・中君1（哀傷歌）・妹尼1（哀傷歌）／女房1＝弁尼（哀傷歌）

7 **つれなし** 用例数9

男性7：源氏3（2例はつれない相手が朝顔）・夕霧2・殿上人（帚木）1・薫1

女性2：六条1・雲居1（哀傷歌）

8 **悲し** 用例数26

男性15：源氏10・惟光1・左兵1・柏木1・薫1（総角）・匂宮1

女性11：桐壺更衣1（辞世）・六条2（離別・賢木）・藤壺1（出家後）・秋好2・雲居雁1（主語は夕霧）・紫1（辞世・御法）・浮舟1・落葉1（致事大臣への返歌、主語は大臣）／女房1＝弁尼1

9 飽かず　用例数5

男性2：源氏1（賢木・六条の下向時に）・今上1（宿木）

女性3：靫負命婦1（哀傷歌）・空蝉1（帚木）・花散里1（離別・須磨）

10 「逢ふ」を核とする語形（含「逢はで」「逢はなむ」など▼注(6)）

用例数24（活用語13、名詞〈含掛詞〉11＝男性20、女性7）

＊動詞＝16

男性10：源氏7・冷泉1・夕霧1・薫1（総角掛詞）

女性3：藤壺1（世に逢ふ：院の一周忌、出家直前の歌）・蒜喰いの女1／女房1＝大輔君（中の君の女房）1

＊複合語・掛詞11（男性7、女性4）

・あふさか：3例

男性2：源氏2

女性1：空蝉1（源氏への返歌：源氏の歌は「あふみぢ」）

・あふせ：2例

男性1：源氏1

女性1：玉鬘1（女同士の贈答（右近））

・あふひ：源氏6例

男性4：源氏2・右将（須磨）1・柏木1

女性2：源典侍1・玉鬘1（藤袴、蛍宮への答歌）

11 「通ふ」を核とする語形　用例数13

(6) 語を活用語や複合語を含む「語形」で捉える概念ならびにそれを「〜を核とする語形」と称することとその抽出方法については、近藤注（1）論文、同「n-gram統計による語形の抽出と複合語―平安時代語の分析から―」（本書第Ⅴ部12章、初出は『日本語学』二〇・九、二〇〇一・八）。

12

「恋ふ」を核とする語形（含「恋」「恋わぶ」など）用例数32

男性9：源氏2・藤侍従1・冷泉1・匂宮2・薫3（宿木2・蜻蛉1）

女性4：明石1・大君1／女房2＝明石乳母1・女房1

男性21：源氏13・薫3・柏木2・夕霧1・頭中1（須磨）・冷泉1・

女性11：六条（掛）1・朧月1（離別・掛）・末摘1（哀傷歌）・秋好1（懐旧）

明石1（望郷）・雲居1（主語は夕霧）・落葉1（哀傷歌：亡き母）／

女房4＝乳母姉・乳母妹・中将君（幻、哀傷歌）／女房（哀傷歌）

13

「泣く」を核とする語形 用例数23（含「泣く泣く」）

男性11：源氏3（須磨2、幻1）・頭中将2（須磨2）・惟光1（須磨）・蛍1（蛍、恋）・

柏木1（若菜下、主語は猫）・中将1（手習、恋歌）・薫1（総角、大君の臨終直前）・

匂宮1（蜻蛉、哀傷歌）

女性7：六条1（離別・賢木）・明石1（澪標、主語は姫君）・女三1（若下）・

落葉1（哀傷歌）・大君1（哀傷歌）・中君1（大君危篤）／女房＝1

小少将1（夕霧、哀傷歌）

＊なくなく

男性3：源氏2（夕顔1、幻1、どちらも哀傷歌）・匂宮1（浮舟、恋歌）

女性2：藤壺1（離別・須磨）・中君1（橋姫、「泣く泣く」の主語は八の宮）

14

「まさる」を核とする語形 用例数13

男性9：源氏4・柏木1（藤裏）・夕霧1・宰相1（竹河）・薫1（竹河）・匂宮1（総角）

女性4：玉鬘1（蛍宮への答歌）・落葉1（宿木）・中君1（宿木、哀傷）・浮舟 1（浮舟）

15 **なびく** 用例数8

男性4：源氏2・柏木1・中将1

女性4：紫上1（澪標：源氏への贈）・雲居雁1（梅枝）・落葉1（夕霧）／女房1＝少納言の乳母1（若紫）

16 **「まどふ」を核とする語形**（含「まどはで」など）用例数24

男性18：源氏6・匂宮3・薫2・夕霧2・柏木1・蔵人少将2（竹河）・頭中将1・中将1

女性6：明石1・明石尼1・玉鬘1（柏木への答歌）・大君1（薫への返歌、主語薫）・浮舟1／女房1＝王命婦1

17 **「知る」を核とする語形**（含「知れば」など）用例数76

男性38：源氏25・薫6・柏木3・匂宮2・夕霧1・左近少将1（東屋）

女性38：浮舟7首8例・玉鬘3・夕顔2・紫上2・六条2・雲居2・藤典2・大君2・中君2・尼君1・藤壺1（主語は源氏）・明石1・一条1・妹尼1・女三1・落葉1／女房7＝女房（若紫）1・少納言の乳母1（若紫）・乳妹1・五節（須磨）1・兵部君1（玉鬘）・女房（竹河）2

18 **「見る」を核とする語形**（含「見ゆ」など）用例数169

男性116：源氏62・薫15首17例・夕霧8・柏木4・中将3（手習3）・朱雀2・頭中将2（賢木・藤裏葉）・匂宮2・宰相2（竹河）2・八の宮2・北山聖（1首2例）・蛍宮1・木工1（真木）・入道1・鬚中1（竹河）鬚大1（竹河）・蔵人1（竹河）・宰相中将（夕霧男、総角）1・

宮大夫（総角）1・紅梅1・冷泉1（藤裏）・導師1（幻）・童べ1（竹河）・
今上1（宿木）

女性53：紫上8・明石4・玉鬘4・大君3・藤壺3・妹尼2・空蝉2・北山尼2・
雲居2・末摘2・明石中宮2・夕顔2・秋好1・朝顔1・大宮1・女三1・
花散1・明石尼1・六条1・中将君1（東屋）／女房9＝王命婦4・右近1・
大弐1・玉乳母1・女房1・中将の君1（六条女房）

19 「乱る」を核とする語形　源氏10

男性3：鬚黒1・源氏1・薫1

女性6：空蝉1・紫上2（二首のうち一首は辞世歌・一首は賢木）・
女三宮1（柏木への最後の返歌）・浮舟1／女房1＝中将おもと

物の怪：1（葵）

＊総歌数七九五首。男性歌四六五首（光源氏：二二一首）、女性歌三三二首（含物の怪の歌）。男性歌は女性歌の約1.4倍である。

＊＊物語の本質にも関わるものとして注目したいのが、後述のように源氏と対比した時の薫、そして浮舟であり、この三者には傍線を付した。

『古今集』で男性性が高く、かつ『源氏物語』でも一定数以上詠まれているこれらの「ことば」は、物語和歌のジェンダー的規範を考える上で、ある程度有効な指針となり得るであろう。

さて、歌の「ことば」における性差であるが、それは主に二つの側面から捉えることが出来る。用例数と用語の自由度である。その「ことば」を男女によって詠むか詠まないか、用例数に男女比があるかという数値上の差は、「ことば」の男女差の最も明快なあらわれである。またこの第一の基準とあわせて、男女ともに用例のある「ことば」に関しては、性差による用語の場面・詠歌相手・表現方法上の制約の有無、すなわち男性には表現方法・用語の場面・詠歌相手等に制約が無いのに対し、女性はある特定の場面・用法・相手に関してのみ使用が許容されるような相違があるかどうかについてなどを検討する必要がある。[注(7)] 後者の用語上の制約や自由度については数だけでは判断出来ないので、簡単ではあるが必要と思われるものについては詠歌場面などを括弧内にあげてみた。

当該表の「ことば」は、『古今集』では用例が男性に偏るはずのものであるのだが、『源氏物語』では、2梅の花、3雲居、5匂ひ・匂ふ、7つれなし、10「逢ふ」を核とする語形のように用例数が『古今集』と同様にあきらかに男性に偏るものがある一方で、女性にも用例のあるものが散見される。しかしながら、その大半がいわゆる哀傷歌・離別歌で占められている点に注意したい。男性にはこのような傾向はない。勅撰集で女性が男性の「ことば」に越境することが許容される範囲についてはすでに前著で述べたが、[注(8)] 通常は男性使用に限定される用語を、女性が自由に用いることが許容されているのが、死者・生者との別れを悼み悲しむ心情をあらわす哀傷歌（挽歌）・離別歌であった。『源氏物語』はその規範をよく再現しているのである。12の「恋」を核とする語形などは特に顕著であるが、男性の「恋」が文字通りいわゆる恋歌が大半であるのに、女性の全一一例は哀傷・離別、あるいは離別と同想の望郷などで占められ、恋歌でこの語を詠んだ特殊な例外は六条御息所の「袖濡るるこひぢとかつは知りながら下り立つ田子の自らぞ憂き」（葵）一首のみとなっている。ただし当該例さえも、「こひぢ」という掛詞であり、「恋ふ」と直截に詠んではいない。

「形見」も同様である。男性歌の「形見」は、『古今集』以来、死者の「形見」をさす用例よりも、

（7） 同じ「ことば」が、『古今集』以後、表現において男女差が構築される代表例には「我が身」がある。近藤注（5）論文。

（8） 近藤みゆき「歌ことばとジェンダー――「恋」を核とする語群の考察から――」（『講座 平安文学論究』第一七輯、風間書房、二〇〇三、のち『古代後期和歌文学の研究』〈風間書房、二〇〇五〉に一部改稿して収録）。

大空は恋しき人の形見かは物思ふごとにながめらるらん（古今集・恋四・七四三・酒井人真）

のように恋人の「形見」を言う用例が多い。『源氏物語』でも男性には哀傷歌だけでなく、女三の宮の形代の猫を愛玩する柏木の、

恋わぶる人の形見と手ならせばなれよ何とてなく音なるらん（若菜下）

のような恋人を思う典型的な男性恋歌としての詠み方もあるのに対し、『源氏物語』の女性には甘い恋の「形見」の用例はない。女性の用例は三首に限られ、「夕霧巻」における、亡き母・御息所を思う落葉宮の歌が初出である。

恋しさのなぐさめがたき形見にて涙にくもる玉のはこかな（夕霧・四―四六五）

以下、大君の死後の悲しみの中にある中の君の哀傷歌、

この春はたれにか見せむなき人のかたみにつめる峰のさわらび（早蕨・五―三四六）

そして、自らの「形見」を眼前にした浮舟の特異な独詠歌

あまごろもかはれる身にやありし世のかたみに袖をかけてしのばん（手習・六―三六一）

と、内容は重く、かつ特殊で、「恋の形見」とはおよそかけ離れたものとなっている。物語の後半〜終盤の女たちが必要とした「ことば」と位置づけることが出来るであろう。こうした肉親の死に際しての歌に限定される用法は『紫式部集』での用法など[注(9)]とも一致するところである。

用例数と詠歌内容の双方から検討すると、『源氏物語』の男女の和歌が、時には現実の和歌史の動向以上に、古今的な男女の「ことば」の規範を遵守し、物語内でも再構築する方向を取っていることがうかがわれる。その上でなお通常の範疇を外れる事例とはどのような場合なのであろうか。上記一九例という限られた範囲からではあるが、いくつかの点を以下に指摘してみよう。

3　女性の「ことば」がゆらぐ時

まず、物語の女性の歌の「ことば」の性差の規範がゆらぐのはどのような時なのであろうか。第一に先にあげた19の「ことば」には、詠むもの詠まないものという人物による差が得られる。数だけで言えば、朧月夜、朝顔、花散里、源典侍そして末摘花は古今の男性語を詠むこと自体が極めて少ない。これらの女性たちは性差の規範において、いわばゆらぎのない女性と評することができる。それに対して、表に用例のあがる女性を語数の多い順にあげると、玉鬘8・落葉の宮8、浮舟7、六条御息所6・雲居雁6・明石6、紫上5・藤壺5・大君5・中君5となるが、そこから前述のような離別・哀傷歌、そして男性からの贈歌のことばをそのまま返したような例を除外すると、残るのが次のような歌である。ただし19の「ことば」のうち、「知る」「見る」は対をなして分布し、一通りでない問題を有しているので後述することとし、ここではひとまずおく。

(9)『紫式部集』の「形見」については、山本淳子「形見の文—上東門院小少将の君と紫式部—」(『日本文学』五一、二〇〇二・一二)。

①かぎりとて別るる道の悲しきにいかまほしきは命なりけり（桐壺更衣、桐壺・一—二三）
②影をのみみたらし河のつれなきに身のうきほどぞいとど知らるる（六条御息所、葵・二—二四）
③袖ぬるるこひぢとかつは知りながら下り立つ田子のみづからぞうき（六条御息所、葵・二—三五）
④嘆き侘び空に乱るるわが魂を結びとどめよしたがひのつま（六条御息所、葵・二—四〇）
⑤吹き乱る風のけしきに女郎花しをれしぬべき心地こそすれ（玉鬘、野分・三—二八〇）
⑥夕露に袖ぬらせとや蜩のなくを聞く聞く起きて行くらん（女三の宮、若菜下・四—二四九）
⑦女郎花しをるる野辺をいづことて一夜ばかりの宿をかりけむ（一条御息所、夕霧・四—四二六）
⑧のぼりにし嶺の煙に立ちまじり思はぬ方になびかずもがな（落葉の宮、夕霧・四—四六三）
⑨惜しからぬこの身ながらもかぎりとて薪尽きなんことの悲しさ（紫の上、御法・四—四九七）
⑩おくと見るほどぞはかなきともすれば風に乱るる萩のうは露（紫の上、御法・四—五〇五）
⑪へだてなき心ばかりは通ふともなれし袖とはかけじとぞ思ふ（大君、総角・五—二七五）
⑫女郎花しをれぞまさるあさ露のいかにおきけるなごりなるらん（落葉の宮、宿木・五—四一一、代作）
⑬のちにまたあひ見むことを思はなんこの世の夢に心まどはで（浮舟、浮舟・六—一九五）
⑭心には秋の夕をわかねどもながむる袖に露ぞ乱るる（浮舟、手習・六—三二七）
⑮かきくらす野山の雪をながめてもふりにしことぞ今日も悲しき（浮舟、手習・六—三五五）
⑯袖ふれし人こそ見えね花の香のそれかとにほふ春のあけぼの（浮舟、手習・六—三五六）
⑰あまごろもかはれる身にやありし世のかたみに袖をかけてしのばん（浮舟、手習・六—三六一）

何例かに共通する特定の局面が、まず浮かんでくる。辞世歌、そして女性が男性の欲望にさらされ無力さを実感しながらもこれにあらがう時の歌である。桐壺更衣の①、紫の上の⑨⑩、入水直前に浮舟が母に贈った⑬は辞世歌であり、玉鬘の⑤、落葉の宮の⑧、大君の⑪では相手こそ違え、いずれも強者としての男性がむき出しになるような局面である。源氏の戯れをかわし、自分の立場を訴えてその執着をなだめる野分の巻の玉鬘の歌（⑤）、母御息所の死後、出家の願いも断ち切られて、夕霧の待つ一条宮に連れ戻されるその朝の落葉の宮の独詠（⑧）、薫を拒み通した大君が、匂宮と中君の三日夜の日に薫から「小夜衣きてなれきとはいはずともかごとばかりはかけずしもあらじ」と出来事を確認し追い詰めるような歌を受け取り、これに返した⑪の歌。玉鬘は自身を貶めて女郎花に喩えることで源氏の機嫌をなだめようとし、落葉の宮は抵抗しおおせないであろう予感を抱きつつも「なびかず」の決意を込め、そして大君は「通うのは心だけである」ことを強調する。正編・続編を通じて、桐壺更衣、紫の上、浮舟という物語の中核を担う女の命がゆらぐ時、あるいは、源氏、夕霧、薫といった男性主人公がその欲望をむき出しにした時、まさにそれらにあらがう場面で、女の歌の「ことば」は、規範を超えて特殊なゆらぎを見せるのである。

一方こうした特定の局面においてのみではなく、独自に男性語使用が多いのが、六条御息所と浮舟である。六条御息所のそれはすべて葵巻に集中しており、②③はそれぞれ独詠歌と贈歌の違いはあるが、いずれも車争い以後の恋情と怨情をつのらせ物の怪となる直前の詠歌である。④にいたっては物の怪となった時の歌である。葵巻における御息所は、その歌の「ことば」も尋常ではなく、規範を外れ秩序の外に踏み出す方向となっていると言えよう。

しかしながらその六条御息所にもまして性差の規範を外れる用例が多いのが浮舟なのであった。すなわち浮舟は、ジェンダー規範を逸脱する方向を物語中最も明確に持つ女性ということになるのだが、実は続編においてはジェンダー規範を外れていく人物がもう一人いる。薫である。浮舟について述べる前に、まず薫の「ことば」について検討して行こう。

4 閉塞する薫――中心としての男性性を失う続編世界

作中人物の歌の「ことば」を性差の視点をもって見る時、その「ことば」の様相に特色があらわれるのは女性だけではない。とりわけ特徴的なのが源氏と薫の対比である。これら19の男性中心の「ことば」の用例を通覧する時、あらためて確認されるのは、「ことば」の支配者とも称すべき位置にある源氏のあり方であろう。「悲し」という感情、「逢ふ」という行為、「恋ふ」こと、「泣く」ことと、「まどふ」こと、そして「知る」「見る」という行為、物語世界の中でこれらの男性的な「ことば」の用例数において他を圧倒するのは源氏である。もとより源氏は物語中最歌数の詠み手であり、男性歌四六五首のうち単独で二二一首を占めるのであるから当然と言えば当然かもしれないが、続編の主人公薫はこの男性性という点での「ことば」の支配者ぶりにおいて遠く及ばない。薫の詠歌は全五七首で詠歌数も源氏の四分の一となるが、「悲し」も、「逢ふ」も、「泣く」も各一例しか読んでおらず、かつその詠歌内容は極めて閉塞的である。薫の歌においては、「恋ふ」も「逢う」も「悲し」も「形見」も、その男性性を宿した「ことば」は、ほとんどすべてがただ一人の女性、大君にしか向けらない。各詠歌をあげてみよう。

①恋わびて死ぬる薬のゆかしきに雪の山にや跡を消なまし　（総角・五―三三三）
②身を投げむ涙のかはに沈みても恋しき瀬々に忘れしもせじ　（早蕨・五―三六〇）
③見し人の形代ならば身にそへて恋しき瀬々のなでものにせむ　（東屋・六―五三）

④総角に長き契りを結びこめ同じ所によりもあはなむ　（総角・五―二二四）
⑤霜さゆる汀の千鳥うちわびてなくね悲しき朝ぼらけかな　（総角・五―三二一）
⑥くれなゐにおつる涙もかひなきは形見の色をそめぬなりけり　（総角・五―三三一）
⑦形見ぞと見るにつけては朝露のところせきまでぬるる袖かな　（東屋・六―九五）

「逢はなむ」という積極的な「ことば」を薫が寄せるのは、大君に対する一例（④）しかない。源氏の「逢ふ」が藤壺はもとより、空蝉・朧月夜・六条御息所・明石・紫の上ら主だった女性たちに様々に投げかけられるのとは全く対照的である。薫が「泣く」こともまた、大君の死に際してだけなのであり（⑤）（浮舟に対しては「しのびね」の語が用いられる）、薫の「男性」的な「ことば」は、浮舟に向けられることはない。浮舟はあくまで大君の「形見」（⑦）としてしか捉えられることがない。

匂宮は、

峰の雪みぎはの氷ふみわけて君にぞまどふ道はまどはず　（浮舟・六―一五四）

と、浮舟にこそ「まどひ」、

いづくにか身をば捨てむと白雲のかからぬ山も泣く泣くぞ行く　（浮舟・六―一九二）

など、逢えない現実と引き裂かれる仲に「泣く」が、そのような「ことば」を、薫が浮舟に対して取ることはないのである。その大君に対してさえ、薫が「恋ふ」「恋し」という「ことば」を向けるのは、大君死後のことになる。薫が恋死さえ願って「恋わ」ぶる（①）のは、死者となった大君であるが、同じ「恋わぶ」という「ことば」を歌ったその父・柏木の「恋わぶる人の形見と手ならせばなれよ何とてなく音なるらん」（若菜下）と比較すると、両者の相違はあまりにも大きいであろう。柏木の歌が、懸想する女性の身体を、猫を通して夢想するという性的な力を湛えているのに対し、薫は荼毘にふされ身体を無くした女性となってはじめてようやくこれを「恋わび」て、一途に「恋し」く思い続けていく（②③）のである。そうした彼の「恋」には、父・柏木のような破滅的前途も予想されないが、同時にまた生身の女性の心を揺るがす力が宿るべくもあるまい。多くの女性と「逢ふ」ことをのぞみ、これを「恋ひ」、その死や別れを「悲し」んだ源氏とはかけ離れた、限定的で閉塞的な薫の思考と行動が、性差を軸にして見た時の薫の歌の「ことば」には明瞭にあらわれていると言えよう。

　ただし生身の女性に向けての男性的な「ことば」が、続編で消えてしまった訳ではない。それは本来の薫の「ことば」を肩代わりするかのように分散し、匂宮と、もう一人、手習巻の中将の担うところとなる。中将の詠歌は手習巻の八首が全用例であるが前掲一九例のうちの六例の「ことば」を詠じており、歌の男性度は薫よりはるかに高い。とは言えその中将の男性性は浮舟の拒絶の前に空転し、本来「物語」を動かす中心論理であったはずの男性の愛ないし欲望が、戯画化されるばかりとなる。

　男性主人公が男性としての中心性を喪失した世界、男性の歌の「ことば」が相対化され色褪せる▼注(10)世界、それが性差と「ことば」から見た続編世界なのであった。このような状況の中に登場した浮舟が特異な「ことば」を展開していくのは物語の行方を考える上で、何か重要な示唆となり得るのではないだろうか。浮舟が男性性の強い語を詠む時の詠歌内容を、第3節であげた用例に立ち返っ

(10) 男性による男性論理の「ことば」が続編において空転し色褪せていくあり方は、原岡文子「「あはれ」の世界の相対化と浮舟の物語」（『源氏物語の人物と表現　その両義的展開』（翰林書房、二〇〇三・五、Ⅰの（3）の5。初出は『国語と国文学』五二・一二、一九七五・一二）の指摘する「あはれ」の世界の相対化に通底する問題であろう。

て見るならば、そこには特徴的傾向が二点あることがわかる。⑬の入水時の詠歌を境に、事件以後にそうした「ことば」遣いが増加すること、そして「知る」を核とした「ことば」の用例数が突出して多いことである。その点に留意しながら、以下浮舟の歌の「ことば」を追ってみよう。

5 浮舟の歌の「ことば」――「知る」を中心に

「知る」、とりわけ「身を知る」が浮舟の独詠を特徴づけるものであることについては、三田村雅子に指摘がある。▼注(11) 秋山虔との対談では、浮舟の「知る」は「見る」の用例の多い紫の上と対照的であること、また「知る」と並んで「身」「世」「思ふ」「憂き」が他の女主人公に比して偏って多いことを述べているが、これは浮舟の歌の「ことば」の特質を的確に突いた総評である。『古今集』で男性に用例の偏っていた「知る」「見る」は、私家集レベルで言えば女性の用例が無い「ことば」というより、詠み方の男女差のある「ことば」であり、特に平安中期ころには女流歌人によって詠む詠まないの差が生じるなど、歌人の個性を反映した「ことば」となってくるのであるが、『源氏物語』においては、「知る」を核とする語と「見る」を核とする語は最上位の詠み手がみごとに分かれている。第3節にあげた用例数一覧17・18にも示したがここであらためて確認しておこう。

「知る」を核とする語

浮舟7首8例、玉鬘3首、夕顔・紫上・六条・雲居・藤典侍・大君・中君各2首、北山尼・藤壺（「知る」の主語は源氏）明石・一条・妹尼・女三・落葉各1首、（以下女房の用例は割愛）

(11) 三田村雅子「浮舟を呼ぶ――「名づけ」の中の浮舟物語」（『源氏研究』六号、二〇〇一・四、翰林書房）ならびに秋山虔・三田村雅子『源氏物語を読み解く』（小学館、二〇〇三）。

「見る」を核とする語

紫上8首、明石4首、玉鬘4首、大君・藤壺3首、妹尼・空蝉・北山尼・雲居・末摘・明石中宮・夕顔各2首、秋好・朝顔・大宮・女三・花散・明石尼・六条・中将君各1首（以下女房の用例は割愛）

「知る」の語形を最も多く詠んでいる浮舟には「見る」の語形の用例がなく、反対に「見る」の語形のトップの紫の上は、「知る」の語形は二首あるものの、これは若紫巻と葵巻での源氏の妻となる以前の用例で、成人後には全く用例がない。「知る」型の浮舟と「見る」型の紫の上と称することができるであろう。「知る」や「見る」の様々な語形と、その言語的、物語的意味などを抜きにした数だけの比較は慎まなければなるまいが、ともあれそれが女主人公たちの何らかの特性を示唆することは確かであると考えられる。中でも群を抜いて多い浮舟の「知る」は、内容も一通りではない。

①まだふりぬものにはあれど君がためふかき心に待つと知らなん（浮舟・六―一一二、中の君へ贈歌）
②橘の小島の色はかはらじをこの浮舟ぞ行方知られぬ（浮舟・六―一五一、匂宮への返歌）
③里の名を我が身に知れば山城の宇治のわたりぞいとど住みうき（浮舟・六―一六〇、独詠）
④つれづれと身を知る雨のをやまねば袖さへいとどみかさまさりて（浮舟・六―一六一、薫への返歌）
⑤我かくてうき世の中にめぐるとも誰かは知らむ月のみやこに（手習・六―三〇二、独詠）
⑥うきものと思ひも知らですぐす身をもの思ふ人と人は知りけり（手習・六―三二八、中将への返歌）
⑦心こそうき世の中をはなるれど行方も知らぬあまのうき木を（手習・六―三四二、手習歌）

「知らなん」「ぞ〜知られぬ」「知れば」「知る」「（誰）かは〜知らむ」「知らで」「（人は）知りけり」「知らぬ」と何種類かの語形で詠んでおり、量的には浮舟に次ぐ玉鬘が「知らねども」「知らで」「知らぬ」とすべて打ち消しの語形となっている単純さとは異なっている。さらに浮舟においては、この語形や意味が人生の段階に応じて変化していくことがわかるのである。他者に知られることを希求する第一の段階（①）、身の行く先を知ろうとして知ることが出来ない第二の段階（②）、薫と匂宮との三角関係の中で身の上を否応なく知る第三の段階（③④）、入水後、世間が自己をこう「知る」という外部の認識に対して「思ひも知らですぐす身」「行方も知らぬ」と言い放つ第四の段階（⑥⑦）の四つの段階であるのだが、実は、正編以来の他の女性登場人物の用法は、ほぼすべてこの中の第二か第三のいずれかに属しているのである。第二段階に相当する内容をA、第三段階をBと仮に呼んでそれぞれの用例をあげてみよう。

A（第二の段階）

かこつべきゆゑを知らねばおぼつかないかなる草のゆかりなるらん　（紫の上、若紫・一—二五九）

初瀬川はやくのことは知られねど今日の逢ふ瀬に身さへ流れぬ　（玉鬘、玉鬘・三—一一六）

生ひ立たむありかも知らぬ若草をおくらす露ぞ消えんそらなき　（北山尼君、若紫・一—二〇八）

他、夕顔の一首、明石、紫上の乳母、玉鬘の乳母、一条御息所、妹尼の一首など

B（第三の段階）

さきの世の契り知らるる身の憂さに行く末かねて頼みがたさよ　（夕顔、夕顔・一—一五九）

影をのみ御手洗川のつれなきに身の憂きほどぞいとど知らるる　（六条、葵巻・二—二四）

色々に身の憂きほどの知らるるはいかに染めける中の衣ぞ　（雲居雁、少女・三―五七）

おほかたの秋をば憂しと知りにしをふりすてがたき鈴虫の声　（女三宮、鈴虫・四―三八二）

われのみや憂き世を知れるためしにて濡れそふ袖の名をくたすべき　（落葉宮、夕霧・四―四〇九）

いかでかく巣立ちけるぞと思ふにも憂き水鳥のちぎりをぞ知る　（大君、橋姫・五―一二三）

秋はつる野辺のけしきも篠薄ほのめく風につけてこそ知れ　（中の君、宿木・五―四六六）

他

Aは、「知らず」の語形を取り、少女時代の紫の上や玉鬘、彼女たちの将来を案ずる祖母や乳母らに用例が集中し、Bは「知る」の語形で、かつ大半が「身」「憂し」の語と連携して文脈を形成し、その詠歌内容は、車争いによって女としての立場をまざまざと知った六条、引き裂かれる夕霧との最後の対面での雲居雁、夕霧に逢瀬を迫られる落葉の宮、薫との仲を匂宮に疑われる中の君など、思うにまかせない運命の中で男性によって「憂き」「身」を「知る」というものが中心となっている。すなわち、前者の「知らず」が自己の寄って立つ根拠やこの先に広がる茫漠とした運命の不透明さを捉えた、若い女主人公の自己認識の「ことば」、後者の「知る」が男性との恋愛体験の中で向き合わざるを得なかった女性の自己認識の「ことば」なのである。『源氏物語』は、女性の「知る」を一貫して自己認識の「ことば」として位置づけ、AとBの二つの認識のあり方を描いて来たと言えよう。

一方『源氏物語』の男性の「知る」は、基本的にはこれと意味を異にしている。男性の「知る」とは

たづねゆく幻もがなつてにても魂のありかをそこと知るべく　（桐壺帝、桐壺・一―三五）

のように亡き恋人の魂の行方を追い求め、

いにしへもかくやは人のまどひけんわがまだ知らぬしののめの道　（源氏、夕顔・一―一五九）

と、新しい恋の世界を知るような外部に広がる能動的方向性を持ち、自己認識に向かうことはむしろ少ない。「おぼつかな誰に問はましいかにしてはじめも果ても知らぬ我が身ぞ」（匂宮・五―二四）と詠む薫はその点でも例外的である。

ところで女性歌の、自己認識としての「知る」、特にBの原点にあるのは『古今集』の次の歌であると考えられる。

かずかずにおもひおもはずとひがたみ身を知る雨はふりぞまされる　（恋四・七〇五、在原業平）

浮舟の④が踏まえる歌がこれであり、『伊勢物語』（百七段）でも著名な、業平が家の女になりかわって藤原敏行に贈った男性による女性の立場での代作恋歌である。

そもそも男性の女歌代作・題詠とは、男性にとってあらまほしき女性像、男性が理想とする女らしさを最もよく体現するものと考えるべきであって、その意味では強烈なジェンダーイデオロギーを内包した言語表象に他ならない。▼注(12) この業平歌は、歌の卓抜さと物語を伴うインパクトの強さで、女性の「知る」とは男性との関係性の中で身の程を思い知ることという意味を和歌史の上にも生成

(12)　男性による女性歌の代作・題詠とそれらが形成するジェンダーイデオロギーについては和歌史ならびに物語和歌の双方に関わる重要な問題である。今後の課題としたい。

していくのであるが、『源氏物語』は作品中に忠実にその意味を再現してきたと言えよう。

夕顔も御息所も雲居雁も女三の宮も落葉の宮も、みな男性主人公との関わりの中で身の運命を思い知る。ただし「知」ったその先で、再度この「ことば」に立ち向かい、その次の第四の段階を詠む女性はいなかった。紫の上は少女時代に「知らず」と詠じただけで、後年の彼女の悲しみはその辞世歌に代表されるようなうるわしい歌語に昇華され、身を「知る」慟哭が表出されることはなかった。登場時にすでに父母の悲運によって身の程を「知っ」たと詠む大君は、生身の男性とは向き合うことなく人生を終える。

それに対して浮舟は、自身を「知って欲しい」(①)と願い、運命の行く先を知ろうとして「わからない」(②)不透明さを歌い、二人の男性との愛欲の中で身の程を「知った」(③④)のちに、物語の女君たちの限界を超えて、最後の自己認識を提示する。身の上も運命もそれは「わからない」のだと。⑥⑦が、①の「知られぬ」――自発・可能の助動詞を含む「知ろうとしてわからない」の意に対し、「知らで」「知らぬ」という揺れのない語形であること、また中将の執拗な求愛贈答を契機に、あるいはそれに対する返歌として(⑥)、あるいはそれを契機として決意を確認する行為(手習)の中でしるされ(⑦)、「人は知りけり」と中将に代表される「人」(外部)がそう理解する「私」に対する否定として提示される点にも注意したい。外部からの評価や押しつけの認識に拮抗し、彼女は「わからない」という一つの〝認識〟を崩さないのである。

⑦の末句「あまのうき木を」の「を」について、藤井貞和はこれを間投助詞とし、その上でなお「こんな「を」をここまでに見なかったのではないか、とほとんど思う。」と述べてその「特異な歌調」に注目する。[注13]同説に対し後藤祥子は「あてどなさを強く訴える接続助詞に近い用法なのではないか。」として「決然たる意志は消えてしまっている」とするが、[注14]近年の構文論による助詞「を」の研究に

(13) 藤井貞和「歌人浮舟の成長―物語における和歌」(『源氏物語論』岩波書店、一九九八・三、初出は一九八三・五)。

(14) 後藤祥子「手習の歌」(『講座源氏物語の世界』第九集、有斐閣、一九八四・一〇)。

よれば、「名詞＋「を」」は接続助詞とする説は成り立ち得ず、当該例は間投助詞・終助詞とみても非常に異例な「を」であり、▼注(15)藤井説に軍配があがる。まさにこの歌末の「を」は、文法的に破格な、強い詠嘆のないまぜになった「を」なのであり、自己を「浮舟」どころか浮き木に寄りすがるばかりの「海人（尼）」のように行く末知らぬものとして対象化して、そのままに投げ出す「を」なのである。その破格な語調は、失った女たちを慨嘆するばかりの薫の「ありと見て手にはとられず見ればまた行方も知らず消えしかげろふ」（蜻蛉）を凌駕して力強い。

心を解放しても身の行く末はわからないとは、薫の最初の問いかけ「おぼつかな誰に問はましいかにしてはじめも果ても知らぬ我が身ぞ」に対する一つの解答のようでもあり、また物語が最後に投げかける一つの認識のようでもある。

6 規範からの解放

出家後の独詠三首「かきくらす野山の雪をながめてもふりにしことぞ今日も悲しき」、「袖ふれし人こそ見えね花の香のそれかとにほふ春のあけぼの」、「あまごろもかはれる身にやありし世の形見に袖をかけてしのばん」が、三首とも男性語を詠むことは先に触れた。特に「袖ふれし」などは『伊勢物語』昔男を連想させるようなまるで男性の歌の趣であることは鈴木裕子が指摘する通りであろう。▼注(16)まとめとして、この点について簡単な見通しを立てておきたい。これらの歌は、出家してなお「女」を放棄しない、あるいは出来ない浮舟像として議論されることが多いが、ジェンダー規範という観点で捉える時、いささか逆説的であるがその「ことば」は女離れしており、あえて言えば勅撰集的な性差の規範から解放されたかのような自由さにあふれているのである。浮舟は野山の雪景

(15) 上代〜中古の助詞「を」の構文上の問題点、承接関係や意味分類については近藤泰弘『日本語記述文法の理論』（ひつじ書房、二〇〇〇・二）第3部第4章の1、第4部第8章の4に詳論がある。そこで掲出されている用例や構文に照らしても、当該浮舟歌の「を」が中古語の「を」としては文法上は特異であることがうかがわれる。浮舟の最終歌「あまごろもかはれる身にやありし世の」の「や」とあわせて、手習歌での破格な助詞の用法は浮舟論としても今後徹底した考察が必要であろう。

(16) 鈴木裕子「浮舟の独詠歌—物語世界終焉に向けて—」（東京女子大学『日本文学』九五号、二〇〇一・三）。

色に、あるいは梅の香に往事の恋人を思う官能さえも隠そうせず、その感情をこれまでの女君が用いることの出来なかった男性的な用語と発想でうたいあげる。つつましやかで「愛される女性」であるための規範を、もはや浮舟は遵守しようとしない。そしてこれを最後として、浮舟は詠歌をやめる。それは浮舟にとって歌という「規範」からの解放を意味するのではないか。沈黙もまた解放の一つの形なのかもしれない。▼注(17)

物語は終末に至り、歌の「ことば」のジェンダーイデオロギーをかろうじて超えていく女性を描き出したとも言えよう。浮舟の最後の独詠三首、そして歌との訣別を、あるいはそのように理解することも可能なのではないだろうか。ただしこのあやうい解放の先に救済があるのか、物語は黙して語らない。「法の師とたづぬる道をしるべにて思はぬ山にふみまどふかな」（薫、夢浮橋）と、なお憂き世に踏み惑う男性の姿がしるされるばかりなのであった。「ことば」の行方に女の解放と男の混迷を提示し、混迷が女を再び同じ渦の中に引き戻すのかどうかの読みを読者にゆだねて、男と女の物語は終焉する。

和歌そして「ことば」を、心の表出や美意識、呪術性などの点とは別に、規範性やイデオロギー形成の受容と脱規範という観点から捉える時に物語和歌に見えてくる側面を本章では追ってみた。薫の「ことば」・浮舟の「ことば」に関しては、この観点からの地の文をあわせたさらに詳細な分析が、物語理解の上でも有効と考える。この課題については次章で深めて行くこととする。

(17) 浮舟の沈黙について、野村精一『源氏物語文体論序説』（有精堂出版、一九七〇・四）は、「浮舟の側からすれば、徹底的な言語的拒否であり、又別の言い方に従えば、この饒舌な世界一般に対する抵抗でもあろう。」とする。

第7章

『源氏物語』の「ことば」／浮舟の「ことば」

――「飽く・飽かず」論――

1 問題の所在

蘇生して後、入水前の苦悶を否応なく想起させる中将の執拗な懸想を一刻も早く振り切るかのように出家に至る浮舟、そして出家後も引き続き手習歌を繰り返して、過去を反芻し自身の心との対話を深めていく「手習」巻の浮舟の状況と心境を物語る「ことば」の数々は、第Ⅲ部第6章で見たように、その浮舟の内面の葛藤とまさに対応して、複雑な揺れと重層性をもって記されている。従来から議論の多い次の二つの条も、その端的な例と言えるであろう。

（Ⅰ）昔よりのことを、まどろまれぬままに、常よりも思ひつづくるに、……（中略）……さる

（1）『源氏物語』の本文の引用は『新編日本古典文学全集』（小学館）によっているが、当該箇所の「ねや」については、表記を改めている。新編全集はじめ多くの注釈書が「閨」の漢字を当てているが、青表紙本系統をはじめ写本での表記は平仮名「ねや」であり、漢字を当てる場合にも「寝屋」などの表記もあり得るところである。本章では平仮名「ねや」の表記で記述を進めることとする。

（2）古注以来、諸説があるが、近年のおもな論考としては、高田祐彦『源氏物語の文学史』（東京大学出版会、二〇〇三、Ⅱ6「浮舟物語と和歌」〈初出、一九八六年〉）、藤原克己『源氏物語の文体・表現と漢詩文』（『源氏物語研究集成』第三巻「源氏物語の表現と文体 上」風間書房、一九九八）が薫説を立てるのに対し、匂宮とする説に金秀姫「浮舟物語における嗅覚表現―「袖ふれし人」をめぐって―」（『国語と国文学』七八・一、二〇〇一・一）、久冨木原玲「浮舟―女の物語へ

方に思ひさだめたまへりし人につけて、やうやう身のうさをも慰めつべききはめに、あさましうもてそこなひたる身を思ひもてゆけば、宮を、すこしもあはれと思ひきこえけん心ぞいとけしからぬ、ただ、この人の御ゆかりにさすらへぬるぞと思へば、小島の色を例に契りたまひしを、などてをかしと思ひきこえけん、とこよなく飽きにたる心地す。はじめより、薄きながらものどやかにものしたまひし人は、このをりかのをりなど、思ひ出づるぞこよなかりける。

（手習・六―三三二）

（Ⅱ）ねや▼注(1)のつま近き紅梅の色も香も変はらぬを、春や昔のと、こと花よりもこれに心寄せのあるは、飽かざりし匂ひのしみにけるにや。後夜に閼伽たてまつらせたまふ。下臈の尼の少し若きがある、召しいでて花折らすれば、かことがましく散るに、いとど匂ひ来れば、

袖ふれし人こそ見えね花の香のそれかと匂ふ春のあけぼの

（手習・六―三五六）

前者は、出家直前、生い立ちから入水に至るまでの数奇な身の上に思いを致し、特に匂宮との恋を、自ら「こよなく飽きにたる心地す」と断じたことばである。それに対して後者は、出家後の手習歌による自己対峙の最終段階に差し掛かって、紅梅の色香に「袖ふれし人」を想起する歌を詠じた浮舟の心を、地の文が「飽かざりし匂ひのしみにけるにや」と捉え提示したものである。特に後者の場面が醸し出す、ともすれば甘美で濃密な紅梅の色香とは、その属性や作中での位置づけを辿っても、薫と匂宮のいずれの可能性もあり得ることから、この時の浮舟の心をよぎったかと地の文がほのめかすのは、薫なのか匂宮なのか、あるいはその両者であったのか▼注(2)、また匂宮でもあるのだとするならば、出家直前の「こよなく飽きにたる心地す」という決意との落差をどう捉え、浮舟の心理や物語の行方をどのように読み解いていくべきであるのか▼注(3)、古注から近時に至るまで、実に多く

―」（『人物で読む『源氏物語』』第二十巻・浮舟〈勉誠出版二〇〇六・一一〉）、高橋汐子「袖ふれし人―浮舟物語の〈記憶〉を紡ぐ―」（同）。薫・匂宮両人とする説に三田村雅子『源氏物語 感覚の論理』（有精堂、一九九六、「方法としての〈香〉―移り香の宇治十帖へ―」、「梅花の美」）がある。また藤原克己「「袖ふれし人」は薫か匂宮か――手習巻の浮舟の歌をめぐって――」（『源氏物語と和歌世界』新典社、二〇〇六・九）は前掲金秀姫の論を受け、自説を再考し、薫説を補強すると同時に、人称の曖昧な和文ならではの記述によってこの条が「解釈が一義的に確定出来ない」こと、「それが誰の匂いなのかが曖昧にされていること」にこそ注目すべきであるとする。

(3) 注（2）の論考以外に、久冨木原玲『源氏物語歌と呪性』（若草書房、一九九七・一〇、第一章5「和歌的マジックの方法―定家の梅花詠」）、同「尼姿とエロス―源氏物語における女人出家の位相―」（『古代文学』第四五号、二〇〇六・二）、長谷川政春『物語史の風景』（若草書房、一九九七・七）、松井健児「水と光の情景―早春の浮舟と女三の宮をめぐって―」（『源氏研究』第一〇

の考察が重ねられている。

稿者も、後半の条の読解の一助として、紅梅、花の香、袖ふれし人、春のあけぼの、『伊勢物語』引用などの様々に重層する「ことば」によって成り立つこの場面の、特に風景を形づくる「ことば」として、次章では「ねやのつま近き紅梅」に注目し考察する。そこでは、「紅梅」が作者紫式部にとっては兼輔以来の「家」の意識と深く結びついたものであり、かつ、予祝的意味合いを持つ庭樹であったという側面を指摘し、浮舟の行く末に寄せる作者の祈りと予祝の思いをこの場面にあわせ読むことが可能なのではないかという見解を述べていく。

この問題について、本章では、（Ⅰ）（Ⅱ）の二つの場面において、浮舟の心の動きをあらわす「ことば」として用いられている「飽きにたる」と「飽かざりし」に注目したい。肯定形と否定形という語構成的にもあい反するこの二つの「ことば」が、自らを入水から出家に追い込んだ男性たちへの思いを綴る文脈において、背中合わせのように用いられているのは何故であろうか。その「ことば」の意味を正しく捉えることは、物語終焉近くの浮舟の「心」、そして浮舟の行く末を正しく見定めることに繋がると考える。

2 「飽く」の意味／語形／『源氏物語』での用例数

さて、「飽く」という「ことば」について考察する前提として、そもそもそれが平安和文の中でもやや特殊な意味用法を有するものであることを、まず踏まえておく必要がある。この問題については、語彙研究の分野において、阿久澤忠▼注(4)に詳細な研究がある。その論点を要約するならば、「飽く」という語の特殊な点とは、

号、翰林書房、二〇〇五・四）など。

（4） 阿久澤忠「仮名文における「飽かず」の用法」（『語法・語彙を中心とする平安時代仮名文論考』武蔵野書院、二〇〇二）。

第一には、「飽かず」のように打ち消しを伴う語形で用いられるのが一般的で「飽く」のままの語形は極端に少ないこと。

第二にその意味が、打ち消しを伴う場合も、そうでない場合も、文脈によって正反対になり得ること。

となる。特徴の第二点目については、具体例に即しての理解が必要と思われるので、阿久澤の定義から、さらに詳しく引用してみよう。

「当時の「飽く」の意味は二つあり、一つは、満ち足りる、という意味であり、もう一つは現代の「あきる」に通じる、あきあきする、の意味である。従って、それを否定する「ず」が付いた「飽かず」は、満ち足りない、ものたりない、という意味と、逆に、飽きることがない、という思いを示している点では共通しているが、前者は対象を否定的に捉え、後者は肯定的に捉えている点で異なっている。」

「飽く」「飽かず」の複雑な意味用法を的確に捉えた指摘であるが、すなわちそれは、文脈によって対象の評価が、肯定的にも否定的にもなるという、特殊な意味用法を有する語であるというのである。

また和歌に限定した場合においても、阿久澤が特徴とした第一点と同様のことが、鈴木宏子[注(5)]によって指摘されている。鈴木は『万葉集』から『古今集』における動詞「飽く」の変遷を追い、同語は、『万

(5) 鈴木宏子「〈あき〉〈あかず〉考―万葉から古今」(『古今和歌集表現論』(笠間書院、二〇〇〇)。

葉集』でも『古今集』でも用例としては「飽く＋打ち消し」ないしは反語や反実仮想で用いられるのが一般的で、特に『万葉集』では肯定形の「飽く」の用例がなく、『古今集』においてわずかながら散見されるようになること、ただしそれは「秋」の掛詞「飽き」としての用法に限定されること、以後の王朝和歌でも掛詞「秋―飽き」の用例が大半であることを明かにしている。両者の指摘を合わせるに、散文と和歌のいずれにおいても肯定形の「飽く」は用例数自体が少なく、大半は掛詞という和歌特有の技巧を介して成立するような語であったと言えるであろう。

このように「飽く」は特殊な意味用法と使用実態を持つ語である訳であるが、文学の問題として考える時、さらに注目すべきことがある。『源氏物語』での用例が他作品に対して突出して多いということである。先の阿久澤によっては、語形「飽かず」が、『伊勢物語』『大和物語』『平中物語』『和泉式部日記』『紫式部日記』『大鏡』では全く用例がなく、『竹取物語』『蜻蛉日記』などでわずか各一例、長編の『うつほ物語』でも二四例にとどまるのに対し、『源氏物語』では九二例にものぼる用例数となっていることが指摘されている。

鈴木の研究は和歌に限定したものであったが、ここでは、和歌ならびに散文の全体を捉え、特に、用例の多い散文を重点的に見ていくことにする。また阿久澤の研究は「飽かず」という一つの語形に限定してなされたものであるが、本章では、「飽かず」以外の語形、すなわち肯定形の「飽く」「飽き」、ならびに打ち消しや反語を伴うものとして「飽かず」以外に「飽かぬ」「飽かざり」などまで範囲を拡大して検討する。本書の第Ⅰ部第1章の総論で述べたように、文学研究において、文脈において生動する「ことば」の様態を捉えるには、言語学的な単位である語彙素（用言ではいわゆる終止形）だけではなく、使用の実態に即した多様な語形を文脈に沿って取り出し、検討することがより適切と考えるからである。

そうした観点から、N-gram処理によって分析した今回の調査では、「飽く」・「飽く＋打ち消し、反語」の語形として、和歌で一六例、散文で一五七例の、総計一七三例を取り出すことが出来た。文脈上の語形で示すならば

飽かざりし・飽かぬ・何事かは飽かぬ・飽く・飽かず
飽かぬところなし・飽かずもあるかな・飽かざらむ・飽かぬことなき
飽く世なく・飽く世あるまじき・飽かずのみ・飽くべき限りなく
飽く限り〜まじくて・何を飽かぬとかおぼすべき・飽くまじく・飽かねば
飽きにたる・飽く

など、それは詠嘆の終助詞「かな」、強い打ち消しの「まじ」、強意の「のみ」、「べき限りなく」（強意の「べし」＋形容詞で同様に強意の意を持つ「限りなし」）などと連接して複合的な連語となって強い打ち消しの強調表現を取るなど、様々な複合語形として文脈と意味を形成している。掛詞を除くと「飽く」より「飽く＋打ち消し」の語形が用例数として圧倒的に多いので、以下ではこのことばを「飽かずを核とする語形」と称することとする。

さらに、その用例を巻別に見ると次のようになる（次頁表参照）。

五十四帖のうち、散文にも和歌にも用例のない巻は、「夕顔」・「花散里」・「澪標」・「関屋」・「絵合」・「松風」・「篝火」・「藤袴」・「夢浮橋」（ならびに「雲隠」）にとどまる。「桐壺」から「手習」まで、他の四十四帖においては、散文、和歌、巻によってはその両方にわたって様々な語形をもって散見されるのである。作者の愛用語彙という以上に、それはこの物語の世界観を作り上げる上で必要な

巻別用例数

桐壺	散文3	和歌1	4
帚木	散文1	和歌1	2
空蝉		和歌1	1
夕顔			0
若紫	散文2		2
末摘花	散文1		1
紅葉賀	散文5		5
花宴	散文1		1
葵	散文7		7
賢木	散文5	和歌3	8
花散里			0
須磨		和歌2	2
明石	散文6		6
澪標			0
蓬生	散文3		3
関屋			0
絵合			0
松風			0
薄雲	散文4		4
朝顔	散文3	和歌1	4
少女	散文3		3
玉鬘	散文2		2
初音	散文1		1
胡蝶	散文6		6
蛍	散文4		4
常夏	散文3		3
篝火			0

野分	散文1		1
行幸	散文1		1
藤袴			0
真木柱	散文1		1
梅枝	散文2		2
藤裏葉	散文5		5
若菜上	散文12	和歌2	14
若菜下	散文14		14
柏木	散文3		3
横笛	散文5		5
鈴虫		和歌1	1
夕霧		和歌1	1
御法	散文4	和歌1	5
幻	散文1		1
雲隠			0
匂宮	散文1		1
紅梅	散文1		1
竹河	散文1		1
橋姫	散文3		3
椎本	散文5		5
総角	散文5		5
早蕨	散文4		4
宿木	散文8	和歌2	10
東屋	散文5		5
浮舟	散文4		4
蜻蛉	散文7		7
手習	散文4		4
夢浮橋			0

ことばの一つであったとの想定が成り立つのではないだろうか。ちなみに、用例の多い巻をあげておくと、最も多いのが「若菜上」と「若菜下」が各一四例で並び立ち、それに次ぐのが「宿木」の一〇例、以下、「賢木」八例、「葵」七例、「蜻蛉」七例となる。いずれも物語の深刻で重要な局面となる巻である。そしてこれら全一七三例の、まさに物語最後の用例となっているのが、冒頭にあげた「手習」巻の浮舟の心内に関わる「飽きにたる」と「飽かざりし」に他ならない。以上を踏まえると、この「手習」巻のことばの意味するところとは、当該二場面においてだけでなく、物語全体での用法を見据える中で、理解する必要があることがあらためて確認されるであろう。

さらに言えばこのことばは、物語のはじまりを導いたものでもあった。『源氏物語』での「飽かずを核とする語形」の初例は、「桐壺」冒頭の一文である。

いとあつしくなりゆき、もの心細げに里がちなるを、いよいよあかずあはれなるものに思ほして、人の誹りをもえ憚らせたまはず、世の例にもなりぬべき御もてなしなり。（桐壺・一―一七）

秩序を超え、規律を超え、朝廷中を敵に回すことも厭わないほどの桐壺帝の更衣への愛情。「いづれの御時にか」以下の著名な一節において、政治の混迷と大乱さえ招きかねないその帝の心情を、▼補注 文脈においてじかにあらわしていることばが「あかず」なのである。

物語の発端となった、帝の更衣に対する強烈な執着をあらわすことからはじまったそのことばは、物語最後の女性である浮舟の出家を描く二場面にいたるまで、どのような意味を担い、心情をあらわし、場面を紡いでいくのか。そして、このことばの最後の場面には何が託されているのか。その問いに一つの解答を得ることを目指し、以下、全用例を追ってみたい。

（補注） 桐壺帝の更衣に対する国乱をも招きかねない寵愛のあり方については、玄宗皇帝と楊貴妃の悲劇（『長恨歌』）を重ね合わせる理解が一般的であったが、近時久冨木原玲によって新たな提言がなされている。すなわち唐国の出来事ばかりでなく、その造型には本朝における平安初期の歴史的事件、「平城太上天皇の変」（通称「薬子の変」）を想起させるものがあるというのである。（久冨木原玲「薬子の変と平安文学―歴史意識をめぐって―」（『愛知県立大学文学部論集』国文学科編、第五六号、二〇〇八・三）、同「平城天皇の変（薬子の変）」の波紋としての歴史語り・文学・伝承―第二次世界大戦下から中世・古代へと溯る―」（『武家の文物と源氏物語絵』高橋亨・久冨木原玲・中根千絵編、翰林書房、二〇一二、所収）。初出発表後に接した魅力ある新見としてここに補注としてあげる次第である。

3 『源氏物語』における「飽かずを核とする語形」を一覧する

散文一五七例、和歌一六例の全容を次にあげる。散文・和歌での用例・用法を、必要と思われる諸点をあわせて、それぞれまとめたものが〈表1〉・〈表2〉である。散文では「飽かずを核とする語形」の文脈中での語形をそのままにあげ、また「思う主体」ならびに思う「対象」を示した。和歌では、一首全体をあげ、詠み手と受け手、掛詞の有無、贈答関係などを示した。そして、散文・和歌のいずれにも、主体（あるいは詠み手）と対象（あるいは受け手）の男／女の別を示した。後述するが「飽かずを核とする語形」群には、言語運用上、使用者は圧倒的に男性が多いというジェンダー的偏りが問題となるからである。一覧してみよう。

〈表1〉源氏物語飽く・飽かず（散文）

用例番号	語形・語句	巻	思う主体	対象	男・女	参考
1	飽かず（あはれなるものにおもほして）	桐壺	桐壺帝	桐壺更衣	男↓女	
2	飽かず（口惜しう）	桐壺	桐壺帝	桐壺更衣が女御になれなかったことを	男↓女	
3	飽かぬことなし	桐壺	藤壺（地の文）	宮中での処遇	自己↓自己の処遇	
4	なほ飽くまじく	帚木	雨夜品定めで公達たち	源氏（の直衣姿）	男↓男	＊「女にて見たてまつらまほし」
5	飽かぬ（わざかな）	若紫	大殿の公達たちが	花の蔭	男↓風景	

6	飽かず（口惜し）	若紫	場の人々	源氏		
7	飽かざりし	末摘花	源氏	夕顔	男→女	
8	飽かずおぼさるれば	紅葉賀	桐壺帝	藤壺が源氏の青海波を見られないこと		
9	飽かぬとおぼゆる〜もなし	紅葉賀	源氏	葵上	男→女	
10	飽かぬと（何事かは〜）：反語	紅葉賀	源氏	葵上	男→女	
11	飽かず（口惜しう）	紅葉賀	桐壺帝	源氏（立太子出来なかったこと	男→男	父→息子
12	見るめに飽くはまさなきことぞよ	紅葉賀	源氏	若紫	男→女	
13	飽かぬところなう	花宴	源氏	若紫	男→女	
14	飽かぬ	葵	源氏	葵上	男→女	
15	飽かず	葵	院・后宮はじめ世人みなが	葵上（死）	世人→死者	
16	飽きはてて	葵	六条御息所	世の中	女→世	源氏の心内語
17	飽かぬ	葵	頭中将	源氏	男→男	
18	飽かず	葵	左大臣	源氏が当家と離れてしまうことを	男→男	
19	飽かず	葵	左大臣	源氏	男→男	
20	飽かぬところなし	葵	源氏	若紫	男→女	
21	飽かぬ（ここちしはべるかな）	賢木	源氏	御息所が伊勢に下向すること	男→女	

22	飽かぬ	賢木	桐壺院	東宮・源氏が退出してしまうことを	男→男	
23	飽かぬ	賢木	朝夕源氏の身近にある者	源氏		
24	飽かず	賢木	藤壺	東宮とこのまま別れることを	女→男	母→息子
25	飽かず（口惜し）	賢木	右大臣	朧月夜が女御となれないことを	男→女	
26	飽かず（悲しくて）	明石	源氏	桐壺院（霊）との別れを	男→男	
27	飽かず	明石	明石入道	源氏に思うように奉仕出来ないことが	男→男	
28	飽かず	明石	源氏	明石の琴が弾きさし弾きさしとなるのを	男→女	
29	飽かず	明石	源氏	明石	男→女	
30	飽かぬ	明石	源氏	紫上	男→女	
31	飽かず	明石	源氏	五節	男→女	
32	飽かず	澪標	源氏・紫上	源氏・紫上／互いの愛情	互いの愛情	紫上の心中思惟
33	飽かず	澪標	源氏	御息所　病中の御息所を見舞う	男→女	
34	飽かぬ	薄雲	源氏	明石	男→女	
35	飽かず（口惜し）	薄雲	源氏	太政大臣の死	男→男	
36	飽かず（思ふこと）	薄雲	藤壺	自己の人生（「心のうちに～思ふことも人にまされりける身」）	自己→自己	
37	飽かず	薄雲	帝	源氏（譲位出来ない事を）	男→男	

38	飽かず	朝顔	源氏	朝顔の源氏を御簾の内に入れない処遇を	男→女	
39	（口惜しう）飽かずもあるかな	朝顔	源氏	藤壺の死を	男→女	
40	飽かず（悲し）	朝顔	源氏	藤壺（亡霊）	男→女	
41	飽かず	少女	大宮	夕霧（六位の姿を）	女→男	祖母→孫
42	飽かず（思へたまへらるる）	少女	内大臣	雲居雁や女御の現状		
43	飽かず	少女	大宮	内大臣が雲居雁を引き取ってしまうのを。（母が息子の仕打ちを。）	女→男	母→息子
44	飽かざりし	玉鬘	源氏（地の文）	夕顔（故人）	男→女	
45	飽かず（悲しくなむ）	玉鬘	右近	夕顔（故人）	男→女	死者
46	飽かず	初音	明石姫君の周囲の者	明石姫君	周囲→女（女子）	
47	飽かぬ	胡蝶	源氏	宴（胡蝶巻の遊宴）		
48	飽かぬ	胡蝶	世間の男性達	春御殿に求婚に適齢の女性のいないことを	男→女	
49	飽かず	胡蝶	参集の人々	宴の舞楽（胡蝶巻の遊宴）		
50	飽かぬところなく	胡蝶	源氏	玉鬘	男→女	
51	飽かれぬべき	胡蝶	蛍兵部卿宮に	玉鬘	男→女	＊源氏の発話内の言葉
52	飽かざらむ	胡蝶	玉鬘が	源氏を	女→男	話者は源氏

53	飽かず	蛍	兵部卿宮	玉鬘	男↓女	
54	飽かぬ	蛍	兵部卿宮	玉鬘の筆跡	男↓女	
55	飽かぬ	蛍	源氏	鬚黒を婿とする事を	男↓男	
56	飽かず	蛍	源氏（発話、物語とは）	「世に経る人のありさま」	源氏の発話（物語論）	
57	飽かず	常夏	弁少将・侍従（内大臣家の子息）		男↓女	撫子の花
58	飽かでも	常夏	弁少将・侍従（内大臣家の子息）		男↓女	撫子の花＝玉鬘
59	飽かず（口惜し）	常夏	内大臣	雲居雁の処遇（結婚）の定めがたいことを	男↓女	
60	飽かぬことなき	野分	夕霧	紫上	男↓女	
61	飽かず（悲しくて）	行幸	大宮	葵上（故人）	女↓女	母↓娘
62	飽かず	真木柱	帝	玉鬘	男↓女	
63	飽く世なく	梅枝	源氏に仕える人（女房）	源氏	周囲↓男	
64	飽く世あるまじき	梅枝	蛍兵部卿宮	源氏の筆跡	男↓男	
65	飽かず	藤裏葉	内大臣	夕霧との短時間の再会	男↓男	
66	飽かぬところなく	藤裏葉	夕霧	雲居雁	男↓女	
67	飽かぬ	藤裏葉	源氏・夕霧	明石姫君が紫上の実子でない事を	男↓女	
68	飽かず	藤裏葉	帝	源氏に譲位できない事を	男↓男	

69	飽かぬことなき	藤裏葉	太政大臣	夕霧	男→男	
70	飽かぬ	若菜上	源氏	自己の妻（品高くない）	男→女	
71	飽かぬ	若菜上	世の人	ふさわしい身分の妻の居ないことを	世人→源氏	左中弁の語る源氏の言葉
72	飽かず（口惜し）	若菜上	朱雀院	大事にしてくれるだけの夫を婿にするのでは	男→男	
73	飽かず（口惜しく）	若菜上	源氏	玉鬘が帰ってしまうのを	男→女	
74	飽かずのみ	若菜上	源氏	朧月夜	男→女	
75	飽かず	若菜上	宴の人々	夕霧・柏木の舞	参集者→夕霧・柏木	
76	飽かず（口惜し）	若菜上	源氏	藤壺（故人）に奉仕できなかったことを	男→女	
77	飽かぬ	若菜上	帝	源氏に孝養が尽くせない事を	男→男	
78	飽かず	若菜上	明石尼君	若宮をゆっくり拝見することができないのを	女→男	曾祖母→曾孫
79	飽かず	若菜上	柏木	女三宮	男→女	垣間見
80	飽かぬ	若菜上	柏木	女三宮	男→女	
81	飽かずのみ	若菜上	柏木	女三宮	男→女	
82	飽かず（盛りの御世を）	若菜下	世人	冷泉帝譲位	世人→冷泉帝譲位	
83	飽かず	若菜下	源氏	冷泉帝に世継ぎのない事を	男→男	
84	飽かず	若菜下	世人	源氏出身の后の続く事を		

85	飽かぬことなく	若菜下	地の文	源氏と紫上の夫婦仲		
86	飽かずぞ	若菜下	地の文・宴	舞人たちの舞が	宴・舞	
87	飽かず	若菜下	地の文・宴	住吉参詣社頭での宴	宴	
88	飽かざりける	若菜下	地の文・世人	明石入道の不在		
89	飽くべき限りなく	若菜下	源氏	芸道の習得		
90	飽かず（悲し）	若菜下	源氏（源氏の発話）	自己の人生	自己↓自己	
91	飽かず（心に～おぼゆること）	若菜下	源氏（源氏の発話）	自己の人生（「心に～おぼゆることそひたる身にて過ぎぬれば」）	自己↓自己	
92	飽かぬかなとおぼゆることもなかりき	若菜下	源氏	葵上（故人）	男↓女	
93	飽かぬ（ことにするもの思ひ）	若菜下	世の人（一般論）	女性がみな逃れられない物思い		話者は紫上
94	飽かず	若菜下	柏木	女三宮	男↓女	
95	飽く限り～まじくて	若菜下	源氏	女宮たち（孫）充分に尽くして	男↓女	
96	飽かず（悲しければ）	柏木	朱雀院	女三宮（の出家を）	男↓女	
97	飽かず	柏木	夕霧	柏木の死を。母御息所（落葉宮への弔問）	男↓女	
98	思ひ飽き	柏木	柏木	落葉宮	男↓女	夕霧の心内語
99	飽かず（口惜しき）	横笛	世人	柏木の死	世人↓死者	
100	飽かず	横笛	朱雀院	女二宮・女三宮	男↓女	

101	飽かぬ（こと多かり）	横笛	源氏	自己の人生（「みづからの御宿世」）	自己→自己	
102	飽かぬところなくて	横笛	源氏	女三宮	男→女	
103	飽かず	横笛	夕霧	落葉宮（の箏演奏）	男→女	
104	飽かぬことなく	御法	紫上	現世	自己→現世	紫上の心中
105	飽かず（うつくしげに）	御法	夕霧	紫上（の死に顔）	男→女	
106	飽かず（悲しきこと）	御法	夕霧	紫上（の死に顔）	男→女	
107	飽かぬところなし	御法	夕霧	紫上（の死に顔）	男→女	
108	飽かず（思ふべきこと…）あるまじう	幻	源氏	自己の人生、「また人よりことに口惜しき契りにもありけるかな」と続く	自己→自己	源氏の人生述懐
109	飽かず（悲しう）	匂宮	夕霧	紫上（意中を伝えられなかった事を）	男→女	
110	飽かず（口惜し）	紅梅	紅梅大納言の若君	宮御方	男→女	
111	飽かぬことなく見ゆる	竹河	地の文	夕霧		
112	飽かぬことはあらじ	橋姫	八宮の薫へ発話	薫の人生		
113	飽かず	橋姫	薫	宇治の姫君の演奏（もっと聞きたい）	男→女	
114	飽かず（悲しうなむ）	橋姫	弁（女房）	小侍従の死の前にに柏木の文を渡せずに終わったことを	女→出来事（女房同士）	
115	飽かず	椎本	匂宮	宇治からの帰還を	男→女	
116	飽かず	椎本	一行（男性）	宇治からの帰還を	男→女	

117	飽かず	椎本	匂宮	思いを八宮に伝えられなかった事を		
118	飽かず	椎本	薫	宇治の姫君の演奏	男→女	
119	飽かず（悲しく）	椎本	薫	八の宮の死	男→男	
120	飽かず	椎本	薫	大君	男→女	
121	飽かぬ	総角	薫	大君（逢瀬は遂げられなかったこと）	男→女	
122	飽かぬ	総角	薫	大君	男→女	
123	飽かず（苦しき）	総角	匂宮	宇治からの帰路	男→女	
124	飽かず（めでたく）	総角	匂宮	女一宮	男→女	
125	飽かぬ（ところあるは）	総角	地の文	女一宮家の女房で、器量・出自に難のある者		
126	飽かず（悲しき）	早蕨	薫	大君の死	男→女	
127	飽かぬ	早蕨	薫	大君（故人）あきらめきれない	男→女	
128	飽かず（悲しきこと）	早蕨	中君	大君の死（服喪の限界が）	女→女	姉の死
129	飽かず（悲しう口惜しきことぞ）	早蕨	中君	都での境遇	自己→自己	中君の心境
130	飽かずもあるかな	宿木	帝	朱雀の帝の女三宮の降嫁		
131	飽かぬ（心地すべし）	宿木	夕霧	六君の結婚相手に不足があっては	男→女	
132	飽かず	宿木	薫	大君（故人）	男→女	死者

133	飽かず	宿木	夕霧	六君の婚礼儀の供人の服装（上限があることなので残念に思った）		
134	飽かぬところなし	宿木	匂宮	六君の容姿	男→女	
135	飽かぬところなく	宿木	匂宮	六の君の容姿	男→女	
136	飽かずめざまし	宿木	夕霧	匂宮の早い退出を	男→男	
137	飽かず（心苦しく見ゆる）	宿木	世間の人々	藤壺女二宮が薫を婿とするのを		
138	飽かぬとか思すべき（何を～）	東屋	常陸守	婿の少将待遇	男→男	
139	飽かず（いとほし）	東屋	中将君	浮舟の居所・処遇	女→女	母→娘
140	飽くまじく	東屋	中将君	匂宮	女→男	
141	飽かぬ	東屋	中将君	大君（故人）	女→女	
142	飽かぬこと多かる	東屋	中君	自己の人生（「我が身のありさま」）	自己→自己	
143	飽かず	浮舟	匂宮	浮舟（との後朝）	男→女	
144	飽かず	浮舟	匂宮	浮舟	男→女	
145	飽かぬことなし	浮舟	匂宮	薫	男→男	
146	飽かず	浮舟	匂宮	浮舟（との後朝）	男→女	
147	飽かず	蜻蛉	侍従の君（浮舟女房）	浮舟の死	女→女	
148	飽かず	蜻蛉	浮舟の乳母	生前の浮舟	女→女	

149	飽かねば（ひとりごちたまふも～）	蜻蛉	薫	時鳥に触発された余情		浮舟の死を追懐して
150	飽かず	蜻蛉	匂宮	浮舟ゆかりの侍従	男→女	
151	飽かぬ	蜻蛉	中将君	薫の使者への録が無くては。自己卑下	女→男	
152	飽かぬ	蜻蛉	匂宮	浮舟の死	男→女	
153	飽かず	蜻蛉	侍従の君（浮舟女房）	浮舟の死	女→女	
154	飽かず（思ひ出でつつ）	手習	尼君	中将	女→男	もと姑がもとの婿を
155	飽かず	手習	尼君	中将の笛の音	女→男	
156	飽きにたる	手習	浮舟	匂宮との橘小島の約速	女→男	
157	飽かざりし	手習	浮舟（地の文）	浮舟が梅の花（恋人の香り）を	女→男	

〈表2〉源氏物語飽く・飽かず（和歌）

用例番号	和歌	巻名	詠み手	受け手	男女	掛詞	参考	贈答関係
1	鈴虫の声の限りを尽くしても長き夜あかずふる涙かな	桐壺	靫負の命婦	桐壺更衣母	女→女	明	靫負命婦を桐壺の代弁者として位置づけるとこれは男→女とも1。	贈歌
2	うち払ふ袖も露けきとこなつに嵐吹きそふ秋も来にけり	帚木	夕顔	頭中将	女→男	秋	頭中将への返歌。◎以下すべて「あき」の語形で「秋」の掛詞	返歌
3	身の憂さを嘆くにあかで明くる夜はとりかさねてぞねもなかれける	空蝉	空蝉	源氏	女→男	明	源氏の歌への返歌で、かつ「我が身」の憂さを嘆く	返歌
4	八洲もる国つ御神もこころあらば飽かぬ別れのなかをことわれ	賢木	源氏	斎宮・御息所	男→女		群行の日の斎宮・御息所への贈歌	贈歌

5	心からかたがた袖をぬらすかなあくとおしふる声につけても	賢木	朧月夜	源氏	女→男	明	＊「あなた（源氏）が私を飽きるの意。「あく」の主語は源氏／後朝に女から男に歌いかけるのは異例。同歌には源氏の返歌あり。	贈歌
6	嘆きつつわがよはかくて過ぐせとや胸のあくべき時ぞともなく	賢木	源氏	朧月夜	男→女	明		6に対する答歌
7	月影のやどれる袖はせばくともとめても見ばやあかぬ光を	須磨	花散里	源氏	女→男		＊須磨下向直前の源氏へ	贈歌（源氏の返歌あり）
8	あかなくに雁の常世を立ち別れ花の都に道やまどはむ	須磨	頭中将（宰相）	源氏	男→男			返歌（源氏への）
9	秋はてて露のまがきにむすぼほれあるかなきかにうつる朝顔	朝顔	朝顔	源氏	女→男	秋	返歌	返歌
10	みやま木にねぐらさだむるはこ鳥もいかでか花の色にあくべき	若菜上	夕霧	柏木	男→男		＊柏木への返歌。花の色は女三宮。友人への警告。	返歌
11	身に近く秋や来ぬらん見るままに青葉の山もうつろひにけり	若菜上	紫の上	紫の上	自己→自己（女→男）	秋	独詠の手習歌だが結果的に源氏が返歌をつける	独詠（贈歌）
12	おほかたの秋をば憂しと知りにしをふり棄てがたき鈴虫の声	鈴虫	女三宮	源氏	女→男	秋	出家した女。源氏の言葉に歌で返す。	贈歌
13	うらみわび胸あきがたき冬の夜にまたさしまさる関の岩門	夕霧	夕霧	落葉の宮	男→女	秋		贈歌
14	のぼりにし雲居ながらもかへり見よわれあきはてぬ常ならぬ世に	御法	源氏	秋好中宮	男→女	秋	秋好の歌への源氏の返歌。紫の上亡き後。浮舟の「飽きにたり」と唯一対応しうる用語。	返歌
15	よろづ世をかけてにほはん花なれば今日をもあかぬ色とこそみれ	宿木	今上帝	薫	男→男		藤壺の藤花の宴での薫と帝の贈答	返歌
16	秋果つる野辺のけしきもしの薄ほのめく風につけてこそ知れ	宿木	中の君	匂宮	女→男	秋	匂宮への返歌	返歌

全一七三例、とりわけ散文での語形と用法は圧倒されるほど多様でありながら一定の秩序を持っており、かつ登場人物たちの状況や内面と深く関わっている。具体的問題として、光源氏がどの女君に、どのようにこのことばを向けているか、そのことから浮かび上がる関係性を見てみよう。

4 妻としての序列

源氏がこのことばを向けている女性を用例数の多い順に示すと、▼注(6) その結果は源氏の女君たちに対する関わり方の尺度をあらわすような内容となっている。

葵　4例（9・10・14・92）
藤壺　3例（39・40・76）
明石　3例（28・29、34）
六条　2例（21・33）
夕顔　2例（7・44）
玉鬘　2例（50、73）
若紫　2例（13、20）＋紫の上1例（30）
朝顔　1例（38）
朧月夜1例（74）
女三宮1例（102）

（6）以下、特に注記しない限り、表1の用例番号を示す。

※ただし藤壺・夕顔の用例はすべて死後の回想

いずれも「飽かず」「飽かぬ」「何事かは飽かぬ」など打ち消しを伴う語形ばかりで、意味は、「いつまでも飽きない（思われてならない）」「何一つ不足ない」の意となっている。源氏がこのことばを発する対象は主要な品高き女主人公たちであって、特別な場合以外は中の品の女性は対象とされない。たとえば空蝉などに対して用例はないが、夕顔は死してこそこのことばで回想される対象となり得た。しかしなんと言っても注目されるのが、紫の上であろう。紫の上は、若紫時代に二例があるものの成人後の紫の上に対しては一度しかこのことばが向けられていないのである。成人後という意味では、葵の上、明石の君以下なのである。具体的に場面を追ってみよう。まず初出は(13)「花宴」である。

見るままに、いとうつくしげに生ひなりて、愛敬づき、らうらうじき心ばへいとことなり。飽かぬところなう、わが御心のままに教えなさむと思すにかなひぬべし。（花宴・一―三六二）

で、源氏が、若紫を「心ゆくまで何一つ不足ないよう、自ら存分に教育しよう」という源氏の心づもりとして用いられている。二例目が(20)葵の

姫君、いとうつくしうひきつくろひておはす。「久しかりつるほどに、いとこよなうこそおとなびなまひにけれ」とて、小さき御几帳ひき上げて見たてまつりたまへば、うち側みて恥ぢらひたまへる御さま飽かぬところなし。（葵・二―六八）

であり、葵の死後、久方ぶりに二条院に帰邸した源氏が成長した若紫に強く心引かれるくだりである。周知のようにそれは二人の新枕へと続いていく。そして妻となった紫の上にこのことばが向けられるのは、「明石」における次の場面を唯一の用例とするのだが、その内容は、明石で妻とした明石の君に対する「飽かず」と抱き合わせで用いられ、複雑な文脈・展開となっているのである。

二条院におはしましつきて、都の人も、御共の人も、夢の心地して行きあひ、よろこび泣きもゆゆしきまでたち騒ぎたり。女君も、かひなきものに思し棄てつる命、うれしう思さるらむかし。……ところせかりし御髪のすこしへがれたるしもいみじうめでたきを、いまはかくて見るべきぞかしと御心落ちゐるにつけては、またかの飽かず別れし人の思へりしさま心苦しう思しやらる。なほ世とともに、かかる方にて御心の暇ぞなきや、その人のことどもなど聞こえ出でたまへり。思し出でたる御気色浅からず見ゆるを、ただならずや見たてまつりたまふらん、わざとならず「身をば思はず」などほのめかしたまふぞ、をかしうらうたく思ひきこえたまふ。かつ見るだに飽かぬ御さまを、いかで隔てつる年月ぞとあさましきまで思ほすに、とり返し世の中もいと恨めしうなん。

(明石・二―二七二・二七三)

明石から帰京後、二条院において再会を果たした紫の上に、明石の君の存在を明かす場面である。前者「またかの飽かず別れし人」は明石の君、後者「かつ見るだに飽かぬ御さま」が紫の上を指す。その時の源氏の、明石君と紫の上双方への感情を示すこのことばは、女たちを一方的に見据えており、特に紫の上にとっては残酷でさえある。小学館『新編日本古典文学全集』(阿部秋生・秋山虔・今井源衛・鈴木日出男校注)頭注が、「……裏切られたという紫の上の怨情は、右近の歌を引くことで、控え目ながら的確に捉えられているが、源氏には、それはまともには汲み取れず、紫の上はただ美しくかわいい嫉妬する女性として彼の心中に定着してゆく。後の朝顔巻あたりから目立ちはじめる二人の心の乖離はすでにその兆しを見せている。」と指摘するのはまさに卓見であろう。源氏の紫の上に対する姿勢は、須磨流離の試練を経た紫の上に対してもなお、当初の「飽かぬところなう、わが御心のままに教えなさむ」という一方的庇護関係から何ら変化していないことを、このことばは如述に示しているのである。そしてこのくだりを最後に、同語形は紫の上に対して用いられることはない。

源氏と紫の上の間ではもう一例「澪標」に、紫の上の心中思惟において、源氏が離京の間「年ごろ飽かず悲しと思ひきこへたまひし御心の中ども……など思し出づるには……」（二―二九一）と、このことばが使用されている場面がある。紫の上の中では、源氏の思いが「飽かず悲し」であったと認識されているのだが、その認識が当の源氏のそれとは不一致であることがなお痛々しい。

葵の上に対しては短期間でも頻繁に使用されており、その語形も単純な「飽かず・飽かぬ」だけではない。「飽かぬとおぼゆる〜もなし」（9）、「何事かは飽かぬ」（10）など複雑な構文や反語を用いた強調表現が取られており、かつ死去から長く年を経てのちも「うるはしく重りかにて、そのことの飽かぬかな、とおぼゆることもなかりき」（若菜下四―二〇九）――不足とする点は全くなかった――と回想されている。ただし葵の上にこれらのことばが用いられる際には、ある特定のニュアンスが伴われている。初出例の前後をさらに記してみよう。

……思わずにのみとりないたまふ心づきなさに、さもあるまじきすさびごとも出で来るぞかし、人の御ありさまの、かたほに、そのことの飽かぬとおぼゆる疵もなし、……

（紅葉賀・一―三一六）

すなわち、正妻葵の上の硬質な端麗さに愛情深くうち解けることの出来ない自らの内心を説き伏せるかのような文脈で用いられているのが大半となっているのである。唯一の例外が(14)、出産後、亡くなる直前にようやく葵を心から愛しく思った心情の示された場面である。総じて葵の上に対しては、このことばは逆説的な賛辞、社会的身分高さを考慮した賛辞として用いられていると言えるだろう。

その点、明石の君に関しては、初出（28）は帰京を前に明石の君との逢瀬をもった際の源氏の思いであり（明石二―八四）、続く上記の用例といい、また三例目の大堰を来訪し久々の逢瀬をもった際の心情を「はつかに、飽かぬほどにのみあればにや」（薄雲二―四四〇）と描写する条といい、離別、再会、もどかしい逢瀬などにおける尽きない恋情をあらわすことばとして用いられている。通常の物語や和歌世界での用法と同じ、感情にねじれのない、男性から女性への愛情表現となっているのである。

社会的地位を伴う正妻・葵上、いかにも叙情的男女関係が確かな明石の君、庇護するものの位置に据え置かれる紫の上と、同じことばが、源氏にとっての三人三様の別を浮かび上がらせる。それは源氏の心底、もしくは『物語』の冷徹な部分が捉えた、妻たちの序列化とその位置づけをはからずも露呈していると言えるであろう。

5 「飽かずを核とする語形」の有する規範性

いま、序列化という言葉を用いたが、ここであらためて注目したいのが、「飽かずを核とする語形」

が、用語上、ある種の規範性を有しているという点である。稿者は先に、N-gram分析を用いて『古今和歌集』における「ことば」の型とジェンダーについて論じた際、この語形群が男性中心のことばであることを指摘した。▼注(7) 確認のため、その論旨をまとめておく。

一、『古今集』和歌では、掛詞を伴わない場合の同語形は、対象（人〈友人である男性・恋人である女性〉、季節の景物）などに対する尽きることのない愛着の念をあらわすことばであること。

二、同語形の使用者（ないしは主語）は、ほぼ男性に限られること。

三、女性がこの語形を用いる場合、

・「秋」に「飽き」を掛けた掛詞のとして用るのがもっぱらであり、意味としては「人の心のあき」など男性に飽きられたことをあらわすこと。▼注(8)

・「飽く」＋打ち消しの用法を例外的に用いている場合にも、そのことばを向ける対象は女性に限定されるか、対象が死者である場合に限定されること。

四、一～三を総括するに、尽きることのない愛着の念をあらわす「飽かずを核とする語形」とは、男性は人（男女両方）に対しても景物や出来事に対しても自由に使用出来るが、女性は同等ないしは下位のものにしか使用出来ないというジェンダー的規範を意味として含むことばと判断されること。

当該論文での考察対象はあくまで『古今集』の和歌に限定したものであったが、今回の結果からは、そうした『古今集』におけるジェンダー的規範―「飽かずを核とする語形」群とその意味概念は男性が専有するという規範―が、『源氏物語』の散文部においてもほぼ徹底して遵守されている

(7) 近藤みゆき「nグラム統計処理を用いた文字列分析による日本古典文学の研究―『古今和歌集』の「ことば」の型と性差―」（千葉大学『人文研究』二九号、二〇〇〇・三、近藤みゆき『古代後期和歌文学の研究』〈風間書房、二〇〇五〉第四章第一節「『古今集』の「ことば」の型とジェンダー」に一部改稿して収録）。

(8) 和歌では女性がそのような思いをことばに出来るのは同性に対してか、死者を悼む場合かに限定されていることについては近藤注（7）著書（第四章第三節「歌ことば「恋」における男性性・女性性の構築」）において述べた。

ことが明かになる。〈表1〉の全一五七例のうち、地の文などでの用例を除き「誰が誰を」の関係が明確な一二三例の内訳を示すと次のようになる。

(a) 男→男　二二例
(b) 男→女　七五例
(c) 女→男　一一例（中将の君（浮舟母）の二例が特例）
(d) 女→女　八例
(e) 自己→自己（人生）　七例（源氏4、藤壺1、中の君2）
(f) 自己→現世　一例（御法巻の紫の上）

(a)・(b)の合計、すなわち、単純に数だけを見ても、男性が主体に立つのは九七例、(c)の「女→男」と(d)の「女→女」の合計一九に対して、五倍強にのぼる。

では女性が主体に立つ(c)・(d)は、どのような場合なのであろうか。表〈1〉から抜粋してみよう。

(c)　女→男

用例番号	語形・語句	巻	思う主体	対象	男・女	参考
24	飽かず	賢木	藤壺	東宮とこのまま別れることを	女→男	母→息子
41	飽かず	少女	大宮	夕霧（六位の姿を）	女→男	祖母→孫
43	飽かず	少女	大宮	内大臣が雲居雁を引き取ってしまうのを、母が息子の仕打ちを、とも言えるか。	女→男	母→息子

用例番号	語形・語句	巻	思う主体	対象	男・女	参考
52	飽かざらむ	胡蝶	玉鬘が	源氏を	女↓男	話者は源氏
78	飽かず	若菜上	明石尼君	若宮をゆっくり拝見することができないのを	女↓男	曾祖母↓曾孫
140	飽くまじく	東屋	中将君	匂宮	女↓男	
151	飽かぬ	蜻蛉	中将君	薫の使者への録が無くては。自己卑下	女↓男	
154	飽かず（思ひ出でつつ）	手習	尼君	中将	女↓男	もと姑がもとの婿を
155	飽かず	手習	尼君	中将の笛の音	女↓男	
156	飽きにたる	手習	浮舟	匂宮との橘小島の約速	女↓男	
157	飽かざりし	手習	浮舟（地の文）	浮舟が梅の花（恋人の香り）を	女↓男	

(d) 女↓女

用例番号	語形・語句	巻	思う主体	対象	男・女	参考
61	飽かず（悲しくて）	行幸	大宮	葵上（故人）	女↓女	母↓娘
128	飽かず（悲しきこと）	早蕨	中君	大君の死（服喪の限界が）	女↓女	姉の死
139	飽かず（いとほし）	東屋	中将君	浮舟の居所・処遇	女↓女	母↓娘
141	飽かぬ	東屋	中将君	大君（故人）	女↓女	
147	飽かず	蜻蛉	侍従の君（浮舟女房）	浮舟の死	女↓女	女房↓女主
148	飽かず	蜻蛉	浮舟の乳母	生前の浮舟	女↓女	乳母↓女主
153	飽かず	蜻蛉	侍従の君（浮舟女房）	浮舟の死	女↓女	女房↓女主

まず(c)女↓男の一一例の内容を見る。(52)は源氏が自らの発話内において玉鬘に対して「昔ざまになずらへて、母君と思ひないたまへ。御心に飽かざらむことは心苦しく」(あなたが私を不満に思われたらつらい)と、自らの懸想心を反転させて述べたものであり、玉鬘からの発話ではない。従って、例外として数えるべきであろう。残り一〇例のうち、主体が母ないしは祖母・曾祖母で対象が息子・孫・曾孫・娘婿となっているものが(24)・(41)・(43)・(78)・(154)・(155)と六例までを占めている。すなわち、血縁・親族間で年長の女性が子・孫に相当する男性に対する場合に限り、女性もこの語形を用いているのが大半ということになる。この用法を外れるのは四例あるが、その際の主体は二人に絞られてくる。浮舟の母中将の君(二例)と、浮舟(二例)である。

それと関連してさらに興味深いのは、(d)女↓女においては、七例中六例までが「橋姫」以下「宇治十帖」でのものとなっている点である。正編では、葵の死を悲嘆する大宮の心情をあらわした一例(61)しか用例がないのに対し、「宇治十帖」では「早蕨」以降、この用法がしきりにあらわれ、かつこの場合も、中将の君二例、浮舟の乳母一例、浮舟の女房である侍従二例、乳母一例と浮舟周辺人物にほぼ偏って使用されているのである。このことは、物語における彼女たちの役割を裏打ちするような言語行動としてとりわけ注目すべきであろう。

正編での唯一例、大宮のそれは、主体:母、対象:娘葵という点で、いま述べた母と子の関係に準ずるものであり、その意味では正編ではこの規範を逸脱して、女性が「飽かずを核とする語形」の主体に立つことはない。(84)の中の君のように、妹が姉をということさえ、正編ではあり得ないのである。そうした強固なことばの序列意識―規範性―を念頭に置くと、中将の君が、(d)(141)のように、身分の高い大君の死について、中の君に向かって「故姫君のおはしまさずなりにたるこそ飽かぬことなれ」(東屋六―四六)と述べたり、ましてや(d)(140)のように匂宮を「しばし慰めあそばして、出でたまひぬるさまの、かへすがへす見るとも飽くまじくにほひやかにをかしければ、出でたまひぬるなごりさうざうしくぞながめらるる。」（同）というような視線で捉えるのは、いかに無遠慮であからさまなことばと行動であるか、当時の語感としてあらためて実感することが出来るであろう。それは同じ文章の流れにおいて、中の君が中将の君を「田舎びたると思して」（同）と捉える認識とまさに対応する「ことば」であり行動であると言えるであろう。

すなわち、正編世界が「ことば」において構築してきた「都」の秩序に対し、中将の君・浮舟周辺は、「鄙」のことばで容赦なく入り込んでいくのである。浮舟の乳母（148）や浮舟女房の侍従の君も（147・153）も、このことばを亡き主に向けてはばからない。正編の乳母・女房たち、すなわち都・宮中の女性たちには全くなかった言語行動である。「都」と「鄙」を「中心」と「周縁」と置き換えてもよい。いずれにせよ浮舟周辺の人物は、作品世界のことばの秩序・規範性を攪乱する女性たちとして存在する。その最後の用例となっているのが、浮舟自身の「飽きにたる」「飽かざりし」なのであった。

では、そのことはこの場面の読解にどう関わってくるのであろうか。結論に至るにはまだいくつかの事柄を押さえる必要があるので、ここでは「手習」の「飽きにたる」「飽かざりし」が都的ことばの秩序・規範を攪乱する用法であることを確認するにとどめ、いったん問題を他の作中人物の造型に向けてみよう。「飽かずを核とする語形」が兼備する強固な男性中心主義、その規範性を、作者は人物たちにどのような特徴を与えるものとして用いているか、主要人物に沿ってみておきたい。

6　柏木・薫・匂宮――女に執着する男たち

さて前項では、『源氏物語』散文部における「飽かずを核とする語形」は、準待遇表現とでも言うべく、対人間における上下関係――特に男性を上位に置く関係――を反映した「ことば」として、『古今集』和歌と同様の強い規範性を構えていることを見た。こうした男女差や序列化を内に潜めたことばの規範性まで意識した紫式部の用語感覚の確かさは、王権を基盤とする貴族社会を描出していく上で必須の要件であったに違いない。実はそれは主要な登場人物たちの造型に、絶妙に反映されている。以下〈表1〉に戻り、その「思う主体」の項目に注目して、主要な人物たちのこの語形の用い方を追っていこう。

「思う主体」に立つのは、数の上での筆頭はやはり源氏三九例で、以下、匂宮一二例、夕霧一〇例、薫一〇例、柏木四例となっている。女性の用例はこれら男性陣に比べて格段に少ない訳だが、女同士や女房という立場、あるいは祖母・母から孫・子へといった、上下関係を反映した表現としての許容の範囲を超えてこの「ことば」を用いている女性は極めて限定される。藤壺（二例）、紫の上（一例）、中の君（三例）、浮舟（二例）の四名である。限定的であるだけに、彼女たちの用例の意味は重い。これらの男女は、何を「飽かず」、あるいは「飽く」と思うのか。その内容には各人物の本質が端的に反映されているようである。まず、柏木・薫・匂宮に注目したい。

源氏や夕霧の「飽かず」思う対象が、大半が女性ながらも、時に政治的局面などにも及ぶ（源氏：55・67・70・83など、夕霧：131・133）のに対し、柏木・薫・匂宮のその「ことば」はすべて女性に限定されている。かつ三名を比較すると、その女性への執着の仕方に相違があることが浮かび上がってくる。

柏木が「飽かず」思う対象は、すべて女三宮であるが、それは密通以前に限られ、密通後の用例はない。また薫も一〇例中五例（120・121・126・129・132）が大君への執着であり、浮舟に対してはその死後（実際には失踪後）、「郭公」に寄せて抽象的に発せられる（149）のみである。手の届かぬ（薫においては届かなかった）女性への愛執一筋に限られるという点で、この柏木と薫の父子の用法は共通するとも言えるだろう。

それに対して匂宮はこの「ことば」を、彼の接した女性のほとんどに用いている。政略結婚だったはずの六の君（134・135）に対しても、姉である女一宮（124）、あるいは友人である薫（145）に対してまで、その「ことば」が抱かれているのである。しかしそれが最も多く発せられるのは、浮舟に対してである。入水前の彼女には三例（143・144・146）、その死の知らせののちは浮舟に対して（152）だけでなく、浮舟付きの女房に対しても同様の思いをあらわしている（150）。

意外なことに匂宮が中の君に対しこの「ことば」を抱くのは一度のみ（123）で、中の君は、その点では、正妻六の君にも、まして浮舟にさえもいっそう及ばないことになる。そのことは、中の君側の問題としては、薫に一途にこの「ことば」を寄せられた姉の大君とは対照的な存在としての造型を浮き彫りにしよう。

それにしても匂宮のこうした「ことば」の実態は、まさに色好みの主人公像としての源氏の一側面をそのままに継承していると言えるであろう。一人の女性への執着に殉ずる柏木と薫、色好みの系譜に立つ源氏と匂宮、血族としての父子（祖父と孫）の対比が、確かにこの「ことば」からも浮かび上がってくる。

作中の人物造型において、いかに適切にこの「ことば」が用いられているか、作者の言語感覚の確かさと、物語におけるこの「ことば」の重要性の一端があらためて確認されるであろう。では光源氏においてはどうであるのだろうか。四〇近くを数えるその内容は、彼の人生と心の変遷と不即不離な「ことば」となっている。

7　光源氏——女性・政治への執着から自己を省みる「ことば」へ

前掲表〈1〉から、光源氏の用例を抜粋してみよう。

用例番号	語形・語句	巻	思う主体	対象	男・女	参考
7	飽かざりし	末摘花	源氏	夕顔	男↓女	
9	飽かぬとおぼゆる〜もなし	紅葉賀	源氏	葵上	男↓女	
10	飽かぬと（何事かは〜）：反語	紅葉賀	源氏	葵上	男↓女	
12	見るめに飽くはまさなきことぞよ	紅葉賀	源氏	若紫	男↓女	
13	飽かぬところなう	花宴	源氏	若紫	男↓女	
14	飽かぬ	葵	源氏	葵上	男↓女	
20	飽かぬところなし	葵	源氏	若紫	男↓女	
21	飽かぬ（ここちしはべるかな）	賢木	源氏	御息所が伊勢に下向すること	男↓女	
26	飽かず（悲しくて）	明石	源氏	桐壺院（霊）との別れを	男↓男	
28	飽かず	明石	源氏	明石の琴が弾きさし弾きさしとなるのを	男↓女	
29	飽かず	明石	源氏	明石	男↓女	
30	飽かぬ	明石	源氏	紫上	男↓女	

31	飽かず	明石	源氏	五節	男→女	
33	飽かず	澪標	源氏	御息所　病中の御息所を見舞う	男→女	
34	飽かぬ	薄雲	源氏	明石	男→女	
35	飽かず（口惜し）	薄雲	源氏	太政大臣の死	男→男	
38	飽かず	朝顔	源氏	朝顔の源氏を御簾の内に入れない処遇を	男→女	
39	（口惜しう）飽かずもあるかな	朝顔	源氏	藤壺の死を	男→女	
40	飽かず（悲し）	朝顔	源氏	藤壺（亡霊）	男→女	
44	飽かざりし	玉鬘	源氏（地の文）	夕顔（故人）	男→女	
47	飽かぬ	胡蝶	源氏	宴（胡蝶巻の遊宴）		
50	飽かぬところなく	胡蝶	源氏	玉鬘	男→女	
55	飽かぬ	蛍	源氏	鬚黒を婿とする事を	男→男	＊
67	飽かぬ	藤裏葉	源氏・夕霧	明石姫君が紫上の実子でない事を	男→女	
70	飽かぬ	若菜上	源氏	自己の妻（品高くない）	男→女	＊
73	飽かず（口惜しく）	若菜上	源氏	玉鬘が帰ってしまうのを	男→女	
74	飽かずのみ	若菜上	源氏	朧月夜	男→女	
76	飽かず（口惜し）	若菜上	源氏	藤壺（故人）に奉仕できなかったことを	男→女	
83	飽かず	若菜下	源氏	冷泉帝に世継ぎのない事を	男→男	＊
90	飽かず（悲し）	若菜下	源氏（源氏の発話）	自己の人生	自己→自己	＊

91	飽かず（心に～おぼゆること）	若菜下	源氏（源氏の発話）	自己の人生（「心に～おぼゆることそひたる身にて過ぎぬれば」）	自己→自己	＊
92	飽かぬかなとおぼゆることもなかりき	若菜下	源氏	葵上（故人）	男→女	
95	飽く限り～まじくて	若菜下	源氏	女宮たち（孫）充分に尽くして	男→女	
101	飽かぬ（こと多かり）	横笛	源氏	自己の人生（「みづからの御宿世」）	自己→自己	＊
102	飽かぬところなくて	横笛	源氏	女三宮	男→女	
108	飽かず（思ふべきこと…）あるまじう	幻	源氏	自己の人生、「また人よりことに口惜しき契りにもありけるかな」と続く	自己→自己	＊

光源氏におけるこの「ことば」の用法の独自なあり方として注目したいものには、「参考」欄に「＊」を付してある。この点については後述することとし、まずはじめから順に追って見ていきたい。

先に色好みの側面における匂宮との共通性を指摘したが、源氏がこの「ことば」を向ける対象は、匂宮のように女性だけに向けられる単純なものではない。桐壺院の霊（26）、藤壺の霊（40）と、亡き人の霊魂と対峙し、「飽かず」の語を投げかけることが出来るのは物語中唯一源氏のみであり、それは源氏の常人ならざる神性をあらわしているように思われる。

また源氏の人生・立場・心の変化という点で特に注目したいのが、（55）以降の用例である。特に＊を付したものの内容である。これらの用例においては、初めに述べた、阿久澤が指摘するところの「飽かず」の二つの意味のうち、対象を肯定的に捉える「飽きることがない」という意味ではなく対象を否定的に捉える「不満足である」の意の用例がほとんどを占めるようになる。（55）の鬚黒が玉鬘の婿になってしまったことへの不満をはじめ、明石姫君が紫の上の実子でないことへの不満(67)、自身の妻が品低きことへの不満(70)、冷泉帝についに世継ぎが無いことへの不満(83)と、政治的な不満と執着――権勢家源氏としての側面――がこの「ことば」によって示されることに比重がかかっていく。そして、自ら築き上げて来た世界を、このように政治的王者としての観点で捉え返した時に累積されていった「満たされない心」の隙を突くかのように、女三宮の降嫁の話がもたらされ、源氏はそれを許諾してしまう訳である。

しかしその行為は、いっそう深い心の闇の「飽かぬ」思いへ源氏を導くことになる。源氏にとってこの「ことば」が、自らの人生を顧みる「ことば」に変化するは、まさにこの女三宮降嫁の後のことであった。その初例となるのは(90)・(91)で、女楽を終えて後、紫の上に自身の半生について述懐する条であった。

> みづからは、幼くより、人に異なるさまにて、ことごとしく生ひ出でて、今の世のおぼえありさま、来し方にたぐひ少なくなむありける。されど、また、世にすぐれて悲しき目を見る方も、人にはまさりけりかし。まづは、思ふ人にさまざま後れ、残りとまれる齢の末にも、飽かず悲しと思ふこと多く、あぢきなくさるまじきことにつけても、あやしくもの思はしく、心に飽かずおぼゆること添ひたる身にて過ぎぬれば、それにかへてや、思ひしほどよりは、今までも、ながらふるならむとなむ思ひ知らるる
>
> (若菜上・四―二〇六)

「残りとまれる齢の末にも、飽かず悲しと思ふこと多く」、「あやしくもの思はしく、心に飽かずおぼゆること添ひたる身」と、「飽かず」を繰り返し用い、幼少期から今に至るまでの栄光の半生は、

悲しみや物思いと背中合わせなのだという認識を語っている。この自己認識の発露は、続く悲劇の予見とも称すべく、この源氏の述懐の直後、紫の上は発病する。さらに女三宮と柏木との密通、薫の誕生、女三宮の出家、紫の上の死と、物語が悲劇の一途を辿ったのち、源氏がこの「ことば」を最後に用いたのが「幻」巻での、次の自己語りにおいてであった。

この世につけては、飽かず思ふべきことをさをさあるまじう、高き身には生まれながら、また人よりことに口惜しき契りにもありけるかなと思ふこと絶えず。……（幻・四―五二五）

「飽かず思ふべきこと～をさをさあるまじう」と、もはや語形の範囲を超えて、複雑な文脈で執拗な二重否定がなされている。そのことば遣いは、源氏の心中そのものであろう。不満なことなど決して起こり得ない身に生まれながら通常の人間よりも苦悩多く数奇だった人生―晩年の光源氏が行き着いた確かな自己認識であり、人生を総括する一文と言ってよい。女性・政治への執着から自己を省みる「ことば」へ―飽かずを核とする語形は、源氏の人生の軌跡に沿って、その心の変遷の過程を凝縮しているのであった。

【付】藤壺と紫の上

さてこの「若菜上」「幻」巻の源氏の述懐と、ほぼ同じ内容で同語形を用いた人物がもう一人だけいる。それは男性ではない。女性、それも藤壺である。この藤壺と、紫の上についてもあわせて見ておきたい。

藤壺には三つの用例があるが（3・24・36）、（24）は母が息子を（肉親としての上位者が下位者を）、という待遇関係を反映したものであるのに対し、（36）は死に臨んだ時の心のほとばしりとして記されているものである。

御心の中に思しつづくるに、高き宿世、世の栄えも並ぶ人なく、心の中に飽かず思ふことも人にまさりける、と思し知らる。（薄雲・二―四四五）

藤壺登場時、入内の際にはその様子を（3）

これは、人の御際まさりて、思ひなしめでたく、人もおとしめきこえねば、うけばりて飽かぬことなし。（桐壺・一―四二）

と、皇女である彼女を貶めるものはなく、自信をもってふるまって何一つ不足がない、と描かれていたことと、死に臨んでの述懐は皮肉な対応関係となっていよう。藤壺の「飽かず思ふこと」とは前後の文脈からしても、核心にあるのは源氏との密通と不義の皇子（冷泉帝）をめぐる「罪」、そこから生じた懊悩の数々に他ならない。一方、その冷泉帝の皇統の断絶、自らの犯した罪を証し立てるような不義の子薫の誕生、そして最愛の女性・紫の上との死別を経験した源氏には、藤壺の抱いたものと同様の「罪」をめぐる思いは、さらに深く、「飽かぬ」心の底に沈澱するものだったのではないだろうか。

こうした源氏と藤壺のあり方の対極にあるのが紫の上である。出家の叶わなかったこと以外には

罪障というもののない紫の上は(104)

みづからの御ここちには、この世に飽かぬことなく、うしろめたきほだしだにまじらぬ御身なれば

(御法・四―四〇二)

と、悔い無き人生認識を示している。ただ、その認識は、紫の上の数奇な運命と苦悩の晩年を思う時、穢れ無き理想の女君像という造型を最後まで崩さずに逝くという、悲哀もまたたたえていよう。

以上のように『源氏物語』においては、「飽かずを核とする語形」群は、物語の主要人物が人生を顧み、秘めた重い心のうちを託するという、和歌にも、先行する散文作品にも無い深い意味を有する「ことば」となっていったのである。ただし、第三部の男性主人公たちは、前述のように同語をもっぱら男女関係のそれに用いるのみであり、薫でさえそうした源氏や藤壺のような、人生と罪障に関わる「ことば」としての面を継承していない。その「ことば」の重みを第三部において引き受けていくのは、女性、特に浮舟であった。

8 浮舟の「飽きにたる心地す」と「飽かざりし匂ひ」

ようやく最初の命題に至り着くことになる。第三部において、この語をままならぬ自己観照の「ことば」として用いているのは、宇治を離れ都に居してからの中の君である。姉を亡くし、ひとり都に囲われる心細い境遇を嘆くそれは(128)、男性に運命を翻弄された正篇の女性たちの心を代弁するもののようでもあるが、中の君の用い方には正篇には見られなかった面がある。社会的立場を反

映した女性間の差別化という観点が見受けられる点である。すなわちもう一例の（142）では、

わが身のありさまは、(ⅰ)飽かぬこと多かる心地すれど、かくものはかなき目も見つべかりける身の、(ⅱ)さはは**ふれずなりにけるにこそ、げにめやすきなりけれ**　（東屋・六―七〇）

と、それが悲しい自己認識であったにせよ（ⅰ）、異母妹の運命との差別化を反映した文脈（ⅱ）において発せられている。

この中の君と薫によって、人形（ひとがた）、撫で物として登場をうながされ、その身の上を異母姉にさえ差別化される存在であった浮舟が、物語全編の罪障を贖うかのように入水自殺――未遂とはなったが――という自己否定を経てのち、新たな自己確認と再生へと向かう過程で発せられたのが、本章の第1節に掲げた「手習巻」の（Ⅰ）（Ⅱ）の「飽きにたる心地す」（156）と「飽かざりし匂ひ」（157）なのであった。

この二例が、浮舟のこの「ことば」の使用例のすべてであり、かつ、物語全体での最後の用例であることは先に述べた通りであるが、ここでは、用例すべてを検討したからこそ指摘出来る、従来説が言及してこなかった問題に注目したい。すなわちそのいずれもが、意味・用法上の破格ぶりと、作品内での特有の問題との二つの点において、極めて特殊な位相にあるということである。

第一点が性差と身分差を完全に越境して発せられている「ことば」であるということ

第二点が光源氏その人の固有の「ことば」と共通点を持つということ

である。

まず、第一点目。浮舟の二例ともが、女性(浮舟)から男性(匂宮、あるいは薫)に向けたものとなっているが、男女間、それも恋愛関係にある男女間において、女性から男性にこの「ことば」が発せられることは、本論で辿ってきたように、先行の散文作品においても、『源氏物語』内においても全く無い。まして、女性と言うだけでなく、圧倒的な身分差——零落した宮の劣り腹で地方育ちの浮舟が、匂宮や薫のような最上級の貴人にこの語を用いるのは、当時の言語規範をこれ以上ないほどに逸脱していると言ってよいのである。

8—1 「飽きにたる」——「憂き世」との訣別の「ことば」

特に破格であるのが、(Ⅰ)の「飽きにたる心地」である。第1節で確認した通り、平安時代語において、「飽く」は単独ではなく、「飽かず」「飽かぬ」などのように打ち消しなどを伴って用いられることが大半で、「飽きにたる〈飽く+完了「ぬ」+完了「たり」〉=飽きてしまった」というような、確固として断ずるような語形は、『源氏物語』にとどまらず他作品にも認められないのである。

それは物語世界において、男性でさえ、容易に発し得る「ことば」ではない。空前の、異例なほど強い「ことば」であることをまず認識すべきであろう。作者の言語感覚において飽く・飽かずをめぐる語がいかに確固たるジェンダー的規範を伴うものであったかは、先に詳細に見た通りである。その作者が、「性」も「身分」も完全に越境して、「飽きにたる心地す」という「ことば」を、浮舟に発せさせているのである。浮舟の、世の中に男と女として存在するがゆえの苦悩と愛執を断固として切り捨てる方向へ自らを追い上げていく姿勢の強さが、ここでの「ことば」には込められている。作者はこの異例で強烈な「ことば」を、そうした世の中を捨てること――出家の決意を揺るぎないものとしていく浮舟の〈心〉を的確にあらわす表現としてここに用いたに違いあるまい。

さて、こうした事柄と関連するものとして、第二点目の問題、浮舟と光源氏の共通点について述べてみよう。この「飽きにたる」「飽かざりし」という二つの浮舟の「ことば」は、次のように光源氏のみが用いている「ことば」と共通している。

（A）源氏：のぼりにし雲居ながらもかへり見よわれあきはてぬ常ならぬ世に
（〈表2〉和歌一覧14、御法・四―五一七）

浮舟：この人の御ゆかりにさすらへぬるぞと思へば、小島の色を例に契りたまひしを、などてをかしと思ひきこえけん、とこよなく飽きにたる心地す。
（〈表1〉7、末摘花・一―二六五）

（B）源氏：思へどもなほ飽かざりし夕顔の露に後れし心地を、年月経れど思し忘れず。

年月隔たりぬれど、飽かざりし夕顔をつゆ忘れたまはず
（同44、玉鬘・三―八七）

浮舟：ねやのつま近き紅梅の色も香も変はらぬを、春や昔のと、こと花よりもこれに心寄せのあるは、飽かざりし匂ひのしみにけるにや。

（A）の源氏のそれは、紫の上逝去の後、弔問に訪れた秋好中宮への返歌として詠まれた和歌だが、現世を「われ飽き果てぬ」と認識し言い表したのは、物語全体でもこの条が初出であり、それに続くのが、（I）の浮舟の「飽きにたる心地」なのである。浮舟の「飽きにたる」（飽きてしまっ

ている）に対し源氏のそれは「飽き果てぬ」（飽き果ててしまった）であり、語形が完全に一致しているのではないが、自らの生きた世あるいは男性との愛の記憶を「〜はてぬ」「にたり」と「飽く」をより強調する語形であらわす点、両者の意味概念は同質である。

そしてこのような認識—世の中に対して「飽き果てぬ」・「飽きにたる」と言うような認識を作品中で提示したのは晩年の源氏と、出家へと思いをせめあげていく浮舟に限られる訳である。両者の原点には『古今集』雑下の

世の中の憂けくに飽きぬ奥山の木の葉に降れる雪や消なまし（九五四・読人しらず）

をあてることも可能であろう。すなわち源氏と浮舟は明かに「憂き世を厭い捨てる」という一つの課題を継承する関係にあると考えられるのだが、[注(9)] 加えて両者の向かう方向や語勢には若干の違いがある点にも留意したい。前者——源氏は愛する女との死別を契機に男が現世を慨嘆したものであるが、あくまで「秋果つ」と「飽き果つ」の掛詞と和歌のレトリックの範疇での「ことば」である。それに対し、後者——浮舟のそれは、女が自らを顧みた時、苦悩の元である男女の愛執の過去を断ち切る女自身の意志の「ことば」としてある。そして浮舟のそれは、和歌ではなく心内語の直述であるがゆえに、叙情性をまとわずいっそう強い。これほどの強靱な「ことば」を一つの支柱としながら、世を捨ててのち、思いが揺れることこそあれ、もはや後戻りすることは「手習」の浮舟の念頭にはなかったと解すべきなのではないだろうか。では、次の春を迎えた時の（Ⅱ）での「春や昔のと、こと花よりもこれに心寄せのあるは、飽かざりし匂ひのしみにけるにや」は、どう解釈すべきなのだろう。

(9) 物語全編の構想から見た時、「浮舟」は「光源氏その人の形代ではないか」という卓見を早くに提示したのは林田孝和である（「贖罪の女君」（『源氏物語の発想』第四章「浮舟物語発生史論」桜楓社、一九八〇）。近年、用語の共通性からその問題を再検証し、そこに男の物語から女の物語へと言う物語そのものの方向性の転換を見る立論が久冨木原玲によってなされている（注（2）論文）。

8―2 「飽かざりし」――死者を回想する「ことば」

実はこの「飽かざりし」は、『源氏物語』中では、(B) に示したように光源氏と浮舟にだけに用例のある語形となっている。それも源氏のそれは、「末摘花」巻、「玉鬘」巻と巻こそ異なるものの、二例ともが急逝した夕顔を恋慕する内容となっている。男性から女性への執着心のあらわれ以外の何ものでもない「ことば」であるが、それ以上にここで注目したいのは、思う相手がもはや取り戻しようのない死者である点である。

この世とあの世あるいは此岸と彼岸、往来の全く不可能な、完全に分かたれた世界に逝った存在を思う時に用いられるのが直接体験過去の助動詞「き」を伴った「飽かざりし」であると言えるだろう。『源氏物語』中には、類似の語形がもう一例ある。伝聞過去の「けり」を伴った「飽かざりける」(78) であるが、当該例は、入山し今は行方も知れない明石入道について世の人が抱いた感慨であり、やはり、それは現世と分かたれた世界に去った者に思いを致す「ことば」となっているのである。

加えて紫式部と同時代の文学の「ことば」という点も見ておこう。

帝失せさせたまひたるころ、おもしろき桜につけて、実方中将に
飽かざりし花をや春も恋ひつらんありし昔を思ひやりつつ　（道信集・二六）

と、円融院崩御の折（正暦二年〈九九一〉二月十二日）の諒闇の春の、藤原道信の哀傷歌や、和泉式部の帥宮挽歌群中での

飽かざりし昔のことを書きつくる硯の水は涙なりけり
(和泉式部続集・七四、「つかはせ給ひし御硯を、おなじところにてみし人のこひたる、やるとて」)

飽かざりし君を忘れん物なれやあれなれ川の石は尽くとも　(同・八一)

のように、「飽かざりし〜」は、拾遺集時代の歌人たちには、貴人の死を悲しみ悼む印象深い表現、哀傷歌の表現として用いられていたのでもあった。特に、道信の哀傷歌には「花(ただし桜)」「春」に寄せて亡き人のともにあった「昔」を恋うるということば着想において、「手習」の早春の場面と非常に近しい情感が流れている。和泉式部も、亡き帥宮敦道親王とのことを、「飽かざりし昔のこと」としている。通常この「飽かざりし匂ひ」の参考歌としては具平親王が公任に送ったとされる『拾遺集』歌「飽かざりし君がにほひの恋しさに梅の花をぞ今朝は折つる」(雑春・一〇〇五)が指摘されることが多いのだが、確認したような『源氏物語』内での揺れのない意味用法から判断するならば、「手習」巻の「……飽かざりし匂ひのしみけるにや」という浮舟の心情を忖度するかのような地の文は、すでに世界を異にする者を回想する「ことば」と理解するのが正しいであろう。

「飽かざりし」は、分かたれた世界にある人物への限りない思いを担う「ことば」でもある。しかし両者が越境し再会することはもはや不可能なことを、大前提として含意している。出家後、内に秘めた過去との対話を重ねてきた手習の最終段階として、かつて自己の生きた世界、捨てた「世の中」の象徴のような早春の紅梅の色香に浮舟が想起したものとは、捨て去った過去の総括であり、その意味では、続く浮舟の和歌「袖ふれし人こそ見えね花の香のそれかとにほふ春の曙」の「袖ふれし人」は、匂宮と薫のいずれをも含むと解することも可能であろう。むしろいずれかに決することにあまり意義はないのではないだろうか。

「飽きにたり」＝「憂き世」との訣別、「飽かざりし」＝別世界となった「憂き世」への回想、そして自らのための法要の衣との対面（＝「物」を通しての自己確認）という三つの段階が確実に刻まれていくのが、浮舟の「手習」の後半部と理解したい。

（Ｂ）には、おぼつかない状況ながらも、また時に未練や思慕に心乱されながらも、それらを分かたれた世界として認識し、手習歌を通して対峙してきた過去をようやく甘美な回想として抱き留めることの出来た浮舟が居る。「飽きにたり」から「飽かざりし」へ、その「ことば」の変化は、決して〈こころ〉の逆行ではなく、出家に至るまでそれに続く道のりを一歩なりとも進むことの出来た浮舟の、時間軸に沿った〈こころ〉の変化を確かに刻んでいると言えよう。手習歌を通しての自己確認という一歩を進んだあと、物語は引き続き、浮舟の所在の発覚、薫からの追求という、試練と現実を突きつけてくる。この女君は、果たしてどこまで自身の足で立ち続けることが出来るのであろうか。ただ、次章で述べるように、早春のねやのつま近き紅梅—予祝の紅梅の描写には、この弱く強い女主人公の行く末を恃む作者の祈りが描き込められている。

『源氏物語』での「飽かず」の初例は、桐壺帝の国政を揺るがすほどの桐壺更衣への愛執の「ことば」であった。単一の「ことば」だけで物語の構成を捉えることが許されるなら、男の狂気じみた熱情をあらわす「ことば」としてはじまったそれは、男と女、それぞれの多様な人間模様とその心を刻みながら段階的にその質も変容し、最終的には、男女の絆しに絡み取られざるを得ない「世の中」というものを逃れ出家した女が、「俗世」を分かたれた過去の世界として振り返り、思いを綴る「ことば」となったのであった。

以上、「飽く」「飽かずを核とする語形」群の、平安期および『源氏物語』における用例を徹底検証することから、多くの論の並び立つ「手習」の浮舟の解釈に私見を呈してみた。次章では、そのふ浮舟の心をいろどる、ねやのつま近き早春の紅梅という風景について論じていく。その背景を成す歴史と文化との関わりから、「史」の中に生きた作者紫式部と、その作者がこの風景に込めた意味を考えたい。

第8章

紅梅の庭園史——手習巻「ねやのつま近き紅梅」の背景——

1　はじめに

失踪から出家へ、激動の時を経た浮舟の心境や、物語には記されることのない行く末を想像させるものとして、出家後はじめての春を迎えた浮舟の心情を風景と和歌で綴った次の場面は、美しくも重層的な意味を織りなしている。

> ▼注(1) ねやのつま近き紅梅の色も香も変はらぬを、春や昔のと、こと花よりもこれに心寄せのあるは、飽かざりし匂ひのしみにけるにや。後夜に閼伽奉らせたまふ。下臈の尼の少し若きがある、召し出でて花折らすれば、かごとがましく散るに、いとどにほひ来れば、

（1）「ねや」の表記については、本書第7章注（1）参照。

（2）久富木原玲『源氏物語歌と呪性』（若草書房、一九九七　第一章5「和歌的マジックの方法—定家の梅花詠」）、「尼姿とエロス—源氏物語における女人出家の

袖ふれし人こそ見えね花の香のそれかとにほふ春のあけぼの　（手習・六—三六五）

過去、世、そして我が身と対峙する苦闘の過程そのもののような手習歌も終わり近く、雪から花へと確実に歩みを進める季節の中、早春の紅梅に、過去を思い、現在を歌ったそれは、「心こそうき世の岸をはなるれど行方も知らぬ尼の浮き木を」と「尼衣かはれる身にやありし世のかたみに袖をかけてしのばん」という重く苦しい自己対峙の歌の間にあって、読者にもひとときの安息を共有させるかのように、穏やかに美しい。が、その美しさは、尼にふさわしい禁欲的・抑制的なそれかといえば必ずしもそうではない。閨・紅梅・色香・春のあけぼのという道具立てはそれ自体が耽美的、官能的でさえあり、[注(2)]『伊勢物語』第五段「月やあらぬ春や昔の春ならぬ我が身一つはもとの身にして」の引歌とあいまって、浮舟の心中に残る恋の余韻がいかに甘美であるかを表出することにもなっている。果たして、この条をどう解釈するかには、様々な見解が出されている。「落ち着いた気分で往時を追想」したとする立場、[注(3)]あるいは「苦難に満ちた過去からの、穏やかな別れへの期待」や「この物語自体の希望の感覚」を読み取る論[注(4)]がある一方で、出家生活をおびやかしかねない危険性をはらんだ、意識下の情念の発動と捉える見解も根強く、[注(5)]かつ、そもそも意識下から立ち現れる恋人の面影が薫なのか匂宮なのか、その点についても解釈が分かれている。[注(6)]この場面に描出される浮舟とはどこに焦点を結ぶものなのであろうか。物語の終盤は、それ自体多くの意味を提示しており、やすやすと焦点を見出だせるものではないのかもしれない。しかし、これまで6章・7章で述べてきたように、場面を織りなす「ことば」を、なお慎重に検討することから、新たな見方を加える余地があるように思われる。

本章では、ここでの風景と心情の基調を形作っている「ねやのつま近き紅梅」に注目したい。「紅

位相—」（『古代文学』第四五号、二〇〇六・二）。

(3) 長谷川政春『物語史の風景』（若草書房、一九九七）。

(4) 松井健児「水と光の情景—早春の浮舟と女三の宮をめぐって—」（『源氏研究』第一〇号、翰林書房、二〇〇五・四）。

(5) 久富木原玲注（2）論文、三田村雅子『源氏物語　感覚の論理』（有精堂、一九九六「方法としての〈香〉—移り香の宇治十帖へ—」、「梅花の美」の章）、鈴木裕子「浮舟の独詠歌—物語世界終焉へ向けて—」（東京女子大学『日本文学』第九五号、二〇〇一・三）など。

(6) 古注以来、諸説があるが、近年のおもな論考としては、薫とする説に高田祐彦『源氏物語の文学史』（東京大学出版会、二〇〇三、Ⅱ—6「浮舟物語と和歌」〈初出一九八六〉）、藤原克己『源氏物語の文体・表現と漢詩文』（『源氏物語研究集成』第三巻「源氏物語の表現と文体 上」風間書房、一九九八）、匂宮とする説に金秀姫「浮舟物語における嗅覚表現—「袖ふれし人」をめぐって—」（『国語と国文学』七八・一、二〇〇一・一）、薫・匂宮両人とする説に三田村雅子注（5）論文がある。

梅」は、『源氏物語』では、本条の他、巻名の一つともなっており、また、紫の上から匂宮に譲り残さるの庭木の一つが「紅梅」であるなど、特に第二部以降において少なからぬ意味を持つものとなっている。また同時代の『枕草子』の「木の花は、濃きも薄きも紅梅」といった評価も思い合わされるところであるが、庭園の風景としての紅梅をよむことは、貴族の庭園趣味や和歌史の動向と深く関わるものであり、他ならぬ作者紫式部の家意識にも及ぶ背景を持つと考えられる。その展開を概観し、『源氏物語』や『枕草子』の根ざす同時代的背景を明かにするとともに、同条を解する一助としたい。

2　兼輔邸の紅梅

まず、手習巻のこの条は、先行研究ではどのように解されてきたのであろうか。この場面では、続く「春や昔の」の引歌と、梅の香で回想される人物に注目が集まることもあって、「ねやのつま近き紅梅」に意を払う注釈は少なく、『日本古典文学全集』(新編全集も同じ)注が、「ねや」の語に「下文に、浮舟の恋の回想が続くのに合わせて、この語を用いた。」とするのがほぼ唯一の指摘となっている。もとより「ねや」は、恋愛的雰囲気を濃厚に持つ語であるのだが、それ以上に「ねやのつま近き紅梅」といった時、まず見過ごせないのは、それ自体が和歌史の上である特定の情景、とりわけ紫式部にとっては、格別の意味を持つ風景を喚起するものであったと考えられる点である。その情景とは『後撰集』巻第一春上の巻末を飾る、次のような藤原兼輔邸の「ねやの紅梅」である。

兼輔朝臣のねやの前に紅梅を植ゑて侍りけるを、三とせばかりののち花咲きなどしけるを、

女どもその枝を折て、簾の内より、これはいかがといひいだして侍りければ
春ごとに咲きまさるべき花なれば今年をもまだあかずとぞ見る
はじめて宰相になりて侍りける年になん
（後撰集・四六・貫之）

兼輔の邸には、「ねやの前」▼注(7)に紅梅があった。植えてのちも三年、花を付けることのなかったその紅梅は、折しも兼輔が初めて参議となった春に花を開いた。この慶びに参じた貫之に、女房たちは紅梅の枝を差し出して歌を求め、貫之は、兼輔を紅梅に喩え、「春ごとに咲きまさる」に違いない花、と詠じてその更なる栄達を言祝いだ、というのである。兼輔の参議昇進は、延喜二十一年（九二一）一月三十日のこと。四十六歳にしてようやく参議となった兼輔と一族の慶びはひとしおであったに違いなく、紅梅の初花に彩られたこの情景は、同年春の、紛れもない実景であったのだろう。

詠作者は貫之であるけれども、この場面の主役は、紅梅、そして参議に昇進した兼輔その人であろう。同歌は、『貫之集』にも「藤原の兼輔の中将、宰相になりてよろこびにいたりたるに、初めて咲いたる紅梅を折て、今年なん咲きはじめたると言ひいだしたるに」の詞書で収められているが、そのいかにも家集の詞書らしい出来事の叙し方と比べ、『後撰集』の叙述は紅梅の枝を差し出す女房たちのさざめきさえ聞こえてきそうな春の慶びの情景を描出する詞書といい、「初めて宰相になりて侍りける年になん」と、参議昇進のことを左注に置いて、春上巻の印象深い締めくくりとしてみせる点といい、より劇的で、兼輔の家の慶びを感慨深く物語る構成となっている。また『後撰集』では、同歌より二〇首ほど前にある春上の中ほどに、兼輔と紅梅の関わりの深さをさらに想像させるような、次のような歌を配している。

(7) 当該箇所、非定家本系統の本文も「ねやのまへにこうはいを……」とある。

前栽に紅梅を植ゑて、またの春、遅く咲きければ　　藤原兼輔朝臣
宿近く移して植ゑしかひもなく待ち遠にのみにほふ花かな　（同・一七）

同歌は、『大和物語』（七十四段）では、「かの殿の寝殿の前に、少し遠く立てりける桜を、近く掘り植ゑたまひけるが、枯れざまに見えければ」と、花を「桜」としているが、『中納言兼輔集』[注(8)]でも、「兵衛のつかさはなれてのちに、前に紅梅を植ゑて、花の遅く咲きければ」（四番）と、「紅梅」としており、やはりこれは『兼輔集』『後撰集』に拠って紅梅とするのが適当であろう。『兼輔集』の詞書の「兵衛のつかさはなれてのち」が、兼輔の右兵衛佐から右衛門佐への転任の頃を指すとすると、詠歌年時は、延喜十年（九一〇）三月以降[注(9)]のこととなる。内容からしても、転任後、翌年か遅くとも翌々年春の頃のものであろう。後撰四六番歌の「ねやの前の紅梅」は、延喜二十一年の春に三年越しで初花を付けたとあるのであるから、両者はまた別の紅梅なのであろう。兼輔は、その邸に繰り返し紅梅を植えることがあったということになろうか。

周知のように、万葉から古今成立の頃まで、渡来した品種の関係もあってか、白梅と紅梅では、和歌的世界で「我が宿の梅」として賞美されたのは圧倒的に白梅であった。それに対して『続日本後紀』の「壬午。上御仁寿殿。内宴如常。殿前紅梅。便入詩題。宴訖。賜祿有差。」（承和十五年（八四八）正月二十一日条）や、『三代実録』の「庚辰廿四日。大風雨。折樹發屋。紫宸殿前桜。東宮紅梅。侍従局大梨等樹木有名皆吹倒。」（貞観十六年（八七四）八月二十四日条）といった記述から、内裏においては、仁明朝末期には仁寿殿の御前に、清和朝期の頃には東宮殿に、紅梅が植えてあったこと、また、特に『三代実録』では仁寿殿殿前の紅梅が内宴での詩会の詩題となっており、漢詩文、特に

（8）「中納言兼輔集」は西本願寺本系統の本文であるが、この『後撰集』一七番歌は、歌仙家集本系統では巻末に「他本歌」（一五三番）に、また部類名家集本「堤中納言集」では、「前栽に紅梅を植えてまたの春、花の遅く咲きければ」の詞書で載る。

（9）兼輔の伝については工藤重矩『平安朝律令社会の文学』（ぺりかん社、一九九三）に詳しい。

郵 便 は が き

料金受取人払郵便

神田局
承認

1330

差出有効期間
平成 28 年 6 月
5 日まで

101-8791

504

東京都千代田区猿楽町 2-2-3

笠間書院 営業部 行

■ 注 文 書 ■

◎お近くに書店がない場合はこのハガキをご利用下さい。送料 380 円にてお送りいたします。

書名　　冊数

書名　　冊数

書名　　冊数

お名前

ご住所　〒

お電話

読　者　は　が　き

●これからのより良い本作りのためにご感想・ご希望などお聞かせ下さい。
●また小社刊行物の資料請求にお使い下さい。

この本の書名＿＿＿＿＿＿＿＿＿＿＿＿＿＿＿＿＿＿＿＿

本はがきのご感想は、お名前をのぞき新聞広告や帯などでご紹介させていただくことがあります。ご了承ください。

■本書を何でお知りになりましたか（複数回答可）

1. 書店で見て　2. 広告を見て（媒体名　　　　　　　　　　　　）
3. 雑誌で見て（媒体名　　　　　　　　　　　　）
4. インターネットで見て（サイト名　　　　　　　　　　　　）
5. 小社目録等で見て　6. 知人から聞いて　7. その他（　　　　　　　　　　　　）

■小社PR誌『リポート笠間』（年2回刊・無料）をお送りしますか

はい　・　いいえ

◎上記にはいとお答えいただいた方のみご記入下さい。

お名前

ご住所　〒

お電話

ご提供いただいた情報は、個人情報を含まない統計的な資料を作成するためにのみ利用させていただきます。個人情報はその目的以外では利用いたしません。

宮中の詩会等の題材として用いられつつあったことが確認出来る。嵯峨・淳和期までの、『懐風藻』『文華秀麗集』などには、確かに紅梅を題材としたと判断される詩文はない。そうしたことから、「紅梅」が宮廷の庭木となり、大陸渡来の高貴な樹木として、珍重されもし、詠詩の対象ともなりはじめた時期として、一つ仁明朝期（八三三〜八五〇）を銘記すべきなのであろう。この仁明朝期と言えば、いわゆる南殿の桜がはじめて植えられた頃として知られるところである。すなわち、山田孝雄の『櫻史』以来、[注(10)]紫宸殿（南殿）の庭前に、もとあった梅木が枯れ、これにかわって初めて桜が植樹されたのが仁明朝期であろうことが推定されている。その文化的、文学的意義については、近年も後藤昭雄、[注(11)]久保田淳[注(12)]が論ずるところである。仁明朝期とは、桜が文化や文学において前面に押し出されてくる、まさにその時期にあたる訳であるが、おそらく白梅であったろうそれが桜に替えられる一方で、仁寿殿や東宮殿には外来の紅梅が植樹され賞美されるようになっていた点に、ここでは注目しておきたい。

「紅梅」を個人の庭園に植えた例として、まず想起されるのが菅原道真の紅梅殿であろう。それはこうした仁明朝以後、文学においては詠詩の対象とされた紅梅受容と連動したものであったに違いないが、しかし和歌では、寛平期においても依然として白梅が中心で、『古今集』の梅の歌も、ほぼすべて白梅とするのが通説である。そうした中、

〈延喜五年（九〇五）以前〉　宇多院物名合：「梅花」とは別に「紅梅花」題設題

〈延喜七年（九〇七）以前〉　中宮温子箱合：紅梅のつぼみを和歌とともに提出

（伊勢集・三五七・三六八）

（10） 山田孝雄『櫻史』（山田忠雄校訂、講談社学術文庫版〈一九九〇〉による。初版は一九四一）。

（11） 後藤昭雄「王朝の漢詩」（『日本文学講座』九、詩歌Ⅰ（古典編）日本文学協会編、大修館書店、一九八八）。

（12） 久保田淳「南殿の桜」（『文学』一・一、岩波書店、一九九〇・一、のち『中世文学の時空』〈若草書房、一九九八〉ならびに『久保田淳著作選集』第三巻〈岩波書店、二〇〇四〉所収）。

といった事蹟があらわれるようになり、ようやくわずかながら「紅梅」が和歌的な題材としても浮上してくるのが古今成立と前後する延喜期の前半からなのであった。『後撰集』所収の二首に見られるような、延喜期の後半から顕著になる兼輔の紅梅掌愛とは、その意味では、時流の先端を行く趣味・嗜好でもあったと言えよう。

家集には、上司で知友の藤原玄上が紅梅の枝を贈って寄越した贈答などもあり（中納言兼輔集六・七）、兼輔の紅梅愛好は周囲も知るところであったらしい。文人風の趣味の一端と言えばそれまでなのではあるが、これらにおける兼輔詠の特徴として留意したいのが、それが舶来植物を愛翫する文人趣味というだけでなく、後撰所収歌二首がまさに共通の主題とするように、紅梅を一家の繁栄を託する花、象徴する花として意味付ける志向が顕著な点である。このような「家の花」「繁栄と祝賀の花」という主題は、『古今集』の白梅には認められない。

概して兼輔には、色深く咲く花を繁栄と風雅の象徴と捉える意識があったように思われる。兼輔の邸と言えば、京極邸、堤邸の二つがあり、京極邸には藤原氏にゆかりの花である藤の花が美しく咲いていたことが知られる。家集や『後撰集』には藤花宴の歌が残されているが（『中納言兼輔集』二五～二九番、『後撰集』一二五～一二七）、そこでも、

　京極の家の藤の賀、三月一日しけるに、三条の右大臣殿
限りなく名におふ藤の花なればそこひも知らず色の深さに　（中納言兼輔集・二五）
　返事
色深くにほひしことは藤波のたちもかへらず君とまれとぞ
　またおとど、夜明けにけり　（同・二六）

きのふ見し花のかほとてけふみればねてこそさらに色まさりけれ　（同・二七）

のように、色深き様が家の繁栄とも結び合うものとして賞美されている。「花が咲く」ことに一門の繁栄を比喩した歌としては、たとえば藤原良房の「年ふればよはひは老いぬしかはあれど花をし見れば物思ひもなし」（古今集・春上・五二）のように桜をよむものなどもあり得る訳であるが、兼輔は家集を見る限りでは、桜についてそうした感慨をよむことはない。

兼輔にとっては、春の除目の頃、冬の寒さに耐えて最初に鮮やかな色に咲く紅梅とはまさに〈色に出づる〉花として、官位栄達の願いを託する花であり、自身の行く末を占うような花でもあり、祈念を重ねていつくしみ育てた、特別意味深いものだったのであろう。『後撰集』春上は、そうした兼輔の志向をくみ上げ、描出しているのであった。そしてそのように勅撰集に刻まれた、兼輔家の祈りと慶びの原風景としての「ねやの前」の「紅梅」は、兼輔の曾孫・紫式部にとっても祝賀の風景として心に掲げられ、意識されるものだったに違いない。

「ねやの前」の「紅梅」という風景に、まず以上のような側面があることを確認しておきたいが、和歌史における「紅梅」は、この兼輔の時代から紫式部の時代、すなわち醍醐朝後半期から一条朝期にかけて、庭園趣味とも連動し、また実際に植樹されていた樹木を受け継ぐという面を持ちながら、特有の展開を見せることとなる。以下その展開を追ってみよう。

3　内裏の紅梅

この時期の文学と紅梅については、まず松田豊子[注(13)]に、枕草子論の観点からの詳細な調査と研究が

(13) 松田豊子「清少納言の紅梅映像」（『清少納言の独創表現』風間書房、一九八三）。

ある。記録や文学において梅が登場しはじめる八世紀から、十一世紀の一条朝期にかけての用例を精査した松田によっては、『枕草子』の「木の花は濃きも薄きも紅梅」という美意識の提示の根底にある動向とも言うべく、文学の題材としてはあくまで白梅中心の趨勢が続きながらも、この時期「紅梅」への注目度も高まるようになり、『後撰集』『拾遺集』『宇津保物語』『蜻蛉日記』『源氏物語』で用例が増加することが指摘されている。さらに、用例増加の背景として、先の兼輔歌を含め、『後撰集』前後に特に「紅梅」がクローズアップされてくる一因を、朱雀・村上両天皇の紅梅好みに求めたのが渕上愛であった。[注(14)]渕上は、天暦二年一月二十一日馬場殿での朱雀院の紅梅賦詩(『日本紀略』)、同三年二月十六日ならびに同五年二月十三日の二条院での紅梅宴(『九暦』・『西宮記』)などをはじめ、朱雀・村上周辺での紅梅に関する事蹟を集成し、「天暦・康保期の村上天皇および朱雀上皇による紅梅愛好をきっかけとして、天暦期から『拾遺集』成立の頃にいたるまで宮中・貴族階級の人々の間に、一種の紅梅ブームとでも言うべき風潮が巻き起こったのではないか」という推定を立てているのである。紅梅と文学の転換期を天暦期と見る点は両者の一致したところであり、特に朱雀・村上の文化趣味に注目する渕上の指摘は重要であろう。

村上天皇の紅梅愛好は、いわゆる「鶯宿梅」の故事——清涼殿の御前の梅木が枯れたため、人家のひときわ色濃い紅梅を召そうとしたところ、それは貫之の邸であり、鶯の宿を案じた貫之女の詠歌によって移し替えの件は沙汰止みとなったと言う——でも知られるところであるが、実際、『禁秘抄』や、同時代の家集等に散見する記述を検討すると、内裏においていくつかの殿舎の庭に紅梅が植樹された記録が集中し、かつ内裏や天皇がらみの場での紅梅詠が多く残されている時期という点で、村上朝期は群を抜いていたものとなっているのである。以下にそれらの記述を整理一覧し、検討してみよう。

(14) 渕上愛「『後撰和歌集』と紅梅」(『千葉大学日本文化論叢』第五号、二〇〇四・五)。

〈禁秘抄に記述される村上朝期の紅梅〉

a　中殿梅　在二滝口南砌一、…………天徳四年十二月十八日　栽二紅梅於中殿艮角一。

　　→清涼殿艮の角

b　康保二年十二月廿五日御記曰、式部大輔直幹献二梅一株一。即栽二仁寿殿東北庭一。以二前日所レ栽小紅梅一移二栽清涼殿東北庭一。此梅去月四月（〈マ、〉）所レ栽二仁寿殿一木也。

　　→清涼殿東北の庭

c　綾綺殿前、応和（〈村上〉）二年蔵人所雑色等、栽二紅梅於昭陽舎南庭一。又栽二培東庭一。左馬頭有年ガ家梅ナリ。

　　→綾綺殿の前、昭陽舎南庭、同東庭

（参考）梅壺、西白梅。東紅梅之由。在二清少納言記一。

〈内裏周辺での紅梅詠〉

(1) 御前（清涼殿）の紅梅

　　内のおまへの紅梅を、蔵人どもによめと仰せられけるに、かはりて

春雨やふりてそむらんくれなゐの色濃く見ゆる梅の花笠

　また

梅の花香はことごとににほはねど薄く濃くこそ色は咲きけれ

くれなゐの色こき梅の鶯のなきそめしよりにほふなるべし

（正保版歌仙家集本系元輔集・七七〜七九）

(2)蔵人所の紅梅

同じ年、はじめ〈マヽ〉の所の紅梅を殿上人、所の衆などして惜しむ

梅の花くれなゐ深き春の夜の色をも香をも照らす月かげ　(元真集・一一九)

(3)台盤所の紅梅

天暦御時、台盤所の前に、鶯の巣を紅梅の枝に付けて立てられたりけるを見て

花の色はあかず見るとも鶯のねぐらの枝に手なふれそも　(拾遺集・一〇〇九・伊尹)

同じ御時、紅梅植ゑさせ給ひて、鶯の巣など作らせ給ひて、召して

鶯の移れる枝の梅の花香をしるべにて人はとはなむ　(御所本三十六人集中務集・一三三)

＊御所本三十六人集独自歌

(4)梅花の宴：康保三年(九六六)二月二十二日

同じ御時、梅花のもとに御椅子立てさせたまひて、花の宴せさせ給ふに、殿上のをのこども歌つかうまつりけるに

折りて見るかひもあるかな梅の花今日九重のにほひまさりて　(同・一〇一〇・源寛信)

＊『拾遺抄』詞書は「康保三年二月廿一日、梅の花のもとに御椅子立てさせたまひて、宴せさせ給ひけるに、殿上のをのこども和歌つかまつりけるに」　(三五八)

(5)天徳四〜応和元年(九六一)十二月以前、或所紅梅合

紅梅合に

鶯の巣をくひそむる梅の花色もにほひも惜しくもあるかな　(高光集・一一)

(6)安子主催師輔賀屏風：天徳元年(九五七)四月二十二日

坊城の右のおほいとのの五十賀、中宮し給ふ、村上の先帝の召したる、紅梅

吹く風ににほひかはらぬ梅の花たが染め出でし色にかあるらん
(西本願寺本三十六人集中務集・六八)

紅梅
色深き梅のにほひは我が宿のほかにも春の風やさそはむ
(前田家本元輔集・五四)

＊前田家本独自歌

(7) 皇后宮紅梅宴

后の宮、紅梅宴せさせたまひしに
朝ごとに色のみまさる梅の花けふは昨日ににほひまさなん (御所本三十六人集能宣集・一九〇)

これらを辿っていくと、村上朝期における内裏の紅梅のおよその様子が浮かんでくる。まず、この時期、清涼殿艮の角(a)、清涼殿東北の庭(b)、綾綺殿の殿前(c)、昭陽舎(梨壺)の南庭(c)、同東庭(c)に紅梅を植樹することが行われており、またその他に台盤所の前庭(2)拾遺集・中務集)にも、紅梅があったことが確認出来る。『禁秘抄』「草木」の項には、紅梅のある場所として、「清涼殿艮の角」「清涼殿東北の庭」「仁寿殿東北の庭」「梅東」「梨壺(昭陽舎)東の方」「綾綺殿殿前」「昭陽舎南庭」「同東庭」をあげるが、その大半が、村上朝時代にはじまることになる。もとよりこれは天徳四年(九六〇)十二月十八日の大火災による内裏焼亡のことが背景にあるのであろう。この時、紫宸殿の桜が焼け落ち、康保二年(九六五)三月に新たな桜が植えられたことはよく知られているが、同様に焼亡した樹木は多かったに違いない。紅梅の木なども桜同様にこの火災で焼け落ちたため、もとあった場所に新たに植え直されたものが多かったのであろう。特に注意されるのがaの清涼殿艮の角の紅梅であろう。艮(鬼門)に紅梅を植えるということには呪術的な意味もあったのだろうか、それは紫宸殿の桜よりもはやく、火災からわずか三ヶ月ほどで植樹されているのである。

さらに五年後の康保二年には、同じ清涼殿にもう一種、紅梅が植えられている。b『禁秘抄』所引の『村上天皇御記』によると、康保二年十二月二十五日に橘直幹が献上した梅一株が仁寿殿東北の庭に植えられたが、その際、前月十一月四日にその場所に植樹された「小紅梅」を、清涼殿東北庭に移し替えたというのである。直幹献上の梅は、「紅梅」と明記されていない点からして白梅ではないかと思われるが、この一連の出来事で、清涼殿には東北の庭に、さらに「小紅梅」が植えられたことになった訳である。(4)『拾遺集』源寛信歌は、この清涼殿東北の庭の「小紅梅」の新樹を歌ったものではないだろうか。同歌は、『拾遺抄』の詞書にあるように、康保三年(九六六)二月二十一日(『日本紀略』には二十二日条に「於禁庭梅下詠和歌」とある)に催行された花の宴での歌である。紅梅と明記されている訳ではなく、また、「にほふ」は香を賞するにも色を賞するにも用いられる語ではあるのだが、特に「にほひまさる」といった場合には、(6)の后の宮紅梅宴でも能宣が「にほひまさなん」と詠んでいるように、平安和歌では「紅梅」の色香が際だちまさる様を頌栄するのに用いられることが圧倒的に多い(他、『道済集』三一八、『経衡集』一一九など)。紫宸殿の桜の新樹が、康保二年(九六五)正月に植えられた際には、その三月五日に新木の桜のもとで花の宴が催行されている。この康保三年二月の梅花の宴も、事情としては同様で、前年十二月に清涼殿に植え替えられた紅梅を祝して行われたものだったのであろう。寛信歌が、「九重のにほひまさりて」と、とりわけ「九重」の語を用いている点からすると、この「小紅梅」は、このころから珍重されるようになる八重紅梅(『拾遺集』一一七九歌など)であった可能性が高いのではないだろうか。

これら各殿舎庭前の紅梅は、しばしば嘱目の景として詠歌の題材とされた。(1)『元輔集』のそれは、清涼殿の御前の紅梅を、村上天皇が蔵人たちによませた際のもの。(2)ならびにcに見るように、蔵人所の紅梅を所の衆や殿上人たちがこれを詠歌し、自ら植樹していくのもそうした村上の志向を反映してのことに違いないが、一方では村上天皇は、(3)の『拾遺集』、『御所本三十六人集中務集』に見るように、台盤所前の紅梅に作り物の鶯の巣を据え、伊尹や中務らにこれにちなむ歌をよませたりもしている。かたや蔵人たち、かたや女房の詰め所である台盤所と、村上天皇はこの時期、男性的世界、女性的世界のいずれにも、嘱目の紅梅を愛で、詠歌を求めるような風流の場を作り出していたことがうかがえよう。詠歌の場や年時の確定出来るものではないが、(5)の『高光集』が書きとどめる「紅梅合」、(7)の能宣が歌を献じている「后宮紅梅宴」(后の宮は村上天皇中宮安子か円融天皇中宮媓子▼[注15]など、侍臣、後宮の双方の世界に認められる「紅梅合」「紅梅宴」の催行も、こうした気運と連動するものであろう。

その他、(6)のように、村上天皇の差配した『師輔五十賀屛風』で、画題に「紅梅」が選ばれていたりもするのだが、やはりこの期の際だった傾向は、以上の諸資料に認められるような、内裏の様々な殿舎の紅梅、その実景と結びついた詠歌が多い点にあると言えるだろう。村上天皇に負けず劣らず紅梅を好んだ朱雀天皇の時代に、屛風の画題としての「紅梅」は散見するようになるのだが、絵の中の花という以上に、庭木としての紅梅を愛で、詠歌対象とした点に村上朝期の新たな展開があったと考えられる訳である。後宮や権門も、無論、こうした天皇の好尚と無関係ではあり得ない。源高明は、その邸宅・西宮邸に、「小さき紅梅」を植え、その初花を祝う宴を催行している。

西の宮に小ひさき紅梅を植ゑさせたまひたりけるを、初めて花咲きたる年、よろこびて、

(15) この梅花宴の主催者である「后宮」について、増田繁夫『能宣集注釈』(貴重本刊行会、一九九五)は「この時期に「后宮」と呼ばれるのは、村上朝の安子、冷泉朝の昌子内親王、円融朝の藤原媓子、同じく藤原遵子、一条朝の藤原詮子」とし、最も可能性の高いのが媓子であるとする。ただし本章で確認するような村上天皇の紅梅好みを勘案すると、安子の可能性もかなり高いと考えられる。

をのこどもおのおの文字一つを探りてよむ、歌の序、探りてこ文字をたまはれり、あはれ、花のはじめ東よりといふを、西宮よりなりけりとは、この梅の花を見てなんおどろかれける、（中略）、かかる節をただにやは過ぐすべきとて、このこき生ひ出でし、よろづよの老木にならんまでの心ばへを、よませたまふに

白浪の知らぬ身なれど大よどのおほせごとをばいかがそむかん

（書陵部蔵歌仙集源順集〈西本願寺本三十六人集本系統〉一二番）

前掲、康保三年の、「小紅梅」を移植した清涼殿での梅花宴を彷彿とさせるような内容である。そしてまた、家の繁栄を祈念する紅梅というこのあり方は、先に述べた兼輔のあり方ともよく似ている。兼輔のそれが、時代を先取るようなものであったことがあらためて思われる。あるいは正確には『後撰集』がそうした兼輔詠を取り込んでいったことで、兼輔の好尚に普遍性や先取り的意味が付与されていったとすべきなのかもしれないが、この高明だけではなく、朱雀・村上の時代から円融・花山・一条朝期にかけて、「邸宅の紅梅」を愛好し、詠歌の題材とする趣味・趣向が、上級貴族や一部の受領層に波及していくことになる。

4　邸宅の紅梅

安和の変で高明が失脚してまもなく、西宮邸は焼亡してしまったが、この西宮邸以外にも、平安期の家集を通覧していくと、村上朝期の終わり頃から、庭の紅梅を詠んだものが急に目立ちはじめる。そして、それらを整理すると、それがどの邸にもあったというよりは、ある程度限定的で、紅

梅が詠歌対象とされるのは特定の邸宅に集中しているのではないかという一つの推測が抱かれてくるのである。いま試みに、庭の紅梅をよむ用例を検討して得られる「紅梅のある邸宅」を一覧してみよう。

Ⅰ　大中臣家の紅梅—能宣・輔親

Ⅰ—ⅰ　『能宣集』（西本願寺本）四一二・四一三番

　＊自邸の紅梅：能宣正暦二年（九九一）八月没以前の詠。

春の日、客あまた、知、不知まできあつまりて酒のみ侍るに、紅梅をもてあそぶとて、

　丹後掾曾禰好忠がかはらけとりてさし侍るとて

我が背子が袖白妙の花の色をこれなむ梅と今日ぞ知りぬる

　かへし

浅き濃き色はきらはずここはただ梅は梅なるにほひとぞみる

　紅梅を白くよめる、不とくいの人のあまたまじれるによりてなるべし

Ⅰ—ⅱ　『兼澄集』（異本系）一三〇番

蔵人より、かうぶりたまはりての年、能宣が家にて、紅梅折りて人々歌よみ侍りしに

今年より色づきにける身し（マヽ）あれば折れる花さへ心あるらし

　＊兼澄の叙爵は福井迪子[注(16)]の推定によれば正暦元年（九九〇）。

Ⅰ—ⅲ　『輔親集』（一類本）六六番

　家にありし人のほかより来て、紅梅のおもしろきことといふに

花咲かぬ宿ならませばいにしへも春をたづねて人の来ましや

(16)　福井迪子「源兼澄の伝記と詠歌活動」（春秋会著『源兼澄集全釈』風間書房、一九九一）。

Ⅱ　小野宮第　実資家の紅梅

Ⅱ—i　『拾遺集』雑賀・一一七九番

中将に侍りける時、右大弁源致方朝臣のもとへ、八重紅梅を折てつかはすとて

流俗の色にはあらず梅の花

珍重すべきものとこそ見れ（実資・源致方の贈答）

＊実資の中将時代は永観元年（九八三）十二月十三日～永延三年（九八九）三月二十三日まで

Ⅱ—ii　『小右記』治安元年（一〇二一）七月二十五日条

次給史祿、…………、於庭中召揚（賜カ）之、不当庭中、当紅梅南。

＊実資の右大臣昇進の際、小野宮第で催行された大饗の既述。

Ⅲ　藤原公任、白河山荘の紅梅

Ⅲ—i　『公任集』二番

同じ所に紅梅植ゑたりつるに、初めて花咲きたるにおはしたりけるに、女御の御もとに植ゑしよりした待つものを山里の花見にさそふ人のなきかな（以下、女御との贈答）

＊同じ所＝公任の北白河山荘

Ⅲ—ii　『公任集』五五・五六番贈答

はのすけ（マヽ）（玄蕃助カ）が、京極の家なる紅梅を白河に植ゑ給ふとて掘らせ給うければ、結びつけたりける

いにしへの春のかたみにながめつる花をいづくの風さそふらん

かへし

香ばかりをさそへと思ふ山里の花をねながらさそふべしやは

＊玄蕃助とすれば源為善、長和五年以降か。

Ⅳ　源為善の京極邸の紅梅

Ⅲ―ⅱ・Ⅴ―ⅱ参照

＊源為善　公忠―信明―国盛―為善

Ⅴ　勧教、御願寺の紅梅

Ⅴ―ⅰ　『能因集』一八番

早春に翫御願紅梅

にほひだにあかなくものを梅が枝のすゑつむ花の色にさへ咲く

＊御願＝御願寺であろう。勧教が「御願寺僧都」と称する。勧教の住した寺か。

＊『能因集』の配列から寛弘二（一〇〇五）、三年頃

Ⅴ―ⅱ　『能因集』一八一・一八二番

春、故観教法眼の紅梅を思ひやりて、もろともに見し人のもとにかういひやる

いとまなみ君が見ぬ間に梅の花あかなく色のもしや散るらん

返し　為善の朝臣

くれなゐの涙にそむる梅の花むかしの春を恋ふるなるべし

＊勧教の没したのは長和元年（一〇一二）

Ⅵ　東三条第の紅梅

Ⅵ―ⅰ　『和泉式部続集』三六五番（南院の紅梅）

冷泉院のおはします南院のおまへの花を、物のはざまより見て

色深く花のにほひも物ごしに見つればいとどあかずもあるかな

＊和泉が敦道に従い南院入りしていた時期なので寛弘元年（一〇〇四）・二・三年のいずれかの春。寛弘三年十月には南院が焼亡。また四年十月には敦道が薨ずる。

Ⅵ―ii 『肥後集』四五番（東の対の紅梅）肥後は師実家女房

右大臣、藤氏の長にて、大饗ありし時、東三条の東の対の紅梅を見て

さもこそは絶えせぬ家の風ならめ折をすぐさずにほふ梅かな

＊師実は承保二年（一〇七五）十月、藤原氏長者。

Ⅶ 中将尼の家の紅梅

『匡衡集』八〇・八一番

むすこのむまれたりし家を去りて後、その子の蔵人になりて、かの家に住む人をかたらひてかよひ侍りしに、その家なる紅梅を折て、その家のあるじ、昔見し梅の紅梅になりたる見よとて、おこせて侍りし

みどり子の植ゑし梅の花見ぬほどに今年はあけに色ぞかよへる

また、中将尼

色まさる宿からならば紫のちしほの色にそめしころみん

＊中将尼は挙周母。源英明孫。英明の母は菅原道真女

＊挙周の任蔵人は寛弘三年三月なのでこの詠歌は寛弘四年春か。

Ⅷ 紫式部の里邸の紅梅

『紫式部集』（定家本系）一〇二番（古本系、九七番）

紅梅を折りて、里より参るらすとて

埋れ木の下にやつるる梅の花香をだに散らせ雲の上まで

村上朝期以後、我が庭のものとしての「紅梅」を詠じているのは、能宣・輔親時代の大中臣家、実資の小野宮第、公任の白河山荘、源為善の京極邸、勧教の御願寺、東三条院南院、中将尼邸、そして紫式部の里邸となる。それぞれの背景についての検討も必要と思うが、紙幅の関係上、いまはその要点のみを追っていきたい。まず第一に注目したいのが、これらがほぼ一様に、名だたる庭という矜持か、あるいは「家」の継承する庭木という意識——名家意識とでも称すべきもの——を底に潜めている点である。

実資と公任という、花山・一条朝期にかけての上級貴族の中でも、特に邸宅や庭園に関心の高かった小野宮家の二人は、庭木としての紅梅を愛好していた。実資の継承した小野宮第は、当代随一の豪奢な名邸として名高く（『枕草子』）、ことに実資がいかに邸宅の築造に熱心であったかは『大鏡』などの記すところでもあるが、その小野宮第の庭にも紅梅があった（Ⅱ—ii）。同じ紅梅であるかは定めがたいが、実資は中将時代には、珍しい八重紅梅を植え育てており（Ⅱ—i）、丹誠込めた我が家の花木として「紅梅」には特に思い入れを持っていたように見受けられる。「流俗の色にあらざる花」（低俗な色ではない花）という表現は、村上朝期の内裏詩宴での「翫前庭紅梅」と題する源順の詩句「葩皆三重　不似流俗之樹　色自再入　無待染人之功」（『新撰朗詠集』八九番）の表現を踏まえたものであり、我が庭の紅梅の色の高貴な様を村上内裏のそれに比していくような思い入れが感じられる。

一方、京内の本邸ではなく、趣味を尽くした北白河の山荘を紅梅で飾ったのが公任であった。Ⅲ—iの「同じ所」とは、『公任集』一番歌の「白河」を受けており、一番歌の詠歌年時から、『公任集全釈』[注(17)]などの指摘するように、遅くとも正暦五年（九九四）以前には、この山荘の風雅の象徴として紅梅が植えてあったことになる。

源高明や藤原実頼、公任のような上級貴族だけでなく、村上時代の内裏の気風に馴染み、皇后宮紅梅宴で詠歌している大中臣能宣なども庭園に紅梅を植えていた。Ⅰ―ⅰの、曾禰好忠も姿を見せる多くの客でにぎわう春の酒席の場は、あたかも能宣邸の紅梅宴とでもいった雰囲気を湛えている。能宣亡き後、輔親の代にも、来訪者は「紅梅のおもしろきこと」と、その紅梅を称賛した。大中臣家は、輔親にはその庭に丹後国の天橋立を模して作ったという説話も伝えられるように（『十訓抄』）、庭に趣向を凝らすことに関心が高かったようである。邸宅や庭に趣向を凝らすとは、財力の裏返しでもあった訳で、紅梅を植え、みごとに紅の色を開花させるのは、受領層とはいえ、伊勢神宮祭主職を代々つとめる家柄として別格に豊かな富のあった大中臣家ならではの、先端的で豪華な趣味であったのであろう。

能宣のように、村上朝時代、内裏を美しく飾った紅梅を知るもの、また実資・公任といったようやく村上朝期後半に生まれ、父祖の実頼・頼忠の輝いた時代としてその時代に強い思い入れを持つ人々が、あたかも憧憬の象徴とも言うべく、紅梅を自身の邸宅に植え愛翫する時代が、円融朝から一条朝にかけて展開したのであった。実資の紅梅愛好などには、その『小右記』に書き記す延喜・天暦聖代観や村上時代への尊崇の念に一脈通ずる意識が働いているようにも思われるのであるが、こうした風潮と軌を一にして、古くから紅梅に関わった家、あるいはなにがしかの由緒ある紅梅が、注目され、また新たな意味をもちはじめてくるのもこの時期なのである。

公任が白河山荘に移し替えるべく、たって所望したⅢ―ⅱの紅梅の主、京極邸の源為善と、さらにその紅梅の本来の持ち主であったらしいⅤの勧教とが、血筋を同じくする点は留意されるべきで

（17）『公任集』冒頭歌の詠歌年時ならびに詠歌背景については伊井春樹・津本信博・新藤協三『公任集全釈』（私家集全釈叢書七、風間書房、一九八九）の「構想と配列」（伊井春樹執筆）に詳しい。また公任が梅花を掌愛したことについては、小町谷照彦「白河山荘の梅の花―藤原公任の一首―」（『短歌』三八・二、一九九一・二）。

あろう。すなわち、為善は源公忠曾孫、勧教は公忠の男と、両者はともに源公忠に繋がる家系であるが、その公忠家と紅梅の関係は、溯って、朱雀天皇時代の次のような家の慶事に由来するのではないだろうか。

　朱雀院の帝、わらはにおはしましける時、ひざの上におはしまして、おほん手づから
　　紅梅をかうぶりにささせ給ひて、かしらもたげざらんに歌よめとおほせられければ
　ももしきの梅のはながささす時は天のしたこそうしろやすけれ　（公忠集・四）

朱雀帝がまだ童の頃、公忠が、御手づから挿頭として紅梅をたまわったというのである。この栄えある出来事を記す流布本系『公忠集』には、しかし、自邸に紅梅があったかかどうか、記されていない。出来事ののちにこれを記念して植樹したものか、あるいは家の慶事にちなみ、息男勧教が自身の寺で植え育てたものか、様々に考えられるところである。

　ともあれそうした前代の〝家の歴史〟を実際的背景に持つところの紅梅が、Ⅴ―ⅰ能因法師の家集に見るように、数寄の歌人たちの関心の対象ともなり、勧教の死後、同族の為善邸に移されてのち、さらに公任に所望されていくようなあり方をこの期の新たな志向として特記したい。

　Ⅶの中将尼の家にもしかるべき由緒がある。中将尼は、源英明孫（一説に英明女）という出自の女性だが、▼注(18) 英明の母は菅原道真女であり、それは菅家ゆかりの家筋であった。道真以来の梅を伝えていたとは考えがたいが、「紅梅」に関わる背景を持つ家なればこそ、当期に新たに植樹されたものであったとしても、手折り、詠歌し、贈ることに格段の意味を持ちえたのではなかったか。院政期ともなると、それはⅥ―ⅱで、師実家の女房の肥後が氏の長者となった主の大饗の日に東の対の

(18) 中将尼については、斎藤熙子『赤染衛門とその周辺』（笠間書院、一九九九）。

紅梅を「絶えせぬ家の風」と詠ずるように、家が代々伝える「家の木」という捉え方がより確かな認識となっていくのだが、それに先駆け、「紅梅」を、由縁のある、あるいは由緒を求める邸の庭に植え、愛でることが、確かな熱気を帯びて展開したのがこの時代であったと言えよう。

考証の結果得られた限りでのこれらの詠歌年時を示すと、次のようになる。

Ⅰ　大中臣家の紅梅：ⅰ・ⅱ─正暦元年（九九〇）以前
Ⅱ　実資小野宮第の紅梅：ⅰ─永観元年（九八三）～永延三年（九八九）、
　　ⅱ─治安元年（一〇二一）
Ⅲ　公任白河山荘の紅梅：ⅰ─正暦五年（九九四）以前、
　　ⅱ─長和元年（一〇一二）以後
Ⅳ　源為善京極邸の紅梅：長和元年（一〇一二）以降
Ⅴ　勧教御願寺の紅梅：ⅰ─寛弘二年（一〇〇五）・三年、ⅱ─長和元年（一〇一二）
Ⅵ　東三条院南院の紅梅：ⅰ─寛弘元年（一〇〇四）・二年・三年、
Ⅶ　中将尼の家の紅梅：寛弘四年（一〇〇七）春
Ⅷ　紫式部里邸の紅梅：寛弘三年（一〇〇六）、四年春以降

こうした状況が、一条朝期の寛弘・長和の頃、特に頻繁になっている点、また、邸宅の紅梅だけでなく、山荘（山里）の紅梅（Ⅲ）や、寺の紅梅（Ⅴ）といったそれ以前には認められなかった新たな場においても展開しつつあった点を確認しておきたい。以上が清少納言▼注(19)や紫式部がそれぞれの作品において「紅梅」をモチーフに取り込んでいく、まさに同時代的状況であった訳である。そし

(19)　『枕草子』の成立年については、通説では長徳元年（九九五）以降で、特に、長徳元・二年とする説が一般的であるが、近時、片桐洋一（「『枕草子』の基盤は和歌」『百舌鳥国文』第一七号、二〇〇六・三）によってその『拾遺集』歌摂取のあり方から、寛弘五・六年（一〇〇八・九）を想定する説が提起されている。

て紫式部は、この時期、Ⅷのように、自身の里邸の「紅梅」を彰子に献上しているのであった。

5 紫式部と紅梅

我が里の紅梅を、主君に献上する。式部にとっての「里」とは、兼輔以来の「家」に他なるまい。庭樹としての紅梅が注目を浴び、「紅梅の家」が再評価されるような時代風潮の中、紫式部の心中でも曾祖父兼輔の紅梅に込めた祈念や、前述の兼輔の家集や『後撰集』に記される兼輔家のみやびと栄光を彩る紅梅への思いは当然強く呼び起こされ、意識されるものとなっていたのではないだろうか。参議に昇進した兼輔邸の庭前を初咲きの紅梅が飾った延喜二十一年（九二一）の、その春から八〇余年、そうした家の木としての紅梅に寄せる意識や自負が、この紅梅献上の背景にはあると思うのである。それが兼輔の植えたそれと同じ紅梅であったのか、また、紫式部の居住した邸が、兼輔の二つの邸のうち、堤第、京極第のいずれであったのかなど定めがたい点もあるが、代替わりし、あるいは植え替えた花木であったとしても、家の系譜、血筋の系譜にはことさら思いが深く、『源氏物語』中でも、様々な形でそれを具現してみせた紫式部ならでは、それは家の歴史と関わる「紅梅」、歴史の浅い大中臣家の紅梅など以上に、はるかに由緒ある「紅梅」として、強く自負されていたに違いあるまい。

この観点で同歌を捉える時、『紫式部集』研究において、この定家本系一〇二番歌の詠歌年時に、初出仕直後の里居の時期を当てる説のあることは、あらためて意義が問われるのであろう。すなわち木船重昭『紫式部集の解釈と論考』▼注(20)は、当該一〇三番歌を、「正月十日のほどに、春の歌たてまつれとありければ、まだ出で立ちもせぬ隠れがにて」と詞書する六〇番歌「み吉野は春の景色に霞

(20) 木船重昭『紫式部集の解釈と論考』（笠間書院、一九八一・一一）。

めどもむすぼほれたる雪の下草」と、同時期の連作と見る。確かに「雲の上」――宮中――に対する「埋れ木の下にやつるる」という過度なまでの自己卑下と謙退の姿勢は、この六〇～六四番に配列される、彰子への初出仕直後から数ヶ月間の里居の時期の詠歌と基調が共通しており、また紅梅の咲く時期は、白梅よりやや遅れる一月末から二月初めの頃であり、六〇番の正月の歌、六一・六二番の「弥生」の贈答の間の出来事としても齟齬がない。前節に一覧した詠歌年時推定では仮に「寛弘三年、四年春以降」としたが、これがもし彰子への出仕直後の春の出来事とすると、まさに寛弘三年、四年いずれかの春の頃の詠ということになる。それはまた、『源氏物語』後半の執筆の最中でもあったはずである。▼注(21)

実は紫式部は、和歌としては、この一首以外に「紅梅」詠をとどめていない。それに対して、『源氏物語』においては、紫の上遺愛の紅梅、「紅梅の大納言」という人物造型、そして冒頭にあげた「手習巻」の浮舟における最後の叙情的場面の描写と、第二部後半から物語の終盤にかけて、人物や場面をより印象深く象徴するものとして、「紅梅」が意味を発揮しはじめるのである。『源氏物語』において植栽についての記述はとりわけ比重が重く、作者自身の関心も高いことが横井孝によって指摘されているが、▼注(22)いわば、自身にとっての家の木「紅梅」を、紫式部は和歌世界ではなくその物語世界において文学化することを追求していった訳である。詠歌と物語創作という文学行為が、根を同じくし、深部では関連し合いながらも異なる次元で発現されていく点、この作者にとって和歌世界とはどのようなものであったのか、和泉式部などとは異なる独自の資質と創作のあり方をうかがわせよう。

さらに、臆断を畏れずに言えば、あるいは、彰子へのこの「紅梅」献上が、紫式部にとって、「紅梅」と兼輔以来の「家」との歴史の再確認をうながし、物語のモチーフとして積極的に取り上げ深

(21) 紫式部の初出仕の年時については、岡一男『源氏物語の基礎的研究』（東京堂、一九五四）、今井源衛『紫式部』（吉川弘文館、一九八五）は寛弘二年説、清水好子『紫式部』（岩波書店、一九七三）、後藤祥子「特別企画 紫式部集全歌評釈」（学燈社『国文学』24-14、一九八二・一〇）は寛弘二、三年説。またその擱筆の時期については、岡一男の寛弘六年夏までとする説、今井源衛の寛弘七年六月中旬までとする説などが最も有力な説となっている。また特に、坂本共展「正篇から続編へ」（『源氏物語の新研究』新典社、二〇〇五）は寛弘二年から六年までがまさに続編世界の時間であるとし、続編の起筆にもその頃を想定している。紅梅献上と物語の「紅梅」を考える上でも注目すべき指摘である。

(22) 横井孝「六条院の風景――『源氏物語』の庭園を再構築する――」（『源氏物語の新研究』新典社、二〇〇五）。

めていく契機となった可能性もあり得るのではないかとも思われるのである。物語後半の執筆が進んでいたであろう寛弘三・四年頃というこの出来事の時期からは、そのような、作者にとっての現実と作品世界との相関を思わずにいられないものがある。「紅梅」を紫の上から匂宮への遺産として描く視点などは、まさにこの「家の紅梅」という意識を物語の上に具現したものに他なるまい。

　そしてその「紅梅」の文学化の最後のモチーフとして、物語に描かれたのが、冒頭にあげた浮舟出家後の早春の場面なのであった。「山里の紅梅」「寺の紅梅」は、前節に見たように寛弘期和歌において先端的美意識として展開していたのであり、その情景を物語場面に美しく結晶させるとともに、特にそれを「ねやのつま近き紅梅」とすることで、作者はここにそうした庭園の紅梅史に深く関わった自身の家の記憶を、ひときわ明瞭に自らの作品の文脈に刻み込んでいるのだということになろう。後撰時代以降における紅梅愛好の流れが、自らの時代と一繋がりのものであった物語成立当時の読者には、「ねやの紅梅」のキーワードから、『後撰集』の兼輔歌を想起するものは、少なからずあったのではあるまいか。また式部同族の文学的足跡をこの場面に取り込んでいるという点では、同文に続く「飽かざりし匂ひ」についても注目すべきであろう。この文言は「飽かざりし君が匂ひの恋しさに梅の花をぞけさは折りつる」を引き歌としたもので、同歌は『拾遺集』に具平親王と公任の贈答歌として入集するが、同歌は紫式部の伯父・藤原為頼（為時兄）の家集にも収載されており（『為頼集』二一・二二・二三）、その雅交の場には為頼も関わっていたことがうかがわれる。いわばそれは、紫式部にとっての家意識、同族意識が重層する文章ともなっている訳である。

　もとよりそれらは同時に「春や昔の」という業平歌の引用などと一続きの文脈を形成しているものでもある。恋や官能性を強く連想させる「ことば」と、作者や同時代にとって格別の意味のある「ことば」、あるいは時代の志向の最先端を切り取ってみせる▼注(23)「ことば」というように、様々な位相

(23)　同時代の先端の志向と重なる「ことば」の問題として、「ねやの梅の香」を恋題で詠む能因法師の「ねや近き梅の匂ひに朝な朝なあやしく恋のまさるころかな」（能因集・一二番）との詠歌年時の前後関係や影響関係なども検討する必要もある。同能因歌は家集の配列から寛弘二・三年の詠作と想定されている。

の「ことば」が織りなしていく、この場面の「ことば」の複雑さをあらためて思わずにいられない。特に当該場面の読み深めるには、なおいくつかの分析が必要であろうが、とりわけ心情をあらわず「ことば」の核心部にある「飽かざりし」については、前章で詳しく検討した通りである。

本章では、その折り重なる「ことば」の一つとして、従来言及されることのなかった「ねやの紅梅」という「ことば」と情景に、作者紫式部にとって深く記憶される予祝と祈りという意味があることを確認した次第である。

永井和子は、浮舟の失踪と出家の物語の結末を論じて、「この物語において唯一、死へと歩み出し、結果として、かくれた女性からあらわれた女性へと変容した浮舟は、更なる深みにかくれた心的内部において、あらためて主体的に生きはじめるのである。」と述べるが、▼注(24) 稿者もまた、「ねやの紅梅」の風景に、官能の記憶に押し戻されかねない浮舟を描きながら、「心的内部において、あらためて主体的に生きはじめる」浮舟に寄せる、作者の祈りにも似た思いを読み取っておきたい。

後年、紫式部の女大弐三位が、母亡き後、彰子の出家（万寿三年正月十九日）に際し詠じたのも紅梅であった。

上東門院、世をそむき給ひにける春、庭の紅梅を見侍りて
梅の花なににほふらむ見る人の色をも香をも忘れぬるよに　（新古今・一四四六・大弐三位）

歌の「見る人」は彰子で、紅梅を愛でたその彰子が出家して色香への愛着をお捨てになったというのに梅の花はどうして美しく咲いているのであろう、というのである。大弐三位賢子は、前年万

(24) 永井和子「浮舟―見られたものとしての変容」（『源氏物語と古代世界』新典社、一九九九）。

寿二年に誕生した親仁親王（のちの後冷泉天皇）の乳母になっている。宮中の庭の紅梅に、宮中を去り東三条院で出家した彰子を思い詠じたものであるが、ここで賢子がことさら紅梅に目をとめ、彰子の出家に際し万感の思いでこれをよむのは、亡き母紫式部と彰子との交流を彩った景物として、特別の思いが重なった故であったろうか。あるいは、出家後間もない彰子に、浮舟の早春を重ね見る思いがよぎったのでもあったろうか。紅梅をめぐる「家」の意識は、その女賢子にも、偉大な母とその作品に寄せる思いともあわせて受け継がれていったと思われるのである。

第Ⅳ部

●

古代後期和歌の諸問題

第9章

『拾遺和歌集』の成立——勅撰和歌集における王権・政権と和歌の問題として——

1 『拾遺集』をめぐる諸問題——下り居の帝の勅撰集

平安王朝の文化としての和歌は、勅撰集という枠組みによって王権と結びつくことにより、活況と洗練を重ねて展開した。『古今集』から『新古今集』に到るまでの間、継承・変容を繰り返しながら後代において王朝文化の結晶と仰ぎ見られる世界を作り上げた八つの集は、特に「八代集」と称され、平安時代四百年の、各々の時代を映し、個性を放つものとなっている。中でも最初の三集は「三代集」として特別尊重されたが、うち第三番目にあたる『拾遺集』は、しかし、「三代集」はもとより「八代集」の中でも、成立のあり方において、とりわけ異色な集となっている。『拾遺集』は、まず、帝が勅命を下した撰集ではない。撰集下命の記録も無く、「集」には「序」

も無い。藤原公任の秀歌撰的性格の強い『拾遺抄』十巻を、後年、下り居の帝である花山院が、自ら二十巻へと増補・完成させたとするのが現在の通説だが、もととなった「抄」は「集」に吸収されて、たとえば撰集過程の資料的な位置づけとなってしまったかと言うと、決してそうではなかった。公任の「抄」と花山院の「集」はそれぞれが流布し、院政期以降にはむしろ「抄」が「集」を凌ぐ評価を得ていた。藤原俊成の『古来風躰抄』での次の評言は、平安後期における両集に対する評価を集約したものとして著名である。

その後、花山の法皇、拾遺集を撰ばせ給ひて、古今・後撰二つの集に遺れる歌を拾へる由にて、拾遺集と名付けられたるなり。よりて、古今・後撰・拾遺、これを三代集と申すなり。しかるを、大納言公任卿、この拾遺集を抄して、拾遺抄と名付けてありけるを、世の人これをいま少し翫びける程に、拾遺集はあいなく少し圧されにけるなるべし。……抄はことに良き歌のみ多く、また、時世もやうやう下りにければ、今の世の人の心にもことに叶ふにや、近き世の人の歌詠む風躰、多くはただ拾遺抄の歌を庶機（こひねが）ふなるべし。」（『古来風躰抄』）

この一文には留意すべき点が二つある。現在の通説となっている「抄」から「集」へと言う理解ではなく、「集」から公任が秀歌を抄出したものが「抄」であると認識している点、そして肝心の花山院の『拾遺集』よりも公任の『拾遺抄』の方が評価が高い点である。

三舟の才を持つ歌人であり歌論家としての先達でもある公任への畏敬の念や、また秀歌至上主義でもあった俊成の時代における『集』に対するこうした認識と批判はひとまず措くとして、ここで特に注目したいのは前者の認識である。勅撰集のあり方を我がものとして馴染んでいた平安後期の人々にとっては、「集」から「抄」へが自然であって、その逆、すなわち個人の秀歌撰的な「抄」をもとに、勅撰集が編纂されるというあり方は、発想しがたい状況だったのである。そもそも『拾遺集』は、院政期以前の、政治力の乏しい院の親撰というあり方からするならば、極端に言えば私撰集と位置づけられてもおかしくないものである。それが勅撰集として成り立ち、容認され得たのは何故だろうか。

　勅撰集とは、各時代の和歌のあり方をうつし取るもの、とりわけ「王権」のあり方を映し出す鏡のようなものであろう。『拾遺集』の成立は花山が出家退位（寛和二年（九八六））して後二十年を経た、一条朝期真っ直中の寛弘三年（一〇〇六）前後のことであった。そして以後、応徳三年（一〇八七）に『後拾遺集』の成立を見るまで、八十年間も勅撰和歌集は編纂されることが無いままとなった。この一連の流れは、平安和歌史の中でも極めて特異な状況であり、かつそれは当時の政治体制の特殊性と連動する一つの結果であることを多くの論者が指摘している。[注(1)] では当時の政治体制の特殊性とはどのようなことであるのか。確認のために現在の歴史学での認識を示せば、加納友康は、[注(2)] 安和二年（九六九）に起きた「安和の変」を時代の大きな転換点と捉え、安和の変以降、道長・頼通の生きた約百年を「摂関体制の確立期」と把握している。すなわち『拾遺集』の成立とそれ以後『後拾遺集』までの八十年間にわたる勅撰集空白期とは、良房以来の藤原北家による摂関政治が、「安和の変」によって対立する他氏を完全排除し、兼家・道長・頼通らによって確固たる「体制」として確立した時期、摂関家が最も強力かつ安定的に時代を支配した時期と重なることになる。

　そもそも古代後期、すなわち平安遷都から院政期までの王権とはどのようなものであったか。これについては、玉井力の「分権的王制」すなわち「一部代行が可能となることにより変質した天皇制」と見る理解が[注(3)] 的確であろう。「分権的王制」は文化面においても同様であって、実際、『古今集』『後

(1) 代表的な論考に上野理『後拾遺集前後』（笠間書院、一九七六）。

(2) 加納友康「摂関期政治と王朝文化」第一節「平安時代の国家と社会へのアプローチ」（加納友康編『摂関政治と王朝文化』（日本の時代史六、吉川弘文館、二〇〇二）。

(3) 玉井力『平安時代の貴族と天皇』（岩波書店、二〇〇〇）。

撰集』の二つの勅撰集は、前者が醍醐、後者が村上という意欲的な帝の、意志ある撰集下命があり、それを支える時平、師輔・伊尹・安子といった摂関家の人材の協調関係のもとに成立したものであった。それに対して『拾遺集』は、「分権」の割合が圧倒的に摂関家に偏っていく中で生み出された勅撰集である。そのことが、この集の成り立ちを複雑にし、成立の経緯や内容への評価を見えにくくしている一因であるに違いない。

本章では、従来の『拾遺集』研究とはやや視点を異にして、『拾遺集』の成立を「分権」した二人―花山院と藤原道長、とりわけ道長に焦点を絞って成立への道筋を追い、政治と時代が構築する「勅撰集」編纂という文化行為について理解を深める一助としたいと考える。

2 勅撰和歌集下命への意欲――花山在位中の計画

『拾遺集』の最終成立年次は、所収歌の詠歌年次や歌人の官職名などから判断して、寛弘二年（一〇〇五）四月以降、同四年（一〇〇七）正月以前であると推定されているが、[注(4)]この点については古記録の記述などから、若干ながら下限を引き上げる余地がある。注目したいのは花山院が寛弘三年（一〇〇六）十一月一日を境にその体調が悪化の一途を辿っていく点である。同年三月頃までは、闘鶏を催行する（『栄花物語』「初花」）など活動的な記録が大半であるのだが、この十一月一日の『小右記目録』を最初の記述として、『古記録』での花山院は、以後崩御に至るまで、「花山法皇御悩事」の記述ばかりとなる。寛弘四年七月二十八日条（『権記』）、同年八月十九日条（『権記』）、同五年（一〇〇八）二月五日条（『小右記目録』『御堂関白記』『権記』）、同年二月七日条（『権記』）などがそうであるが、特に『権記』の寛弘四年八月十九日条では「御悩重云々」と記されている。

（4）堀部正二『中古日本文学の研究』（教育図書、一九四三）。

ほぼ危篤状態と推測される寛弘五年二月五日・七日、そして崩御当日の八日を迎えるまでの間、花山院は徐々に、しかし確実に身体の悪化を重ねていったと想像されるのである。そうした事情を勘案すると、『集』は、院の「御悩」が始まる以前、遅くとも寛弘三年十月中にはほとんど完成を見ていたと捉えるのが穏当ではないだろうか。

ところで花山院は、はやくその在位中（永観二年（九八四）即位、寛和二年（九八六）六月出家・退位）のわずか二年のうちに勅撰集撰集を計画した可能性のあることが指摘されている。根拠となるのは、西本願寺本『能宣集』の詞書である。

……あるいは口に詠じてその草をとどめず、あるいは筆におほせてこの心記さず、むなしく数年をおくりてよりこのかた、円融太上法皇の在位の末に、勅ありて家集を召す、今上花山聖代、また勅ありて同じき集を召す。この時にあたりて、かさねて乾葉の草拾ひて、なまじひに萎花のことばをあつめては、時勢の艶情はるかにうやまひて、みだりがはしく僅かの風をそしるといふに……

増田繁夫は『能宣集注釈』▼注(5)の語釈と解説の項で、円融、花山両天皇が、それぞれの代において、著名歌人に家集献上を求めたこと、その目的は勅撰集撰集の資料とするためであったことを指摘している。「今上花山」というちぐはぐな表記（「花山」は退位後の呼称）は、本来「今上」とあったものに、後人が「花山」と書き入れをし、それが本文化されたという推測や、また特にその「今上」に対し、能宣が、醍醐・村上を指す「聖代」の語を用いている点、また、西本願寺本における「侍り」「申す」の用い方から「勅撰集的というか、勅に応じた集にふさわしいような性格を多くもっている」

(5) 増田繁夫『能宣集注釈』（私家集注釈叢刊七、貴重本刊行会、一九九五）、なお西本願寺本『能宣集』の引用は同書による。

とする諸点についての増田の指摘はみな首肯されるものであり、西本願寺本『能宣集』の原型はまず、花山天皇の勅撰集撰集の御意に従い、編纂・奉献されたものであったと理解すべきであろう。

足かけ十六年在位したとはいえ十一歳で即位し、「いとうるはしうめでたうおはしませど、雄々しき方やおはしまさざらん」（『栄花物語』・「花山たづぬる中納言」）と評される円融と、即位時十七歳であった花山では、政治・文化へのモチベーションは大きく違っていた。在位期間はわずか二年であったが、矢継ぎ早に新政を打ち出すなど天皇としての意欲に満ちており、[注6]また文化面でも、東宮時代から近臣と歌合に興じているなど生来の和歌愛好者であった花山が、祖父村上に倣い、新天皇の文化事業として勅撰集撰集を企図したとしても不思議ではない。短い在位中にも花山は二度内裏歌合を催行している。勅撰下命の企画がどこまで進んでいたのか、まず撰集資料として、著名歌人らに家集の献上を求めていたことまでは、先にあげた西本願寺本『能宣集』などから判明する訳だが、その範囲がどこまでであり、また何人の歌人が能宣のように献上家集の編纂を終えていたのか、あるいは撰者まで決定していたのかなど、その先の具体的な事柄の詳細は不明というよりない。この時期は、村上天皇の勅命による『後撰集』が一応の完成を見たとされる天暦七年[注7]（九五三）から三十年以上を経ており、「天徳四年内裏歌合」を契機としていっそう本格化した貴族の和歌愛好によって、上級貴族も、能宣のような受領層ながら歌の家の自覚を強めていた歌人たちも秀作を競っていた。源順、曾禰好忠、源重之、恵慶法師らによる初期定数歌もこの頃までに成立を見ている。[注8]安法法師の主催する河原院歌合が最も頻繁に催行されたのも永観元年（九八三）であった。[注9]新天皇による勅撰集編纂はむしろ歌人たちの切望するところであったかもしれない。

しかし、新しい勅撰集成立の夢は、寛和二年（九八六）六月の劇的な出家退位事件によりあっけない幕切れとなった。その事件が摂関家の体制強化のための策謀であったのであるから、新しい勅

(6) 保立道久『平安王朝』（岩波書店、一九九六）。

(7) 山口博『王朝歌壇の研究 村上冷泉円融朝篇』（桜楓社、一九六七）、新日本古典文学大系『後撰和歌集』（岩波書店、一九九〇）、片桐洋一解説。

(8) 初期百首の成立は、「好忠百首」天徳四年（九六〇）、「順百首」天徳四年（九六〇）頃、「重之百首」応和元年（九六一）～康保四年（九六七）、好忠「三百六十首歌」安和元年（九六八）～天禄三年（九七二）、「恵慶百首」天元期頃（九七八～九八二）。なお「恵慶百首」の成立時期の推定については、本書第4章を参照されたい。

(9) 河原院の文芸活動については、犬養廉『平安和歌と日記』（笠間書院、二〇〇四）第一篇第三章、第二篇第三章、近藤みゆき『古代後期和歌文学の研究』（風間書房、二〇〇五）。

撰集編纂の計画も、摂関家の力業の前に頓挫したと捉え直すことも出来るであろう。先に述べたように加藤友康は、安和の変（安和二年〈九六九〉）を摂関体制確立への画期としている。その変ののちに即位した円融、それに続いた花山には、意志はありながらついに勅撰集編纂は遂げられなかったのである。天皇、勅撰集、摂関政治の複雑な関係があらためて確認されるところであろう。

続く一条天皇には勅撰集下命の形跡さえ無い。その一条に代わって、退位して実に二十年ほどを経た花山の手によって『拾遺集』が編纂された訳である。繰り返しになるが、勅撰集が次の御世に持ち越され、半ば院の私撰集のような形で完成するというのはやはり異例づくめであろう。しかし、これを増田が述べるような、当期における秀歌撰志向の高まりと「勅撰集」の意義の曖昧化の結果[注(10)]として説明づけることには、疑問が残る。四節で示すように、能因が当代の「勅撰集」の撰集を切実に希求するなど、「勅撰集」を特別視する考え方は、この時期むしろより強くなっていたと思われるからである。

『拾遺集』が土台とした『拾遺抄』は、『如意宝集』など公任の先行する秀歌撰と関連が深く、成立は、長徳二年（九九六）十二月二十九日から同三年七月五日頃と推定されている。[注(11)]ただし、「抄」は秀歌撰との関連が深いとはいえ、その詞書の敬語の用法から明らかに勅撰集を目指したものであることを、はやく堀部正二が立証している。[注(12)]しかしその「抄」から「集」への増補には、なお十年近くを要したこととなる。[注(13)]何故、この寛弘期に、唐突に花山院の勅撰集規模の和歌集親撰への意欲が再燃し、また異例中の異例のそれが、第三番目の勅撰集として容認されるに至ったのであろうか。稿者はそこに道長の積極的介入の可能性を想定してみたい。

3 長保から寛弘期の花山院と道長

(10) 増田繁夫「勅撰和歌集とは何か」（『古今集とその前後』風間書房、一九九四）。

(11) 堀部正二注（4）書ならびに、三好英二『校本拾遺抄とその研究』（三省堂、一九四四）。

(12) 堀部正二注（4）書。

(13) 「抄」から「集」への成立過程については、島津忠夫「拾遺抄から拾遺集へ―異本拾遺集をめぐって―」（『国語国文』三〇・一二、一九六一・一二）によって巻十五以前と巻十六以後に分けて成立したとする二期編纂説も出されている。

その根拠は、道長の動向、すなわち長保末から寛弘期にかけての道長が、かつて無いほど花山院と親密な関係を築いていること、そして同じ長保の頃から、道長が天皇に取って代わるかのように、本来天皇に属する様々な行事を自らが積極的に執り行うようになっていくという二つの動向にある。まず、前者について、長保末から寛弘期にかけての両者の関係を記録の上に追ってみよう。以下、試みに年月日順に、『大日本史料』の「綱文」も参考に、事柄の要約を太字で示し、あわせて該当する史料をあげてみる。▼注(14)

(1) **長保六年（七月二十日寛弘元年に改元）二月六日**

春日祭、花山院、御製を、祭使右近衛少将藤原頼通の父道長に賜ふ

「従花山院賜仰、以女方、われすらにおもひこそやれかすかの丶をちのゆきまをいかてわくらん、御返、三かさ山雪やつむらんとおもふまにそらにこゝろのか（よ）ひにけるかな」

（『御堂関白記』・「裏書」同日条）

(2) **長保六年（寛弘元年）三月二十八日 花山院、花を白河辺に御覧ず**

「従花山院、右近中将公信朝臣来云、仰事、可花御覧参者、只今（申）参由、即参入、従兼有此聞、仍非無其意用、召余車御、即候御車、覧白河殿、後従山辺御御馬、御観音（院）勝筭房、余所儲御前物併破子（以下「裏書」）於彼房供、仰左衛門督令和歌題二首料、帰院給後奉歌、有御製賜之、後退出間、賜御馬）」

（『御堂関白記』同日条）

(3) **長保六年（寛弘元年）四月二十五日**

花山院の二人の皇子（昭登・清仁）を冷泉院の猶子とすることを、道長仲介す

(14) 以下、『御堂関白記』『小右記』の引用は『大日本古記録』に、『権記』は『史料纂集』によるが、表記は旧字体を新字体に改めた。

「乗帥宮御車、参冷泉院、花山院宮達二所御名字、可被為院宮也、即被奏内可親王宣旨下由」
（『御堂関白記』同日条）

(4) **長保六年（寛弘元年）五月二十七日**

花山院、道長の上東門第に御幸し、競馬を御覧ず

「五月廿七日、庚戌、左大臣家有競馬、花山法皇御幸此第、左大臣候御車、大臣献御馬三匹」
（『日本記略』同日条）

「従花山院、以中清朝臣可奉御車者、即参入、巳時渡御、従馬場末門御入、……（以下略）……」
（『御堂関白記』同日条）

(5) **寛弘元年閏九月四日　花山院、道長に御製の和歌を賜ふ**

a「早朝人々還、従花山院賜御歌、以戒秀為御使、奉御返、併戒秀賜薄色織物褂」
（『御堂関白記』同日条）

b　法性寺入道前摂政、清水寺にこもりて侍りけるに、つかはされける
花山院御製

滝のおともいかがきくらん都だにものあはれなるころにも有るかな
（『玉葉集』・二二三〇）

(6) **寛弘元年十二月三十日　花山院、御馬を道長に賜ふ、又道長男、頼通の病を問ひ給ふ**

「自院、令訪頼通朝臣病給事」
（『小右記目録』同日条）

「参花山院、出後以公信朝臣賜御馬、賜公信綾桜色細長」
（『御堂関白記』同日条）

(7) **寛弘二年八月五日　花山院、歌合を行ひ給ふ**

「院（花山）以兼業（源）朝臣仰云、密々仰男等、令合和歌、而左大臣（道長）伝聞可来見云々、

不可厭却、此事欲云合、明後日可参入者」（『小右記』同日条）

(8) 寛弘三年七月二十五日　花山院の御給爵のことを奏し、承諾の勅を得る

「参花山院、当年御給爵、被従于鴨院申給、相継之由、触示左府、可奏聞者、即詣左府、申案内、参内、奏聞勅云、承由可申者、又参左府、又参院、帰家」（『権記』同日条）

(1)は道長男頼通が十三歳で春日祭の使として出立した折に院から歌を送った贈答で、現存する『御堂関白記』では、花山院に関する記述の初出である。花山院が頼通を気遣って道長に礼を尽くす様子は(6)にもうかがえる。(2)では、花山院の白河の花見の折、召しに応じて道長も同行。道長は和歌を献じ、院からは御製と御馬が下賜されている。この長保六年（＝寛弘元年一〇〇四）の春から夏にかけて、両者は特に親密で、花見から一ヶ月のち、(3)にあるように道長は、院が自らの出家ゆえに、拠り所を無くし行く末を案じていた二人の皇子（昭登、清仁）を、冷泉院の猶子とするよう仲介をし、花山院はこの処遇に深く感謝している。

花山院の院事については、長保元年（九九九）七月十二日から小野宮実資が命を受けこれを執り行っていた（『小右記』同日条）、しかし今井源衛が指摘するように、▼注(15) 経済面で退位後の院に貢献するところが誰よりも大きかったのは道長であった。その一端は、(8)の院の御給申請の際にも、道長の意を介して給付の勅命が下っていることからもうかがえる。道長にとっての見返りは、「院の御製」という高い付加価値のついた「和歌」であったろうか。遡って長保元年（九九九）の「彰子入内屏風」作成の折に、道長は公任を初めとする名流の公卿にとどまらず花山院にまで和歌詠進を求めた。そして院がそれに応じてしまったことへの憤りを、実資は「上達部依左府命献和歌、往古不聞事也、何況於法皇御製哉」（『小右記』二十八日条）と記しており、またさすがに色紙への署名は御製では

(15) 今井源衛『花山院の生涯』（桜楓社、一九六八）。

なく「読人しらず」となったという（同記・三十日条）が、それ以後、院と道長にはさほどの接点が無かった。ところが、上記(1)〜(8)に辿ることが出来るように、長保末から寛弘期にかけて、両者の交流、それも和歌を繋がりとする交流が急速かつ目に見えて盛んになるのである。

このような、道長と花山院の相互関係を、今井源衛は「自己の強大な政治的権力を荘厳するアクセサリーを、道長は院に求め、院はそれを武器として、道長の物質的援助を引き出すことが出来たのであろう。[注(16)]」とするが、道長の意図は、「アクセサリー」の域を超えたところにあったのではないだろうか。

そう考える理由は、同じ長保期から、花山院との文事だけでなく、道長の行動が、他の文学や文化的行事といった多方面において、同時的に活発になる点にある。具体的には、第一には私邸―主に土御門第での歌合や作文（詩会）の催行、第二には公卿殿上人を率いての大堰川遊覧、第三にはやはり私邸―土御門第や上東門院での競馬の催行である。

まず第一であるが、歌合としては、道長が土御門邸で行った法華卅講の際、法楽として催行された長保五年（一〇〇三）五月十五日の歌合がある。花山が出家直前に計画した寛和二年（九八六）六月十日の内裏歌合以降、内裏歌合は全く行われていなかった。そうした時期に、輔親・輔尹・為義・道済・嘉言・祐挙・為憲、兼澄・長能・行資・為政・善忠・敦信・為時と和漢の才のある実力派の十四名を歌人とし、判者には公任をむかえ、七題二十一番の文芸性の高い歌合を行ったのがこの歌合であった。また、作文であるが、『御堂関白記』には、自邸での作文主催の記述が非常に多い。試みに長保元年から寛弘五年までの間について辿ってみると、催会数は十九度を数え、これは同じ期間における内裏作文会十六度をを上回る回数となっている。ちなみにその内訳は、長保元・二年は各一度、寛弘元年は二度、寛弘二年は七度、寛弘三年は一度、寛弘四年四度、寛弘五年三度となっ

(16) 今井源衛注（15）書。

ており、寛弘二〜四年にかけてが、特に盛んである点も注目されよう。

第二の大堰川遊覧であるが、道長は長保元年（九九九）九月十二日（『小右記』同日条）を初度として、歌合を催行したのと同じ長保五年（一〇〇三）の、八月十九日（『権記』）にも大堰川遊覧を行っている。それらの延長上に、寛弘六年（一〇〇九）九月二十三日には、より盛大な遊覧を催行した。殿上人二十名ほどが付き従い、その際行われた和歌会は、大江匡衡が「和歌序」を献ずる（『御堂関白記』『江吏部集』）など、威儀の整った大規模なものであった。それに対して、天皇・院の大堰川行幸は、公任の三舟才の逸話で著名な寛和二年（九八六）十月十四日の円融院の大堰川逍遥（『小右記』）を区切りとして、以降一条天皇から後三条天皇まで行われることは無かった。大堰川遊覧和歌と言えば、なんと言っても宇多法皇の大堰川行幸ならびに詩歌会（延喜七年（九〇七）九月十日、『日本記略』『大和物語』『大鏡』）が想起されるところであろう。それは、後三条の次の代の白河天皇が、即位から二年後の承保二年（一〇七五）に、宇多院のそれに倣って大堰川行幸和歌を催行したことにもよくあらわれているように、「延喜聖代」が幻視される、天皇にとっての特別な意味を持つ象徴的行事でもあったのである。道長が幻視したものもおそらく同じであったに違いない。道長は、天皇・院を差し置き、あえてそれを自らの文事として行っていったのである。

第三の競馬においてその意図はいっそう顕著である。道長の馬好きは有名だが、それが単なる趣味の域を超えて、政治的意義と表裏一体のものであったことを跡づけた中込律子の論[注(17)]は示唆するところが大きい。中込によれば、競馬は本来天皇の神事であったが、そうした王権の神事が摂関家の行事として定着するように大きく転換するには、道長の力が働いたのだという。道長の競馬の初見は、『小右記』の長保元年（九九九）九月十二日条で、前掲のように前日十二日道長は、嵯峨大堰川に遊覧しているのだが、帰路、その足で藤原誠信、公任ら公卿殿上人を伴い、東三条院において

(17) 中込律子「摂関家と馬」（服藤早苗編『王朝の権力と表象』〈森話社、一九九八〉）。

競馬・和歌会を催行している。この事態を実資は、「奇恠事也」、「往古不聞之事」と前例無い事態とし、特に近衛府の官人を乗り手としたことには「競馬非是尋常、極希有之事也」と厳しく指弾しており、この時の競馬が、いかに臣下の分を超えるものであったかをうかがうことが出来る。以後、四日後の十六日、同長保元年年十月二十日、長保二年四月二十五日（『権記』）、長保五年には計三度、寛弘元年四月二十五日と、道長私邸での競馬は頻繁に催行されるようになるが、ついに「行幸」を伴うものとして行われたのが、前掲(4)寛弘元年五月二十七日の花山院行幸による道長邸競馬なのであった。中込はこの花山院の競馬行幸を「競馬は……誰でも任意に出来るものではない。道長が競馬を行ったのは、一種の政治的デモンストレーションで、寛弘元年の花山院御幸は、これを公然化するもの」と意義づけている。それは次の段階として、院ならぬ天皇の競馬行幸を実現し（寛弘三年（一〇〇六）九月二十二日、一条天皇競馬行幸、長和二年（一〇一三）九月十六日（『日本紀略』）・長和三年（一〇一四）五月十六日、三条天皇競馬行幸）、さらには頼通における高陽院（かやいん）競馬行幸（万寿元年（一〇二四））など、道長・頼通時代における競馬行幸（くらべうまのみゆき）の定着の基盤を固めることに繋がっていくのであった。

以上、歌合・作文、大堰川遊覧、競馬行幸と、しばしば実資らの批判を受けながらも、王権の分権、一部代行というよりは、侵食するかのように、道長がそれらを自らの差配するものとしていくありかたを確認した。長徳の変の後、長保から寛弘期にかけて、道長はこのように多方面で、王権を模倣した行為を重ねていたのであった。そうであるとすれば、道長は当然、「勅撰集編纂」という領域も見逃さなかったのではないか。現天皇ではなく、あえて自身の庇護下にある下り居の帝、しかも、一度は勅撰和歌集編纂の意志を抱いた、和歌への意欲の高い花山院を撰者に据えることは、天皇の勅撰集下命を願うのではなく、天皇に属する行為を自らのものとしたい道長にとってかっこうの人選ではなかったろうか。花山に再度奮起をあおり、これを後援する形で、古今・後撰に匹敵する和歌集を完成させる—長保末から寛弘初にかけての道長と花山の親密さ、また、当期道長の文化戦略から、『拾遺集』成立の背景を、一つこのように想定したい。以下その点について検討を重ねてみる。

4 『拾遺集』と道長

『拾遺集』に第三番目の勅撰和歌集として『古今集』『後撰集』と並ぶ権威を付与したのが、ほかならぬ道長その人であったことも、注意されてよい。「集」の成立から間もない寛弘五年（一〇〇八）十一月、中宮彰子が敦成親王出産後に土御門殿から内裏に還御した際、道長から贈られた手箱の懸子の上段には「古今集、後撰集、拾遺抄、その部どものは五帖に作りつつ、侍従の中納言と延幹と、おのおの冊子一つに四巻をあてて書かせ」たものが収められていたという（『紫式部日記』）。増田繁夫は、▼注(18)ここに言う「抄」は古今・後撰と同様の廿巻であるので現在で言うところの「集」を指しており、「この三集を一組にしたのは、やはり道長の見識ということになるのであろう。」とする。

ただし、これが時人の共通理解であったかどうかは判じがたい。たとえば当代における勅撰集編纂への切実な期待を込めて家集を編んだ能因法師は、その『能因集』序文において「……彼の天暦以往の如く、廼ち三代の明主、勅を降して茲の道を恢め、四人の歌仙、詔を奉はりて家集を献ず。是を以て王道股肱の臣、衆心を訪て詞を採り、儒林河漢の才、巻首に冠して序を顕はす。▼注(19)……」と記している。能因の念頭には、詔勅による集と言えばあくまで「天暦以往」すなわち村上天皇以前の「三代の明主」による集という認識があった訳である。この天暦以前の「三代の明主」が誰を指すかは、『類従雑用抄』（康治二年（一一四三）〜久安二年（一一四六）成立）の「造紙筥一双」の

(18) 増田繁夫注（10）論文。

(19) 序文の訓読文は川村晃生『能因集注釈』（貴重本刊行会、一九九二）による。

条の次の記述が参考になろう。

……以上、造紙筥に納める。合わせて百二十帖または十六帖、八帖造りの時の事なり。万葉・古今・後撰集などなり。三代集とはこれを言う。万葉集は平城天皇の御撰。古今は延喜の御撰。後撰は村上の御撰。……

（『類従雑用抄』巻第四より）[注20]

「三代の明主」は、平城・醍醐・村上であり、「三代集」とは万葉・古今・後撰という捉え方が、能因の認識するところでもあった可能性が高いであろう。[注21]『能因集』の成立は能因晩年の寛徳二年（一〇四五）頃と想定されているが、[注22]ようはこの時期には『拾遺集』を勅撰集とする認識は必ずしも定まっていなかったことになる。また、能因のような理解が当時一般の認識であったとすれば、あえて、『万葉集』を外し、完成間もない『拾遺集』を『古今集』『後撰集』と同じ列に加え、忍耐の末に得た念願の皇子・敦成親王とともに内裏に還御する彰子に持参させた点、道長自身の『拾遺集』に対する並々ならぬ思い入れを読み取るべきではないだろうか。この時、花山院はすでに他界している。院への配慮はもはや不要だったにもかかわらず、しかしそれを亡き院の私撰集として埋もれさせること無く、引き立て、引き上げていく道長の姿勢は、『拾遺集』とは、花山院との「分権」によって自らも関わり完成させた「勅撰集」であるという強い意識に裏付けられたものかとも推測されるのである。

勅撰集を撰ぶにあたっては、いかに撰集資料の蒐集が重要であるか、また由緒正しい資料を数多く手元に揃えるのがいかに容易ならざる業であるか、近年我々は、冷泉家の所蔵する膨大な私家集の出現を目の当たりにして再認識をうながされているところであるが[注23]公任撰の「抄」を土台とする

(20) 『類従雑用抄』の訓読文本文は、川本重雄・小泉和子編『類従雑用抄指図巻』（中央公論美術出版、一九九八）による。

(21) 成立時期の問題もあるが、能因本『枕草子』に「集は、万葉集、古今集、後撰集」とあることも思い合わされる。

(22) 川村晃生注（19）書。

(23) たとえば田中登「撰集資料としての私家集」（「しくれてい」第一〇九号、二〇〇九・七）は、「ある歌人が仮に勅撰集の撰者に任命されたとしよう。勅撰集は通常二十巻ほどの規模であれば、一千首から二千首ぐらいの歌、それも優れた歌を必要とするから、少なくともこれに数倍するほどの資料が撰者の手元には揃っている必要があろう。」とする。

(24) 小町谷照彦『藤原公任』（王

とはいえ、なお倍の二十巻にするためには、相当な撰集資料が必要だったはずである。「集」が院の「親撰」であるにせよ、前提となる撰集資料無しにはそれもかなわない。派手好みで時人を驚かせる逸話ばかり事欠かない花山院に、撰歌上の才能こそ期待出来ても、人脈や信頼関係、忍耐も必要とする資料蒐集などがどこまで可能であったろうか。

その筋で期待の出来そうな公任とは、母方の血縁で従兄弟同士、また公任の妹・諟子が花山の女御として入内するなど関係が深く、二歳違いという年齢の近さもあって、東宮時代から近しい間柄であったことは確かだが、花山の気性激しさや型破りな行動、退位後の実権の無さを思い合わせるならば、公任にとって花山はむしろ敬して遠ざけたい相手だったかもしれない。現に長徳三年(九九七)には、公任は斉信とともに花山院の従者の狼藉に合い、花山院の邸を検非違使が包囲、下手人を捜索する事件が起きている(『小右記』四月十六日条)。それに対して、和歌資料を確実な筋から蒐集することも、またこの時期道長には完全に道長に従っていた公任に助力をうながすことも、▼注(24) 長保・寛弘期の道長であれば可能であったであろう。

そもそも、なぜ公任が勅撰集としての形式を構えた「抄」を編んだのか、またそれを「集」の母胎とし得たのか、それらの点も不明なことばかりで、今後検討が必要と考えるが、▼注(25) ただ、花山・道長・公任の三者が和やかに風雅と和歌に興ずる姿を、今まさに問題としている長保六年(=寛弘元一〇〇四)に見ることが出来る。前掲(2)で、道長・花山院の交友資料としてあげた、長保六年三月二十八日の白河への花見御幸である。同日の記録は、所掲の『御堂関白記』の他、『権記』『百練抄』にも記されているが、花山院が企画した花見御幸に道長・公任も付き従い、白河殿から山辺、観音院をめぐり、観音院の勝算の房では道長の用意した食事を楽しみ、公任に和歌題を召している。山中裕は特にこの日の逍遥を、道長と院の親交の最もよくあらわれた出来事として紹介しているが、▼注(26)

朝の歌人七、集英社、一九八五)は、公任と道長の関係について、特に長徳三年(九九七)以降、「公任は道長にしだいに接近して傘下のひとりとなり、道長の勢威を彩るかたちで、その才名を高くうたわれるようになっていく」とする。また、同書には、ある時期から繋がりを深めていく道長と公任の関係について詳述されている。

(25) 公任は花山院が東宮時代に催行した歌合ならびに在位中の二度の内裏歌合にも出詠しており、天皇時代の花山が勅撰集撰集の構想を抱いた時、公任を、たとえば撰和歌所別当とするような心づもりがあったのかもしれない。当時公任はようやく二十歳。『後撰集』撰集の際、伊尹が撰和歌所別当をつとめたのは二十八歳であるから、やはり若すぎる感があるが、政治面でも一気に若手で固めた花山時代を考えると、可能性の無いことではないかもしれない。そうした因縁が、後年の「抄」編纂に結びついたのかもしれないが、いずれにせよ憶測の域を出ない。今後よりこまやかな検証と考察が必要であり、本章ではこれらの問題につていは措くこととする。

(26) 山中裕『藤原道長』(人物叢書新装版、吉川弘文館、二〇〇八)第二の三節。

実際、公務多忙の中、院の雅びに終日付き従い、御前物・破子の手配にいたるまでこまやかな心配りをして尽くす道長には、花山への最大の配慮がうかがえるであろう。一方、諸卿を従えての花見逍遥と詠歌を満喫する花山には、往年の、王道的な和歌のあり方を思い起こすような気分が漂っている。そうした気分、心理的高揚があってこそ、院の身分でありながら在位時代の夢、古今・後撰と並ぶ規模の歌集編纂に自ら挑むことも可能になったのではないか。以上「状況」を重ねた上に立つ推測ではあるが、この長保末から寛弘元年を、『拾遺集』編纂の着手の時期、あるいは、増補・再編集が軌道に乗りはじめた時期と想定してみたい。

5 「抄」から「集」へ——増補歌に見る道長とその周辺

「抄」から「集」への内部事情には、前述のように依然不明な点が多い。しかし、「抄」が詞書他、勅撰集を意識して編纂されたものであることは、前掲堀部正二の立証に見るようにまず相違ないことであり、かつ、片桐洋一が、部立ての特異性・構成を分析して「『拾遺抄』のそれとの関係を考えなくては到底理解出来るものではない。」[注27]と述べるように、「集」が「抄」の撰歌や構成を基盤とし、これを増補する方針を取っている点にも、もはや異論の余地は無い。その前提で、「増補歌」を検討し、花山院ならではの当代的な新しい傾向として、柿本人麻呂歌の大量入集に見るような万葉歌の尊重、あるいは連歌の入集や「物名」を倍増し部立てとして特立するような「遊び」の領域の拡大、また巻二十・哀傷に、「釈教歌」を歌群として構成・配置し、慶滋保胤をはじめとする当代の出家者たちの歌や行基・聖徳太子という仏教史上名高い人物の和歌を複数おさめるような仏教と出家に関する領域の拡大[注28]などが指摘されてきた。表現研究[注29]や、「集」の構成に関する研究など[注30]、論考は近年ま

(27) 片桐洋一『古今和歌集以後』（笠間書院、二〇〇〇・一〇）Ⅲ一「『拾遺集』の組織と成立—『拾遺抄』から『拾遺集』へ」。

(28) 釈教歌群の配列や親撰の立場から見た花山院と仏教の問題については今野厚子『天皇と和歌—三代集の時代の研究—』（新典社、二〇〇四・一〇）。また当代の出家者の問題については近藤みゆき注（9）著書の序章ならびに第一章第三節。

(29) 小町谷照彦「拾遺和歌集の本質—三代集の終着点」（『国語と国文学』一九六七・一〇）、同「拾遺集恋歌の表現構造」（同一九七〇・四）、佐藤和喜『平安和歌文学表現論』（有精堂、一九九三）。

(30) 今野厚子注（28）書、小池博明『拾遺集の構成』（新典社、一九九六）。

すます盛んになっているが、以下では、それらと異なる側面、「集」の増補歌から看取される対道長意識として、道長とその和歌を、残された紙幅の及ぶ限りで指摘してみたい。

「抄」には道長の和歌は一首も無い。それに対して、「集」では、左大臣道長自身の詠作が二首加えられており、他、「彰子入内屏風和歌」や、「道長家詩歌合」での詠歌、二人の妻（倫子・明子）に関わる和歌、そして道長にとって最も篤く遇すべき東三条院詮子関係の和歌など、道長とその親族・周辺が浮かび上がるような歌々が増補されているのである。それらをあげてみよう。

〈A〉　右衛門督公任こもり侍りけるころ、四月一日にいひつかはしける　左大臣

谷の戸をとぢやはてつる鶯のまつにおとせではるもすぎぬる

返し　公任朝臣

ゆきかへる春をもしらず花さかぬみ山がくれの鶯の声　（雑春・一〇六四・一〇六五）

〈B〉　冷泉院の五六のみこはかまぎ侍りけるころ、いひおこせて侍りける　左大臣

いはの上の松にたとへむきみぎみは世にまれらなるたねぞと思へば　（雑賀・一一六五）

〈C〉　左大臣むすめの中宮の料にてうじ侍りける屏風に　右衛門督公任

紫の雲とぞ見ゆる藤の花いかなるやどのしるしなるらん　（雑春・一〇六九）

〈D〉　左大臣の土御門の左大臣の婿になりてのち、したうづのかたを取りにおこせて侍りければ　愛宮

年をへてたちならしつるあしたづのいかなる方にあととどむらん　（雑上・四九八）

〈E〉　賀茂臨時祭の使にたちてのあしたに、かざしの花にさして左大臣の北の方のもとにいひつかはしける

ちはやぶるかもの河辺の藤波はかけて忘するる時のなきかな　　　　兵衛
（雑恋・一二三五）

〈F〉　右大臣(ママ)家つくりあらためてわたりはじめけるころ、文つくり、歌など人々によませ
侍りけるに、水樹多佳趣といふ題を▼注(31)　　　　右衛門督公任
すみそむるすゑの心の見ゆるかなみぎはの松のかげをうつせば　　　　（雑賀・一一七五）

〈G〉　東三条院の賀、左大臣のし侍りけるに、上達部かはらけとりてうたよみ侍りけるに▼注(32)
　　　　右衛門督公任
君が世に今いくたびかかくしつつうれしき事にあはんとすらん　　　　（雑賀・一一七四）

〈H〉　東三条院御四十九日のうちに、子の日いできたりけるに、宮の君といひける人の許につか
はしける　　　　右衛門督公任
たれにより松をもひかん鶯のはつねかひなきけふにもあるかな　　　　（雑春・一〇二二）

〈I〉　女院、御八講捧物に、かねして亀のかたをつくりてよみ侍りける　　　　斎院
業(ごふ)つくすみたらし河の亀なればのりの浮木にあはぬなりけり　　　　（哀傷・一三三七）

追加された道長歌二首〈A〉・〈B〉は、前者が公任との贈答、後者が花山院への和歌で、どちらも公任・院の人生の節目を捉え道長から歌を贈った場面となっている。〈A〉は寛弘二年四月一日の贈答で、斉信に官位昇進を超された公任は寛弘元年十月頃から出仕せず、鬱々とした籠居の日々を送っていた。その公任に道長は、公任を鶯に喩え、「待っている」というメッセージを送り、慰撫しているのである。また〈B〉は、前掲の史料一覧の(3)長保六年（=寛弘元年）四月に、道長が冷泉院の猶子とするよう取りはからった花山院の昭登・清仁両親王の袴着を祝賀した歌で、しかも

(31)　詞書は各諸本「右大臣」とあるが、「水樹多佳趣」は長保五年（一〇〇三）五月、土御門第での道長詩会、和歌会の題であり、ここは「左大臣」と解釈すべきである。

(32)　同歌は『拾遺抄』異本歌に「源光の右大臣の家に前栽合し侍りけるに、まけわざを内舎人橘すけなかがし侍るとぞ、州浜の千鳥のかたを作りて侍りけるに、よませ侍りける」の詞書で、作者を貫之として掲載する。ここでは異本歌より、『拾遺集』の記載を尊重することとする。

その内容は両親王を「世にまれらなるたね」（世にも高貴な血筋）と言挙げすることで、同時に村上・冷泉・花山の血統を称揚する内容ともなっている。この二人の親王の処遇について、花山院が道長に格段の感謝の念を抱いていたことは、先に述べた通りである。不遇の上卿を心から思いやり、また院、すなわち王位にあったものに対し、子孫の行く末とその血統を称揚する。たった二首ながら、情け深く、君臣の交わりの手本のような「臣」としての道長の姿を「集」は提示しているのである。

そしてその道長一家の慶事が、〈C〉「彰子入内屏風和歌」、〈E〉賀茂の臨時祭の奉幣使の拝命、〈F〉土御門第新造後の作文・和歌会、〈G〉「東三条院詮子四十賀」のように、綴られているのである。詮子に関しては、四十賀以外にも、〈H〉四十九日、〈I〉御八講と、その薨去を悼む詠歌も加えられている。周知のように、道隆逝去後、道長が内覧宣旨に与った際の一番の功労者は詮子であるが、その詮子の賀を祝う道長の姿、そして詮子の供養・法要までを覆っていることになる。ここでも姉に孝を尽くす道長という存在が印象づけられていよう。〈C〉は長保元年（九九九）十一月、〈F〉は長保五年（一〇〇三）五月、〈G〉は長保三年（一〇〇一）十月の詠作であり、〈A〉・〈B〉もあわせてすべて「抄」成立後の歌には違いないが、やはりことさらに道長家の繁栄の足跡を適切に撰定し、記していく意識が強いと言えるだろう。そして、これら道長関係歌の大半が公任の和歌である点も見逃せない。両者の関係の強さと同時に、歌壇の第一人者の尽くす人物＝道長という構図が確かにそこにあるのである。公任自身がこれほど自作歌を集中させるとは考えにくくもあり、やはりこれが花山院の捉え、描いた道長像ということになろう。礼賛に近いそれに、撰集を「分権」した道長への花山院の最大限の配慮を見ることが出来ると思うのである。

以上、本章では『拾遺集』について、その成立と背景を、これまで深く検討されることの無かった道長に焦点を絞り、花山院と道長の「分権」によって勅撰集となった集という私見を述べてみた。公任の関与、その他の撰集協力者などまでは言及出来なかったが、いまだ着手されていない側面をより多く見出し、検討することで、第三勅撰集『拾遺集』の本質的問題が見えてくるのではないかと考える。

第10章 『古今集』「哀傷歌論」——新たな死生観の表出——

1 「挽歌」から「哀傷歌」へ

古代前期から古代後期にかけて、「死」をめぐる社会・環境、文化的背景には根底からの変化と言うことの出来る大きな転換があった。死をめぐる儀礼や環境、そして人々の死生観に多大な影響を与えたものは、なんと言っても仏教の浸透である。もとより仏教の思想・儀式の影響は、すでに万葉後半期から進行していた。仏教の葬送形態である「火葬」の初例は文武天皇四年（七〇〇）、僧道昭のそれであったと言われており、仏教思想と連動した葬送儀礼についての意識の変化は、古代前期の葬送形態であった「殯（もがり）」の消滅に繋がるのであるが、それは七世紀後半から八世紀にかけて最高潮に達した天皇・皇族の殯宮儀礼を彩る公的な「殯宮挽歌」の衰退と終焉を招く結果にもなったとは身崎壽の詳述するところである[注(1)]。和歌にも、「生」を、「死」の前提として捉えるような仏教的な「無常観」が詠まれるようにもなるのであるが、そうした動向は、天武系から天智系へと皇統交代において築かれた新たな都「平安京」においてもますます加速していくこととなる。

「平安京」のはじまりとは、早良親王（のち崇道天皇を追号される）の憤死に代表されるように、死、穢れ、祟りそしてそれらの鎮魂が切実な課題だった時期なのでもあり、初代桓武天皇は、南都の旧仏教勢力を排する一方で、自ら目指すところの律令体制と新たな都市にふさわしいものとして、新たな「護国仏教」を擁護していく。最澄・空海といった優れた人材の登場もあり、彼らの開いた天台宗、真言宗は、ともに国家仏教としての地位を獲得し[注(2)]、特に最澄の弟子で、天皇家・摂関家の法華経講説を積極的に行った円仁の活躍により[注(3)]、『法華経』やその思想は、より広く浸透して皇族、貴族たちの死生観を変えていく。

そうした中、遷都から一一〇年を経て成立した『古今集』において、撰者たちは『万葉集』での部立「挽歌」を廃し、巻第十六に「哀傷歌」を設けたのである。「挽歌」・「哀傷」は、はやく小島憲之が指摘するように[注(4)]、いずれも『文選』にある項目である。ただし「挽歌」が文字通り「柩車を挽く」際に歌うものであったことを原義とするものであるのに対して、撰者たちが選んだのは「哀傷」の名称であった。その部門がすでに『文華秀麗集』など本朝の勅撰漢詩文集で設けられていたことも一つの要因ではあったろうが、古今撰者たちが「哀傷」の呼称を選択したことは、その内容とまさしく連動しており、『古今集』の「哀傷歌」は、万葉のそれとは、大きく様変わりを遂げたものとなっている。多くの先行研究が論及するように[注(5)]、そもそも『古今集』「哀傷歌」には後続の勅撰集とも異なる、極端な傾向が看取される。まずその点から確認していこう。

(1) 身崎壽『宮廷挽歌の世界 古代王権と万葉和歌』（塙書房、一九九四）。

(2) 速水侑『日本仏教史 古代』（吉川弘文館、一九八六）、朝枝善照『平安初期仏教史研究』（永田文昌堂、一九八〇）、曾根正人『古代仏教界と王朝社会』（吉川弘文館、二〇〇〇・九）。

(3) 佐伯有清『円仁』（吉川弘文館〈人物叢書〉、一九八九）。

(4) 小島憲之『上代日本文學と中國文學 下』（塙書房、一九六五）。

(5) 鈴木知太郎「古今集哀傷歌における配列」（日本大学『語文』一九六三・六、同「古今和歌集に見える公的性格における私的性—哀傷歌を対象として—」（日本大学『語文』第二〇輯、一九六五・三）、沢田恵理子「八代集哀傷歌の一考察」（『女子大国文』七一、一九七三・一〇）、久保木寿子「「哀傷」の特色と構造」（一冊の講座『古今和歌集』有精堂、一九八七・三）、越後春子「『古今和歌集』巻第十六「哀傷歌」の構造と意義」（『弘前大学国語国文学』一八、一九九六・三）。

2 哀傷歌の詠者たち、哀傷されるものたち

全三十四首の詠歌を、哀傷歌詠者、哀悼される人物・対象、自己の死を傷むいわゆる辞世歌の三種に分けると次のようになる。

(Ⅰ) 哀傷歌詠者　※歌番号順に歌人名を掲載。( )内の数字は歌番号。

・篁二首(八二九・八四五番)
・素性一首(八三〇番)
・僧都勝延一首(八三一番)
・上野岑雄一首(八三二番)
・友則二首(八三三・八五四番)
・貫之七首(八三四・八三八・八三九・八四二・八四九・八五一・八五二番)
・忠岑五首(八三五・八三六・八三九・八四一・八四三番)
・閑院一首(八三七番)
・躬恒一首(八四〇番)
・康秀一首(八四六番)
・遍照一首(八四七番)
・源能有一首(八四八番)
・紀茂行〈貫之父〉一首(八五〇番)
・御春有助一首(八五三番)

・読人しらず三首（八四四・八五五・八五六番）

（Ⅱ）哀傷される人物・対象　※位が上、年代が古い順に上げる。（　）内の歌人名は当該歌の詠者。

・仁明天皇二首（八四六番・文屋康秀、八四七番・遍照）
・天皇が明示されない諒闇歌一首（八四五番・小野篁）
　※篁の生存年から考えて嵯峨・仁明・文徳のいずれか
・良房一首（八三〇番・素性）
・基経二首（八三一番・僧都勝延、八三二番・上野岑雄）
・源融二首（八四八番・源能有、八五二番・貫之）
・藤原高経（八四九番・貫之）
・藤原利基（八五三番・御春有助）
・紀友則三首（八三八番・貫之、八三九番・忠岑）
・紀友則父（八五四番・友則）
・藤原敏行（八三三番・友則）
・父（八四一番・忠岑）
・母（八四〇番・躬恒）
・姉（八三六番・忠岑）
・妹一首（八二九番・篁）
・妻の親の服喪贈答一首（八四四番・読人しらず）：妻の親の喪に服する姿。
・忠房の亡き恋人一首（八三七番・閑院）

・知人関係（「あひしれりける人」等）五首（八三四番・貫之、八四五番・忠岑、八四二番・貫之、八四三番・忠岑、八五〇番・紀茂行、八五五番・読人しらず、八五六番・読人しらず）

・近親者と想定されるもの一名

・題しらず三首

（Ⅲ）自己の死を傷む（辞世歌）

閑院の五の御子〈均子内親王か〉一首（八五七番）

女（読人しらずだが詞書の内容から女性）一首（八五八番）

大江千里一首（八五九番）

藤原惟幹一首（八六〇番）

業平一首（八六一番）

在原滋春（業平男）一首（八六二番）

ここから読み取ることが出来る特徴は、ほぼ次の五点である。

〈一〉詠者も哀悼される人物も大半が撰者同時代に集中していること。

〈二〉天皇・権門関係の哀傷歌が限定的であること。

〈三〉女性歌は辞世歌に一首のみで、亡き人を悼む「哀傷」部には一首しかないこと（閑院、古今集・八三七番歌）。

〈四〉父母姉妹という続柄になるものへの哀傷歌が目立って多いこと。

〈五〉〈四〉とは対照的に、妻が夫の死を悼む歌、夫が妻の死を悼む歌が一首もないこと。

〈一〉に明かなように全三十四首中読人しらずは五首にとどまり、この巻では二十九首まで作者が判明する。詠作者の年代の上限は小野篁で、遍照、康秀、業平（辞世歌）の六歌仙歌人が続くのであるが、詠歌の大半を占めるのが、貫之六首、忠岑五首、友則二首、さらには貫之の父で一首歌人の茂行の詠歌までがこの巻には収載されている。また哀悼される人物にも友則とその父が含まれるなど、撰者の意向を強力に反映していたことが如実にうかがえる。

撰者中心主義とも言うべきこの傾向について、鈴木知太郎[注(6)]は勅撰集の「公的性格に背を向けた私的性とでも名づくべきもの」とする。もとより鈴木の論は「ここにいう私的性は、現象的には個を中心とした単なる私的性として捉えることも出来ようが、結局するところ、本質的には、その基本において、まさしく公的性格に重なるもの」という重層的な理解を結論とするものである。稿者もその姿勢に共感するところではあるのだが、やはり「公的」とは何か、「私的」とは何かを軽々には論ずることは難しいであろう。自らの哀傷歌を多数入集した撰者たちの意図を「私的性」として捉えるかどうかは一端措いて、まずはここであげた五点に注目し、『古今集』「哀傷歌」の特徴を見ていきたい。

(6) 鈴木知太郎注（5）論文。

3 『古今集』「哀傷歌」の特徴

『古今集』では、〈二〉～〈五〉に表れているように、挽歌と言えば天皇・皇族のためにあった『万葉集』のあり方、また「女の挽歌[注(7)]」とまで称されるほど、女性たちも亡き天皇や夫、親族を思い多

(7) 西郷信綱「柿本人麿」（『詩の発生』未来社、一九六〇）。

数の挽歌を詠じたあり方、そして人麻呂・憶良・旅人・家持らがこぞって詠じた妻の死を傷む歌「亡妻挽歌群」の後期万葉における流行など、万葉の「挽歌」を特徴づけていたものがことごとく廃され、古代前期の「挽歌」色が断ち切られているのである。

『古今集』より後続の勅撰、『後撰集』『拾遺集』の「哀傷歌」は、決してこれほど極端な方向性を取ってはない。〈三〉の特徴にかかわる問題であるが、女性による哀傷歌は、『後撰集』では、むしろ歌数も質も男性歌人に迫るものとなっている。歌数は辞世歌一首しかなかった『古今集』に対し、『後撰集』では一四首となる。ちなみに男性歌は二一首であるので、「哀傷歌」全体において女性歌の占める割合が飛躍的に多くなっていることになる。また、内容面でも、

時望の朝臣身まかりてのち、果てのころ近くなりて、人のもとより、いかに思ふらむとい
ひおこせたりければ
わかれにしほどを果てともおもほえず恋しきことの限なければ　（後撰・一三九一・時望朝臣妻）

のように、悲痛な思いで亡き夫を悼む妻の哀傷歌もあれば、

女四のみこの事とぶらひ侍りて
ここら世をきくが中にもかなしきは人の涙も尽きやしぬらん　（同・一三九四・伊勢）
先坊うせたまひての春、大輔につかはしける
あらたまの年こえくらしつねもなきはつ鶯のねにぞなかるる　（同・一四〇六・玄上の朝臣の女）
返し

ねにたててなかぬ日はなし鶯の昔の春を思ひやりつつ　(同・一四〇七・大輔)

女四宮（勤子内親王）や、東宮保明親王の薨去を悼む後宮女性たちの和歌もある。

また、夫が妻の死を悼む、「亡妻挽歌」に近いものも『後撰集』では多数おさめられている。妻である勤子内親王の薨去を嘆く藤原師輔の歌（一三九二、一四〇五）、恋人であった女の死を悲しむ藤原冬嗣の歌（一四〇〇）なども注目されるが、特に目立って特徴的であるのが藤原兼輔の妻に対する哀傷歌である。

妻の身まかりてのち、すみ侍りける所の壁に、かの侍りける時かきつけて侍りける手を見侍りて

ねぬ夢に昔のかべを見つるよりうつつに物ぞかなしかりける　(後撰集・兼輔・一三九九)

妻みまかりての年のしはすのつごもりの日、ふることいひ侍りけるに

亡き人のともにし帰る年ならばくれゆくけふはうれしからまし　(同・兼輔・一四二四)

返し

恋ふるまに年のくれなば亡き人の別やいとどとほくなりなん　(同・貫之・一四二五)

前者は哀傷歌群中程に位置するもので、妻の没後間もない頃の詠歌であろうか。壁に残された筆跡を見て、眠れぬほどの悲嘆を詠じたものである。それに対して、貫之との贈答歌となっている一四二四・一四二五番はその年の師走晦日にあらためて亡妻に思いを馳せた詠歌である。時を経て反芻される悲しみが配列から浮かび上がる。そしてこの贈答歌が、『後撰集』哀傷歌群を締めくく

るものとなっているのである。夫から亡き妻への哀傷歌を欠く『古今集』に対して、『後撰集』では、亡妻哀傷は大きな比重で配されていると言えるであろう。

『拾遺集』もまた、夫への哀傷歌、ならびに妻への哀傷歌を多数収載している。万葉以来の流れ—女性も哀傷歌を詠み、また男性が妻の死を嘆き悲しみ、その心を歌に託していくことは、死に対する人の心の発露として普遍的なものであったろう。『後撰集』がそれらを載せることをもって、『古今集』「哀傷」巻成立後の新しい流れ、あるいは『後撰集』における新機軸と理解する事[注(8)]には慎重であるべきであろう。むしろそうした男女の哀傷歌を極度に押さえている点に、『古今集』撰者たちの志向する新機軸—次代の勅撰集さえ受け入れなかった前衛的方針—を見るべきではないだろうか。それらの点を含めて、やはり先にまとめた五点は特異である。そしてそれは平安遷都から百年、前述したような「生と死」をめぐる環境の変化を反映した新しい死生観を、初の勅撰集での撰歌・配列を通じて提示すべく撰者たちが尽力した結果であると捉えるべきと考えられる。

では撰者たちの撰歌意図の背後にあったものとは具体的には何なのであろうか。遷都から『古今集』編纂までの百年ほどの間に、「死」をめぐる文化・文学は大きく変化した。特に展開・浸透したものとは、「哀傷」部を設ける『文選』のさらなる受容の拡大浸透、ならびに頻繁に催行される講説や法会、追善供養というあらたな儀式、それらの場に欠かすことの出来ないものとして、平安期において発生・展開した「表白」「願文」などの、仏教儀礼と関連深く発達した日本漢文における作品群の出現が文学的文化的状況として撰者たちを取りまいていた。これらは新たな「死生観の文学」と称し得るであろう。

『凌雲集』『文華秀麗集』の嵯峨天皇以来の「哀傷」詩が『文選』からいかに多くの影響を受けているかは小島憲之[注(9)]が、また『文選』が「願文」等の日本漢文にいかに影響を与えたかについては渡

(8) 沢田恵理子注(5)論文。

(9) 小島憲之注(4)書。

辺秀夫[注(10)]の論じるところである。また「願文」については、山本真吾[注(11)]によって、延暦1、大同1、弘仁9、天長11、貞観15、元慶9、仁和5、寛平7、延喜1の計五十九の作品が確認されており、佐藤道子[注(12)]およびその研究を発展させた中野方子[注(13)]によると、延暦～延喜五年の『古今集』成立までの間に催行された法華経講説は26回を数えることになる。菅原道真『菅原文草』巻十一・十二「願文」には貞観～寛平の願文が多数収められており、後藤昭雄[注(14)]が述べるように、うち追善願文も十八首を載せる。勅撰和歌集における新しい死生観を「哀傷歌」の巻に具現化するにあたり、撰者たちが最も強く意識したのは、やはり、講説・法会という仏教的文化装置の皇室・上級貴族への浸透と、これら日本漢文に表象された死生観であったと考えるべきではないだろうか。次に、この点を中心に、貫之と撰者たちの和歌を見ていこう。

4 『古今集』「哀傷歌」に表象化された死生観

編纂当時、撰者たち自身も「死」をごく身近に体験していた。撰集の最中に、撰者筆頭格の紀友則が死没し、それに先立ち、友則の知友でもあり、貫之以下の撰者たちにとっても仰ぐべき歌人であった藤原敏行が世を去っていた。友則の詠じた敏行哀傷歌

藤原敏行朝臣の身まかりにける時によみてかの家につかはしける

(1) ねても見ゆねでも見えけりおほかたは空蝉[a]の世ぞ夢には有りける　（八三三・友則）

は、巻頭篁の亡妹哀傷歌、二首目の藤原良房哀傷（素性歌）、三・四首目の藤原基経哀傷二首（僧

(10) 渡辺秀夫『平安朝文学と漢文世界』（勉誠社、一九九一）、同「『法華経』と願文―『菅家文草』『本朝文粋』所収の願文を中心に―」（『解釈と鑑賞』特集『法華経』と平安朝文芸、一九九六・一二）、「願文―平安朝の追善願文を中心に―」（仏教文学講座　第八巻『唱導の文学』勉誠社、一九九五）。

(11) 山本真吾『平安鎌倉時代に於ける表白・願文の文体の研究』（汲古書院、二〇〇六）第三部「願文の文体」、第一章「冒頭・末尾の表現形式から観た願文の文体」、第三章「文章構成から観た平安時代の追善願文の文体」、第四章「語彙から観た願文の文体」。

(12) 佐藤道子「法華八講会―成立のことなど―」（岩波書店『文学』五七、一九八九・二）。

(13) 中野方子『平安前期歌語の和漢比較文学的研究』（笠間書院、二〇〇五）。

(14) 後藤昭雄「菅原道真の願文」（『菅原道真論集』勉誠出版、二〇〇三）。

都勝延、上野岑雄）に次ぐ五首目に置かれる。同歌を起点として、以下、巻の中心部に配列される〈諒闇〉歌群までの間の〈死去時「身まかりける時」〉の歌群、〈服喪〉の歌群の計十二首は十一首までが、貫之・忠岑・躬恒の歌となっている。それらは撰者たちの意向を反映し、濃い密度で古今集的「哀傷」の基調を形成している。

(2) あひしれりける人の身まかりにければよめる
(a)夢とこそいふべかりけれ(a)世中にうつつある物と思ひけるかな　（八三四・貫之）

(3) あひしれりける人のみまかりにける時によめる
ぬるがうちに見るをのみやは(a)夢といはむ(a)はかなき世をもうつつとは見ず　（八三五・忠岑）

(4) 紀友則が身まかりにける時よめる
(b)あすしらぬ我が身とおもへど(b)くれぬまのけふは人こそかなしかりけれ　（八三八・貫之）

(5) 母がおもひにてよめる
時しもあれ秋やは人のわかるべきあるを見るだにこひしきものを　（八三九・忠岑）

(6) 父がおもひにてよめる
神な月時雨にぬるるもみぢばはただわび人のたもとなりけり　（八四〇・躬恒）

(7) ふぢ衣はつるる糸はわび人の涙の玉のをとぞなりける　（八四一・忠岑）

(8) おもひに侍りけるとしの秋、山でらへまかりけるみちにてよめる
(c)朝露のおくての山田かりそめにうき世中を思ひぬるかな　（八四二・貫之）

なお(2)・(3)・(4)・(8)に付した傍線と記号は第5節で述べる出典との関係を示したものであり、後述する。

(1)・(2)・(3)はいずれも現世を空しくはかない「夢」と観じたものだが、実は、「哀傷歌」全三十四首の中で、「夢」ということばは当該三首にしか使用されていない。しかもこの三首は、揃って「世」「世の中」、「うつつ」といったことばをあわせ詠んでいる。巻の主題の提示部とも称すべく、巻頭篁歌から基経哀悼の五首までの「死」を受け止め、現世そして生あるものもまた夢のごとくはかないと捉え返す、撰者たちの「哀傷歌」観が集約されていると見ることが出来よう。そして、自らの命も明日のあては無いという諦観の上に友人の死を悼む(4)、世の中を朝露のようにかりそめのものと観ずる(8)という、死に直面し自らの生を対比的に捉えた詠歌がさらに展開する間に、友人と父母の死の悲しみを、(5)・(6)のように秋や時雨といった季節・景物に寄せて悲しみを表出した歌、(7)のようにほつれた喪服の糸を涙の玉とするというような繊細な見立てで尽きぬ涙を表現する歌が配されていくのである。

『古今集』「哀傷歌」の巻では、巻頭二首「泣く涙雨とふらなむわたり河水まさりなばかへりくるがに」（八二九・小野篁）、「血の涙おちてぞたぎつ白河は君が世までの名にこそ有りけれ」（八三〇・素性）が慟哭の表出としては最たるものであり、万葉の挽歌群のようなそれはほとんどない。天皇の逝去でさえも

諒闇の年池のほとりの花を見てよめる

水のおもにしづく花の色さやかにも君がみかげのおもほゆるかな　（八四五・篁）

と、水と花の風景に、悲しく静やかにその面影が追慕される。

季節、景物、比喩による移ろいと心情（ここでは悲しみ）の表象化。それは古今的表現全般に言えることではあるが、特にこの「哀傷歌」の巻では、(1)・(2)・(3)・(4)・(8)と撰者たちの歌に集約される死生観—自身の直面している肉親、貴人、友人、父母たちの死とは、いずれ他ならぬ自らにもおとずれるもの＝「あすしらぬ我が身」という揺るぎない認識と、だからこそ現世は仮の夢である＝「空蟬の世ぞ夢にぞありける」「はかなき世をもうつつとは見ず」と捉える心性が底に流れるがゆえに、固有の「死」と「いのち」の世界観が表象化され得ているように思われる。

(1)などは、家持の亡妻哀傷歌群の一首「うつせみの世は常なしと知るものを秋風寒み偲びつるかも」（万葉巻三・四六五）と用語上類似するものであるが、妻を偲ぶ思いに収束していく家持歌と比べるならば、いま自身が生きてある世＝現世の儚さに視点を置く『古今集』歌の方向性の違いがより明かになるであろう。『新日本古典文学大系　古今集』が、各歌の参考に『白氏文集』を多く掲げるように、白詩の受容を通して仏教的無常観を受容したところもあったには違い有るまい。しかし、たとえば同注釈では(3)八三五番歌「ぬるがうちに見るをのみやは夢といはむ」の脚注に、『白氏文集』巻九の「想東遊五十韻　并序」（二七一七番）から「幻世春来夢・浮生水上漚」を挙げるが、当該詩は病いにより官職を免じられてのち、かつての遊宴の日を想い詠んだ詩ではあるものの、だからこそ憂いなく酔おうではないかという内容であって、身近な死を体験した人間の無常観とは意味を異にしている。

また死生観・無常観の総括的原点を『維摩経』の「是身如夢。為虚妄見〈是身夢の如し。虚妄の見なり〉」（方便品第二）などにもとめ、かつ表現については、「人生如朝露〈人生は朝露の如し〉」（『漢書』蘇武伝）、「向朝傷薤露　欲暮泣楊風〈朝に向かいて薤露を傷み　暮に欲して楊風に泣く〉」

（『文華秀麗集』哀傷・八九番「奉和侍中翁主」挽歌詞二首・菅原清公）、「草露忽移、掩闈門而長閉〈草露忽に移ひ、闈門を掩ひて長く閉づ〉」（『菅家文草』第十一・六三七番「爲源大夫閣下〔源能有〕、先妣伴氏周忌法會願文」貞観五年十二月十三日作）と、類似した表現を一つ一つ個別に拾うことも可能であるが、ここでは、撰者たちの(1)・(2)・(3)・(4)・(8)の「夢」「世」「朝露」「明日知れぬ我が身」の用語や死生観をほぼ網羅している作品があることに注目したい。それは『性霊集』巻八の[注15]「講演佛經報四恩徳表白〈佛經を講演して四恩の徳を報ずる表白〉」（七十七番）である。

5 『古今集』「哀傷歌」の背景

空海の表白の一つであるが、全体は長文であるので、特に文言のよく一致する一節をまずあげてみる。

…生是非樂衆苦所聚。死亦不喜諸憂乍逼。
生如昨日。霜鬢忽催。強壮今朝。病死明夕。
徒恃秋葉待風之命。空養朝露催日之形。
此身脆如泡沫。吾命假如夢幻。（以下略）

〈…生(しょう)、是れ樂に非ず、衆苦の聚る所なり。死は喜にあらず。(b)諸憂たちまちに逼(せ)む。生は昨日の如し。霜鬢(さうびん)たちまちに催す。強壮は今朝。病死は明夕なり。(c)いたづらに秋の葉の風を待つ命を恃んで、空しく朝露日を催(むか)ふ形を養ふ。此の身は脆(もろ)きこと泡沫(ほうまつ)の如し。(a)吾が命の假(かり)なること夢幻の如し〉

(15) 当該作品は第八巻に収められるが、ここは『続性霊集補闕鈔』に相当する部分である。『続性霊集補闕鈔』三巻は『性霊集』の八・九・十の後半三巻が散逸したのを、承暦三年（一〇七九）に済暹が逸文をもとに編纂し直したものである。済暹の拾集した中には、三点空海の作品でないと思われるものも含まれているが、それら以外は本作品を含め空海作と見て問題ない（岩波古典文学大系『三教指帰・性霊集』解題）。

前節に掲出した(1)・(2)・(3)・(4)・(8)に、それぞれ対応すると考えられる文言に傍線と記号を付してみた。(1)友則の「空蝉の世ぞ夢には有りける」、(2)貫之の「夢とこそいふべかりけれ世中にうつつある物と思ひけるかな」、(3)忠岑の「夢といはむはかなき世をもうつつとは見ず」は、直接の句としては波線部「吾が命の假（かり）なること夢幻（むげん）の如し」が念頭に置かれており、さらにその前提としてこの一節全体の述べる死生観をも踏まえているように感じられる。

また、傍線部「諸憂たちまちに逼（せ）む。生は昨日の如し。……病死は明夕なり。」は、生命はたちまちに老いるものであり、今朝は壮年である者が、明日の夕べには病に死するのであるの意になるが、これは(4)貫之歌の、身近な友人の死に「あすしらぬ我が身」と諦観するあり方と極めて似通っていよう。そして(8)の現世は「朝露のおくての山田」のように空しいかりそめの憂き世であるとする認識も「空しく朝露日を催（むか）ふ形を養ふ」とよく対応してる。さらに言えば、撰者たち自身の詠作ではないが、最終歌群にあたる〈辞世歌〉歌群の男性歌の前半に置かれている二首、

やまひにわづらひ侍りける秋、心地のたのもしげなくおぼえければよみて人のもとにつかはしける

もみぢばを風にまかせて見るよりもはかなき物は命なりけり　（八五九・大江千里）

身まかりなむとてよめる

露をなどあだなる物と思ひけむわが身も草におかぬばかりを　（八六〇・藤原惟幹）

は、この表白の二重傍線部「いたづらに秋の葉の風を待つ命を侍で、空しく朝露日を催（むか）ふ形を養ふ。」

の対句と、内容・配置の仕方においてあまりにも類似したものとなっている。千里の「もみぢばの」は「いたずらに秋の葉の…」と、惟幹の「露をなど」は「空しく朝露を…」と用語・表現が一致している。ちなみに、「命」の語は「哀傷歌」の巻では当該千里歌のみ、また「露」は貫之(8)八四二とこの惟幹歌のみでしか用いられていない。千里詠、惟幹詠はそれぞれ全く異なる時期・場面で詠まれたものであろうし、空海の当該表白とは別の経文・詩句などを踏まえたものであるのかもしれないが、撰者たちの意識においては、あたかも表白の対句を想起させるかのように、数ある詠歌の中からこの二首を慎重に選び、「哀傷」の巻前半部の撰者たちの主題提示と呼応するかのように最終歌群に配列したのではなかったろうか。

このような、一作品に集中的に依拠するようなあり方は、偶然の一致というより、空海のこの「佛經を講演して四恩の徳を報ずる表白」が知識としても撰者たちに共有されていたことを予想させる。撰者たちが『性霊集』の全体を読み得たかはわからない。しかし同表白、あるいはさらに他数編のものなどを作品として享受出来た可能性は想定出来るであろう。

空海のこの表白で言う「四恩」とは、「所謂四恩者。一父母二國王三衆生四三寶。〈いはゆる四恩とは一には父母、二には國王、三には衆生、四には三寶なり〉」と、父母、国王、衆生、三宝(仏宝・法宝・僧宝)を指す。そこには国家理念に通じるものがある。また同表白中には、「經云…一切女人是我母。…(経(筆者注『心地観経』)に云、一切の女人は是れ我が母…)の文言も見えるが、それは第二節で確認したように禁欲的なまでの亡妻哀傷歌の排除、すなわち女性は、「妻」としてではなく、「母」として哀悼される対象としてあり、かつ、この巻が

かひのくににあひしりて侍りける人とぶらはむとてまかりけるを、道中にてにはかに病ひ

をして今いまとなりにければ、よみて、京にもてまかりて母に見せよといひて人につけ侍りける歌

かりそめのゆきかひぢとぞ思ひこし今はかぎりのかどでなりけり　（八六二・在原滋春）

と、旅中に死す息子の、母への辞世歌を以って巻軸歌とし閉じられている構成とも関連しているのではないだろうか。

『古今集』の撰者たちは、『拾遺集』以後のそれのように、仏典や出典を明示することはしない。しかし、風景と心情で綴られる死を悼む思いの歌々の配列の中に底流する統一的な死生観が何に由来するのかを、個々の詠歌の出典とあわせて考究していくことにより、勅撰和歌集「哀傷歌」部で撰者たちの目指した世界が、よりいっそう具体的になるのである。本章ではその一端を論じてみた。

＊『文華秀麗集』、『性霊集』の本文、訓読文の引用は日本古典文学大系『懐風藻　文華秀麗集　本朝文粋』（小島憲之校注　岩波書店、一九六四）、同『三教指帰性靈集』（渡邊照宏・宮坂宥勝校注　岩波書店、一九六五）に、『菅家文草』の本文は同『菅家文草、菅家後集』（川口久雄校注　岩波書店、一九六六）によった。

第11章

平安中期和歌における聖徳太子伝受容

——流布本『相模集』天王寺題和歌を中心に——

1　はじめに

寛弘四年（一〇〇四）八月一日、『四天王寺御手印縁起』（『荒陵寺御手印縁起』『本願縁起』とも）が、四天王寺の金堂六重塔中から出現した。その根本本である四天王寺蔵国宝『四天王寺縁起』▼注(1)は、「乙卯歳正月八日」〈推古天皇三年（五九五）〉の日付、「皇太子仏子勝鬘」の署名、「是縁起文納置金堂内、濫不可披見、手跡狼也」の奥書とともに、聖徳太子の御手印が押されている。また、同根本本を書写したと想定されている文永七年（一二七〇）東大寺宗性書写『四天王寺縁起』▼注(2)には、この根本本奥書に続けて「寛弘四年八月一日、此縁起文出現、郷都維那十禅師慈蓮、金堂金六重塔中求出之、一条院（懐仁（左傍書））御時円融院第一御子　長吏慶算定額之時」とあり、この『四天王寺御手印縁起』が、寛弘四

(1)　四天王寺蔵『四天王寺御手印縁起』の本文は、『四天王寺古文書』第一巻（清文堂、史料叢書第七八、一九九六・三）による。

(2)　陽明文庫蔵本。平岡定海『東大寺宗性上人之研究並史料』下（日本学術振興会、一九六〇・三）による。

年八月一日に、金堂の六重塔から、十禅師慈蓮によって発見されたものである経緯が記述されている。

戦後、同縁起の成立時期を「平安時代の中期、寛弘四年の直前」と推定した田中卓博士の研究を[注(3)]はじめとして、同縁起は、太子に仮託し、寺院側において創作されたものであり、かつその成立年代は、早くとも長徳年間（九九五―九九九）、下限は縁起出現の直前とするのが定説となっている。作成者は、決定的史料を欠くものの、近年では、この根本縁起を発見した「慈蓮」その人を想定する見解まで提起されている。[注(4)]研究対象としての『四天王寺縁起』は、平安中期における四天王寺の寺社活動の一端を考える史料として、また当時における聖徳太子への関心の高まりと連動した一連の「聖徳太子伝」の展開として捉えるのが研究者側の共通理解であると言えよう。

平安初〜中期までの太子関係の説話は、『日本霊異記』（平安初頭成立）上巻第四「聖徳皇太子示異表縁」にすでに見られるが、その記載内容がわずか二種の説話にとどまるのに対し、永観二年（九八四）成立の『三宝絵』（源為憲撰）、寛和年間（九八五〜九八七）成立の『日本往生極楽記』（慶滋保胤撰）では、『聖徳太子伝暦』とも重なる太子の奇瑞譚を多く取り上げ、あるいは日本における仏法の祖として、あるいは往生人の初めとして、あるいは法華経持経者として様々な太子像が強く打ち出されるなど、円融朝末から花山、一条朝期にかけて、貴族社会における往生思想の興隆と連動して、聖徳太子への関心は急速に高まっていた。文学面でも、片岡山飢人との和歌を入集した『拾遺和歌集』が成立したのは長保末（一〇〇三）〜寛弘三年（一〇〇六）十月頃のことである。[注(5)]また『聖徳太子伝暦』の『源氏物語』への影響も指摘されているところであるが、その一条朝期のさなか、四天王寺の和歌として、太子伝承を多彩に取り入れて詠じた題詠歌群があることは、ほとんど注目されたことがない。

(3) 田中卓「四天王寺御朱印縁起の成立を論じて本邦社会事業施設の創始に及ぶ―聖徳太子と四天王寺四箇院―」（『社會問題研究』一九五一・七）。

(4) 榊原史子『『聖徳太子伝暦』の成立と「四節文」』（『日本歴史』七四一、二〇一〇・二）。

(5) 本書第9章。

その題詠歌群とは一条朝期から後朱雀・後一条期にかけて活躍した女流歌人、相模の家集、流布本『相模集』（以下『相模集』と称する）[注(6)]冒頭「寛弘の御時ばかりにや、天王寺の歌とて人々よむ折がありしに」の詞書に続く、九題九首の和歌である。榊原史子は[注(7)]、この歌群のうち「西大門」「塔の露盤」の二題のみを『四天王寺縁起』に題材を取ったとされるが、内容を詳細に検討すると「西大門」「亀井」「ふね」「塔のるばん」「仏舎利」「弓」「拝みの石」「黒駒」「池の蓮」の九題すべてが、四天王寺ならびに太子伝承を読み込んだものであることがわかる。また、同九題九首全体について言及したものとしては唯一『相模集全釈』[注(8)]での指摘があるが、典拠や解釈については異論を立てる余地も多くあり、特に、同書では太子伝承との関連は一部に触れるにとどまっている。

本章では、これら九題九首の踏まえる出典・典拠等を明かにし、相模の創作活動とその背景について論じてみたい。そのことから、時代と仏教、そして聖徳太子信仰という大きな流れが、文学――特に和歌――とも複雑に絡み合い展開していたこの時期の一面を明かにしたい。

2　相模詠「天王寺和歌」九題九首

『相模集』のこの天王寺和歌の詠じられたのは、詞書によると「寛弘御時」すなわち一条天皇の御代全体を指すのであり、ただちに寛弘期に限定してよいものではない。ただし、寛弘六年（一〇〇九）から確実に歌人としての詠歌を残している相模の歌歴と、歌群別・年次順配列を取る『相模集』の配列から推測するに、同題詠の詠歌時期は寛弘五〜七年頃である可能性が高い。[注(9)]すなわち『四天王寺御手印縁起』出現後、直近の時期である。この寛弘五〜七年頃という詠作年次を念頭に置き、その時期に参覧し得た可能性のある『聖徳太子伝暦』『三宝絵』『日本往生極楽記』、また榊

(6)　相模の家集には六〇〇首近い和歌をおさめる自撰歌集と、歌数三〇首の小家集、その小家集と共通化を多く持つ「思女集」の三種の家集があるが、一般に、歌数の多い方を流布本相模集、小家集の方を異本相模集と称している。ここでもその呼称に従う。

(7)　榊原史子注（4）論文。

(8)　武内はる恵・林マリヤ・吉田ミスズ『相模集全釈』（私家集全釈叢書一二、風間書房、一九九一・一二）

(9)　相模の歌歴・出生年、ならびに家集の配列に関しては、近藤みゆき『古代後期和歌文学の研究』（風間書房、二〇〇五・二）第三章第一節「相模とその生涯」、同第二節「流布本『相模集』論」を参照願いたい。

原が、出現後ただちに書写され伝播したと想定する『四天王寺御手印縁起』の記述を中心に、その受容、あるいはそれぞれの史料における記述の差異などを検討しながら、典拠と解釈を示していきたい。

はじめに、九題九首をあげると、以下の如くである。流布本相模集本文は、定家奥書を持つ最古本の浅野家本を底本とし、一部、本文としては整合性の高い三手文庫本によってあらためた。また、適宜、平仮名に漢字をあてている。

(1) 西大門
極楽にむかふ心はへだてなき西の門よりゆかむとぞ思ふ

(2) 亀井
千代すぎてはちすの上にのぼるべき亀井の水にかげはやどさむ

(3) ふね
浮きし間にみなとをいかではなれなん（浅野家本：けん）のりかよひける船のたよりに

(4) 塔のるばん
みがきけるこがねかはらぬ塔をこそ君がはだへのかたみとは見れ

(5) 仏舎利
灰きえて分ちしたまもつとむればいとど光ぞ数まさりける

(6) 弓
おもはずにあだや仏となりにけむのりになびきし弓にひかれて

(7) 拝みの石

拝みけるしるしの石のなかりせばたれか昔のあとを見せまし

(8)　黒駒
のがふかなかひの黒駒はやめけむのりのにはにもあはぬ我が身を

(9)　池の蓮
人しれぬ涙はつみの深きかないかなる池の蓮おふらむ

「西大門」「亀井」「塔のるばん（露盤）」「仏舎利」「拝みの石」「池の蓮」は、天王寺境内の著名な史跡である。「弓」は物部守屋との合戦の時、守屋の胸を射貫いた「弓」をあらわす、いわば四天王寺建立の起源を象徴するものである。また「黒駒」は太子の愛馬であり、時代は下るが、『台記』に、「次御覧絵、（中略）次御覧甲斐黒駒影、次於申絵堂……」（久安二年九月十五日条）とあるように[注(10)]、遅くとも院政期には天王寺に「黒駒影」が飾られていたことは確かである。「ふね」については後述することとするが、設題は、ほぼ境内の史跡と著名な太子伝承を基本としていることになる。では、それらの題を、相模はどのように詠じているのだろうか。巧みに複数の典拠を踏まえた詠も散見されるのだが、詠じ方においてその傾向は二つに分かれる。太子伝承にかなりの比重を置いて典拠としているものと、それほどではないものがあるのである。まず、太子伝承とは関係が薄い詠歌内容となっている「西大門」「亀井」について見ていきたい。

(10)『台記』には、四天王寺参詣の際の記述の中に、次のように黒駒影参覧のことが散見される。「次御覧絵、（中略）次御覧甲斐黒駒影、次於申絵堂……」（久安二年九月十五日条）。「申二刻、幸聖霊院、先礼霊像、次御絵堂、令僧説絵、……、次覧黒駒影」（久安四年九月二十日）。

3　「西大門」「亀井」

一題目の「西大門」は、天王寺の西門を題としたものである。歌意は「極楽浄土にむかう、往生を願う心は、極楽の東門に何の障害もなく向き合っておりまた誰にでも隔てのない、この天王寺の西の門から行こうと思うことだ」となるが、それは「『四天王寺御手印縁起』（以下『四天王寺縁起』ないしは『縁起』と略称する）に記される「宝塔金堂相当極楽土東門中心」の一文を踏まえたものである。院政期以降、「西大門」は極楽浄土への門として人々が参集した場所であり、天王寺の隆盛を象徴する場としてあまりにも著名なものとなるが、そもそも、極楽の東門が天王寺の西門に当たるという記述は、この『四天王寺縁起』が初出である。そして、「西大門」題、またその『縁起』の一文を踏まえた詠歌は、当該相模詠以前にはない。

二題目、「亀井」も、四天王寺境内の史跡を題としたものである。『四天王寺縁起』では、敬田院荒陵東に建てた塔は「故青龍恒守護、麗水東流、号白石玉水、以慈悲心飲之、為法薬矣」であると記されており、麗水が湧き出し、慈悲の心でその水を飲めば法薬となるとされている。その湧水堂は「亀井」の名称で親しまれ、出家後の道長も天王寺参詣の折「亀井の水に御手すまして拝み奉らせ給ふ」と、この麗水で手をすすぎ祈りを捧げている（『栄花物語』巻十五「うたがひ」）。他、上東門院彰子（『栄花物語』巻三十一「殿上の花見」）、赤染衛門（『赤染衛門集』流布本系五三三番）、が、天王寺参詣の際に「亀井」の和歌を詠んでいる。各歌人の詠歌年次の検討について、詳細は別稿を期したいが、結論を述べるならば、道長のそれが治安三年（一〇二三）十月十七日～十一月、彰子は長元四年（一〇三一）、赤染衛門は治安末（一〇二三）～万寿初（一〇二四）頃と、いずれも『相模集』のそれより大幅に年代が下る。「亀井」もまた「西大門」同様に、題詠にせよ参詣詠にせよ、管見の限りでは、『相模集』天王寺題和歌以前にはないのである。

ところで、この相模詠「千代すぎてはちすの上にのぼるべき亀井の水にかげはやどさむ」については、漢籍を踏まえた、典拠ある歌である点に注目したい。亀が千年を過ぎて蓮台にのぼるという着想について、『相模集全釈』は「亀は千歳の命を保つといわれたので、亀井の名に因んで言ったもの」とする、しかし、亀の寿命を千年と捉えるのはやや安易な判断ではないだろうか。「亀が千年で蓮台にのぼる」という着想は、やはり特殊であり、稿者は『史記』「亀策列伝」を典拠として想定すべきと考える。その典拠とは「亀策列伝」の「余、江南に至りて其の行事を観る、問に、其の長老云、亀は千歳にして乃はち蓮葉之上に遊ぶ、……」である。傍線部は当該歌上句にそのまま置き換えることが出来るであろう。「はちすの上にのぼるべき」と、強意の推量が使われていることも、そうした確実な典拠があってこその詠み方であると言えるだろう。すなわち当該相模詠は、「亀井」の連想から「亀」と「蓮」についての『史記』の故事を用い、かつ仏教での蓮の上、蓮台の意として、「亀井」を称揚し、極楽往生を祈念するという、漢籍、仏典についての知識を駆使した題詠歌と評価することが出来る訳である。

実は、この相模の天王寺和歌九題九首では、この「亀井」題に見るように、『四天王寺縁起』だけではなく、漢籍、仏典、そして聖徳太子関係に及ぶ様々な典拠が踏まえられているのである。以下では、特にその点で注目される題として「ふね」「塔のるばん」「仏舎利」題を取り上げていく。

4 ふね・塔のるばん——太子伝と『法華経』

さて、相模のこの天王寺和歌九題の中で、最も解釈が難しく、複数の出典が組み合わされているのが、「ふね」である。「西大門」「亀井」は、四天王寺の史跡を題として詠じたものであるという点で、設題意図が明確であったが、「ふね」とはそもそも何を企図した設題なのであろうか。『四天王寺縁起』にもただちに結びつく記述はない。

『相模集全釈』は「天王寺に舟、あるいはそれに類したものがあったという記録はない」とし、その上で『金葉集二度本』に載る、「屏風絵に、天王寺西門に、法師の舟に乗りて西ざまに漕ぎ離れ行くかた書きたるところをよめる」の詞書の源俊頼の歌（雑下・六四七）を根拠に、西方浄土を目指す舟を想定している。しかしこの点も疑問がある。極楽浄土の入り口とされた天王寺西門からの入水行は、院政期から中世にかけてこそ非常に盛んになるが、[注(11)] 源俊頼の時代からしても一二〇年を遡る一条朝期にそうした例はまだない。「ふね」の題が入水行を題意とするとは考えがたいのである。

では、どのように捉えたらよいのか。まず、「ふね」という設題意図を考える上では、相模の歌の下句「のりかよひける舟」に注目したい。「のり」はもちろん「乗り」と「法」を掛けているが、聖徳太子伝承との関連を考える時、「舟」によって「法」がもたらされた、と言えば、まず想起すべきは、小野妹子遣隋将来法華経のことであろう。すなわち、小野妹子が太子の命により隋に渡り、太子が前世において、隋の赤県の南、衡山般若寺の僧であった時に所持した法華経一巻を持ち帰ったという伝承（説話）である。『伝暦』『三宝絵』『日本往生極楽記』のいずれにも記載されているので、該当の記述を示してみる。[注(12)] なお、これらの三書は、『三宝絵』（源為憲撰）が永観二年（九八四）、『日本往生極楽記』（慶滋保胤撰）が寛和年間（九八五〜九八七）の成立で、『伝暦』はその両書に影響を与えたと想定されているので、その成立順にしたがって掲出することとする。

『聖徳太子伝暦』

（推古天皇）十五年、丁卯、夏五月ニ、太子奏シテ曰ク、「臣ノ［之］先身、漢土ニ修行シテ、持セル所ノ［之］経、今、衡山ニ在リ。望ラクハ使ヲ遣シテ［乎］将チ来ラバ、誤レル所ノ［之］

(11) 岩崎武夫「天王寺西門考」（岩波書店『文学』四二-九、一九七四・九）。

(12) 以下、引用本文は、『聖徳太子伝暦』は、最古本である書陵部蔵伏見宮家旧蔵本（訓読も基本的に当該本の傍訓にならった）、『三宝絵』は小泉弘・高橋伸幸『諸本對照 三寶繪集成』（笠間書院、一九八〇・六）所収の「関戸家蔵本」翻刻（清濁・句読点を適宜補った）、『日本往生極楽記』は井上光貞・大曽根章介校注『往生傳 法華驗記』（日本思想大系七、岩波書店、一九七四・九）による。

本ヲ比校セム。」天皇大ニ奇トシテ、「左右、奏スルニ依ラムト。誰カ使ニ合(カナ)フル［乎］」。太子遍ク百官ノ［之］人ヲ相シタマフ、太子奏シテ曰ク、「大礼小野臣(ヤッコ)、妹子、相ニ合ヘリ。」秋七月ニ、妹子等ヲ、［於］大唐ニ遣ス。（割注略）太子、妹子ニ命ジテ曰ク、「大隋ノ赤県ノ［之］南。江南道ノ中ニ衡州有リ。州ノ中ニ衡山有リ。是、南嶽也。（以下『七代記』の引用もあわせて中略）

復タ、吾ガ昔ノ身、其ノ台ニ住セシ時ニ、持セル所ノ法華経、複シテ一巻ト為(セ)リ。乞ヒ受テ将来ス」。妹子、彼ニ到テ、彼ノ土ノ人ニ問テ、遂ニ衡山ニ届リヌ。（以下中略・妹子と三人の老僧との問答が長文で記されている）明年還リ来リテ、［乎］太子ニ進ル。（以下略）

『三宝絵』

又太子をの、いもこをつかひとして、さきの身に、もろこしの衡山にありてたもてりし法花経をとりにつかはす、をしへてのたまはく、赤縣の南に衡山あり、山のうちに般若寺あり、我むかしのどうほうはみなすぎしにけむ、ただ三人あらん、我つかひとなのりて、そこにすみしときにたもてりし法花経のあはせてひとまきにせるあらん、こひてもてきたれと、のたまふ、いもこわたりゆきて、をしへにしたがひていたりぬ、かどにひとりの沙門ありて、みてすなはちいりて、思禅法師のつかひきたれりとつぐなれば、おいたる（僧）三人つゑをつきていづ、よろこびゑみてつかひにをしへて、経をとらしめつ、すなはちもてきたれり。

『日本往生極楽記』

法華経中此句落字。法師答曰。他國之経亦無有字。太子曰。吾昔所持之経。思有此字。法師答曰。

経在何処哉。太子微咲答曰。在大隋衡山寺。即指相群臣可為使者。以小野妹子遣於大唐。命曰。吾先身所持法華経在衡山般若台中。汝取来矣。彼山吾昔同法所遺。只三老僧而已。汝以此法服各与之。妹子承命渡海。果到南岳。遇三老僧。陳太子令旨。老僧歓喜。即命沙弥。取納経一漆筐而授之。妹子取経帰朝。太子曰。此経非我所持。太子宮中有別殿。号夢殿。（中略）八日之晨。玉机之上有一巻経。引恵慈謂曰。是吾先身所持之経一巻。複一部去年妹子所持来者。吾弟子経也。我近日遣魂取来。指所落字而告師。師太驚奇之。先持来経無有此字。太子薨後。山背大兄王子。六時礼拝。冬十月二十三日。夜半忽失此経。不知所去。今納法隆寺経。妹子之所持来也。

『伝暦』においてこの条は、『七代記』からの引用も含めてかなりの長文にわたるものとなっているのだが、ここでは最小限の記述をあげるにとどめた。『三宝絵』『日本往生極楽記』は、いずれも『伝暦』を踏まえており、それぞれの執筆意図に即して簡略に記述したとして相違ないであろう。妹子将来経説話は、『三宝絵』『往生極楽記』の成立した永観から寛和にかけての時代には、数多くの太子伝承の中でも、代表的逸話の一つとして捉えられていたことになるであろう。

ちなみに新川登亀男は、小野妹子の遺隋将来法華経説話は、散佚した「四天王寺聖徳王伝」にもすでにあったであろうと推定しており、▼注(13) 同説話は、古い時代から伝承化されていたことになる。また、この寛弘期より制作年次の下るものもあるが、現存する『聖徳太子絵伝』を参覧するに、▼注(14) 太子三十六歳　衡山持経の探求を妹子に下命した条の絵は、法隆寺旧蔵では第十面、四天王寺蔵では第一幅、堂本氏蔵では第七巻、叡福寺蔵では第四幅、本證寺蔵では第八幅、瑞泉寺蔵では第七幅、橘寺蔵では第八幅、瑞泉寺蔵では第七幅、大蔵寺蔵では第一幅などに描かれているが、これら主要な絵伝においては、「遺隋」の視覚化として、一様に遣隋船が図像として描かれているのである。後

(13) 新川登亀男『上宮聖徳太子伝補闕記の研究』（吉川弘文館、一九八〇・九）第三章第三節「四天王寺聖徳王伝」。

(14) 同場面の「絵伝」の図像は、奈良国立博物館『聖徳太子絵伝』（東京美術、一九六九・一）、『聖徳太子信仰の美術』（東方出版、一九九六・一）によって確認した。

生の作とはいえ、これほど徹底して「船」が描き込まれていることから、妹子遣隋将来経説話＝「遣隋船」とする記号化・表象化は、かなり早い時期から定着していたと考えられるであろう。そのことに、仏法を衆生の沈溺を救う船に喩えて言う「法船（のりのふね）」とを重ねて、海に面した天王寺の立地を意識して設題されたのが「ふね」だったのではないか。

以上より、設題「ふね」は、小野妹子遣隋将来経説話を意識したものであるということ、ならびに相模の当該詠、「のりかよふ」は、題意に沿って、太子の命により小野妹子が乗って隋に行き、法華経を持ち帰り仏の教えを伝えた『伝暦』等の記述を踏まえたものとして解釈すべきであることを、まず指摘しておく。

さて、当該歌にはさらにもう一つ、典拠が想定される。流布本『相模集』の最善本である、定家の書写奥書を持つ浅野家本本文は次の通りである。

うきしまにみなとをいかではなれけむのりかよひけるふねのたよりに

それに対して、稿者は前掲のように

浮きし間にみなとをいかではなれなんのりかよひける船のたよりに

と、本文を校訂した。「うきしま」を「浮し間」と解し、「はなれけん」を流布本『相模集』の他の諸本に多くが取る「はなれなん」に校訂したのである。それに対して、先行する注釈書『相模集全釈』は、

うき島にみなとをいかではなれなむのりかよひける舟のたよりに

という本文を立てる。その校訂本文に基づき「つらいことの多い島で、このみなとをどうかして離れたいものです。極楽浄土と現世を往き来しているという法の舟を、よい機会にみつけて。」と解釈している。

しかしこの解釈にも疑問がある。「浮島」とは何であるのか、具体性を欠く。かつ「浮島に」（格助詞）では文の述語の「はなれ（る）」と呼応関係が成立しにくい。ここは「浮し間に」、すなわち「船が浮いていた間に」とし、「私も、その船に乗ってどうにかしてこの穢土を離れよう。」とするのが、文法的にも適当ではないだろうか。

また、稿者が、過去推量の「けむ」を、三手文庫本等によって、詠み手の意思をあらわす意の「なむ」と校訂する試解を提案する理由は、同歌には『法華経　薬王菩薩本事品』（以下、「薬王品」と称する）を踏まえている箇所があると推測することによっている。次の一節である。

善男子善女人一切衆生。能秉心至誠。持誦佩服頂禮供養。即離一切苦惱。除一切業障。解一切生死之厄。不啻如飢之得食。如渇之得飲。如寒之得火。如熱之得涼。如貧之得寶。如病之得醫。如子之得母。如渡之得舟。其爲快適欣慰。有不可言。[注(15)]

「薬王品」には衆生が法華経の教えによって誰もが救われることを、「如」尽くしのあまたの比喩によって述べている箇所があるが、その比喩の一つに、衆生と仏教による救いの関係を、「如渡之得舟」

(15)『法華経』の本文は、『大正新脩大蔵経』による。

——渡りに舟を得たようなものである——とした著名な喩えがある（「渡りに舟」の語源）。しかも、この「薬王品」とは、

若有女人聞是薬王菩薩本事品。能受持者。盡是女身後不復受。若如來滅後後五百歳中。若有女人。聞是經典如説修行。於此命終。即往安樂世界。阿彌陀佛大菩薩衆圍繞住處。生蓮華中寶座之上。

と、女人往生を説いた巻としても著名である点が注目されよう。『平家納経』「薬王品」にこの傍線部「若有女人。……生蓮華中寶座之上。」の文言を踏まえた美麗な葦手書きが記されていることでよく知られているように、「薬王品」は、「竜女成仏」を説く「提婆達多品」と並び、女人往生を説く重要な経典であった。そうであるとすると、相模は、題「ふね」に、「薬王品」の「如渡之得舟」の比喩を踏まえ、女人往生の希求をも詠み込んでみせたと解釈し得ることとなる。妹子遣隋将来経説話、そして法華経「薬王品」という二つの典拠を詠み込んだものとして、同歌についての稿者の解釈を示すと次のようになる。

船が浮いていた間に、憂き世を過ごしている女人の私も、その船に乗って、どうにかしてこの穢土を離れよう。太子の命により小野妹子が乗って隋に行き、法華経を持ち帰り仏の教えを伝えた、その船の力で。

この九題九首において相模は、「天王寺」の史跡を詠むと言うにとどまらず、太子伝承と法華経、

そして極楽往生を詠み込むことを強く意識していると考えるのである。その姿勢は、当然、この歌会の主催者、一座の「人々」の姿勢でもあったに違いない。

第四の「塔のるばん」題は、「ふね」ほど複雑ではなく、天王寺の史跡の一つを題としたものであるが、同歌にも、『四天王寺縁起』に記載される以外の太子伝承が踏まえられている。「塔のるばん」とは、『縁起』にある

宝塔第一露盤。誓手鏤金。表遺法興滅之相

の、「宝塔第一露盤」を指し、『相模集全釈』が指摘するように上句は、『縁起』の記述を踏まえているに違いない。しかし、下句を「太子の御手の形見」とするのはいかがであろうか。「はだへ」とは、『和名類聚抄』(十巻本)には「膚波太倍体肌也」とあり、現代の辞書でも「人や獣類のからだの表面をおおう皮。はだ。」(『日本国語大辞典』)、「皮膚。はだ。」(『角川古語大辞典』)とするように、「肌」全体の意であり、「手」を意味する語ではない。特に『和名類聚抄』は体全体の肌を意味するとしている点も、おおいに留意されるべきであろう。「黄金の塔をこそ君(太子)の肌の形見と見る」とは、解釈次第では、恋人のことを詠むような印象さえ与えかねないが、これは、太子伝承における、太子が金色僧の化身であるということを踏まえているのではないだろうか。太子が金色僧の化身であることは、『伝暦』では

辛卯、春正月、朔、甲子、夜、妃ノ夢ミラク、僧ノ金色ニシテ、容儀太ダ艶キ有リ。己レニ対シテ[而]立チテ、之ニ謂フテ曰ハク、「吾ニ救世ノ[之]願有リ。願ハクハ暫ク后ガ腹ニ宿ラム」

ト。（欽明天皇　三十二年）

と記述されている。『三宝絵』では「穴太部の間人の皇女はらにむませ給へるみこあり、はじめははの夫人のゆめに金じきのそうありていはく、我よをすくふ願あり……」、また『日本往生極楽記』では「母妃皇女夢有金色僧。謂曰。吾有救世之願。願宿后腹。妃問為誰。僧曰。吾救世菩薩。家在西方。〈以下略〉」と、いずれにも同様の内容が記されている。ただし、こうした記述は『四天王寺縁起』にはない。相模の歌の「君がはだへ」とは、『伝暦』以下の伝承のうち、金色僧の化身であることを踏まえて、「太子の黄金の肌」と詠んだのではないか。

以上を踏まえて同歌の試解を示すと

聖徳太子が磨かれたその黄金の色も変わらないこの宝塔をこそ、光輝いて出現した金色僧の生まれ変わりである太子の肌の形見と見ることだ。

となる。

以上この二題において、相模が太子伝を積極的に詠み込んでいることを確認した。同時に、相模の太子伝に関する知見が、一通りのものではないことがうかがえた訳であるが、それが特に顕著であり、かつこれまで参照としてあげてきた『伝暦』『三宝絵』『日本往生極楽記』の文献のうち、特に『伝暦』だけに出典を絞ることが出来る題がある。第五の「仏舎利」題である。

5 「仏舎利」題――『聖徳太子伝暦』を詠む

「仏舎利」題は、『四天王寺縁起』に「宝塔金堂相当極楽土東門中心 以髻髪六毛相加仏舎利六粒、籠納塔心柱中、表利六道之相」、「金堂壱字 二重瓦葺」のもとに「金堂舎利塔形壹基、納入舎利拾参粒、檐波羅門六形」と記述されるように、太子がおさめたという「仏舎利」にちなむものである。釈迦の遺骨である仏舎利が仏教信仰においてどれほど重要であるかは言うまでもないが、この題で、相模は

　　灰きえて分ちしたまもつとむればいとど光ぞ数まさりける

と、詠じた。初二句は、仏舎利の由来そのままを詠んだ内容で、一見平凡な歌に見えるが、注目すべきは三・四・五句である。特に「光」の「数」が「増さる」とはどのような意味なのであろうか。『相模集全釈』は「仏道を広めることに励んだので、その御威徳で、一層法灯の数が増しました」とする。「光」を法の光の意の「法灯」と捉えているのだが、「誰が」「努め」るのか。また同歌においては「光」はあくまで「仏舎利」の光の意と捉えるべきであり、「法灯（法の光）」とするのは曲解になってしまうのではないだろうか。

稿者は同歌の典拠に『伝暦』の記す「蘇我馬子仏舎利感得」のことを想定したい。すなわち、崇仏派の馬子が、仏塔を大野丘北に建てた際の奇瑞を記述する条である。

（…前略…）大臣、之ヲ聞テ、舎利ヲ感ジタマハムコトヲ謀（タバカ）ル。三七日ノ後ニ、斎食ノ［之］上ニ、舎利一枚ヲ得タリ。大キサ胡麻ノ如シ。其ノ色紅白ニシテ、紫ノ光、四モニ周レリ。

水ニ浮ルニ沈マ不。半ヲ穿チテ［而］居シタマフ。舎利ヲ［於］水ニ投グルニ、心ノ所願ニ随テ、［於］水ニ浮沈スルニ、鍛撃スルニ砕ケ不。弥ヨ妙輝ヲ吐ク。（中略）大臣、瑠璃ノ壺ニ納レテ、旦夕ニ礼拝ス。舎利常ニ壺ノ裏ヲ旋リテ、或ハ、二タビ三タビトヲ為、或ハ五タビ六タビトモ為。定レル数有コト無クシテ、夕毎ニ光ヲ吐ク。太子臨テ［而］、礼拝シテ、大臣ニ謂テ曰マハク、「是、真ノ形ノ骨、真ノ舎利ト為。」大臣、会ヲ設テ、塔ノ心ノ下ニ安ジタテマツル。

（『伝暦』敏達天皇十四年、春二月の条）

真性の舎利があってこその仏塔という太子の言葉を受け、馬子がひたすらに祈念したところ、まず色は紅白で、紫の光を放つ舎利一枚を感得した。さらに、その舎利を瑠璃の壺におさめ、朝な夕なに礼拝を続けたところ、舎利は壺の裏（「裏」は『類聚名義抄』では「ウチ」と訓まれる。）で回りながら光り、二回三回、ある時には五回六回、その回って光る回数まで増えたというのである。相模の歌の「つとむれば」は馬子の精進であり、「光の数まさ（る）」は、そのことで仏舎利の光る回数も変わったというこの『伝暦』の記述そのものであろう。すなわち歌意は、

茶毘に付し燃えつきてのちに、香姓婆羅門が諸国の王に分配した仏舎利も、馬子が祈りを捧げたところ、光を放つ仏舎利を得て、精進するほどにその光の数もますます増ったのであった。

と、なるのであり、同歌は、先の二首同様、太子伝の奇瑞譚を踏まえたものとするのが適切と考えられるのである。

ここでさらに注目したいのは、この「蘇我馬子仏舎利感得」の詳細な記述は、『三宝絵』にも『日

本往生極楽記』にも記載されていないという点である。前述の「ふね」「塔の露盤」等は、三書のいずれにも記述されているので、相模の知識が、女性向けの『三宝絵』や、短文の『日本極楽往生記』の範囲内にとどまる可能性もあり得た。しかし、この「仏舎利」題の典拠の踏まえ方を見るに、相模が『伝暦』そのものを相当に学習しており、題詠詠出時に自在に用い得るほどであったと判断することが出来るであろう。相模はこの時、十代の終わり頃であり、歌人としてのスタートを切ってほどない。その相模が、全力で漢籍・法華経・太子伝を駆使して詠ずるという姿勢は、引き換えて言えば、そもそもこの「天王寺題歌会」の催行者、そして参会した「人々」の仏教崇拝ならびに日本仏教の祖としての聖徳太子礼賛の姿勢、漢籍や太子伝に関する知識レベルの高さが、並々ではなかったことをうかがわせるであろう。

その思想の方向性、知識レベルの高さを持つ集団として、一つ浮かび上がるのが、勧学会の結衆、あるいはその流れを引く人々である。勧学会とは、紀伝道の文章生と比叡山の僧侶が集い、法華経講経と念仏・作文を行った儒仏一体となっての思想運動であるが、相模の母方の祖父、慶滋保章は第一期勧学会[注16]結衆の一人であった。そして保章の実兄（相模にとっては従伯父（おおおじ））こそが、勧学会（第一期）の中心人物でありかつ仏教、特に法華経の将来者として聖徳太子を重視した『日本往生極楽記』の筆者保胤なのである。さらに、相模の幼少期から中年期以降まで実質的な後見者であったと考えられる慶滋為政（母の兄あるいは弟）[注17]もまた、新出資料「無名仏教摘句抄」に収載されている経句題詩から、勧学会に父とともに参会していた可能性の高いことが後藤昭雄によって指摘されている。[注18]勧学会は寛和二年（九八六）の保胤の出家と、会からの離脱などが契機となって途絶えるが、藤原道長の助力によって再度開催（第二期勧学会）されたのが、まさにこの寛弘元年（一〇〇四）～同七年[注19]という時期でもあった。稿者には天王寺題和歌と第二期勧学会の直接的関連を想定する意

(16) 近藤みゆき注（9）書。
(17) 近藤みゆき注（9）書。
(18) 後藤昭雄「〈無名仏教摘句抄〉について」（『佛教文学』一四、一九九〇・三）。
(19) 第二期勧学会は寛弘年間の九月に催行されたが、その際の会衆となっている藤原有国は寛弘八年七月に没しているので、有国が参会出来た下限、すなわち第二期勧学会催行の下限は寛弘七年九月ということになる。

図はないが、そうした時代背景の中、知識や思想において限りなく共通する層——学儒でかつ強い讃仏教精神を持つ者たち——が、寛弘四年の『御手印縁起』出現に大きな刺激を受け、設題催行した会がこの和歌会だったと思われてくるのである。さらに言えば和漢兼作の人でもあった為政などは催会に関与した可能性が高く、相模の同歌会への参会も為政を介してのものであったとする想定も成り立ち得るであろう。

6 おわりに

讃天王寺、讃聖徳太子という特異な着想を持つ題詠歌会であったそれは、しかし、管見の限りでは他の参会者の詠歌は残されていない。相模が、自らの家集の冒頭を飾った九首とは、『御手印縁起』出現という宗教界の出来事が、知識階層にとっても衝撃を与えた時代の一証言ともなっているのである。それはまた、文学史上の意義としては、『聖徳太子伝暦』の女性における受容を確実に示す最も早い時期の和歌作品として位置づけ得るものでもある。「本願縁起」「暦禄」「七代記」「四節文」など複数の太子伝を段階的に取り込み、上・下二巻本となった現行本『聖徳太子伝暦』の最終成立は、まさにこの寛弘四・五年の間であるとされている。▼注(20) 相模という女流歌人の新たな一面を見出だせる題詠歌群として、また『伝暦』の増補成立がなされたのと同時代の作品としての意義は大きいと言えよう。

(20) 榊原史子注（4）論文。

第Ⅴ部

●

言語研究としての展開

第12章

N-gram 統計による語形の抽出と複合語——平安時代語の分析から——

1　はじめに

古典語にせよ、現代語にせよ、日本語において、一語をどう認定するかは、その基準の立て方にも様々な立場があり、従来から多くの研究がなされてきた。そもそも単位をめぐる基準からして、一通りではない。どのような単位をもって単語と認めるかと言うこと自体難問も多く、たとえば国立国語研究所による各種の研究において、α単位・β単位のように二種の異なった単位が提案されてきたことなど[注(1)]も、その難しさをよく物語っていよう。こうした、日本語の単語認定の難しさを、端的に反映しているのが複合語である。複合語をめぐっては、これまで、1・形態論的な観点[注(2)]、2・音韻論的な観点[注(3)]、3・統語論的な観点[注(4)]、4・意味論的な観点[注(5)]のおよそ四つの観点から、定義と

(1)　国立国語研究所報告二一『現代雑誌九十種の用語用字』(第一分冊　総記および語彙表)(国立国語研究所、一九六二)、国立国語研究所報告二五『現代雑誌九十種の用語用字』(第三分冊)(国立国語研究所、一九六四)。

(2)　阪倉篤義『語構成の研究』(角川書店、一九六六)。

(3)　窪薗晴夫『語形成と音韻構造』(くろしお出版、一九九五)。

(4)　奥津敬一郎「複合名詞の生成文法」(『国語学』第一〇一集、一九七五・六)、仁田義雄『語彙論的統語論』(明治書院、一九八〇)、影山太郎『文法と語形成』(ひつじ書房、一九九三)。

(5)　宮地裕『敬語・慣用句表現論―現代語の文法と表現の研究(二)』(明治書院、一九九九)、山本清隆「単純語・複合語・派生語」(『日本語学』一四・五、一九九五・五)。

分析がなされている。外国語との比較対照も進められており、[注(6)]縦横に論じ尽くされているようではあるのだが、旧来から指摘されている、索引や辞書語に立項する際の複合語認定の曖昧さや、[注(7)]単純語や慣用句や文との境界が不明確な場合についてなど、[注(8)]必ずしも解明されたとは言えない問題が、依然残されているのも事実である。それは一つには、理論と実態のかみあいの難しさによるところもあるのであって、また複合語の認定というものが、主に研究者の内省によってなされてきたことと無関係ではあるまい。索引・辞書語の複合語の立項の揺れなどには、各編纂者の、おのおのの学説も含めての内省の違いの反映と言い換えることが出来る点も少なくない。文法や語彙・語法研究における内省の重要性はもとより疑うべくもないが、現代語と異なり、内省には限界のある古典語を対象に、複合語の語形や意味論的実態を抽出・分析しようとする場合や、社会生活の中で、日々、派生や複合によって語の新造が繰り返されていくあり方を総合的に考察しようとする時、言語現象のより正確な把握のために、内省とあわせて、コーパスを網羅調査し、用法に即して、実態としての複合語を客観的に取り出す試みが検討されることも必要となるのではないかと思われる。ここでは、以上のような観点から、平安時代の文学資料を対象に、統計処理の手法を用いた複合語のコーパスからの抽出と分析の方法を提案し、具体的結果から得られる知見の一端を示してみたい。

2　日本語の語構成と正規文法的規則

まず、従来の複合語研究ではほとんど言及されてこなかったが、コーパス上で統計処理によりながら日本語の単語や語構成について見ていくときに特に明確となる、日本語の語構成についての性格を指摘しておきたい。それは、日本語の語構成に内在する正規文法的規則という点である。正

(6) 竝木崇康「複合語の日英対照—複合名詞・複合形容詞—」(『日本語学』七・五、一九八八・五)、影山太郎注(4)書、影山太郎・由本陽子『語形成と概念構造』(日英語比較選書、研究社出版、一九九七)。

(7) 石井正彦「辞書に載る複合動詞・載らない複合動詞」(『日本語学』七・五、一九八八・五)。

(8) 山本清隆「複合語と文の境界」(『日本語学』一五・九、一九九六・八)。

規文法とは、別名3型文法とも言われるが、形式言語の分類のひとつであり、遠く離れた要素同士が呼応するいわゆる句構造文法（2型文法）とは異なり、基本的に、ある要素の直後に次の要素が来るという単純な連接からなる文法規則である。この点から見ると、日本語の語構成には、次の二つの側面において、正規文法的規則が内在していると考えられる。

まず第一が、「走りだす」「目じるし」「巣づくり」といった自立語同士が接合した複合語の場合や、「菜の花」「憎まれっ子」「取られぞん」などの自立語に助詞や助動詞が接合したものの場合である。これらの複合規則に文の文法構造に似たものが見られ、それは基本的にはいわゆる句構造文法（2型文法）によることが奥津敬一郎などによってすでに指摘されている。[注(9)] 実際に、各要素が頭から順に接合しないもの（句構造文法の樹形図では右分かれ構造となる）の例として「(おお（(やま）（ざくら)))」などの例があげられるのであるが、実はこれは生物の名称などに多い例外的な構造である。基本的には補足語に述語が単純に接合したり（「山登り」「大殿ごもる」）、自立語に付属語が順に接合したり（「生まれながらの」「何としても」）といった正規文法的規則がその大半に見られ、それで多くがカバー出来るということもまた指摘出来るだろう。日本語の助動詞の連接については、「国語の活用形は、係結による結びの拘束を除けば直後にどんな言語要素が来るかによって決定される。これを言ひ替えると、或活用形が現れればその直後に来得る言語要素の範囲が決まるといふ事になる」として、日本語の活用形や文法の性格の問題として理論化した水谷静夫の3型文法（正規文法）の論があるが、[注(10)] その指摘は語構成にも及ぼし得るものと考えられるのである。

次に第二の点として、漢字同士が接合して（「花」＋「道」で「花道」、「日本」＋「製」で「日本製」、など）新たな単語を形成するという問題である。これは漢字の表語（形態素）文字としての性格から、文字と文字の接合によって新たな単語を形成出来るということに原因すると思われる。新聞な

(9) 奥津敬一郎注（4）論文。

(10) 水谷静夫『国語学五つの発見再発見』（東京女子大学学会、一九七四）。

どによく見られる「対＋米＋交渉」「省＋電力＋化＋努力」のような漢字の合成によるいわゆる「臨時一語」などはその典型であるが、ここにも、ある字や要素の次にどのような字や要素が接合するかという比較的単純な正規文法的規則が多くの場合に見られる。後者の点は、漢字が文字単位で連接することが、複合語の形成に大きな役割を果していることを意味している。

以上のように、複合語の形成ということの理論的基盤の一つとして、正規文法（3型文法）の規則を考えなくてはならないことは明かであると思われるが、助詞・助動詞の連接に限っても、先に触れた水谷の論以後、実状としては、あまりこの方面の研究には進展がなかった。それは、水谷の研究がそうであるように、文字列や単語の正規的な構造を取り扱っていくには、手法として計算機を用いた統計処理や考え方がかなりの程度必要であるのに対し、従来そのツールやデータに制約や限界が大きかったことが一因であったに違いない。

ところが、近年、計算機の高速化・大容量化によって、従来より大きな記憶装置を使うことが可能となり、そうした面での制約が解消される中から、日本語語構成の正規的な構造の分析に新展開をもたらし得る画期的な手法が開発された。長尾眞・森信介「大規模日本語テキストのnグラム統計の作り方と語句の自動抽出」▼注(11)がそれである。次に、この手法の概要を示し、古典語分析への適用について述べていこう。

3　情報理論 N-gram によって古典語の語形を切り出す

さて、N-gram 統計とは、C・シャノンによって立てられた情報学の基礎理論の一つであるが▼注(12)、言語情報を単位の連続の確率で分析していくという理論の性格上、前述した、単位が順に連なる性

(11)　長尾眞・森信介「大規模日本語テキストのnグラム統計の作り方と語句の自動抽出」（『情報処理学会研究報告．自然言語処理研究会報告』九三・六一、一九九三・七）。なお本研究にあたっては、長尾眞先生（京都大学総長・当時）、森信介氏（日本アイ・ビー・エム東京基礎研究所・当時）のご厚意により、両氏の開発になるnグラム統計を高速に算出するソフトウェアを利用させていただいている。ここに記して深く感謝申し上げる。

(12)　Claude E.Shannon & Warren Weaver,*The Mathematical Theory Of Communication*,The University Of Illinois Press,1949

格の強い正規文法的パターンをもつ日本語のような言語構造を扱うのに極めて適した言語理論という側面も持ちあわせているものである。長尾眞・森信介によって開発された手法とは、このシャノンのN-gram分析の言語学的実践とも評すべく、独自のアルゴリズムによって、極めて高速に、文字連鎖=文字列そのものを抽出し統計を取ることを可能にしたものである。その原理をごく簡単に言えば、2文字、3文字、4文字……n文字、と文字数を大きくしながら、nまでの任意の長さの文字列をテキスト中から網羅的に抜き出すものである。これによって、テキスト中のすべての文字の連接パターンを取り出すことが出来るため、結果的には文字の連接だけでなく、あらゆる語形を出現頻度数とあわせて網羅的に抽出することが可能となった。先に述べた複合語である「巣づくり」「対米交渉」などにとどまらず「日本語解析システム開発研究所主任研究員」といった長大な複合パターンが取り出されるのはもちろんのこと、特に、長尾・森の研究では、電子出版資料（2936万文字、59MB）を中心とした大規模なコーパスに対して分析を行い、従来の研究で組立て形式などと称されてきた「しなければならない」の様な語形（長尾らはこれを「複合文字列」と称する）や、「影響を」―「与える」、「影響を」―「受ける」のような強い共起性のある単語群（連語・慣用句）などを、網羅・自動抽出することに成功している。

今後、現代語の語形・語構成研究での進展が期待されるところであるが、当然その手法は古典関係のコーパスにおいても有効である。稿者は、長尾・森プログラムのN-gram分析を古典語・古典文学に応用する共同研究を進めているが[注(13)]、単に対象を古典語のコーパスにするというだけではなく、（1）位相差のあるテキスト間の語形の抽出という観点を導入し、その実現のために、（2）複数のテキスト間の総文字列比較システムの構築（Nグラム集合演算法）を試みて、新たな展開をはかっている。（1）でいう位相差とは、性差すなわち男女差や、『源氏物語』と『宇津保物語』といった

(13) 近藤みゆき「平安時代和歌資料における特殊語彙抽出についての計量的研究と利用ツールの公開―古今和歌集の歌語と表現のジェンダー性について―」（『科学研究費特定領域研究　人文科学とコンピュータ　研究成果報告書―コンピュータ支援による人文科学研究の推進―1999』一九九九）、同「ｎグラム統計処理を用いた文字列分析による日本古典文学の研究―『古今和歌集』の「ことば」の型と性差―」（千葉大学『人文研究』第二九号、二〇〇〇・三、近藤みゆき『古代後期和歌文学の研究』〈風間書房、二〇〇五〉に一部改稿して収録）、近藤泰弘・みゆき「平安時代古典語古典文学研究のためのN-gramを用いた解析手法」（言語処理学会第7回年次大会『発表論文集』二〇〇一）など。なおＮグラム集合演算法の仕組みの詳細については、これらの論文によられたい。

作品差、あるいは散文作品『源氏物語』と韻文作品『古今集』というようなジャンル差などを指すのであり、これら位相差のあるテキスト同士を、総文字列比較することで、比較したテキスト間に共通する語形や、一方のテキストにしか出現しない語形をすべて取り出そうというのである。性差への着目ということから、具体例をあげてみよう。次は『古今集』の男性の歌と女性の歌を総文字列比較し、男性の歌にしか出現しない語形を分類したものの一部である。

A. 単語・複合語・付属語接合

【名詞・複合名詞】

〈植物〉をみなへし・もみぢば・うめのはな・はぎ・ふじばかま・わかな・わすれぐさ／〈虫〉うつせみ／〈天象〉あまのかは・たなばた・くもゐ・ふくかぜ／〈色彩〉しらゆき・しらくも・にしき・しらたま・しらつゆ／〈その他〉あきのの（秋の野）・はるのやまべ（春の山辺）

【動詞】

なびく・わたらむ

【形容詞】

つれなき・さむく・さむみ・よをさむみ

【付属語接合】

かりける・かりけり・かりけれ・かるべき・ならなくに・ありけれ・あるかな・しなければ・ぞちりける・からに・にけるかな・にこそありけれ・まにまに

B．特定の語を核とした述語類

【「飽かず」を核とする語形】

あかず・あかずして・あかで・あかぬ

【「逢ふ」を核とする語形】

あはで・あはまし・あはむ・あふこと・あふさかのせき・あふよ・あふよしもがな

【「～に出づ」を核とする語形】

いろにいで・いろにはいでじ・ほにいでて

【「思ふ」を核とする語形】

おもはず・おもはぬとき・おもはまし・おもはむひと・おもひおき・おもひきや・おもひきゆ・おもひけむ・おもひける・おもひおき・おもひそめ・おもひぬる・おもふこころ・おもふころかな・おもふひと・おもへども・おもほえ・おもほゆ・ものをおもふ・ひとをおもひ・ひとをおもふ

【「通ふ」を核とする語形】

かよひぢ・かよひて・かよふ・かよへる

【「恋ふ」を核とする語形】

こひしかり・こひしかりける・こひしかる・こひしかるべき・こひしきものを・こひしと・こひつつ・こひは・こひはし（恋死）・こひむと・こひもするかな・こひやわたらむ・こひわたる・こふる

【「知る」を核とする語形】

しらねど・しらまし・しられず・しられぬ・しりぬる・しるひと・しるべく・しるらむ

【「見る」を核とする語形】

みえし・みえず・みえなむ・みえぬ・みえね・みえねど・みえわたるかな・みむひと・みもせぬ・みるまで・みるらむ、とみゆらむ・とみるまで・ともみえず

男性に独自に出現する語形の一部を例示した。文学作品である『古今集』を言語資料として用いるには、もとよりその文学としての特質を熟知した上での慎重な取り扱いが必要だが、和歌は、作者名が明記されており、詠み手（＝話者）の性別が判然としている点で、古典世界の言葉と性差の関係を考察する際に有用度の高い資料でもあることは、従来以上に留意されてよい。特にこのような分析に『古今集』を用いることの、メリット・デメリット、ならびにこれまでの研究の経緯については別稿を参照されたいが、▼注(14) 男性の歌と女性の歌をN-gram集合演算法で総文字列比較をすると、上記のように、名詞はもとより、活用語尾まで含めた動詞・形容詞、しかもそれが打ち消しの助動詞や意志の助動詞を伴う場合など、様々に複合した語形そのもので取り出されてくる。さらに一部の語形は、ある語を核とした語形群としてまとまりを帯びてくる。仁田義雄は、語を文法的な意味、機能を帯びた単位として定義していく中で、「文の中に現実に現れるのは、語ではなく、語形である。」として、文を形成する語形群（たとえば「男を・男の・男にこそ」と言った範列的語形系列）に注目しているが、▼注(15) これらはそれに非常に近いものと言える。先の表で「特定の語を核とした述語類」とした項目は、「特定の語を中心とした範列的語形系列」と言い換えることも出来る。すなわちNグラム集合演算法の総文字列比較によっては、対象としたテキストやコーパスから、そのテキスト中に現実に現れる「語形」を網羅・抽出出来る訳であり、ここからは、実態としての「語形」を対象とした研究が可能となると言えよう。

(14) 近藤みゆき注（13）論文、ならびに、「古今集の「ことば」の型―言語表象とジェンダー」『ジェンダーの生成　古今集から鏡花まで』〈二〇〇二、臨川書店〉、近藤みゆき『古代後期和歌文学の研究』〈風間書房、二〇〇五〉に一部改稿して収載)）。

(15) 仁田義雄『日本語文法研究序説　日本語の記述文法を目指して』（くろしお出版、一九九七）。

加えて、そこに位相差という軸を持ち込むと、それらの取り出された語形の用法や意味的側面が、さらに見えやすくなる。「白雪」「白雲」「白玉」「白露」など色彩「白」と複合した語は、『古今集』では何故か男性側に用例の集中する語となっており、「飽かず」「逢ふ」「〜に出づ」「思ふ」「通ふ」「恋ふ」「知る」「見る」などを核として形成される各種の語形や複合語も同様であることになる。「知る」や「見る」など、対象に働きかけてこれを知覚しようとする語形や、「恋ふ」「思ふ」など思惟する主体をあらわす語形、対象に向かって行動する「通ふ」の語形などが男性側に集中してくるなど、こうした作業によって、各語・各語形が性差という切り口でカテゴライズされることになる訳である。

このような実態としての「語形」を対象とする時、何が見えてくるのか、一例として「「飽かず」を核とする語形」をあげてみよう。男性の歌だけに偏る語形として「あかず」「あかずして」「あかで」「あかぬ」が切り出されてきた訳であるが、これらはみな、動詞「飽く」＋打ち消しの助詞・助動詞の語形となっている。当然のことながら、われわれは、複合しない「飽く」の語や名詞「飽き」も平安時代語の中に普通に存在しており、またその用法に男女差はないと想像してきたものと思われるが、結論から言って、「飽く」は読人しらず歌などに五例あるが、うち二は掛詞や物名歌で（「灰汁（あく）」と掛けたりする）、名詞「飽き」に至っては、「秋」との掛詞の形でしか存在していない。和歌のレトリック上出現する、特殊な語形という色合いが強い訳である。対象を『源氏物語』に拡大し、「飽く」に関する語形すべてを調べると、そこではいっそう顕著に、（1）「飽く」は、「あかず」「あかで」「あかなくに」「「あかざりし」など打ち消しの助詞・助動詞と結びついた複合語形で存在しているのが一般的で、「飽く」は例外的、（2）「飽かず」関係の語形の主語は、大半が男性で、女性の用例は少なく、用法も限定的、という結果が得られる。用例数の内訳をあげると、『源氏物語』での「飽く」は散文の用例に限っても全一五七例あるが、打ち消しを伴う複合語形が一四三例であるのに対し、そうでないものはわずか三例（「飽く」一例、「飽かれぬべき」一例、「飽きにたる」一例）にすぎない。また、主語の男女別は、男性九七例に対し、女性一九例（残り四一例は、世の人々・世間などが主語で男女の区別がない）と、男性の用例は女性のそれの五倍強となる。そして女性の用例は数的に少ないだけではなく、内容を検討すると、母→息子・祖母→孫など血縁の親子関係にあるものが六例、死者を指して「あかず」と言ったものが六例を占めるなど、用法に目立った傾向があることがわかる。いわばこの語形には、身分・血縁・生者と死者など社会・制度で上下関係にあるものの、より上位者が用いるという意味性があったのであり、結果として男女比においては、いわば社会的優位に立つ男性の用例が圧倒的に多くなるのではないかということが推測されてくるのである。なおその内訳の文脈・語形に関する問題と、『源氏物語』という文学作品における問題については、第7章においてより詳細に取り上げているので参照されたい。

このようにして、言語の支柱を成す語形の実態、位相差・意味性、あるいは各語の本質をうかがわせるような問題が具体的になってくると言えよう。抽出された語形をめぐっては、興味深い現象が色々あるが、以下では、複合語に関わる問題提起として、もう一つ「春の山辺」という語形を取り上げてみたい。

4　意味論的複合語——「春の山辺」

男性の歌にしか出現しない語形として切り出されてくる「春の山辺」は、統語的には名詞＋助詞＋名詞で構成される名詞句という以上の情報は持たない。通常は単語とみなされることはなく、各種の国語辞典はもちろんのこと、片桐洋一『歌枕・歌ことば辞典　増補版』[注16]、馬場あき子・久保田淳『歌ことば歌枕大辞典』[注17]といった近年の代表的な歌語辞典にも立項されていない。現代人の語感では、注意の払われようのないものであるのだが、『古今集』において、男性だけに用例のある語という観点から、前後の用例を調べると、それが複合語として機能していった道筋が明かとなる。

まず、『万葉集』の用例を概観する。

春日野の山辺の道を恐りなく通ひし君が見えぬころかも　（巻四・五一八・石川郎女）
ひさかたの雨の降る日をただひとり山辺に居ればいぶせかりけり　（同・七六九・大伴家持）
ぬばたまの夜渡る月を留めむに西の山辺に塞もあらぬかも　（巻七・一〇七七・作者未詳）
垣越しに犬呼び越して鳥狩する君青山の葉繁き山辺に馬休め君　（巻七・一二八九・作者未詳）

単語「山辺」は、『万葉集』では用例も多いが、「春の山辺」の語形は一例もない。その用法は所掲の用例に見るように、「春日野の」（地名）、「西の」（方角）、「葉繁き」（形容詞）など、どのような単語とも結びつき得る語として働いており、固定的な結びつきは全く認められない。また、石川郎女のような女性歌人の用例もあり、男性に偏る傾向も見られない。ところが、『古今集』においては、万葉と同様の用例以外に、以下のように「春の山辺」の語形が出現する。

いざけふは春の山辺にまじりなむ暮れなばなげの花の影かは　（春下・九五・素性）
霞立つ春の山辺はとほけれど吹きくる風は花の香ぞする　（春下・一〇三・元方）
梓弓春の山辺を越えくれば道もさりあへず花ぞ散りける　（春下・一一五・貫之）

(16) 片桐洋一『歌枕歌ことば辞典　増補版』（笠間書院、一九九九）。
(17) 馬場あき子・久保田淳『歌ことば歌枕大辞典』（角川書店、一九九九）。

宿りして春の山辺にねたる夜は夢のうちにも花ぞ散りける　（春下・一一七・貫之）

思ふどち春の山辺にうち群れてそこともいはぬ旅寝してしか　（春下・一二六・素性）

歌人はすべて男性で、用例は「春歌下」に集中しており、しかも全歌は共通する文脈と意味を持っている。それは、男性が、「花」で彩られた「春の山辺」を「越え」「まじり」「寝」るという、女性との一夜の契りを持つイメージの文脈であり、ここでの「春の山辺」は、「契る対象としての女性」という象徴的、比喩的な意味をもって機能していることになる。この「春の山辺」は、『古今集』内部だけの一過性のものではなく、以後も、同様の比喩的な意味をもつ語形として用いられており、女性歌人には、

我が宿し春の山辺のつまなれば他の花とも思ほえぬかな　（中務集・三七、中務は一〇世紀歌人）

夜ごとただつくる思ひに燃えわたる我が身ぞ春の山辺ならまし　（大弐三位集・五〇、大弐三位は一一世紀歌人）

のように、「我が宿」を「春の山辺」の一部としたり、さらは「我が身」＝「春の山辺」とする用語例が散見するのである。反対に、男性にはのちのちまで「春の山辺」＝「我」とした用語例は無いなど、意味を反映した、性差による使い分けも際だって明確になされていたことがうかがえる。『古今集』の成立は九〇五年、すなわち一〇世紀はじめで、ここにあげた中務は一〇世紀中頃の歌人、また大弐三位は一一世紀前半期の歌人なので、少なくとも一世紀以上、「春の山辺」は特定の意味性を伴う、一まとまりの語として用いられていたことになろう。意味論的な強い結合が、一〇〇

年以上続いたという点において、これを複合語と認定するのが適当であろう。これらのように、社会的・文化的背景や事象をフィルターとして、特定の意味を属性として新造される複合語を、意味論的複合語と称したい。

「春の山辺」は、和歌という文学領域に属する語ではあるが、ここでの問題は、現代語まで含めた実際の言語現象の中の、ある語形群に共通する一つの性格に敷衍することが可能であろう。山本清隆が指摘する、▼注(18) 幸福の象徴を意味する「青い鳥」や、「赤い羽根共同募金」の「赤い羽根」などが同じ性格を持っているのであり、これらは形態やアクセントからは複合語とは言いにくいが、特定の意味で用いられる限りにおいて、一語と認めざるを得ない。従来の研究では、このような意味論的複合語は、恣意的に見出だすしかなく、網羅的に抽出することが極めて困難であるため、意味論的なあり方の種類や、それが複合語全体でどのくらいの位置を占めるのかなど、全く明確にされてこなかったが、古典語・現代語を通じて、この種の複合語は相当数にのぼると予想される。位相差のあるテキストやコーパス（男性・女性という性差だけでなく、たとえば、世代差—二十代・三十代・四十代・五十代・それ以上の会話語、時代差—明治時代の文学作品と大正・昭和の文学作品など、位相差は様々に設定し得る）の総文字列比較から語形を切り出し、これを分析する手法を応用するならば、現代の和歌研究者には認定の出来なかった「春の山辺」の結合の強さや、性差を反映した意味性が抽出出来たのと同様に、ある位相だけに使われる語形＝複合語という形で、様々な意味論的複合語が発見され、複合語研究の新しい側面が見えてくるものと思われる。▼注(19)

5　おわりに

(18) 山本清隆注（5）論文参照。

(19) 「目から火が出る」のようないわゆるイディオム（慣用句）と似た面もあるが、同一ではない。新たな分析が必要なものである。

以上、本章では、現在の統語的観点から見た語構成論の主流である句構造文法（2型文法）とは異なる観点として、日本語の語構成における正規文法（3型文法）的規則を提案し、その規則によって展開している実態としての語形を、N-gram 統計を用いて、コーパスやテキストから網羅・抽出する手法を示してみた。実態としての語形を網羅することによって、語や複合語をめぐる文法論、意味論、位相論などが、ある程度、総合的に深められるものと考えている。

第13章

『古今和歌集』と『源氏物語』

——言語リソース論試論——

1 はじめに

和歌と『源氏物語』は、大変に密接な関係にあります。引歌という特殊な文章の技巧や、女君たちを花に喩えるなどの表現方法は、いずれも『古今和歌集』をはじめとする著名な和歌に拠ったものであります。そして何より、作品中に八〇〇首近い和歌が、絶妙に配されているということなどを見ましても、作者である紫式部の、和歌に関する造詣が、いかに深いものであったかということがうかがえます。平安時代の和歌は『古今和歌集』にはじまるのですが、その和歌世界が培った王朝の美意識は『源氏物語』という作品の血肉ともなっていると言って過言ではありません。

登場人物たちの詠む和歌は、彼らあるいは彼女たちの思いが、最高に高まった瞬間に詠まれます。

それはすべて作者紫式部が創作したものであるわけですが、光源氏や紫の上をはじめとする様々な男女の登場人物たちの、それぞれの心や立場をあらわすものとして読み分けられており、手腕のみごとさには、和歌研究者も感嘆するばかりであります。このたびは、そうした『源氏物語』における男女の「人物造型」の問題について、和歌の側から考えてみたいと思います。そして、その切り口としたいのが「ジェンダー」という観点です。「和歌」と「物語」と「ジェンダー」と、大風呂敷を広げて、綱渡りをしていくことになりますが、ジェンダーといった新しい学問研究の視点から、『源氏物語』を捉え直した時、どのような世界が見えて来るのか、これからしばらく、おつきあい願えればと思います。

2　ジェンダー論の現在と文学研究

「ジェンダー」という言葉は、最近は本当に新聞、テレビなどを通じても日常的にもよく目にする用語となりました。特にこちらウィメンズプラザに足をお運び下さった皆様には、その点の問題意識も高くお持ちの方がおられるのではないかと思います。

その一方で、やはり今回の講演のメインタイトルは『源氏物語』でありますので、本日ご来聴の皆様の中には、「ジェンダー」という言葉は耳にしたことがあるけれども、それが学問的にどのような内容のものなのかは、あまり知らないという方もおられるのではないかと思います。ですので、まずはじめに、学問研究におけるジェンダー論につきまして、特に最近の研究動向などをまじえて概観し、その上で、そうしたジェンダー論というものと、「文学研究」、特に日本の古典文学の研究というものがどのような関わりを持つのか、まずその点からお話をしておきたいと思います。

「ジェンダー」とは、ごく大ざっぱに定義いたしますと、「社会的・文化的に構築された「性」のありよう」のことを指します。さらに分かりやすい言葉で言い換えますと、それは、それぞれの時代や社会において認識されている「男らしさ／女らしさ」というものを指しているわけです。

そのようなジェンダー論的な物の考え方の柱となっているのは、ごく簡単に言えば次の二つのことにまとめることができます。

それは、一つには「理論としての社会構築主義」ということ、そしてもう一つが、「制度と権力構造・イデオロギー・ナショナリズム」、そういった視点から男女のあり方—それは歴史的には大変に不平等なものとしてあったわけですが—を、批判的に再考察していくという姿勢を非常に明確に構えているということであります。

まず、第一の「社会構築主義」ということですが、「構築主義」とはもともとは社会学からはじまり、近年では、歴史学・哲学をはじめ領域横断的に学問・研究の多方面に影響を与え、検証が重ねられている、重要な理論であります。それは様々な分野に影響を及ぼしている理論でありますだけに、定義そのものについても議論があるのですが、最も重要と考えられる特質として、次の二つの点をあげたいと思います。それは「本質主義の否定」ということと、「言語（ことば）の重視」ということであります。

「言語（ことば）の重視」については後に触れるとして、ここでは前者、「本質主義の否定」について述べておきましょう。そもそも「本質主義」というのは、「何にでも本質というものがあって、そこから様々な事柄が発生する」というような考え方でありまして、たとえば、「男らしさ」や「女らしさ」というようなことについて、本質主義では「女」として生まれたものは、「女」という本質を有している。したがって自然と「女ことば」や「女らしいふるまい」を取り「女らしさ」が発生する、というような考え方をするわけです。

そうした「本質主義」の考え方のアンチテーゼとして展開しているのが「社会構築主義」なのであります。この理論は、「男ことば」や「女ことば」を問題とする言語学にも大きく影響を与えました。

欧米では、レイコフやスペンダーなどにはじまるフェミニズム言語学の流れがありますが、日本の研究陣もそれに引けを取ってはおりません。特に寿岳章子先生の『日本語と女』は、この方面の画期的な研究とされております。そして現在、最も活発にこの方面の研究を進めておられるのが中村桃子氏です。中村氏は『ことばとジェンダー』、『「女ことば」はつくられる』、『〈性〉と日本語―ことばがつくる女と男』と矢継ぎ早に、研究成果を世に問うておられます。これらの研究は、和歌について、広く――ことばとジェンダー――という立場からのアプローチを考えたい私どもにとりまして、大変刺激的な動向です。

そして、以上のような研究に一貫しているのが、「ジェンダー」が構築される、その背景にある、制度や権力構造を解明しようという強い問題意識です。これがジェンダー論の二つの支柱のうちの第二点目、「制度・権力構造など解明」を柱とするということに繋がります。この点、日本での研究動向だけを見ても、制度・権力と闘う女性研究者上野千鶴子氏のお名前はどなたもご存じのことと思われますが、日本文学に近い領域の日本史や美術史でも、脇田晴子氏、若桑みどり氏、千野香織氏などが、各学界の研究者の先頭に立ち、ジェンダー論を展開してきました。

では日本文学、それも特に平安文学のおいての成果はどうであるかと申しますと、この問題にいち早く、そして特に『源氏物語』を研究する上で欠くべからざる視点として取り組んだのが、河添房江氏や三田村雅子氏でありました。その流れから、木村朗子氏や高木和子氏という、若手研究者の成果が続々と出版されています。ジェンダーで読む『源氏物語』は、もはや少数派ではなく、「新しい風」そのものだと言えるでしょう。

3　平安和歌研究とジェンダー論

それに対して、王朝和歌文学の研究についてはどうかと申しますと、残念ながら、やや遅れをとってきたように思います。

手前味噌で、恐縮なのですが、ジェンダー論をふまえた問題意識からの、本格的な和歌研究は、私どものはじめたことではなかったかと自負しております。

それは、言語学や美術史学の成果を学ぶほどに、三十一文字の「ことば」だけで男女の世界や「美」を描く和歌もまた、その美意識とことばの分析に、「新しい風」として、この学問のもたらす視点は不可欠であると思うに至ったからです。

ただし、和歌研究が、ジェンダー論を正面に見据えるのが、他の分野に比べて遅れましたのには、理由がありました。それは、和歌における「男と女」と言えば、折口信夫が展開した「女歌論」が非常に大きな存在としてあったからであります。偉大な折口の呪縛とでも言うのでしょうか、それと違う視点に立ってみることがなかなか難しかったということです。

折口の「女歌論」は、確かに素晴らしいものであります。現在も、そしてこれからも、色褪せることはないと思うのですが、しかし、その論は「男と女はそもそも違う」「女ゆえに、女は、このような歌を詠むのだ」という、考えから出発しております。その思考の方法においては、先に述べた「本質主義的側面」があまりに強いのであります。

やはりそれだけではカバー出来ない問題が、平安和歌にはあります。その側面を具体的に明かにしていくのが、ジェンダー論から提起される、「新しい平安和歌研究の課題」ではないかと思うわけです。

その課題は二つあります、一つは、

個別の和歌の、言語表現そのものの中に男らしさや女らしさといったものがどう構築されているのかを、明かにし、問題にする

ということであり、もう一つは

ジェンダー化された美的言語表現を制度やイデオロギーと連動するものとして考察する

ということです。

平安和歌は確かに美しい「ことば」の世界です。ですので、それぞれの和歌は、イデオロギーという観点から捉えられることはほとんどありませんでした。しかし、W・J・T・ミッチェルが指摘するように、「表象とは、たとえそれが虚構の人物なり出来事なりの純粋に『美的』な表象であろうとも、政治的・イデオロギー的な問題と完全に切り離して考えるわけにはいかない」(『現代批評理論―22の基本概念』平凡社、一九九四・所収)のであります。この視点が、平安和歌を、そしてまたその受容の上に成り立つ『源氏物語』の男／女を考える上でも重要でありましょう。

そして、以上のことを明かにする上で、最も注目されるのが第一勅撰和歌集『古今和歌集』なのであります。なぜなら、『古今和歌集』という作品の「ことば」は、最近のジェンダー言語学で言

うところの、リングイスティック・リソーシーズ（言語情報の供給源）に他ならないからです。

4 リングイスティック・リソーシーズ（linguistic resources）としての『古今和歌集』

「リングイスティック・リソーシーズ（linguistic resources）」という用語はここで初めて耳にされた方も多いと思いますが、実際、欧米のジェンダー言語学から直輸入されて間もない、とても新しい用語です。適切な訳語もまだありません。「言語資源」と訳することも可能ですが（中村桃子氏の訳）、残念ながら「言語資源」という用語は、情報処理研究、言語処理研究の分野で、すでに別の意味で学術用語として定着しています。ジェンダー言語学などで言うところのlinguistic resourcesの概念・内容は、そうした「言語資源」とは違うものであります。ですので用語概念の混乱を避けるためにも「言語資源」と訳することはしない方がよいと考えます。「言語情報の供給源」とでも訳するのが一番適切かと思いますが、それではくどい言い回しになりますので、私に「言語リソース」という用語で通したいと思います。

では、その「言語リソース」の意味ですが、それは「ことばの供給源」といっても単純なものではなく、正しく定義付けるならば「特定のアイデンティティと結びついた言語情報の供給源のこと」となります。しかし、このように抽象的に述べましても、分ったような分らないような説明になってしまいますので、具体的に述べますと、次のようになります。

・「女」というアイデンティティ、平たく言えば「女らしさ」は歴史社会によって作りあげられてきた言語情報の供給源である「女言葉」の使用と結びついている。

・「男」というアイデンティティ、「男らしさ」もまた、歴史社会によって作り上げられてきた言語情報の供給源である「男言葉」の使用と結びついている。

言語リソースにも様々なものがあるのですが、ジェンダーという点に限って言えば、「言語情報の供給源」というのは、そのように歴史と社会文化の中で作り上げられてきた—構築された—女言葉であり、男言葉であるということになります。

近年のジェンダー言語学では、男／女というものを、言語リソースの社会学の分析方法である「成立」「再生産」「利用」「変革」といった観点から考察する研究方法が注目されているのであります。このことを具体的に平安文学の問題に即して述べてみましょう。

四つの観点のうち、第一の「成立」とは、男らしさ・女らしさと「ことば」が結びつき、どのようにして言語情報の供給源が成立したか。を問うことです。それは平安文学の問題としては、『古今和歌集』の歌ことばを分析・研究することに繋がります。なぜ『古今和歌集』なのかということについては、このあとで詳しく述べます。

また、次の二つの観点、「再生産」と「利用」ということですが、「再生産」とは、それぞれの「らしさ」と言語リソースの結びつきは、社会において繰り返し用いられることで強化される。ということを意味しています。つまり、作られた女言葉を女性が使えば使うほど、それは女ことばとしていっそう定着していくということであります。これが「再生産」です。

そしてまた、それらを意識的に「利用」することで、女性性が強調されたり、女でも、あえて男性語を用いることで、規範を逸脱する女性として、自己のアイデンティティを演出することも可能になるわけです。現代で言えば、女子高生が自分のことを、「わたし」ではなく「ぼく」、場合によっては「おれ」と称してみるなど、かなり荒っぽい男言葉を使うことが、言葉の乱れとして、よく指摘されますが、彼女たちは本来男性のアイデンティティと結びついているはずの言語要素を意識的に「利用」して、そこに自分ならではのアイデンティティを築こうとしているのだということになるのです。ですから「利用」には、まさに様々な利用法があることになります。

こうした、言語リソースの「再生産」と「利用」と言うという側面は、実は、物語などの創作上の人物を作り上げていく上で、大変効果を発揮するであろうことは、容易に想像されるものでありましょう。つまり平安文学で言えば、『源氏物語』をはじめ、物語の中で、個性豊かな男性たち、女性たちといった多数の「登場人物」を描き分け、造型していく上で、「再生産」と「利用」は有効な手段なのだと位置づけることができるでしょう。

それにしても、なぜ『古今和歌集』をもって平安時代の言語リソース——言語情報の供給源——と位置づけることが可能なのでしょうか。あらためて、その点について述べていきましょう。

○「第一勅撰和歌集」の政治的重み

『古今和歌集』という作品は、ただの古典の和歌集ではありません。醍醐天皇の勅命により、編纂された日本で初めての勅撰和歌集なのです。それは、美意識という点において『万葉集』とは大きく異なった点がありました。桜の花が散る、そのことにあわれを感じ、また散る姿を美しいとも見る。あるいは残暑のただ中にあってもかすかな風の変化に秋の訪れを感じ、また十五夜に代表される秋の月の美しさに心を打たれる。そういった四季自然をめぐる日本人の感性の多くは、この『古今和歌集』の和歌から出発するのでありまして、それは成立後、王朝の美意識の聖典として、以後の和歌のみならず、貴族の文化、生活、美意識、さらには物語・日記といった文学作品全般に多大な影響を与えました。

なぜそれほど影響力が大きかったのか、と申しますと、その背景には、なんと言っても、まず第一に、それが「第一勅撰和歌集」であるという権威に支えられていたからに他なりません。

この『古今和歌集』が成立した延喜五年という年は、実は、七九四年の平安遷都から一一一年の時を経ています。勅命を下した醍醐天皇は、ただの道楽で和歌集を作ろうとしたわけではなく、この「平安京」の地に都を構えてから百年以上の時を経て、新しい「平安王朝」のもとで発展を遂げた貴族文化を集約し、天皇制の頂点に立つ天皇として、ここに提示することを意図したのでありま す。

また、それは、ただの受容というだけなく、「教育」というあり方を通してより強く浸透していったことがうかがえます。

○「愛される女」であるための『古今和歌集』

特に注目されるのが、女性の「教育の書」と位置づけられていた事実であります。『枕草子』に語られている、村上天皇の女御の逸話は、大変有名で、次のように記されています。

村上の御時に、宣耀殿の女御(芳子)と聞こえけるは、小一条の左の大臣殿の御むすめにおはしけると、誰かは知りたてまつらざらん。まだ姫君と聞こえける時、父大臣の教え聞こえ給ひけることは、「一つには御手を習ひ給へ。次には、琴の御琴を、人よりことに弾きまさらんとおぼせ。さては、古今の歌二十巻をみなうかべさせ給ふを、御学問にはせさせ給へ」となん聞こえ給ひける、と(村上天皇が)聞こしめしおきて、御物忌なりける日、古今をもて渡らせ給ひて、御几帳を引き隔てさせ給ひければ、女御、例ならずあやし、とおぼしけるに、草子をひろげさせ給ひて、「(帝が) その月、なにぞの折ぞ、人のよみたる歌はいかに」と、問ひ聞こえさせ給ふを、(宣耀殿の女御は) かうなりけりと心得給ふも、をかしきものの、ひがおぼえをもし、忘れたる所もあらばいみじかるべきことと、わりなう思し乱れぬべし。……(中略)……(帝が) せめて申させ給へば、さかしう、やがて末まではあらねども、すべてつゆたがふことなかりけり。(帝は) いかでなほ、少しひがごと見つけてをやまん、とねたきまでにおぼしめしけるに、十巻にもなりぬ。『さらに不用なりけり』とて、御草子に夾算さして、おほとのごもりぬるも、まためでたしかし。……好き好きしうあはれなることなり」

(『枕草子』二十段「清涼殿の丑寅のすみの」より)

女性のたしなみとして、父の左大臣が、娘に、幼少時から、よくよく習得すべしとしたのが、書道(御手)と、琴──音楽、そして『古今和歌集』だったと言うのです。特に、『古今和歌集』は二十巻すべてを暗記することを「学問」にせよと命じたわけです。古今集は約一一〇〇首、百人一首の十一倍です。これをすべて暗記せよというのはまさに「学問」すると言うのにふさわしいでしょう。

そしてこの話をもれ聞いた村上天皇は、物忌みの一日、女御のもとに『古今和歌集』を持参してたずねていらっしゃいました。何事かと思っているとなんと、天皇は女御が本当に覚えているのか、試してやろうではないかと思い立ち試験をしに訪れたのでありました。女御の方は、自信はあるけれども、覚え違いをしているところもあるかもしれないと、もうどきどきものです。それが、百人一首のようにはじめの句を聞かれたら下の句を答えるというようなやさしいものではなく、「その月、何の折ぞ、人のよみたる歌はいかに」と、詠歌事情や、作者まで熟知していないと答えられないような試験だったのです。

しかし、女御は全く間違えません。「すべてつゆたがふことなかりけり」だったわけです。最初は遊び心から出たものだったのでしょうが、帝もだんだん意地になってきまして、半分の十巻まではやり続けたのですが、ついに自分の方が疲れてしまって、もう良いということで、女御とおやすみになられたと言うのでした。この逸話は『大鏡』などにも見え、このことを機に、帝の女御への愛情はますます深まったと伝えられています。

また、『枕草子』での、この話の語り手となっているのは、中宮定子で、波線部は、この逸話を清少納言らに語っている定子の所感であるのですが、定子は、女御が『古今和歌集』をすべて暗記していて、村上天皇がそれをお試しになったという一連の出来事を「めでたし」――本当に素晴らしいことだ――、そして、「好きずきしうあはれなることなり」――「すこぶる優美なことである」と、后たるものの鏡として、褒め称えているのです。

この村上天皇の時代は『古今和歌集』成立から五十年ほどのちのことであります。そして『枕草子』の時代はさらにその三十年ほどのちのことになりますが、『古今和歌集』とその「ことば」は、成立後数十年にわたって、まさに「再生産」され続け、特に女性にとっては、男性に愛されるような優美さを体得するためにも必須の書になっていたと言えましょう。現代でしたら、さしずめ「古今和歌集で彼の心を釘付け」ですとか、「女を磨く、古今和歌集」とでも言うようなキャッチフレーズが付きそうな作品なのであります。

『紫式部日記』にも、后と『古今和歌集』の繋がりの深さをうかがわせる、次のような一文があります。

〈道長からむすめ彰子への贈答品〉

よべの御おくりもの（彰子が産後に内裏に上がる前夜、道長から贈った物）、（彰子は）今朝ぞこまかに御覧ずる。御櫛ののうちの具ども、いひつくし見やらむかたもなし。片つ方には白き色紙つくりたる御冊子ども、古今、後撰集、拾遺抄、その部どもは五帖につくりつつ、侍従の中納言（藤原行成）、延幹と、おのおの冊子ひとつに四巻をあてつつ、書かせ給へり。表紙は羅、紐おなじ唐の組、かけごの上に入れたり。

（『紫式部日記』）

親王を出産後に内裏に上がるその前夜、道長がむすめの彰子に贈ったのは、『古今集』を筆頭とする三つの勅撰和歌集でした。そのように定子、彰子、清少納言、そして紫式部が生きた時代とは、まさに天皇の后という最上級の女性にとって、『古今和歌集』は不可欠の学びの書だったと言えましょう。

貴族たち、とは、そもそも上流志向が非常に強い人々です。そうした天皇の後宮でのあり方は、当然その周辺を構成する受領階層の女性たちまで波及していきます。「愛される女であるための『古今和歌集』」「教養ある女の『古今和歌集』」、そのような、作られた社会概念を、多くの女性たちはおそらくは進んで受け入れていったに違いありません。そして、そうした社会概念を作り上げていった男性たちにとってもまた、女性たちの上を行き、みやびな会話や、ふるまいに、磨きをかけるためにも、『古今和歌集』は最大の拠り所だったのです。

このようにして平安貴族の、男／女の、「ことば」の原典となっていった『古今和歌集』とは、まさに平安時代の言語情報の供給源であり、『古今和歌集』の成立とは、日本における、一つの言語リソースの「成立」に相当するのだと言えるでしょう。

『源氏物語』の作者・紫式部もまた、そうした社会概念のただ中で成長し、規範としての歌の「ことば」に誰より精通していたと思われるのですが、そのことに話を進める前に、そもそも、その『古今和歌集』の歌ことばや表現の中に内包されていたジェンダーイデオロギーとはどのようなものだったのかを、具体的に見ておきたいと思います。

5 『古今集』の「ことば」の内包するジェンダーイデオロギー

まず、重要でありますのが、『古今和歌集』とは、男性が男性のために、男性視点で作った作品以外の何物でもないということでありましょう。下命者は天皇。そして撰者も全員が男性である上に、歌の数も圧倒的に男性が占めているのです。

『古今和歌集』全一一一一首中男性の歌が五九五首＝約六〇〇首であるのに対しまして、女性の和歌は八七首しかありません。性別の決定出来ない読人知らずの歌についてはここではおくこととしますが、それにしても男性：女性＝七：一と女性歌は極端に少ないのです。すなわちここからまず、『古今集』においては、女性は「ことば」から疎外され、男性が「ことば」を支配しているという状況があることを、確認しておきたいと思います。これは、スペンダーが、その著書、『ことばは男が支配する』において指摘する、「男による言語支配と女の沈黙」、まさにそのものの状況なのであります。『古今和歌集』とは、そもそもが男性が形成した言語体系なのである、ということが、はっきりと分ります。

さて、ここで、問題を具体的に追っていく上で、注目すべき視点は三つに絞ることができます。

・第一点目としては、男性はどのような「ことば」を独占しているのか——女性には使うことの許されない「ことば」とはどのようなものであるのか、ということ。

・第二点目としては、実際の具体的な表現には、「あるべき男性」、そして「あるべき女性」が、それぞれどう表象化されているのか、という問題。

・第三点目としては、男性の撰者たちは、どのような女性の歌を、天皇制貴族社会の「あるべき女性像」を代表するものとして、撰んでいるのか。

という三つの視点です。

つまるところ、男性はこの歌集において「あるべき男らしさ」を構築し、あわせて、男性にとっての「あるべき女らしさ」を創り出している、ということになるでありましょう。

日本語研究者である寿岳章子氏は、「日本の女性が社会において黙らされ、抑圧されていることに「ことばのありよう」が強く関わっていると考え、女性はどのようにふるまわなければならないかという「女らしさ」イデオロギーが女性への強制力としてはたらいている」ということを指摘しておられますが、これは、平安時代の和歌と文学の問題にまで溯らせることのできる、非常に重要な指摘です。

『古今和歌集』とは、まさに、男性が作り上げた「ことばのありよう」による「女らしさ」イデオロギーそのものなのであり、かつ、先ほど『枕草子』などの記述によって確認したように、「美」「美意識」という、平安貴族社会においては、最強の強制力を以て、「『古今和歌集』の内包する女らしさイデオロギー」は浸透していったのだ、と言えるでしょう。

では、それは、具体的には、どのような、「ことばのありよう」であり、「女らしさイデオロギー」であったのかが、次に明かにされなくてはなりません。これには、様々なアプローチの方法があろうかと思いますが、「ことば」そのものに密着して考えるのであるのなら、やはり、男性しか使用していない「ことば」、女性しか使用していない「ことば」をまず、すべて洗い出し、分析するのが一つの方法と考えられます。

この作業は、口にするのは簡単ですが、実行するのは大変難しいことです。すべての「ことば」と「表現」の男女差を網羅するために、私は、情報学における言語処理の方法であるN-gram分析を用いて、男／女それぞれの特有表現を、文字列単位で総比較することを試みました。この方法を用いますと、手作業では及びもつかないほど、網羅的に、「ことば」の男女差を導き出すことができるのです。

この分析方法につきましては別に述べたことがあり（近藤みゆき「nグラム統計処理を用いた文字列分析による日本古典文学の研究—『古今和歌集』の「ことば」の型と性差—」（千葉大学『人文研究』第29号、二〇〇〇年三月、『古代後期和歌文学の研究』〈風間書房、二〇〇五〉に一部改稿して収録）、今回は時間の関係もありますので、結果だけを示すにとどめたいと思います。得られた結果の中でも、特に今回、『源氏物語』の男女の和歌の「ことば」を考える前提として注目しておきたいのが、「男性特有表現」です。それはすなわち、『古今集』では女性には使用しない、ないしは使用出来ない表現であるからです。

具体的に見ていきましょう。男性に独自に出現するもので、用例数が五以上のものをあげてみたのが、次の一覧です。

《古今和歌集　男性特有表現　用例数5以上》

※景物や物象表現（名詞を中心とする）、枕詞、動詞などといった区分だけでなく、時間表現、感覚表現、接続表現・文末表現、特徴的連語の項目を立てる。
※特に「「恋ふ」を核とする語」の内容に見るように、動詞「恋ふ」、形容詞「恋し」、複合語「恋ひつつ」「恋わたる」、類句「恋もするかな」のように、品詞等を超えてある概念でまとめ得る「ことば」の型を、一括出来るように「特徴的連語」の項を設ける。

【景物・物象】

植物：をみなへし16・もみぢば13・うめのはな11・あきのの10・はぎ7・ふじばかま5・わかな5・わすれぐさ5
虫：うつせみ5
天象：あまのかは7・たなばた6・くもゐ5・ふくかぜ5
色彩：しらゆき13・しらくも9・にしき8・しらたま6・しらつゆ8
身装具：あづさゆみ7・かたみ5・たまのを5
住居：まがき5
地名：よしの12・たつたがは7・しらやま6・おとはやま5
その他：はるのやまべ5

【動詞】

なびく5・わたらむ5

【枕詞】

あしひきの7・ちはやぶる7・あらたまの5

【時間表現】
むかし12・ちとせ6・よろづよ5・きのふ5／かみなづき7

【感覚表現】
つれなき6・かなしかり2・かなしき2・かなしけれ2・さむく2・さむみ4・よをさむみ3・にほひ5

【接続・文末表現】
かりける10・かりけり8・かりけれ3・かるべき3・ならなくに9・ありけれ7・あるかな6・しなければ7・ぞちりける7・からに6・にけるかな6・にこそありけれ・まにまに5

【特徴的連語】
「飽かず」を核とする語：あかず6・あかずして2・あかで2・あかぬ4
「逢ふ」を核とする語：あはで3・あはまし2・あはむ3・あふこと5・あふさかのせき2・あふよ3・あふよしもがな2
「～に出づ」を核とする語：いろにいで5・いろにはいでじ2・ほにいでて3
「老い」を核とする語：おいにけるかな2・おいらく2
「思ふ」を核とする語：おもはず2・おもはぬとき2・おもはまし2・おもはむひと2・おもひお2・おもひきや2・おもひきゆ2・おもひけむ2・おもひける2・おもひおき2・おもひそめ2・おもひぬる2・おもふこころ5・おもふころかな2・おもふひと3・おもへども6・おもほえ7・おもほゆ4・ものをおもふ3・ひとをおもひ2・

ひとをおもふ2

「**通ふ**」を核とする語：かよひぢ5・かよひて2・かよふ3・かよへる2

「**恋ふ**」を核とする語：こひしかり6・こひしかりける2・こひしかる6・こひしかるべき2・こひしきものを3・こひしと2・こひつつ2・こひは4・こひはし2（恋死）・こひむと2・こひも4・こひもするかな3・こひやわたらむ3・こひわたる3・こふる4

「**知る**」を核とする語：しらねど3・しらまし2・しられず2・しられぬ3・しりぬる2・しるひと5・しるべく2・しるらむ2

「**立つ**」を核とする語：たちいでて2・たちかくす2・たちかへり3・たちなむ2・たちわかれ3

「**手向く**」を核とする語：たむく3・たむけ2・たむけ山1

「**散る**」を核とする語：ちらす3・ちらず2・ちらばちらなむ2・ちりなむのち2・ちりぬる3・ちるはなごと2・

「**なく（鳴く・泣く）**」を核とする語：なきこそわたれ3・なきわたる2・なくこゑ3・なくしかの2・なくなみだ2・なくなる3・なくね3・なみだがは6

「**まさる**」を核とする語：いろまさり6・まさらじ2・まさり12・まさるな2・まされる3

「**まどふ**」を核とする語：まどひ4・まどふ2・

「**見る**」を核とする語：みえし3・みえず3・みえな4・みえなむ2・みえぬ4・みえね4・みえねど2・みえわたるかな2・（みむひと・みもせぬ）・みるまで・

「**乱る**」を核とする語：みだる2・みだれ13
みるらむ、とみゆらむ・とみるまで・ともみえず1

「**山**」を核とする語：あしひきのやま7・みやま7・はるのやま6・はるのやまべ5・
やまたかみ5・やまのさくら5

「**侘ぶ**」を核とする語：わびしかり2・わびしき3・わびしけれ2・わびしら2・
わびしらに2・わびて2・わびびと4・わぶとこたへよ2

情報処理の手法で得られたこれらの「ことば・表現」は、実に多様で多面的です。もちろん、【景物・物象】の項目の女郎花や空蝉・天の川・白雪などのように、通常の「歌ことば」としてまとめられるものもありますが、それ以上に、興味深いのは、活用語尾まで含めた動詞・形容詞、しかもそれが打ち消しの助動詞や意志の助動詞を伴なってみたり、様々に複合した連語の語形そのもので取り出されてくるところです。それらを「特徴的連語」としてまとめました。

さて、その「特徴的連語」の「「飽かず」を核とする語」にご注目下さい。あかず、あかずして、あかで、あかぬ、計十四例が、男性ばかりが用いていて、女性の和歌には無い「ことば」として取り出されるのですが、これはすべて打ち消しを伴う語形「飽きない」であって、決して「「飽く」を核とする語」とまとめられるものではありません。「飽く」や「飽き」は男女ともに使う「ことば」なのです。ところが「飽きない」は、女性には用例が無く、どうやら男性しか用いることのできない「ことば」であるようなのです。

何かを「飽きなく」思うとは、言い換えれば、その対象にいつまでも長く愛着と執着を持ち続ける心をあらわしていることになりますが、『古今和歌集』の男性たちは実に色々な対象に対してこの「ことば」を用いていきます。恋人を飽きなく思うというだけでなく、季節の景物をいとおしみ、旅立つ人との別れを惜しみ、世界の様々な事柄に、愛着を持ち、執着し続けるのです。ところが『古今和歌集』の女性にはそれがありません。何かに愛着し続ける、執着し続けるというのは、言ってみれば「女らしくない」、はしたない、そうした女性観を構築する方向がここには認められます。何かに執着し続ける心の表現方法を男性が独占してしまっているわけで、それは実際の男女の社会生活での行動、「男らしい」あるいは「女らしい」行動のそれぞれに染み通っていくのです。

このようにして和歌の「ことば」を通して、ジェンダーイデオロギーが形成されていくのです。「特徴的連語」の項には、この「「飽かず」を核とする語」以下、様々な語形が並びますが、これら、『古今和歌集』で、男性が独占している「ことば」、あるいは独占しようとしている「ことば」を追って行きますと、彼らが構築しようとした「男性」というものが透けて見えてきます。「「男らしい」アイデンティティを構築することば」の、大筋をまとめてみると、次のようになります。

①知る・見る―知覚する主体
②恋ふ・人を思ふ（思わない）・物を思ふ（思わない）―思惟する主体
③通ふ・立つ・渡る―対象に向かって行動する主体
④他、「色に出づ」「つれなき」「まどふ」「なきわたる」「老い」など

それは、知覚すること、思惟すること、行動することの主体だというあり方です。「知る」・「見る」という、対象に働きかけ知覚しようとすることは、多く、男性側に属するのであり、また彼らは、「人を思い」、「ものを思ひ」、様々に思惟する主体という位置を占めていきます。「通ふ」「立つ」「わた

らむ」など、対象に向かって行動していくのも、〝男性〟のあり方なのであり、「恋」をするのも男性で、「恋」をしては女の「つれなき」ことを嘆き、恋の思いに「まどひ」、「なきわたる」自己をアピールする。――なんともまあ自己完結したナルシストだとも思われるのですが、これが『古今和歌集』の「ことば」に様式化された〝男性〟という存在であったということになりましょう。

対して、『古今和歌集』の女は、これらの「ことば」のすべてから、疎外されていることになるのです。では、女だけが詠むのはどのような「ことば」なのだろうかという点を、参考までにピックアップしてみました。たとえば「かれゆく」や「言はましものを」といったような「ことば」がそれです。

時すぎてかれゆく小野の浅茅には今は思ひぞたえず燃えける　（七九〇・小町姉）

「かれゆく」――これは小町が姉の歌ですが、草が「枯れる」の意味に男性が「離れる」すなわち「はなれていく」の意味を掛けています。女は「枯れていき」、男に捨てられる存在なのです。

人知れず絶えなましかばわびつつもなき名ぞとだに言はましものを　（八一〇・伊勢）

また、「言はましものを」という「ことば」も『古今和歌集』を代表する女流歌人伊勢の歌などに見られる女性特有表現にあるのですが、反実仮想の「ましかば〜まし」の表現を用い、さらに「ものを」でいい差したその「ことば」は、「そのように言いたかったのだけれども、結局言えなかったのだ……」という鬱屈した沈黙のあり方を示しています。離れていく男を引き留めるすべはない、また、自己弁護の「ことば」さえも飲み込まねばならない、そのような受動的で内向的な「ことば」が、女性特有表現には目立ちます。それが、男性が、『古今和歌集』和歌の世界で、女性に求めた「女らしさ」なのです。

6　古今集の「ことば」のジェンダーイデオロギーの表象としての比喩

さて、男性側に話を戻しますと、これら男性特有表現として計量化された結果は、男性視点で捉えた「女性」像の様々を、示してくれます。男性がのぞむ「女性らしさ」はどう表現されているのか、そこには「比喩」が関わってきます。男性が構築した「女性」を表象することばに話を進めます。先にあげた「男性特有表現」一覧にピックアップした「ことば」の、特に「景物・物象」の項目にあがる「ことば」を検討していきますと、そのことが顕著にうかがわれます。

比喩によって、様々な植物を通して趣の異なる女性像――それも男性にとっての女性像が――が、表象されているのであります。一例として「景物」の中の「梅の花」を取り上げてみましょう。

一首目の「色よりも香こそあはれと思ほゆれ誰(た)が袖ふれし宿の梅ぞも」は、「色よりも香りの方がずっと素晴らしいと感じられることだ。いったい誰の袖が触れて、香りが移ったこの家の庭の梅であろうか」、第二首目の、「よそにのみあはれとぞ見し梅の花あかぬ色香は折りてなりけり」は「今までは距離をおいて見て情緒があると思っていた梅の花であるが、飽きることのない素晴らしい色と香りは、折って自分のものとして賞美することによって初めて知られることであった」という意味になります。

衣に香を薫きしめることの流行したこの時代、やはり品の良い最高の香は、海外から輸入した高価なものであります。そんな香を薫きしめることのできた女性が、これらの梅の花に重なります。

そしてそのような梅の花を、男性たちは「手折り」、いつまでも飽きることなく見ていたいと言うのです。モダンで高貴な美しさ、そのような女性が「梅の花」には比喩されていると言えるでしょう。その他にも、男性にとってこうあって欲しい、色々な女性美、女性のタイプ（たとえば「女郎花」では浮気な美女）、そうあって欲しい男性願望が、そのまま、自然や風景を歌う上に、巧みに重ねられている、それが『古今和歌集』の世界なのです。

以上に示しましたような、『古今和歌集』の和歌一首一首に刻みつけられた、男と女の「ことば」の違い、それと連動した「らしさ」の違い、比喩によって景物に付与されたジェンダー的意味、男らしさ／女らしさとは何かといった規範と概念、それらを総合的に王朝の男と女は、『古今集』の「ことば」に親しみ、前述のように時に学習することで、体得していたのでありました。

この古今的ジェンダー規範を『源氏物語』の男／女の歌と照らし合わせたいのです。次に『源氏物語』の和歌の〈ことば〉をジェンダーイデオロギーの観点から分析する試みに、話を進めます。

7 『源氏物語』の和歌の〈ことば〉をジェンダーイデオロギーの観点から分析する

『源氏物語』の作中和歌は男女あわせて七九五首にのぼります。よくぞこれだけ多くの和歌を、一人で作り上げたものだと、紫式部の力量には驚嘆するばかりなのですが、しかもその和歌は、各登場人物の人物造型に即して創作されているます。読者たち誰しもが、「男らしさ」「女らしさ」のあり方とともに共有していた、言語情報の供給源としての『古今集』の歌の「ことば」の「再生産」（強化）と「利用」（逸脱）は、虚構の世界の人物像を個性豊かに書き分け、各自の人格（アイデンティティ）を創造するのに極めて有効であったと考えられます。

まず『源氏物語』の男・女の和歌七九五首の「ことば」を、すべて『古今集』の「ことば」で検証してみます。方法としては、『古今集』で男性の歌に偏りの見られる「ことば」を物差しに使うと申しますか、それが、『源氏物語』では作中人物においてどのような分布をとなっているかを、一つの指標としたいのであります。

『古今集』で男性歌に偏りの見られる「ことば」は、『源氏物語』では作中人物別に見て、どのような分布を取っているのかを検討した結果は、次のようになります（この用例は本書第6章の一覧を参照のこと）。

18個の「ことば」を、作中人物の誰がどれだけ用いているかをあわせて示しました。これらを詳細に見ていきますと、『源氏物語』ならではの様々な興味深い事柄が見えてきます。特に、その分析・考察にあたっては、着眼点を二つに絞ることができます。

第一には、用例の分布です。「2梅の花、3雲居、5匂ひ・匂ふ、8つれなし、10「逢ふ」を核とする語」のように、用例数が明かに男性に偏るものがある一方で、女性にも用例のあるものがいくつか散見されます。そういった点こそが、「ことば」の規範にとらわれない、それを逸脱、あるいは脱規範していく特殊な場合として、検討しなければならない点と言えるでしょう。それは、どの女性人物が、どのような場面で、男性の「ことば」に越境してしまうのか。大変興味深いところであります。

次いで、第二には、用例の有る無しだけでなく、「用語の自由度」を見る必要があります。すなわち、男性には、用いる場面・詠歌相手・表現方法のいずれにも何ら制約が無いのに対し、女性はある特定の場面・用法に関してのみ使用が許容される、と言うような場合が見受けられるのです。このことの意味も明かにすべき問題です。

以上のうち、まず第二点目の「自由度」に関わることから見ていきましょう。実は、女性が、本来男性用である「ことば」を用いている内容を検討すると、一定の場合が特定されていくるのです。それは、「哀傷歌」——すなわち人の死を悼む歌を詠ずる場合と、「離別歌」——すなわち故郷を離れ、故郷の人々と別れる場合、あるいは離れる人を見送る場合に用例が集中しているという実態であります。それは言い換えれば、死別あるいは生別ということになります。そうした「人との今生の別れ」に際しては、女性も自由に男性歌の「ことば」を詠むことができるという言語意識が平安時代にはあったのではないかと思われてきます。

具体例で確認していきます。「「恋ふ」を核とする語形」を見てみましょう。

「恋ふ」を核とする語形（全用例数32、男性21、女性11）

男性：源氏13・薫3・柏木2・夕霧1・頭中1（須磨）・冷泉1

女性：六条（掛）1・朧月（離別・掛）1・末摘（哀傷歌）1・秋好1（懐旧・望郷）

明石1（望郷）・雲居1（主語は夕霧）・落葉1（哀傷歌：亡き母）

／女房4＝乳母姉・乳母妹・中将君（幻、哀傷歌）／女房（哀傷歌）

この語は、『源氏物語』全体では、三十二首の歌が詠まれています。その内訳は、光源氏を筆頭として男性の歌が二十一首、女性の歌が十一首となっており、一見、この「ことば」の使用に関する男女の区別があまりないように見えます。

女性でこの「ことば」を詠むのは、主要人物では、六条御息所、朧月夜、末摘花、そして六条の娘である秋好中宮、明石の君、雲居雁、落葉宮がそれぞれ一首ずつ詠んでいます。ただし、雲居雁のそれは、歌にある人を「恋ふ」の主語は夕霧ですので、自分の心として詠んだものではありません。それ以外の、朧月夜の歌は源氏が須磨に旅立った折の離別歌、末摘の場合は亡くなった父宮のことを思う哀傷歌、そして秋好中宮の歌は、斎宮として過ごした時代と伊勢の国を懐かしく思うという、ある種の望郷歌となっています。また明石の君の歌も、上洛してから、心細く、故郷明石の地のことを思いやった望郷の歌、落葉の宮の歌は最愛の母が死去した際の哀傷歌です。ちなみに、女房たちの歌はすべて、お仕えした主の死を悼む歌となっているのです。

○同じ〈ことば〉でも男／女では意味の異なる場合

女たちが「今生の別れの〈恋ふ〉」を詠むのに対し、男性歌の「恋」「恋ふ」は、たとえば、玉鬘巻の光源氏の歌「恋わたる身はそれなれど玉鬘いかなる筋をたづね来つらむ」のように、養女とした玉鬘に心惹かれる自分の本心を詠みかけた、懸想の「ことば」として用いられている歌などをあげることができます。この歌などに代表されるように、男性は大抵がやはり恋歌でこの「ことば」を詠じているのです。しかし、繰り返しますが、女は、恋歌ではまず決してこの「ことば」を用いません。用いられないといった方が良いのでしょうか、女から男に、あなたを恋してますとは言ってはいけない、女とは、男女関係においてあくまで受け身の存在というジェンダーイデオロギーが、物語の女君たちを強く縛り付けてもいるのです。ただし大切な人、家族や友人を失った時、「嘆きのことば」としてのみ、彼女たちはその「ことば」は使用出来るのでありました。

以上のように『源氏物語』では、古今的な男女の「ことば」の規範を遵守し、物語内でも再構築する方向を、基本的には取っていることがうかがわれます。その上でなお通常の範疇を外れる事例とはどのような場合なのでしょうか。次に「物語の女性の〈ことば〉がゆらぐ時」という観点から、人物造型に関わるいくつかの点を指摘してみましょう。

○物語の女性の〈ことば〉がゆらぐ時

内容を登場人物たちの和歌に即しながら検討していきますと、まず、分かってくることの一つに、「「ゆらぎ」のない女性と「ゆらぎ」のある女性」が明確に線引き出来るということがあります。「ゆらぎ」のない女性、すなわち「女性らしい」ことばしか用いない女性とも言えましょうが、そうした規範を破ることをしない女性は朧月夜、朝顔、花散里、末摘花の四人なのです。宮家の出身であり、孤高の純潔を貫いた朝顔や、夕霧の養い親となり、源氏にとっては、本当に忠実な良妻賢母型の花散里が、「和歌」においても、社会概念としての男女の「ことば」の規範を決して超えることがない、そのように造型されているのは、さすがです。意外なのは朧月夜と末摘花かもしれません。

朧月夜と言えば、物語の中では、光源氏の須磨流離の原因となった、それこそ社会規範を破って奔放な愛に生きた女なのですが、その「ことば」は、決して、男女の規範を超えることがありません。むしろ、「女らしい」ことばしか使用しないことで、女度アップと申しますか、女の道を邁進した造型となっているのだと言えましょう。

そして、その容姿や行動において、もはや規範というより、「基準」を突き抜けてしまっているのが、ご存じ末摘花です。しかし末摘花もやはり宮家の出身であり、かつ、物語の中で頑なまでに古風であり続ける女として造型されている彼女の「ことば」が、社会概念としてのジェンダー規範を超えることはないのです。

それぞれの登場人物の和歌のことば使いにまで及んで、その女性像を創造している、作者の力量にはおどろかされるばかりであります。

それに対して、「ゆらぎ」のある女性は、用例の多い順から言って、玉鬘8例・落葉の宮8例、浮舟7例、六条6例・雲居雁6例・明石6例、紫上5例、藤壺5例、宇治の大君5例・中君5例、そして、桐壺更衣ということになります。物語の中軸を担う女性たちばかりです。彼女たちは、「ゆらぎ」があってこそ、ドラマチックでもあるのです。実は、これらの和歌の内容を検討すると、女の〈ことば〉がゆらぐ時は、次の二つの場合に集中することが分ります。それは(1)「自分が死ぬ、世を去る時、いわゆる辞世の歌」と、(2)女主人公たちが「男性の欲望やその横暴さにあらがう時」の二つの場合なのです。

まず(1)の「世を去る時」の歌、すなわち辞世の歌でありますが、それらはいずれも、たまらなく痛切な響きを伴います。

桐壺更衣の

かぎりとて別るる道の悲しきにいかまほしきは命なりけり　（桐壺更衣、桐壺）

この歌は、病が重くなり、とうとう宮中を退出せねばならなくなった時、今生の別れとなる桐壺帝に送った、更衣の心の叫びのような悲痛な歌です。

次いで紫の上の

惜しからぬこの身ながらもかぎりとて薪尽きなんことの悲しさ　（紫の上、御法）

おくと見るほどぞはかなきともすれば風に乱るる萩のうは露　（紫の上、御法）

は、いずれも紫の上が逝去する巻、「御法」での和歌でありまして、特に二首目の、「おくと見るほどぞはかなきともすれば風に乱るる萩のうは露」は、臨終の場面での紫の上の最後の歌です。自らの命は風に乱れ散る萩に置いたつゆのようなものと詠じて、人生を閉じたそのあり方は、あまりにはかなく、胸を打ちます。

そして浮舟の和歌、

のちにまたあひ見むことを思はなんこの世の夢に心まどはで　（浮舟、浮舟）

は、先の二首とはやや趣が異なり、入水の直前、母にあてて送った歌であります。無知ゆえに二人の男性に翻弄され、自ら死を選ぶ時に心を締め付けるのは恋人ではなく、母親なのです。「今度生まれ変わったらその時こそ、お母様、まっとうに生きたい」と、母にだけ心を託し、和歌を残すのです。

作者・紫式部は、源氏の母である桐壺更衣、最愛の人である紫の上、そして物語最後の女性・浮舟という、たった三人の女性にだけ、「悲し」や「乱る」といった男性特有語を使わせます。もはや、「ことば」のジェンダーイデオロギーの「規範」などうち捨てた歌を最後に詠ませ、「男性中心の制度の前に打ち砕かれる悲しみ」「女に生まれたがゆえの不条理」を読者に訴えかけていくのです。

またこの三人の女性は、いわば作者にとって「選ばれた女性」であることが、こうした歌の「ことば」の分析からはっきりしてくる点にも注目していただきたいと思います。

そして女のことばがゆらぐ、その第二番目のケースが、(2)「男性の欲望やその横暴さにあらがう時」であります。

玉鬘の歌

吹き乱る風のけしきに女郎花萎れ死ぬべき心地こそすれ　（玉鬘、野分）

は、義理の父でありながら、懸想をしかけてきた源氏の戯れを何とかかわすよう、あえて自らを貶めて「女郎花」に喩え、源氏の執着をなだめようとする歌です。

一条の御息所——この人は落葉宮母です。その歌

女郎花萎るる野辺をいづことて一夜ばかりの宿をかりけむ　（一条御息所、夕霧）

は、前の夜に夕霧が来訪し、娘と一晩を過ごしたことを知り、仮にも宮家の娘が愚弄されたと思いこみ、夕霧にその仕打ちへの悲憤を訴えた歌です。実は、この夜は落葉宮は夕霧を拒み通していたのですが、母はそのことを知りません、かつまた、夕霧と正妻雲井の雁の内輪もめから母御息所への返事が遅れ、それがもとで、ますます侮辱されたと思いこんだ御息所は病状が悪化し、死に至ってしまうのです。

落葉宮の次の歌

のぼりにし嶺の煙に立ちまじり思はぬ方になびかずもがな　（落葉の宮、夕霧）

は、そうした、母親が失意と憤りとのうちに亡くなったあと、結局、夕霧の権力の前にその妻とならざるを得ないよう追い詰められ、夕霧の用意した邸に連れて行かれるその朝、「靡く」という男性特有語を用いて、「あの男性（夕霧）に、〈決して靡かず〉死んでしまいたい」という、心の底からの思いを歌ったものです。

最後の宇治の大君の歌

へだてなき心ばかりは通ふともなれし袖とはかけじとぞ思ふ　（大君、総角）

も、思いがけず部屋に侵入して来た薫を、一晩中拒み通した大君に対し、翌日、薫がその夜の出来事について思わせぶな歌を贈ってくるのですが、それに対して、「あなたと通うのは、あくまでも身体ではなく、心だけである」ということを強調した歌であります。

こうして見ると、源氏とその息子たち夕霧・薫は、時として男性権力の権化のような、強者であることを女性に見せつける存在でもあることが分ります。そして男性権力の前に無力な女性たちがこれに何とかあらがおうとする時、その「ことば」は、男女の力関係への抵抗であるかのように通常のジェンダー規範を超えてゆらぐのだと言えましょう。

このように、正編・続編を通じて、桐壺更衣、紫の上、浮舟という物語の中核を担う女の命が終わりを迎える時、あるいは、源氏、夕霧、薫と男性主人公の欲望がむき出しになりこれにあらがう時、女の歌の「ことば」は、規範を超えて特殊なゆらぎを見せます。作者は、十分にそのことを計算し、緊迫した場面の緊迫度をより高め、状況の異常性を示していくのに、有効な手段として、言語リソースとしての古今的ジェンダー規範を「利用」し、人物像や場面を描き出しているのだと言えるでしょう。

○六条御息所と浮舟

しかし、「男性語」を用いる女性には、これまで述べてきた内容のいずれにも属さない人物がいます。それが六条御息所と浮舟です。

まず六条ですが、その歌は時として女性の和歌としての「ことば」を逸脱しています。

影をのみみたらし河のつれなきに身のうきほどぞいとど知らるる　（六条御息所、葵）

袖ぬるるこひぢとかつは知りながら下り立つ田子のみづからぞうき　（六条御息所、葵）

嘆きわび空に乱るるわが魂を結びとどめよしたがひのつま　（六条御息所〈物の怪〉、葵）

この逸脱した詠歌のすべてが、「葵」巻に集中していることが、特徴として注目されます。なぜなら、葵巻とは、六条が生き霊となって、ついに出産後の葵を死に至らしめる巻だからです。「影をのみみたらし河のつれなきに身のうきほどぞいとど知らるる」は、賀茂の祭りで、正妻葵の上との車争いにより、無惨に打ち砕かれ、プライドをずたずたにされた時の六条の独詠歌です。この車争い以後、六条は、ただもう心の闇に落ちていくのですが、そのような中で、源氏に贈った歌が、「袖ぬるるこひぢとかつは知りながら下り立つ田子のみづからぞうき」です。車争いを機に、光源氏への押さえがたい思いと恨み、そんな恋にのめり込んでしまった自分を責める葛藤をつのらせていく時の歌で、物の怪となる直前の詠歌と言ってよろしいでしょう。特に「嘆きわび空に乱るるわが魂を結びとどめよしたがひのつま」は、物の怪として、ついに源氏の前で本性をあらわしてしまった時の歌なのです。

六条御息所は、物語中でもとりわけ優れた和歌の詠み手と評される人物なのですが、葵巻においてだけ、このように規範を外れた「ことば」で詠歌します。それは六条御息所が、人の世の規範も外れ、その身も人ではない、あさましいものとなっていく、鬼気迫る姿を造型していく上での、作者の創意の結果と言えましょう。

それにしても、この六条にしても、「葵巻」という極めて限られた場面においてしか、ジェンダー規範を外れることはないのですが、より広範囲において、その和歌が、ジェンダー規範を逸脱する方向を持つ女性がいます。それが「浮舟」です。正編ではなく、続編の、それも物語最後の女性「浮舟」。そこにはどのような問題が潜んでいるのでしょうか。

8 ジェンダーイデオロギーの攪乱と脱構築――「宇治十帖」の世界

実は、『源氏物語』の続編世界、特に「宇治十帖」においては、男女の立場が入れ替わってしまったかのように、ジェンダーイデオロギーが攪乱され、脱構築されていく状況をうかがうことができるのです。ことは「浮舟」だけにとどまる問題ではありません。

まず、男性主人公たる「薫」の和歌の「ことば」が、そもそも全く「男らしく」ないのでありまず。これは、光源氏と比較すると、非常に明確にその違いが分ります。

光源氏は、男性語一覧を見ましても、どの「ことば」も、トップをほぼ独占しております。「悲し」という感情、「逢ふ」という行為、「恋ふ」こと、「泣く」こと、「まどふ」こと。物語世界の中でこれらの男性的な「ことば」の用例数において光源氏は他者を圧倒しています。

光君とは、まさに男性的「ことば」の頂点に君臨した存在であり、和歌の「ことば」も、物語の中軸を担う男性主人公にふさわしいものとして造型されていることが分ります。

それに対して、薫はなんとも情けないと申しますか、――薫ファンの方がおられたら、先にお詫びを申し上げておきますが――、薫は男性性という点での「ことば」の支配者ぶりにおいても光源氏に遠く及ばないのであります。顕著な事実が、異性愛における男性性の最も強いことば「逢ふ」ということばを、薫はたった一首の歌でしか用いていません。その他、「恋ふ」も三首だけ、女性のために「悲し」んだり「泣」いたりする歌もそれぞれ一首しか詠んでいません。反対に「見る」は十五首と、薫が使うことばの中ではとび抜けて多いのです。それは彼が、「見る」ことから先には踏み出せない、そういう人物として造型されていることを思わせます。

そのような薫の和歌の特色は、なんと言っても「単一で、閉塞的だ」ということです。

問題の顕著な和歌を検討していくと、(1)にあげましたように、「逢う」・「恋ふ」・「悲し」という男性性を宿した「ことば」を向ける相手が、薫においては大君ただ一人に限定されることが分ります。

ただ一例しか詠んでいない「逢ふ」は、

総角に長き契りを結びこめ同じところによりもあはなむ　（総角）

で、これは、八の宮の一周忌法要の折、飾りの「総角」に付けて、大君に、お互い伴侶として関係を結び、寄り添っていこうと呼びかけた歌。薫はこの歌でしか「逢ふ」ということばを、詠んでいないのです。

それは、光源氏が同じ「ことば」を、藤壺や紫の上にはもちろんのこと、空蝉、朧月夜、六条御息所、明石の君他、主立った女性たちには次々と投げかけているあり方とは全く異なっています。折口信夫が指摘するように「色好み」が古代の帝王資質の一つであるとするならば、薫にはその資質が欠落している。あるいは、古代とは袂を分かった時代を生きる主人公像として造型されているのだと言えるのかもしれません。

薫が「泣いて」「悲しむ」のは、「霜さゆるみぎわの千鳥うちわびてなくね悲しき朝ぼらけかな」という、大君の死の場面の歌だけなのです。

そして、「恋ふ」では、いっそう薫の内向的な性格がよくあらわされています。三首とも大君に向けた歌には違いないのですが、注目すべきは次のような歌です。

恋わびて死ぬる薬のゆかしきに雪の山にや跡を消なまし　（総角）
身を投げむ涙のかはに沈みても恋しき瀬々に忘れしもせじ　（早蕨）
見し人の形代ならば身にそへて恋しき瀬々のなでものにせむ　（東屋）

すべてが大君の死後の歌であるという点です。すでに荼毘にふされ、身体を亡くした女性となって初めて薫は、第一首目のように女を「恋わび」、第二・三首目のように一途に「恋し」く思い続けていくのです。恋愛活力というものが、やはり薫には大きく欠落している感があります。

一方で、薫の男性性の強い「ことば」は、決して浮舟に向けられることはありません。浮舟の入水を知ってさえもです。浮舟は、薫にとってどこまでも、大君の形代でしかない、そのこともまた、薫がどれほどとりつくろってみても、人間の「心」そのものをあらわしてしまう歌の「ことば」には、その本心が、はっきるとあらわれていると言えましょう。

以上のことから、多くの女性と「逢ふ」ことをのぞみ、これを「恋ひ」、その死や別れを「悲し」んだ光源氏とはかけ離れた、限定的で閉塞的な、薫の思考と行動、人物造型といったものが、性差を軸にして見た時の、薫の歌の「ことば」から明確になると言えましょう。

一方でその薫に対して、「宇治十帖」において男性性の強い「ことば」を詠む人物が、二人います。匂宮と中将です。

匂宮については、言うまでもないかもしれませんが、しかし、最も注目されるのは、実は、宇治十帖において、「手習」の巻にしか登場しない、脇役の男性=中将という人物が、一番『古今和歌集』的な男性語を用いている点です。

この中将という人物は、入水後助けられた浮舟が、身を寄せていた小野尼君の、亡き娘の婿にあたります。小野里での浮舟に懸想をし、源氏物語研究では、「薫」を矮小化したような人物と評される「中将」なのですが、男性性を宿した歌を薫より多く詠じており、浮舟が出家してしまう以前の中将の和歌は、古今的な男性語を用いている点、そのバラティーに富む点において、薫をはるかに凌いでいるのです。その意味で、この中将とは、まさに「古今的ジェンダーイデオロギーの体現者」に他ならないのです。

しかし、浮舟は中将の求愛の「ことば」を退け、ついに出家を遂げてしまいます。このようにして見ていくと、中将という男性に集約された「古今的男性中心のジェンダーイデオロギーを、浮舟は正面から否定した」と捉えることも可能でしょう。

薫という男性主人公たるべき男性が男性としての中心性を喪失した世界、そしてついには男性の歌のジェンダーイデオロギーが女性によって否定され色褪せる世界、それが性差と「ことば」から見た続編世界なのであることが明確になってくると言えましょう。

そして、まさに古今的ジェンダー規範が崩れ去っていくかのような物語世界の中で、ジェンダーイデオロギーを否定し、乗り越えていく、前例のない女主人公として描かれているのが、歌ことばから見た時の浮舟なのであります。浮舟と申しますと、よく、三角関係の末に身の置き所のなくなった無知でおろかな女性として、一般の女性読者には嫌われがちなようなのですが、その無知でおろかな女性を最後に登場させ、そこに作者が託したものが何であったのか、それは『源氏物語』を解く最後の鍵なのであります。

9　ジェンダーイデオロギーを超えて——浮舟という女性主人公の「ことば」

浮舟については、「その和歌が、ジェンダー規範を逸脱する方向を物語中最も明確に持つ女性である」ということを先に確認しましたが、さらに言えばその詠歌の特徴は、

a 入水事件以降にそうした「ことば」が増加するということ。

b「知る」を核とした「ことば」の用例数が突出して多いということ。

の二点にまとめられます。

まず、bに注目してみましょう。物語中、女性で、「知る」を、これほど多様に詠じている人物は、

浮舟をおいていません。それが次にあげていく①〜⑥の六首の和歌であります。この詠歌内容で特徴的であるのは、彼女の人生の段階に応じてその意味が変化を遂げていく点です。成長すると言い換えても良いのかもしれません。段階は四つに分けられます。

①まだふりぬものにはあれど君がためふかき心に待つと知らなん　（中の君へ贈歌、浮舟巻）

と、他者に自己を知ってもらいたいとのぞみ、求めることからはじまり、

②橘の小島の色はかはらじをこの浮舟ぞ行方知られぬ　（浮舟から匂宮への返歌、浮舟巻）

のように、肝心の自分自身、自分が「なにもの」となっていくのか分からない不安におびえ、やがて薫と匂宮との三角関係の中で、

③里の名を我が身に知ればば山城の宇治のわたりぞいとど住みうき　（浮舟、薫からの歌を見ての独詠、浮舟巻）

④つれづれと身を知る雨のをやまねば袖さへいとどみかさまさりて　（浮舟、薫への返歌、浮舟巻）

として、「女」というものの身の上を否応なく思い知らされます。その浮舟は、入水自殺から奇跡的に生還したあとには、第二の段階とは違う意味で、先の運命なんて分からない、それが私―女

という存在なのだという結論に至るのです。

⑥うきものと思ひも知らですぐす身をもの思ふ人と人は知りけり　（中将への返歌、手習巻）

⑦心こそうき世の中をはなるれど行方も知らぬあまのうき木を　（中将の歌を受けての手習歌、手習巻）

この二首はその意味でも特に注目される歌と言えましょう。『源氏物語』女君たちで、これほど、和歌において自問自答し、みずからの「身の上」を知ることに立ち向かった女性はおりません。そしてそれは最終的には、男性中心の和歌の「ことば」へのアンチテーゼの提示という意味を持つことにもなるのであります。男性が〈女・浮舟〉に与えたアイデンティティを否定する、そのあり方を最後に、具体的に見通しておきましょう。

〔⑥の和歌……中将への返歌〕

山里の秋の夜深きあはれをも物思ふ人は思ひこそ知れ　（中将）

訳：山里の秋の夜更けの情緒を物思いのある人（あなた）は、私の物思いもお分かりでしょう。中将の「思ひ」：恋ゆえの物思い。

うきものと思ひも知らですぐす身をもの思ふ人と人は知りけり　（浮舟）

訳：晴れぬ思いなのかどうかも分からずに過ごしているわが身の上であるのを、「物思ふ

人」であると、あなたはお分かりになっているというのですね

これは、尼君たちの留守中、浮舟のもとを突然訪れた中将とのやりとりです。中将が「山里の秋の夜深きあはれをも物思ふ人は思ひこそ知れ」、すなわち「あなたこそは私と同じ「物思ふ人」であり「あはれ」を知る人だ」、として自らの恋心を訴えるのに対し、浮舟は「うきものと思ひも知らですぐす身をもの思ふ人と人は知りけり」――すなわち「自分が今どのような思いなのか、それさえも分からずに過ごしている私であるのを、「物思ふ人」であると、他人のあなたはお分かりになっていると言うのですね」と返します。

すなわち、ここでも浮舟は、「あなたは物思ふ人」だ、という男性（中将）から提示されたアイデンティティに対し、「人（あなた）は私をそのように理解していると言うが、私には果たしてそれが私なのか分からない」と応えるわけなのです。このことは言い換えると、男性であるあなたが「知る」という「私」は、私の認識する「私」ではないという自己提示であり、男性（あるいは外部）の押しつけてくる「私」像にあらがう姿勢に他なりません。

そして、出家を遂げてしまった浮舟に、なおも歌を贈ってきた中将とのやりとりは、次のようになっています。

〔⑦の和歌……中将の歌を受けての独詠歌（結果的に中将の手に渡る）〕

岸とほく漕ぎ離るらむあま舟に乗り遅れじといそがるるかな（中将）

心こそうき世の中をはなるれど行方も知らぬあまのうき木を（浮舟の手習歌、出家後の和歌）

やりとりと言っても、中将の歌を受けて、浮舟は独詠歌を手習に書き付けたのであり、それが結果的に中将の手に渡ったもので、浮舟はあくまで独り言——古典和歌ではこのような詠み方の歌を独詠歌と称しますが——としてこの歌を詠むのではありますが、男性（中将）の歌が提示してくる「出家」という事実を前に、現在の自らを強く省みた詠歌となっていると言えるでしょう。すなわち、中将の歌は、私も遅れず俗世を捨てましょうという、まさにミニ薫と呼ばれるにふさわしい、ありきたりの出家意識を述べた歌ですが、それに対し、浮舟はとても重い歌を心に浮かべるのです。「心こそうき世の中をはなるれど行方も知らぬあまのうき木を」の歌にあるのは、心はすでに憂き世の中——男女の苦悩の世界——を捨て去り、離れているが、女の私の身の上も運命もその向かう先は「分らない」という自己認識です。強い詠嘆の終助詞「を」で言い切るこの歌において、「浮舟」と呼ばれた女性は、自己を浮舟どころか、浮き木に寄りすがるばかりの「海人（尼）」のように行く末知らぬものとして対象化し、強く破格な語調で「私のアイデンティティ」を提示するのです。

すなわち、蘇生後、出家に至った浮舟は、自らのアイデンティティ——「私」の認識する「私」——を、特に「手習」巻で、古今的な男性性の体現者として立ち現れた中将の和歌を打ち消す形で、強く確認し、確立していったのだと言えましょう。「中将」という存在に集約された既存の男性の「ことば」は、浮舟の自己認識に押され、空転するばかりであり、作者もそれをフォローしません。このように、「手習」の巻の浮舟の和歌は男性中心に構築された和歌の内包するジェンダーイデオロギーを無力化していく心の発露となっているのです。

浮舟の出家は、そうした自己認識の「ことば」の強さに支えられていたものでもあったわけです。作者紫式部は、長大な物語の、最後の女性「浮舟」に、『古今和歌集』以来の和歌が強固に構え持つ「かくあるべき女性像」を超えて、自らのアイデンティティを模索する女性を造型したと言えるのではないでしょうか。

以上、『古今和歌集』という言語リソースを尺度とすることによって、『源氏物語』における様々な男女の造型のあり方を見てきました。平安和歌の内包したジェンダーイデオロギーをみごとに駆使し、人物を、そして物語の抱く命題を描き込んだ点においても、『源氏物語』は卓越した作品であったのです。そして、このように物語における「男女」の描き分けを具体的に追ってみたところで、第一勅撰和歌集『古今和歌集』が、まさに当時の「言語リソース」として機能していることが、あわせて確認出来たのではないかと思います。『古今和歌集』を「再生産」「利用」し、作品世界を形成した『源氏物語』は、次第に絶大な支持を得、貴族社会に広まっていくことで、それ自体が新たな言語リソースとなっていったという点も重要でしょう。『古今和歌集』と『源氏物語』という二つの巨大な古典文学作品について、理解を深めていただけましたら幸いです。

（平成二十年度　源氏千年紀記念　実践女子大学・短期大学公開講演会　平成二十年九月二十七日（土）於東京ウィメンズプラザ）

参考文献

Butler,Judith ,1990 Gender Trouble : Feminism and the Subversion of Identity , New York & London : Routledge, ジュディス・バトラー／竹村和子訳『ジェンダー・トラブル　フェミニズムとアイデンティティの攪乱』（青土社、一九九九）。
Cameron,Deborah 1985 Feminism&Linguistic Theory,London:Macmillan, デボラ・カメロン／中村桃子訳『フェミニズムと言語理論』（勁草書房、一九九〇）。
寿岳章子『日本語と女』（岩波新書　岩波書店、一九七九）。
河添房江『性と文化の源氏物語』（筑摩書房、一九九八）。

木村朗子『恋する物語のホモセクシュアリティ—宮廷社会と権力』（青土社、二〇〇八）。

Lakoff,Robin 1975 Language and Woman's Place. Harper&Row.『言語と性—英語における女の地位』（れいのるず＝秋葉かつえ訳、有信堂高文社、一九八五）。

近藤みゆき「和歌とジェンダー」（『国文学』平成一二年四月号、二〇〇〇・三）、『古今集の「ことば」の型—言語表象とジェンダー』（『ジェンダーの生成』所収、国文学研究資料館編、二〇〇二）他。

三田村雅子「源氏物語のジェンダー—「何心なし」「うらなし」の裏側」（『解釈と鑑賞』六五・一二、二〇〇〇・一二）。

中村桃子『ことばとジェンダー』（勁草書房、二〇〇一）、『「女ことば」はつくられる』（ひつじ書房、二〇〇七）、『〈性〉と日本語 ことばがつくる女と男』（ＮＨＫブックス、二〇〇七）。

Spender,Dale 1980 Man Made language,Routledge&Kegan Paul. れいのるず『ことばは男が支配する』（れいのるず＝秋葉かつえ訳、勁草書房、一九八七）。

高木和子『女から詠む歌—源氏物語の贈答歌—』（青簡舎、二〇〇八）、『男読み 源氏物語』（朝日新書、二〇〇八）。

千野香織「日本美術のジェンダー」（『美術史』一三六号、一九九四）、『美術とジェンダー 非対称の視線』（鈴木杜幾子・千野香織・馬渕明子編 ブリュッケ、一九九七）、『女？日本？美？—新たなジェンダー批評に向けて』（熊倉敬聡・千野香織編 慶応義塾大学出版会、一九九九）。

上野千鶴子『ナショナリズムとジェンダー』（青土社、一九九八）、『上野千鶴子が文学を社会学する』（朝日新聞社、二〇〇〇）、『構築主義とは何か』（編著、勁草書房、二〇〇一）他。

若桑みどり『戦争がつくる女性像』（筑摩書房、一九九五）、『隠された視線—浮世絵・洋画の女性裸体像』（岩波近代日本の美術2、一九九七）、『象徴としての女性像』象徴としての女性像—ジェンダー史から見た家父長制社会における女性表象』（筑摩書房、二〇〇〇）、「皇后の肖像—昭憲皇太后の表象と女性の国民化」（筑摩書房、二〇〇一）。

脇田晴子『ジェンダーの日本史』上・下（脇田晴子、S・B・ハンレー編、東京大学出版会、一九九四・一九九五）。

義江明子『古代女性史への招待—妹の力を超えて』（吉川弘文館、二〇〇四）、『つくられた卑弥呼—〝女〟の創出と国家』（筑摩書房、二〇〇五）他。

第14章

N-gram分析による古典研究のこれまでとこれから

――付『古今和歌集男性特有表現一覧（改訂版）』――

本章には拙論「ｎグラム統計処理を用いた文字列分析による日本古典文学の研究―『古今和歌集』の「ことば」の型と性差」（千葉大学『人文研究』29号、二〇〇〇年三月）に付表として掲載した「古今和歌集男性特有表現一覧」の改訂版を付けるものである。なお同論文の論文部分は拙著『古代後期和歌文学の研究』[注(1)]に加筆収載したが、同「一覧」は収載しなかった。よって今回その改訂版を記すに至ったのであるが、その際、改訂した点、ならびに改訂理由は以下の通りである。

（1）『古代後期和歌文学の研究』（風間書房、二〇〇五）。

Ⅰ用例数を計り直し、一部数値に誤りのあったものをあらためた。

Ⅱ文字列の中で、単語連接（複合語・複合辞など）を形成している場合、単語連接の一部である単語と、連接した文字列のそれぞれが用語例として有効であると判断したものついては、二重取りになるが、それぞれの語形を掲出した。

Ⅲ平安和歌においてその語形以外確認出来なかった複合文字列に関しては、その複合文字列の語形のみを掲出した。

（例）「あきはかぎり」と「あきはかぎりと」：平安和歌の語形においては、データ検索をした結果（ただし検索は『新編国歌大観』CD-ROMによる）、すべて単語連接である「あきはかぎりと」の語形を取っており、「あきはかぎり」の語形は確認出来なかった。このような場合に関しては、「あきはかぎりと」のみを掲出した。

上記のⅡについては、具体例に則してさらに詳細に述べておきたい。文字列分析で特有語を抽出すると、たとえば「おもほゆ」「おもほゆる」「おもほゆるか」「おもほゆるかな」と、一文字ずつ連続して増えていく過程の語形がすべて抽出される。以上四種の語形はいずれも女性の和歌には出現しない訳であるが、男性のみに出現する和歌二首での内容はいずれも「おもほゆるかな」となっている。文字列分析結果として厳密を期するならば単語連接の「おもほゆるかな」のみを残して他は削除するということにもなるが、しかし、単語として用例数の多い「おもほゆ」を掲出しないとかえって弊害も生じてしまう。活用形の「おもほゆる」、さらにそれに「かな」の前半が続く「おもほゆるか」は中間的語形として削除してよいが、「おもほゆ」まで削除してしまうと、古今集男性独自表現には「おもほゆ」という単語は無いことになってしまうのである。単語としての「おもほゆ」も男性特有語であるから、それは古今集男性語を、他集の用語と調査・比較する際、不正確な結果をもたらしてしまうと考えられよう。したがって上記四種の文字列のうち、単語としての「おもほゆ」、単語連接としての「おもほゆるかな」の二種を取ることが有効と判断し、『一覧』に掲出した。他、同様の例としては、以下のようなものがある。

○「あだなる」・「あだなるもの」・「あだなるものと」
○「おいにける」・「おいにけるかな」
○「おもひける」・「おもひけるかな」
○「おほかるのべ」・「おほかるのべに」
○「ささのは」・「ささのはにおく」
○「しるらめ」・「しるらめや」
○「しろたへ」・「しろたへの」「しろたへのそで」
○「たつたのやま」・「たつたのやまの」
○「なりにける」・「なりにけるかな」
○「ひとだのめ」・「ひとだのめなる」
○「ひとのかたみ」・「ひとのかたみか」
○「ふりわけ」・「ふりわけて」
○「みえわたる」・「みえわたるかな」

文字列分析ならでこそ得られる「ことばの型」[注(2)]と、当該文字列に含まれる「単語」の双方が、表

(2) 近藤みゆき注（1）書参照。

現研究には必要ということになろう。単語と単語連接の認定には様々な見解があるので、以上の基準に異論もあり得るであろうし、また稿者自身も再度の改訂を加えることになるかもしれないが、今回の改訂版をもって、『古今集』における「男性特有表現」の確定版として提示したい。これらの単語・単語連接を一つの尺度として、古典和歌という言語表象における性差の問題を検討する際の一助となれば幸いである。

＊　＊　＊

さて、旧稿発表時から現在までの十一年間に、言語研究にN-gram＊分析を用いるためのツールや手法は大きく進歩してきた。以下、この十一年間での進歩と今後の課題について述べておきたい。N-gram統計とはシャノンの情報理論からはじまった言語分析のための理論である。▼注(3) その理論から、日本においても海外においても広く言語研究のために使われてきた。特に、長尾眞・森信介は日本語の大規模テキストデータに対して高速に算出するソフトウェアを、一九九三年というごく初期に開発した。▼注(4) 旧稿では、そのソフトウェアを活用し、『古今和歌集』を男性・女性・読人しらずの三種のデータに分割し、文字列総比較を行った。そこから古今集の「ことば」における、男女の別―ジェンダー的問題を導いたものであった。以後十一年の間に、N-gram分析によった文字列比較についてのソフトウェアにおいて、特に大きく進歩した点として次のようなことがある。

1．当初、二種類のテキストデータの比較に限られていたものが、現在では、複数――たとえば二十種類――のテキストデータの比較が可能になった。

従来的形単語の枠としてではなく「こころかな」「こころなりけり」「こころをひとに」など、N-gram総比較で得た単語連接の語形を意味あるものとして捉え、「ことばの型」という概念で論じている。

(3) Claude E.Shannon & Warren Weaver, The Mathematical Theory Of Communication, The University Of Illinois Press, 1949. 日本語訳版は『通信の数学的理論』（『ちくま学芸文庫』二〇〇九）。

(4) 長尾眞・森信介「大規模日本語テキストのNグラム統計の作り方と語句の自動抽出」（『自然言語処理』九六巻一号、一九九三）。

(5) 稿者の研究では、N-gramによる文字列総比較とその結果をエクセルに書き出す、近藤泰弘（青山学院大学）が開発したソフトウェアを用いている。

(6) 本書第Ⅱ部第2章原題「古今風の継承と革新―初期定数歌論―」（『古今和歌集研究集成』第三巻、風間書房、二〇〇四）、本書第Ⅱ部第3章原題「反古今的「ふるまい」の構築―曾禰好忠「三百六十首歌」試論―」（『文学』六・四、二〇〇五）、本書第Ⅱ部第4章原題『恵慶百首』試論

2．UNIXワークステーションだけではなく、Windows等、他のＯＳでも利用可能となった。

3．出力形式を自由に変更しExcel形式にも出力結果を容易に変換出来るようになった。

※以上が具体的にどのようなものであるのかは、サンプルとして掲載した別表1・2を参覧されたい。同2種の表は、曾禰好忠にはじまる初期定数歌十六種を一気に比較したものである。紙幅の関係上、うち十二種までの一ページ分を掲載した。

すなわち、二〇〇〇年の拙稿執筆時には、一度に比較することの出来るデータは二種類までであり、かつUNIXワークステーションでしかソフトを動かすことが出来なかった。また結果データの出力もテキストファイルに限られていた。それに対して、UNIXではなくWindowsにおいても、たとえば八代集―すなわち八種類のテキストデーター―を、一気に文字列総比較し、結果をExcelなど表計算ソフトに出力することが可能になったのである。▼注(5) これら利便性の向上したツールを用いて、稿者は「ことば」における男性性・女性性の問題だけでなく、初期百首歌の成立と展開、あるいは成立時期の推定、また詠作者不明であった百首の作者推定など、文字列総比較を用いなければ説得的な立証が出来なかったであろう問題についても論を重ねているが、▼注(6) 今年度からは、本校の大学院授業で指導と教育をはじめた。

具体的には『万葉集』『古今集』『後撰集』『拾遺集』を総比較し、各集の共通文字列や独自文字列を抽出、分析することを指導しているが、当初はN-gram分析によって得られる膨大なデータ量にとまどっていた院生諸姉が、Excelの機能を活用することなどで、負担を軽減し、データと向き

―N-gram分析によって見た「返し」の特徴と成立時期の推定―」（久保木哲夫編『古筆と和歌』笠間書院、二〇〇八）、本書第Ⅱ部第5章「「走湯百首」試論―誰が「権現返歌百首」を詠じたか―」（『国文目白』第四九号〈後藤祥子名誉教授 学長退任記念号〉二〇一〇・二）など。

(7) 近時の新動向としては、いわゆる「単位切り」（形態素解析）の自動化のための環境が急速に整ってきている。そもそも古典語の単位切りと品詞付け作業は、従来は手作業で行うしかなかったが、コンピュータによる単位切り（形態素解析）の技術の進歩によって、全文を平仮名に開く必要なしに、かなりの高精度（97パーセント以上）で、古典語の単位切りをした上に、品詞付け作業まで行うことが自動化が出来るようになったのである。具体的には工藤拓（Google社）の開発した形態素解析ソフトウェアの「mecab」と、小木曽智信（国立国語研究所）等の開発した解析辞書の「中古和文Unidic」を組み合わせて使うことで上記のことが行える。いずれも研究者向けに一般公開されている。

なおこれらのソフトについて解説した小木曽のサイトのURLは、

合う忍耐を重ねて、この半期間で各自の観点から問題の糸口までたどりつけるようになった。平安和歌専攻の院生はもとより、日本語日本語教育学を専攻する院生や、上代文学を専門とする院生諸姉も受講しているが、同じデータ結果を対象としながら、全員がみな異なる着眼点を見出し、かつ和歌の「ことば」に関する感覚が一気に向上した。このことは、稿者の予想を上回る嬉しい誤算であった。そもそも文字列総比較から自分なりの問題点を見出し論じていくには、着目した文字列からそれぞれのもとの和歌に戻って比較するという、忍耐力の試される作業が必須である。結果を得るには、多数の「和歌」を繰り返し熟読、吟味せねばならない。その過程において、院生諸姉は和歌の「ことば」についての感覚を鋭くしていったのであろう。

二〇〇〇年の拙稿発表時、この手法に対して「コンピュータが瞬時に結果をだしてくれる夢の手法」あるいは反対に「コンピュータで和歌は理解できない」、「同じデータを扱うと結局誰が行っても同じような論しか成り立たない」などの言葉を耳にした。しかし、N-gramによった文字列総比較とは、コンピュータが容赦なくもたらす大量の「文字列」に即して、徹底して和歌を読む、ある種の究極の読みの手法なのである。そしてその読みの手法がもたらす新しい着眼点は、研究者の問題意識のあり方によって千差万別であることを、院生指導を通してあらためて実感したことを記しておく。

N-gram分析のためのソフトやツールは日進月歩である。▼注(7) それらを用いながら、稿者自身もこの面での研究も進めたい。それとともに、古典文学研究の分野において、多方面の研究者のアプローチがなされる時代の来ることを期待したい。

＊旧稿では当時の表記にならい「n-gram」としていたが、その後この分析が他の学問領域においても多く利用される過程で、「N-gram」と表記することが一般的となった。よって本章でも「N-gram」の表記を取ることとする。

http://www2.ninjal.ac.jp/lrc/index.php?UniDic。

また、注（5）の近藤泰弘のN-gram総比較Excel対応ソフトは、

http://www.japanese.gr.jp/tools/ngmerge

で入手出来る（2種あるうちのngmerge(Ver1.2,CSV version)がそれに当たる）。

一方、『古今和歌集』に限ってのデータベースでも特に学術的なものとして、山元啓史（東京工業大学）によって作成された『古今和歌集データベース』がある。

このデータベースは、古今集歌の原表記、仮名表記、岩波仮名表記、ローマ字表記、英語翻訳、品詞解析データ、作者名、作者名標準表記、作者の性別（男性・女性・読人しらずの3分類）を収録し、さらに作者別の集計や性別による歌の分類、分析をすることの出来る非常に利用価値の高いものである。是非アクセスされたい。

URLは http://etymology.jp/gromit-the-db/KW/

現在はこのような展開のただ中にあるのであり、今後、文字列総比較データと形態素解析データを車の両輪として活用するならば、古典文学の表現研究には、さらに新たな可能性が開かれるであろう。

【別表1】 12種のテキストデータを総比較したサンプル（実際は504,710行）

文字列	好忠百首	三百六十首歌	源順百首	重之百首	恵慶百首	高遠月次歌	海人手古良集	重之子の僧の集	重之女集	賀茂保憲女集	和泉百首	相模初事歌群
あ	59	250	57	65	55	31	47	34	63	167	61	36
あえ	0	0	0	0	0	0	0	0	0	1	0	0
あえよ	0	0	0	0	0	0	0	0	0	1	0	0
あえよと	0	0	0	0	0	0	0	0	0	1	0	0
あえよとて	0	0	0	0	0	0	0	0	0	1	0	0
あえよとてき	0	0	0	0	0	0	0	0	0	1	0	0
あえよとてきく	0	0	0	0	0	0	0	0	0	1	0	0
あえよとてきくの	0	0	0	0	0	0	0	0	0	1	0	0
あえよとてきくのし	0	0	0	0	0	0	0	0	0	1	0	0
あえよとてきくのしら	0	0	0	0	0	0	0	0	0	1	0	0
あか	0	9	1	2	1	0	3	1	2	4	2	2
あかか	0	0	0	0	0	0	0	0	0	0	0	0
あかかり	0	0	0	0	0	0	0	0	0	0	0	0
あかかりし	0	0	0	0	0	0	0	0	0	0	0	0
あかかりしも	0	0	0	0	0	0	0	0	0	0	0	0
あかかりしもみ	0	0	0	0	0	0	0	0	0	0	0	0
あかかりしもみぢ	0	0	0	0	0	0	0	0	0	0	0	0
あかかりしもみぢの	0	0	0	0	0	0	0	0	0	0	0	0
あかかりしもみぢのい	0	0	0	0	0	0	0	0	0	0	0	0

あかき	あかきあ	あかきあま	あかきあまり	あかきあまりに	あかきあまりにも	あかきあまりにもり	あかきあまりにもりて	あかきつ	あかきつき	あかきつきか	あかきつきかと	あかきつきかとぞ	あかきつきかとぞみ	あかきつきかとぞみる	あかく	あかくみ	あかくみえ	あかくみえけ
0	0	0	0	0	0	0	0	0	0	0	0	0	0	0	0	0	0	0
0	0	0	0	0	0	0	0	0	0	0	0	0	0	0	0	0	0	0
0	0	0	0	0	0	0	0	0	0	0	0	0	0	0	0	0	0	0
0	0	0	0	0	0	0	0	0	0	0	0	0	0	0	0	0	0	0
0	0	0	0	0	0	0	0	0	0	0	0	0	0	0	0	0	0	0
0	0	0	0	0	0	0	0	0	0	0	0	0	0	0	0	0	0	0
0	0	0	0	0	0	0	0	0	0	0	0	0	0	0	0	0	0	0
0	0	0	0	0	0	0	0	0	0	0	0	0	0	0	0	0	0	0
0	0	0	0	0	0	0	0	0	0	0	0	0	0	0	0	0	0	0
0	0	0	0	0	0	0	0	0	0	0	0	0	0	0	1	1	1	1
1	0	0	0	0	0	0	0	1	1	1	1	1	1	1	0	0	0	0
0	0	0	0	0	0	0	0	0	0	0	0	0	0	0	0	0	0	0

【別表2】フィルター機能を使用して好忠百首と源順百首に共通する文字列だけをもとめたサンプル（実際には1,945行）

文字列	好忠百首	三百六十首歌	源順百首	重之百首	恵慶百首	高遠月次和歌	海人手古良集	重之子の僧の集	重之女集	保憲女集	和泉百首	相模初事歌群
あ	59	250	57	65	55	31	47	34	63	167	61	36
あき	8	61	9	13	12	6	6	5	13	26	11	6
あきの	1	19	2	2	4	1	4	1	5	11	4	2
あきのは	1	2	1	0	0	0	1	0	1	0	0	0
あきは	1	9	2	2	4	2	0	2	5	4	2	1
あけ	1	6	1	2	3	1	2	3	2	3	2	0
あさ	5	24	9	3	2	4	4	2	3	12	9	3
あさひ	2	1	1	0	0	2	0	0	0	0	0	0
あさひに	1	0	1	0	0	0	0	0	0	0	0	0
あし	1	10	5	5	2	0	2	0	0	12	1	1
あしの	1	3	1	4	1	0	0	0	0	3	0	1
あぢ	1	0	1	0	0	0	0	0	0	2	0	0
あぢき	1	0	1	0	0	0	0	0	0	1	0	0
あぢきな	1	0	1	0	0	0	0	0	0	1	0	0
あは	3	9	1	4	1	1	1	1	4	13	2	2
あふ	4	7	2	3	3	1	5	3	3	5	3	3
あふせ	1	0	1	0	0	0	0	0	0	0	0	0
あふせあ	1	0	1	0	0	0	0	0	0	0	0	0
あふせあり	1	0	1	0	0	0	0	0	0	0	0	0

い	あれ	あるべ	あるかな	あるか	ある	ありやと	ありや	あり	あらはれ	あらば	あらは	あらじと	あらじ	あら	あや	あま	あふせありやと	あふせありや
36	3	1	3	4	7	1	1	6	1	2	1	1	1	8	1	3	1	1
151	7	0	6	6	8	0	0	12	2	2	4	1	3	33	7	15	0	0
41	1	1	1	1	6	1	1	2	1	1	1	1	1	7	2	3	1	1
42	0	0	2	2	4	0	0	6	0	0	1	1	1	9	1	6	0	0
57	0	0	2	2	3	0	0	1	0	0	0	0	0	6	5	3	0	0
10	2	0	2	2	2	0	0	3	0	0	0	0	0	5	1	1	0	0
48	0	0	0	0	2	0	0	1	0	0	1	0	0	2	1	8	0	0
33	1	0	0	0	0	0	0	3	0	0	0	0	0	4	3	3	0	0
44	6	1	1	1	3	0	1	4	1	1	2	1	2	9	0	0	0	0
110	2	2	2	3	14	0	0	14	0	0	0	1	1	6	4	9	0	0
42	3	0	0	0	3	0	0	5	0	0	1	0	0	4	2	5	0	0
26	1	0	0	0	1	0	0	1	0	1	0	0	0	6	1	2	0	0

古今和歌集男性特有表現一覧（改訂版）

	文字列※	男性	女性	読人しらず
1	をみなへし	16	0	3
2	こころを	14	0	8
3	しらゆき	13	0	1
4	みだれ	13	0	6
5	もみぢば	13	0	9
6	ながれ	12	0	4
7	まさり	12	0	0
8	むかし	12	0	6
9	よしの	12	0	15
10	あきのの	10	0	4
11	うめのはな	10	0	7
12	かりける	10	0	6
13	しらくも	9	0	1
14	とおもひ	9	0	2
15	もあるか	9	0	4
16	かりけり	8	0	3
17	しらつゆ	8	0	4
18	たれか	8	0	1
19	ならなくに	8	0	2
20	にしき	8	0	2
21	あしひきの	7	0	12
22	あしひきのやま	7	0	12
23	ありけれ	7	0	3
24	みやま	7	0	2
25	あかず	6	0	5
26	あるかな	6	0	3
27	からに	6	0	3
28	しらたま	6	0	1
29	しらやま	6	0	0
30	たつたがは	6	0	2
31	たなばた	6	0	1
32	ちとせ	6	0	3
33	ちはやぶる	6	0	3
34	つれなき	6	0	1
35	なければ	6	0	3
36	よしののやま	6	0	5
37	あづさゆみ	5	0	1
38	あふこと	5	0	7
39	あまのかは	5	0	6
40	あらたまの	5	0	1
41	うつせみ	5	0	4
42	おもふこころ	5	0	2
43	かけて	5	0	3
44	かたみ	5	0	4
45	かみなづき	5	0	2
46	かよひぢ	5	0	0
47	かれぬ	5	0	2
48	きのふ	5	0	3
49	くもあるか	5	0	0
50	くもゐ	5	0	2
51	こころぞ	5	0	0
52	しなければ	5	0	2
53	しるひと	5	0	2
54	ぞちりける	5	0	0
55	たまのを	5	0	2
56	ちはやぶるかみ	5	0	0
57	なきひと	5	0	4
58	なびく	5	0	2
59	にこそありけれ	5	0	3
60	にほひ	5	0	2
61	はなぞちりける	5	0	0
62	はるのやまべ	5	0	0
63	ひとつ	5	0	4
64	ふくかぜ	5	0	6

65	まにまに	5	0	1	
66	みだれて	5	0	5	
67	やどの	5	0	4	
68	やまかぜ	5	0	0	
69	やまのさくら	5	0	1	
70	やまのは	5	0	2	
71	よろづよ	5	0	2	
72	わかな	5	0	3	
73	わたらむ	5	0	2	
74	あかぬ	4	0	1	
75	あきぎり	4	0	3	
76	あきはぎ	4	0	5	
77	あだな	4	0	2	
78	あらし	4	0	1	
79	いつか	4	0	0	
80	いづら	4	0	1	
81	いろまさり	4	0	0	
82	おもひき	4	0	0	
83	おもへども	4	0	6	
84	おもほゆ	4	0	2	
85	おもほゆるかな	4	0	1	
86	がてに	4	0	2	
87	きりぎりす	4	0	2	
88	くれて	4	0	2	
89	けふは	4	0	0	
90	こひしかり	4	0	2	
91	こひしかる	4	0	1	
92	こひは	4	0	4	
93	こひも	4	0	3	
94	こふる	4	0	3	
95	ころかな	4	0	1	
96	さける	4	0	4	
97	さとは	3	0	4	
98	さむみ	4	0	0	
99	しげき	4	0	3	
100	すみのえ	4	0	2	
101	そぼち	4	0	1	
102	そめけむ	4	0	2	
103	たなびく	4	0	1	
104	ちかく	4	0	4	
105	ちぐさ	4	0	2	
106	つひに	4	0	2	
107	つもり	4	0	1	
108	つもれ	4	0	1	
109	ところ	4	0	0	
110	なかりせば	4	0	0	
111	なみだがは	4	0	2	
112	にけるかな	4	0	1	
113	ぬべし	4	0	2	
114	はかなく	4	0	0	
115	はつしも	4	0	0	
116	はるか	4	0	2	
117	はるさめ	4	0	4	
118	ふぢばかま	4	0	0	
119	まさりける	4	0	0	
120	まどひ	4	0	2	
121	みえな	4	0	0	
122	みえぬ	4	0	2	
123	みえね	4	0	0	
124	むかしの	4	0	1	
125	やまたかみ	4	0	2	
126	やまのもみぢ	4	0	1	
127	わけて	4	0	3	
128	わすれぐさ	4	0	2	
129	わびびと	4	0	0	
130	あきのこのは	3	0	1	
131	あはで	3	0	0	
132	あふよし	3	0	2	
133	あへぬ	3	0	0	

134	あまのかはら	3	0	2
135	あやまたれける	3	0	0
136	あらたまのとし	3	0	0
137	ありあけ	3	0	0
138	あれど	3	0	4
139	いたく	3	0	1
140	いまこむと	3	0	0
141	いまぞ	3	0	2
142	いまも	3	0	3
143	いろにいで	3	0	3
144	うちつけに	3	0	0
145	おとづれ	3	0	1
146	おとはやま	3	0	0
147	おほかたは	3	0	1
148	おもはぬ	3	0	5
149	おもふこころは	3	0	1
150	おもふひと	3	0	2
151	かぎりと	3	0	1
152	かくすらむ	3	0	0
153	かぜふく	3	0	0
154	かとぞみる	3	0	0
155	かとのみ	3	0	0
156	かへるやま	3	0	0

157	かよふ	3	0	0
158	かりがね	3	0	2
159	かりけれ	3	0	1
160	かりそめ	3	0	0
161	かるべき	3	0	1
162	きくのはな	3	0	0
163	きみをのみ	3	0	0
164	くものい	3	0	0
165	くるしき	3	0	3
166	けふに	3	0	0
167	ここら	3	0	1
168	こころから	3	0	0
169	こそわたれ	3	0	1
170	ごとく	3	0	1
171	ことならば	3	0	1
172	ごとも	3	0	0
173	こひしきものを	3	0	1
174	こひもするかな	3	0	3
175	こひやわたらむ	3	0	1
176	こひわたる	3	0	1
177	こほり	3	0	3
178	こよひ	3	0	4
179	さかり	3	0	3

180	さきにけり	3	0	0
181	さくらばなちる	3	0	0
182	さびし	3	0	0
183	さへぞ	3	0	1
184	さへや	3	0	1
185	さみだれ	3	0	0
186	しらねども	3	0	0
187	しられぬ	3	0	0
188	そのかみ	3	0	2
189	そめし	3	0	1
190	たちかへり	3	0	2
191	たちわかれ	3	0	0
192	たむく	3	0	0
193	たむけ	3	0	0
194	ちらす	3	0	0
195	ちりぬる	3	0	1
196	つきかげ	3	0	2
197	つもれる	3	0	1
198	てるひ	3	0	0
199	とこたへよ	3	0	0
200	としごとに	3	0	0
201	とてか	3	0	0
202	ながらへて	3	0	0

203	なかりけり	3	0	0
204	なきこそわたれ	3	0	0
205	なくこゑ	3	0	1
206	なくなる	3	1	5
207	なくね	3	0	0
208	なにはの	3	1	0
209	なみだなり	3	0	2
210	ならで	3	0	1
211	なりな	3	0	2
212	なりにけり	3	0	1
213	なれど	3	0	1
214	にしられぬ	3	0	0
215	ばかりぞ	3	0	0
216	はつしもの	3	0	0
217	はなすすきほに	3	0	0
218	はなのかげ	3	0	0
219	はるがすみたち	3	0	1
220	はるくれば	3	0	0
221	はるのの	3	0	0
222	はるのひ	3	0	0
223	ひととせ	3	0	1
224	ふかき	3	0	4
225	ふかくさ	3	0	0

226	ふるなみだ	3	0	1
227	ほととぎすなく	3	0	2
228	ほにいでて	3	0	1
229	ほのか	3	0	0
230	まさりけり	3	0	0
231	まされる	3	0	0
232	まじり	3	0	1
233	まだき	3	0	2
234	まよふ	3	0	0
235	みえし	3	0	0
236	みえず	2	0	2
237	みどり	3	0	1
238	みねに	3	0	1
239	みのう	3	0	2
240	めづらし	3	0	2
241	めもはる	3	0	0
242	ものをおもふ	3	0	1
243	やまがくれ	3	0	0
244	やまだ	3	0	2
245	やまぢ	3	0	0
246	やまぶき	3	0	3
247	ゆきふれば	3	0	0
248	ゆくらむ	3	0	0

249	よしのがは	3	0	2
250	よそにのみ	3	0	0
251	よをさむみ	3	0	0
252	わがこころ	3	0	1
253	わがごと	3	0	2
254	わがこひは	3	0	1
255	わびしき	3	0	3
256	われさへ	3	0	0
257	われのみ	3	0	1
258	をしむ	3	0	1
259	あかし	2	0	0
260	あかずして	2	0	2
261	あかで	2	0	1
262	あきくれど	2	0	0
263	あきのやま	2	0	0
264	あきはかぎりと	2	0	0
265	あきはぎのはな	2	0	0
266	あけぬとて	2	0	0
267	あさぎり	2	0	1
268	あさま	2	0	0
269	あさみ	2	0	1
270	あだなる	2	0	0
271	あだなるもの	2	0	0

272	あだなるものと	2	0	0
273	あたる	2	0	0
274	あづさゆみはる	2	0	0
275	あはまし	2	0	0
276	あふさかのせき	2	0	1
277	あふよしもがな	2	0	0
278	あまつそら	2	0	1
279	あまびこの	2	0	0
280	あめふれば	2	0	0
281	ありあけのつき	2	0	0
282	ありとはきけど	2	0	0
283	ありながら	2	0	0
284	いかにして	2	0	0
285	いくか	2	0	1
286	いそのかみふる	2	0	1
287	いづこ	2	0	2
288	いつしかと	2	0	0
289	いづち	2	0	1
290	いづちゆくらむ	2	0	0
291	いでじ	2	0	1
292	いでつ	2	0	0
293	いでぬ	2	0	2
294	いにしへ	2	0	2

295	いふなり	2	0	0
296	いろにはいでじ	2	0	1
297	いろのちぐさに	2	0	1
298	いろもかも	2	0	0
299	うきくさのうき	2	0	0
300	うきとき	2	0	1
301	うちはへて	2	0	1
302	うのはな	2	0	1
303	うらみても	2	0	0
304	おいにける	2	0	0
305	おいにけるかな	2	0	0
306	おいらく	2	0	0
307	おくしも	2	0	0
308	おくしらつゆ	2	0	1
309	おくはつしも	2	0	0
310	おくやま	2	0	4
311	おとにききつつ	2	0	0
312	おなじ	2	0	2
313	おほかるのべ	2	0	0
314	おほかるのべに	2	0	0
315	おもはず	2	0	3
316	おもはぬとき	2	0	0
317	おもはまし	2	0	0

318	おもはむひと	2	0	0
319	おもひおき	2	1	0
320	おもひきや	2	0	0
321	おもひきゆ	2	0	0
322	おもひきゆらむ	2	0	0
323	おもひけむ	2	0	0
324	おもひける	2	0	0
325	おもひけるかな	2	0	0
326	おもひこし	2	0	0
327	おもひそめ	2	0	3
328	おもひぬる	2	0	0
329	おもふころかな	2	0	0
330	おもほえなくに	2	0	0
331	かぎりは	2	0	1
332	かくしつつ	2	0	2
333	かくれぬのした	2	0	0
334	かさとり	2	0	0
335	かすがのの	2	0	1
336	かぜのおと	2	0	1
337	かぜふくごとに	2	0	0
338	かなしかり	2	0	1
339	かなしけれ	2	0	0
340	かむなび	2	0	3

341	かよひて	2	0	0
342	かよへる	2	0	0
343	からくれなゐ	2	0	1
344	かれなくに	2	0	0
345	きえかへり	2	0	0
346	ききつつ	2	0	0
347	ききわたる	2	0	0
348	きみがため	2	0	0
349	きみこふる	2	0	0
350	きりぎりすなく	2	0	0
351	くさき	2	0	1
352	くさのうへ	2	0	1
353	くさのは	2	0	1
354	くさば	2	0	2
355	くさもきも	2	0	0
356	くもり	2	0	2
357	くらす	2	0	0
358	くらぶのやま	2	0	0
359	くらぶやま	2	0	0
360	くれたけのよよ	2	0	0
361	けふにや	2	0	0
362	けふの	2	0	0
363	けふや	2	0	0

364	けらし	2	0	1
365	こえくれば	2	0	0
366	こえぬべらなり	2	0	0
367	こきたれて	2	0	0
368	こころかな	2	0	0
369	こころなりけり	2	0	0
370	こころをひとに	2	0	0
371	こしぢ	2	0	0
372	こしのしらやま	2	0	0
373	こそかなしけれ	2	0	0
374	こそみえね	2	0	0
375	このもと	2	0	1
376	こひしかりける	2	0	2
377	こひしかるべき	2	0	1
378	こひしと	2	0	0
379	こひつつ	2	0	1
380	こひはし	2	0	2
381	こひむと	2	0	1
382	こまつ	2	0	0
383	ころもで	2	0	2
384	こゐきけば	2	0	1
385	さきけり	2	0	0
386	さきそめし	2	0	0

387	さくはな	2	0	1
388	さくらむ	2	0	0
389	ささのは	2	0	2
390	ささのはにおく	2	0	0
391	さだめ	2	0	4
392	さびしくも	2	0	0
393	さほの	2	0	0
394	さみだれのそら	2	0	0
395	さむく	2	0	0
396	さやかに	2	0	1
397	さよふけて	2	0	1
398	ざりけり	2	0	2
399	したにかよひて	2	0	0
400	したば	2	0	1
401	しづこころ	2	0	0
402	しのび	2	0	2
403	しらかは	2	0	0
404	しらぎく	2	0	0
405	しらくものたえ	2	0	0
406	しらまし	2	0	0
407	しられず	2	0	0
408	しりぬる	2	0	0
409	しるく	2	0	0

410	しるべく	2	0	0	
411	しるらむ	2	0	0	
412	しるらめ	2	0	4	
413	しるらめや	2	0	3	
414	しれぬ	2	0	2	
415	しろたへ	2	0	2	
416	しろたへの	2	0	0	
417	しろたへのそで	2	0	0	
418	すぎがてに	2	0	0	
419	すまむ	2	0	0	
420	すみか	2	0	2	
421	すみぞめ	2	0	2	
422	すみのえのきし	2	0	1	
423	すみのえのまつ	2	0	1	
424	せみのはの	2	0	0	
425	そらもとどろに	2	0	0	
426	それともみえず	2	0	0	
427	たかさごの	2	0	1	
428	たがため	2	0	0	
429	たぐへて	2	0	0	
430	たちいでて	2	0	0	
431	たちかくす	2	0	0	
432	たちなむ	2	0	0	

433	たちばな	2	0	3	
434	たつたのやま	2	0	1	
435	たつたのやまの	2	0	0	
436	たなびくやまの	2	0	1	
437	たびね	2	0	1	
438	たむくる	2	0	0	
439	たれかしらまし	2	0	0	
440	たれかは	2	0	0	
441	ちぐさに	2	0	1	
442	ちよに	2	0	3	
443	ちよも	2	0	0	
444	ちらず	2	0	0	
445	ちらばちらなむ	2	0	0	
446	ちるはなごとに	2	0	0	
447	つきのかつら	2	0	0	
448	つくからに	2	0	1	
449	つれもなきひと	2	0	2	
450	といふなる	2	0	0	
451	ときなき	2	0	0	
452	としのうち	2	0	0	
453	としふる	2	0	0	
454	としふれば	2	0	0	
455	とぞなく	2	0	1	

456	とどめむ	2	0	3	
457	とどめよ	2	0	0	
458	とのみぞ	2	0	2	
459	とのみふる	2	0	0	
460	とはきけど	2	0	0	
461	とはなしに	2	0	0	
462	とまらぬ	2	0	0	
463	とまるべく	2	0	0	
464	とみゆらむ	2	0	0	
465	とみるまで	2	0	0	
466	ともみえず	2	0	0	
467	とやいはむ	2	0	2	
468	とやみむ	2	0	0	
469	なかなかに	2	0	0	
470	なかりける	2	0	0	
471	なきこころ	2	0	0	
472	なきわたる	2	0	2	
473	なくしかの	2	0	2	
474	なくなみだ	2	0	0	
475	なつくさ	2	0	0	
476	なつごろも	2	0	0	
477	なつむし	2	0	1	
478	なとりがは	2	0	1	

479	なにはがた	2	0	1
480	なにをうしと	2	0	0
481	なにをか	2	0	1
482	なのたつ	2	0	1
483	なみだなりけり	2	0	2
484	なりなむ	2	0	0
485	なりにける	2	0	1
486	なりにけるかな	2	0	1
487	なりにし	2	0	1
488	なりまさる	2	0	0
489	ぬぎかけし	2	0	0
490	ぬしやたれ	2	0	0
491	はぎのはな	2	0	0
492	はつしものおき	2	0	0
493	はなのかげかは	2	0	0
494	はなより	2	0	0
495	はるたてば	2	0	1
496	はるるときなき	2	0	0
497	ひごと	2	0	0
498	ひさかたのあま	2	0	2
499	ひさかたのつき	2	0	0
500	ひさし	2	0	2
501	ひとさへ	2	0	0
502	ひとしるらめや	2	0	2
503	ひとしれぬ	2	0	2
504	ひとだのめ	2	0	0
505	ひとだのめなる	2	0	0
506	ひとたび	2	0	0
507	ひととせに	2	0	1
508	ひとにしられぬ	2	0	0
509	ひとのかたみ	2	0	0
510	ひとのかたみか	2	0	0
511	ひとのこころを	2	0	1
512	ひとはいさ	2	0	0
513	ひとりのみ	2	0	0
514	ひとをおもひ	2	0	0
515	ひとをおもふ	2	0	2
516	ひろひおきて	2	0	0
517	ふくからに	2	0	0
518	ふくごと	2	0	0
519	ふくらむ	2	0	0
520	ふみわけ	2	0	4
521	ふみわけて	2	0	3
522	ふゆくさ	2	0	0
523	ふゆごもり	2	0	0
524	ふゆながら	2	0	0
525	ふりしく	2	0	0
526	ふりしけ	2	0	1
527	ふりつつ	2	0	2
528	へだつ	2	0	0
529	ほころび	2	0	0
530	まがき	2	0	2
531	まがふ	2	0	0
532	まさらじ	2	0	0
533	まさるな	2	0	1
534	まつはれ	2	0	0
535	まつやま	2	0	2
536	まどふ	2	0	3
537	みえなむ	2	0	0
538	みえねど	2	0	0
539	みえわたる	2	0	0
540	みえわたるかな	2	0	0
541	みかき	2	0	0
542	みかさのやま	2	0	0
543	みだる	2	0	1
544	みだれむ	2	0	0
545	みちのく	2	0	3
546	みづのあわ	2	0	0
547	みづのおも	2	0	0

548	みなと	2	0	1
549	みむひと	2	0	0
550	みもせぬ	2	0	0
551	みやき	2	0	0
552	みるまで	2	0	0
553	みるらむ	2	0	0
554	めもはるに	2	0	0
555	ものおもひもな	2	0	0
556	ものならなくに	2	0	0
557	ものゆゑ	2	0	3
558	もやすると	2	0	0
559	もゆる	2	0	1
560	やあはれと	2	0	0
561	やたれ	2	0	0
562	やちよ	2	0	3
563	やどのはな	2	0	1
564	やなぎ	2	0	0
565	やまがは	2	1	0
566	やまのかひ	2	0	1
567	やまびこ	2	0	2
568	ゆきかふ	2	0	0
569	ゆきふみわけて	2	0	0
570	ゆふぐれ	2	0	5

571	ゆふづくよ	2	0	1
572	よただなく	2	0	0
573	よどみ	2	0	0
574	よにこそ	2	0	1
575	よのうき	2	0	3
576	よひよひ	2	0	1
577	よよに	2	0	0
578	よるこそ	2	0	0
579	よるなみ	2	0	0
580	よをへて	2	0	0
581	わがおもふひと	2	0	1
582	わがごとく	2	0	1
583	わがころも	2	0	1
584	わがころもで	2	0	1
585	わかず	2	0	0
586	わかなつみ	2	0	3
587	わかぬ	2	0	1
588	わがみひとつ	2	0	1
589	わがやどのはな	2	0	1
590	わかる	3	0	1
591	わかるるなみだ	2	0	0
592	わかれし	2	0	1
593	わかれて	2	0	0

594	わきてをらまし	2	0	0
595	わびしかり	2	0	1
596	わびしけれ	2	0	0
597	わびしらに	2	0	0
598	わびて	2	0	2
599	わぶと	2	0	0
600	わぶとこたへよ	2	0	0
601	われなれや	2	0	0
602	われも	2	0	3
603	をしければ	2	0	0
604	をとは	2	0	0
605	をとめ	2	0	0
606	をらまし	2	0	0
607	をりつる	2	0	0

初出一覧

※いずれの論文も全体の構成に合うように加筆・訂正した部分があるが、論旨の変更や参考文献の追加等の、他者の論文との前後関係に関わる部分は混乱を避けるためにあえて多くは補訂していない。

第Ⅰ部●王朝和歌研究の方法

第1章　総論　王朝和歌研究の方法……新規書き下ろし
付　節　和歌とジェンダー―ジェンダーからみた和歌の「ことば」の表象―
……「和歌とジェンダー」(『国文学』四五巻四号・二〇〇〇年四月)

第Ⅱ部●初期定数歌論―N-gram分析から見た古典和歌

第2章　古今風の継承と革新―初期定数歌論―
……「古今風の継承と革新―初期定数歌論」(『古今和歌集研究集成3』風間書房・二〇〇四年四月)
第3章　曾禰好忠「三百六十首歌」試論―反古今的詠歌主体の創出―
……「反古今的「ふるまい」の構築―曾禰好忠「三百六十首歌」試論―」(『文学』・六巻四号・二〇〇五年七月)
第4章　『恵慶百首』論―N-gram分析によって見た「返し」の特徴と成立時期の推定―
……「『恵慶百首』詩論―N-gram分析によって見た「返し」の特徴と、成立時期の推定―」(『古筆と和歌』笠間書院・二〇〇八年二月)
第5章　相模集所載「走湯権現奉納百首」論―誰が「権現返歌百首」を詠じたか―
……「相模集所載「走湯権現奉納百首」詩論―誰が「権現返歌百首」を詠じたか―」(『国文白百合』四九号・二〇一〇年二月)

第Ⅲ部●源氏物語論──言語と和歌史の観点から

第6章　男と女の「ことば」の行方─ジェンダーから見た『源氏物語』の和歌─
……「男と女の「ことば」の行方─ジェンダーから見た『源氏物語』の和歌─」（『源氏研究』九号・二〇〇四年四月）

第7章　『源氏物語』の「ことば」／浮舟の「ことば」─「飽く・飽かず」論─
……「「手習」巻の浮舟─「飽きにたる心地」と「飽かざりし匂ひ」をめぐって」（『源氏物語と和歌』青簡舎・二〇〇九年一月）をもとに大幅に加筆。

第8章　紅梅の庭園史─手習巻「ねやのつま近き紅梅」の背景─
……「紅梅の庭園史─手習巻「ねやのつま近き紅梅」の背景─」（『源氏物語へ　源氏物語から　中古文学研究24の証言』笠間書院・二〇〇七年九月）

第Ⅳ部●古代後期和歌の諸問題

第9章　『拾遺和歌集』の成立─勅撰和歌集における王権・政権と和歌の問題として─
……『拾遺和歌集』の成立─勅撰和歌集における王権・政権と和歌の問題として─」（『平安文学史論考』武蔵野書院・二〇一〇年二月）

第10章　『古今集』「哀傷歌論」─新たな死生観の表出─
……「『古今』歌人の「生と死」の歌」（『解釈と鑑賞』七三巻三号・二〇〇八年三月）

第11章　平安中期和歌における聖徳太子伝受容─流布本『相模集』天王寺題和歌を中心に─
……「平安中期和歌における聖徳太子伝受容─流布本『相模集』天王寺題和歌を中心に─」（『国語と国文学』八八巻一一号・二〇一一年一一月）

第Ⅴ部●言語研究としての展開

第12章　N-gram 統計による語形の抽出と複合語─平安時代語の分析から─

……「N-gram統計による語形の抽出と複合語―平安時代語の分析から―」(『日本語学』二〇巻八号・二〇〇一年八月)

第13章　『古今和歌集』と『源氏物語』―言語リソース論試論―

……「『源氏物語』とジェンダー―歌ことばが創造する「男」と「女」―」(『実践女子大学文芸資料研究所年報』二八号・二〇〇九年三月)

第14章　N-gram分析による古典研究のこれまでとこれから―付『古今和歌集男性特有表現一覧(改訂版)』―

……「古今和歌集男性特有表現一覧(改訂版)―N-gram分析による古典研究のこれまでとこれから―」(『実践国文学』八〇号・二〇一一年一〇月)

平安時代の和歌と向き合い、今年ではや三十五年になる。向き合えば向き合うほど、奥深さに驚嘆する。日本的美意識の原点となった四季自然のみごとな様式化、その風景に触発される繊細な心のありよう、流れゆく時間、邂逅と離別の繰り返される人間社会の諸相、時に神に捧げ、仏を讃える役割も担ったそれは、森羅万象を「みそひともじ」の世界に宿したもののように思う。どの歌にも、詠み手の人生史や歴史的文脈がある。歌の向こう側に詠み手の姿、歌の詠まれた瞬間が生き生きと見えてくる。一方で風景と感情の絡み合う複雑な内容を三十一の文字に凝縮したものであるが故に、この時期の「ことば」の実態が、ある側面では散文以上に鮮明になっている。文法、比喩、意味論など浮かび上がる問題は多数ある。

この深く広い世界を、新しい方法で少しでも解明したい。N-gram分析、ジェンダー論、言語リソースといった新たな手法や概念も用いて、そのことに挑戦した道程が本書である。同様の内的動機は前著『古代後期和歌文学の研究』からすでにあった。史的考察や典拠からの考察はもはや必須の前提である。加えてN-gram分析は、前著では「ことば」のジェンダー性に限定していたものを、本書では作品の成立や作者論、ひいては複合語やアスペクトといった日本語学の問題まで拡大した。またジェンダー論は、『古今集』から『源氏物語』へと展開し、それらの結果、ジェンダーも包括するより大きな概念、言語リソース論を提案するに至っている。

千年の歴史を経て、なお輝く王朝和歌とは、文学という枠組みだけに収まるものではないのであろう。それはどのような現代的方法によった分析にも揺らぐことは無い。むしろ、新しい方法や概念で、その多様な側面を一つでも引き出されることを待ち望んでいるかのように思う。複数の学問領域に実りをもたらすものであるという、その本質が正しく示されるように、本書がその一歩になればと願っている。

この間、多くの方々からお導きと励ましをいただいた。本書の柱の一つになっている文字列分析によった和歌研究は、N-gram分析との出会い無くしてはあり得なかった。その古典文学研究への応用という課題をお示し下さり、森信介先生（京都大学）との共同開発によるN-gram統計を日本語の大規模テキストに対して高速で行うプログラム（ソフトウエア）の使用を、惜しげ無く許可して下さった長尾眞先生（元京都大学総長）には、特段の謝意を表しておきたい。三十一文字を、さらには日本語を、文字列として捉える観点を得たことで、「ことば」についての私の固定観念は崩れ、未知の新しい言語世界が見えてきた。

また、こうした文字列分析やジェンダー論からの和歌研究を進めていく上で、短歌実作者の皆様からの励ましは大きな心の支えとなった。この方面での私の第一論文となった論文「nグラム統計処理を用いた文字列分析による日本古典文学の研究—古今和歌集のことばの型と性差—」（千葉大学『人文研究』29号・二〇〇〇年）の最初の読者であり、一番に論評を下さったのは、歌人であり短歌評論家でもある川野里子氏である。現代短歌の旗手からのエールは、おそるおそる一歩を踏み出した私にとってどれほど力強い支えになったことであろうか。また未来短歌会の加藤治郎氏が拓いて見せて下さった現代短歌の世界と、加藤氏が導く若手歌人の詠じる「今」を躍動する姿には、表現のあくなき追求が歌人の性であることを再認識させられた。氏の監修になる「新鋭短歌シリーズ」の短歌集を、多くの歌人の方々から頂戴したが、加藤氏とそのもとに集う若手歌人の活気と熱量には、定数歌において斬新な表現を競い合った曾禰好忠とそれをめぐる歌人たちのそれを重ね見ることが出来た。研究者とは異なり、自ら歌のことばを紡ぐ短歌作家の創造性を目の当たりに出来たこと、またその方々から共感のお言葉をいただけたことは、私にとって取り分け重い意味を持つものであった。お一人お一人のお名前をあげる紙幅が無いのだが、加藤先生と短歌集をお送り下さった歌人の皆様に、この場を借りて深くお礼を申し上げる。

この間、同じ和歌研究者の方々からも大きな力をいただいた。和歌文学会の先輩・後輩からの批評は、常に私の指針となってきた。中でも、一名だけお名前をあげさせていただきたいのが田渕句美子氏（早稲田大学）である。拙論をお送りするたびに、的確かつ丁寧な論評を下さり、ともに最先端の和歌研究を目指そうということをあたたかな言葉で綴って下さった。それらの言葉とともに、同世代研究者である田渕氏の目を瞠る研究は、いつも最大の刺激となり、この道を進む後押しをして下さった。

このような研究を一書をまとめるようにと笠間書院にご推薦下さったのは、錦仁先生（新潟大学名誉教授）である。私には持病があり、ハイピッチで仕事を進めることが難しい。先生はそのことをご承知の上で、やまいを持つ者であるからこそ、研究書の出版を目指すべきであると激励して下さった。目標をお示し下さり、背中を押していただかなければ、私は到底ここまでたどり着くことが出来なかったと思う。その時、先生から頂戴したお手紙の日付は平成二十四年一月十四日となっている。遅々たる歩みで、三年目にしてようやく先生にご覧いただける。果たして及第点はいただけるであろうか。

やまいを抱えていても、研究に挑む勇気をもたらしてくれたのは、勤務校の実践女子大学国文学科の同僚や学生、院生たちである。教員間の交流の多い学科で励まされることも多く、またそれぞれの分野で高い志のもとに研究を進める教員が集っている。真摯に勉学に励む学生や院生たちからは、時に柔軟で斬新な提案を受けることが多い。研究と教育のために整った環境となっている実践女子大学に、記してお礼を申し上げたい

錦先生のお言葉を胸に、原稿と構想を抱えて笠間書院にうかがったのは、その三月も末のことである。年度末のご多忙な中、橋本孝編集長と編集担当になって下さった岡田圭介氏は、三時間近くも構想を聞いて下さった。まだ書名を決めかねていた私に、「それでは王朝和歌研究の方法ではどうか」とご提案下さったのは橋本編集長である。そのご提案はすとんと腑に落ちるものであり、本書のコンセプトもそこで決まった。命名者でもある橋本編集長、入稿も校正も遅れることの重なった私にお付き合い下さり、かつ内容にふさわしい装丁として下さった岡田氏、そしてにこやかな笑顔で本書の出版をご快諾下さった笠間書院の池田つや子現会長ならびに、その事を引き継いで下さった池田圭子社長に心から感謝申し上げる。

ささやかな歩みであるが、王朝和歌と向き合うことの楽しさ、それを実証的研究に昇華させるべきことを徹底的に教えて下さった二人の恩師、久保田淳先生（東京大学名誉教授）、後藤祥子先生（日本女子大学名誉教授）に、この著書を捧げます。

二〇一五年二月　　古今集奏覧から一一一〇年の年に

近藤みゆき

※本書は日本学術振興会 科学研究費基盤研究B「平安時代における言語リソースの構築に関する研究」（二〇一三～二〇一七年 研究代表者 近藤泰弘）の研究成果の一部である。

和歌初句索引

・本書中の和歌を対象として作成した索引である。ただし、該当部分に歌番号のみがある場合や、和歌のごく一部しか引用していない場合には掲載しなかった。
・同一頁に同じ歌が二回以上出現する場合は複数回掲出した。
・表・他文献からの引用部分、注にあげた和歌も収載した。
・配列は、初句の歴史的仮名遣いによる五十音順としたが、初句の読みが同一である場合には、二句によって同様に配列した。

書名索引

・本書中の書名（原則として近世以前）およびそれに準ずるもの（歌合名・百首歌・屏風歌・文書名）の索引である。なお、表・引用部分・注にあげた書名も収載したが、参考文献の著作タイトルや論題中の書名は省略した。
・書名は、現代仮名遣いによる五十音順に配列した。なお、その読みは通行のものによった。
・初期定数歌は後代の百首歌のように一書として書名を持つものではないが、本書の内容に大きく関わる作品群であるので、それぞれ「好忠百首」「恵慶百首」のようにして立項した。また、特に相模の百首歌については、「相模百首」以外に「走湯百首」も立項した。
・括弧内に、文献の異称その他を付した場合もある。
・該当の書名が出現する頁をすべて示したが、同一頁に複数回出現する場合は、一回の掲出にとどめた。

人名索引

・本書中の古代人名（江戸時代以前）および近代・現代の研究者名等の索引である。なお、表・引用部分・注にあげた人名も収載したが、参考文献の著作タイトルや論題中の人名は基本的には省略した。
・古代人名は、その名で、また近現代の研究者名は姓名で、現代仮名遣いによる五十音順に配列した。なお、その読みは通行のものによった。（例、「兼輔（かねすけ）」「彰子（しょうし）」など）
・括弧内に、姓・別称・女房の出仕先・本文中に出現する略称等を付した。
・該当の人名が出現する頁をすべて示したが、同一頁に複数回出現する場合は、一回の掲出にとどめた。

●あ

●い

●う・え

●お

王朝和歌研究の方法

著者

近藤みゆき

（こんどう・みゆき）

略歴

1960年　大阪府生まれ

1988年　東京大学大学院人文科学研究科博士課程中退

1988年　千葉大学専任講師

1992年　千葉大学助教授

2003年　実践女子大学文学部教授、現在に至る。

博士（文学）

主な業績

単著に、

『和泉式部日記　現代語訳付き』（角川ソフィア文庫・2003年）

『古代後期和歌文学の研究』（風間書房・2005年、第二次第一回関根賞受賞）

論文に、

「『和泉式部日記』の「はじまり」をどう読むか」

（『日記文学研究誌』14号・2013年10月）

「コーパスを使った日本文学研究—N-gram 分析と「言語リソース」」

（『日本語学』33巻 14号・2014年11月）他

平成 27（2015）年 4 月 30 日　初版第 1 刷発行

ISBN978-4-305-70773-4 C0095

発行者

池田圭子

発行所

〒 101-0064

東京都千代田区猿楽町 2-2-3

笠間書院

電話 03-3295-1331 Fax 03-3294-0996

web :http://kasamashoin.jp/

mail:info@kasamashoin.co.jp

装丁 笠間書院装幀室

印刷・製本 モリモト印刷